SCIENCE FICTION

Herausgegeben
von Wolfgang Jeschke

Ein Verzeichnis aller STAR-TREK®-Romane
finden Sie am Schluß des Bandes.

DIANE CAREY

STAR TREK®
CLASSIC

INVASION 1
DER ERSTSCHLAG

Roman

Star Trek®
Classic-Serie
Band 94

Aus dem Amerikanischen übersetzt
von
ANDREAS BRANDHORST

Deutsche Erstausgabe

WILHELM HEYNE VERLAG
MÜNCHEN

HEYNE SCIENCE FICTION & FANTASY
Band 06/5694

Besuchen Sie uns im Internet:
http://www.heyne.de

Titel der amerikanischen Originalausgabe
INVASION! – FIRST STRIKE
Deutsche Übersetzung von ANDREAS BRANDHORST

Umwelthinweis:
Dieses Buch wurde auf chlor- und säurefreiem Papier gedruckt.

2. Auflage

Redaktion: Rainer Michael Rahn

Erstausgabe by Pocket Books/Simon & Schuster, Inc., New York

Printed in Germany 1998
Umschlaggestaltung: Atelier Ingrid Schütz, München
Technische Betreuung: M. Spinola
Satz: Schaber Satz- und Datentechnik, Wels
Druck und Bindung: Ebner Ulm

ISBN 3-453-13986-0

RAUMBEBEN

Gefahr kann nie Barometer für das Verhalten eines Offiziers sein.

Joseph Conrad
Lord Jim

1

»Die Sonne wächst!«

»Unmöglich! Es muß eine optische Täuschung sein!«

»Nein! Nein! Die Instrumente zeigen eine Verringerung der Massendichte an! Sie hat einundsiebzig Prozent erreicht und nimmt weiter ab!«

Ein relativ kleines Sonnensystem – nur fünf Planeten. Zwei für Kolonien geeignet, einer eroberungswürdig.

Irgendeine seltsame Kraft sorgte nun dafür, daß sich die Sonne wie ein Ballon verhielt, den jemand aufblies. Sie wuchs, schwoll immer mehr an.

»General! Die Planeten sind von der gleichen Veränderung betroffen!«

»Ich stehe direkt neben Ihnen. Beruhigen Sie sich. Hat der Masseverlust eine höhere Orbitalgeschwindigkeit zur Folge?«

»Ja! Und die Planeten drehen sich immer schneller um die eigene Achse!«

»Hören Sie auf zu schreien. Und das gilt auch für die anderen. Ich will keine Schreie mehr hören. Wir sehen uns diese Sache an und treffen alle notwendigen Entscheidungen.«

Die Besatzung des klingonischen Patrouillenkreuzers *Jada* sah zu den Bildschirmen, die ihnen die fünf Planeten des Sonnensystems zeigten. Die beiden sonnennächsten dehnten sich ebenfalls, folgten dem Beispiel des Zentralgestirns und schwollen vom Kern her an. Wenige Sekunden später veränderten sich auch die drei anderen Planeten. Hinzu kam: Zusammen mit den Asteroiden und Meteoriten drehten sie sich immer schneller um die Sonne.

Die ersten beiden solaren Trabanten blähten sich nicht nur auf, sondern verließen auch ihre Umlaufbahnen – wie an Schnüren herumgewirbelte Bälle, die plötzlich losgelassen wurden. Ihre Entfernung zur Sonne wuchs, als sie immer weitere Bögen beschrieben.

Verblüfft und entsetzt beobachteten die Klingonen ein Geschehen, das ihnen absurd erschien. Noch vor wenigen Minuten hatte die Sonne einen ganz normalen Eindruck erweckt, doch jetzt füllte sie das Projektionsfeld des Hauptschirms. Elektronische Komponenten summten, um die plötzliche Zunahme der Helligkeit auszugleichen. Einige Sekunden lang mußten die Beobachter ihre Augen beschatten.

Sie sahen eine Realität, die eigentlich unmöglich sein sollte. Der korpulente General wandte sich wieder dem Hauptschirm zu, als das grelle Gleißen ein wenig nachließ. Das Licht blendete noch immer, aber nicht mehr ganz so stark wie noch vor wenigen Sekunden.

»Fallen wir dem ... Phänomen entgegen?« fragte er ruhig.

»Nein!« platzte es aus dem taktischen Offizier heraus. Dann erinnerte er sich daran, was der General über die Lautstärke gesagt hatte. »Unsere Position ist stationär. Aber das Schiff ... wir ...«

»Sprechen Sie, Mann!«

»Unsere Masse verringert sich ebenfalls! Und das gilt auch für die anderen Schiffe!«

Links von ihnen drehte sich der taktische Offizier zum Zentrum der Brücke um und sah Captain Ruhl an. »Alle fünf Schiffe sind von der Veränderung betroffen«, bestätigte er.

»Kompensieren.« Ruhl – ein schlanker Mann, dem vorn ein Zahn fehlte – war erst seit kurzer Zeit Kommandant der *Jada*. Als der General keine Einwände erhob, schöpfte er mehr Zuversicht und schnippte mit den Fingern. »Halten Sie die Geschwindigkeit niedrig.«

»Ich versuche es«, erwiderte der Navigator und rang mit den Kontrollen. »Null Komma vier fünf Sublicht... Null Komma fünf null... Wir werden allmählich schneller...«

»Alles wird schneller«, betonte der taktische Offizier und schnappte nach Luft.

Eine der wenigen guten Eigenschaften Ruhls bestand darin, daß ihm die eigene Ignoranz nichts ausmachte – diesem Aspekt seines Wesens verdankte er es, den Befehl über die *Jada* bekommen zu haben. Er schien überhaupt kein Ego zu haben. Deshalb empfand er es auch nicht als entwürdigend, seine Ratlosigkeit einzugestehen. »Was sollen wir jetzt unternehmen, General Kellen?« fragte er.

Der General spürte, wie um ihn herum Panik zu keimen begann, und er hob die Hand. Fünf Schiffe, die es zu schützen galt, ein sich auflösendes Sonnensystem... Man erwartete Antworten von ihm, eine Lösung des Problems. Doch er konnte weder das eine noch das andere liefern.

Kellen hatte ein Patentrezept, um sich in kritischen Situationen zu behaupten: Er wurde dann einfach ruhiger als die anderen. Er senkte die Stimme, straffte die Schultern und schob das Kinn vor, gab sich kühl und gelassen. Auf diese Weise konnte man seiner Erfahrung nach am besten Herr der Lage werden: je angespannter die Situation, desto ruhiger werde man. Mit dieser Taktik konnte er sich immer durchsetzen. Wenn er sich gewissermaßen in einen Vulkanier unter Klingonen verwandelte, so erreichte er mehr.

Inzwischen war er ein hochrangiger General. Die Gelassenheit hatte ihm so oft geholfen, daß sie zu einem wesentlichen Bestandteil seines Rufes wurde, was er durchaus begrüßte.

Allerdings... Unter den gegenwärtigen Umständen bahnte sich zwar Panik an, aber es gab keinen Feind, den es zu überlisten galt. Mit Ruhe allein ließ sich eine Naturkatastrophe nicht abwenden. Diese Erkenntnis verärgerte ihn ebenso wie die zunehmende Furcht der Crew des Schiffes.

Einige Sekunden verstrichen, als Kellen seinen massigen Leib zur wissenschaftlichen Station schob.

»Wie heißen Sie?« fragte er den dort arbeitenden Offizier.

»Was? Ich...«

»Er heißt Karn!« entfuhr es dem Navigator. Offenbar wollte er verhindern, daß wertvolle Zeit verlorenging.

»Karn...«, sagte Kellen. »Erklären Sie, was Ihrer Meinung nach geschieht.«

Der wissenschaftliche Offizier blickte auf die Instrumente und preßte beide Hände an den Kopf, als könnte er den über die Displays huschenden Datenstrom auf diese Weise festhalten. Sein Mund öffnete und schloß sich mehrmals, bevor er die Stimme wiederfand.

»Masse«, brachte er hervor. »Die Sensoren zeigen an, daß Masse fehlt, nicht aber die *Materie*!«

»Der Himmel stürzt ein«, entgegnete Kellen ruhig. »Und wir fallen mit ihm. Fahren Sie fort.«

Karn versuchte verzweifelt, sich zu beherrschen. Er ließ die Hände sinken, streckte sie dann aus und schien die Worte mit ihnen zu formen.

»Alle Objekte in Bewegung haben Energie. Die Schnelligkeit der Bewegung hängt von Energie und Masse ab. Wenn sich die Masse verringert, so muß ein Ausgleich geschaffen werden, was bedeutet: Die Geschwindigkeit wächst. Anders ausgedrückt: Wenn

Masse weggenommen wird, so ist nach wie vor Energie vorhanden und bewirkt eine Beschleunigung!«

Verwirrung flackerte in Karns Augen. Der feste Halt seines Lebens – die Prinzipien der Wissenschaft – schien sich aufzulösen.

»Wie kann Masse weggenommen werden?« fragte Kellen.

»Ich weiß es nicht! Aber wir sehen, daß es hier geschieht!«

»Ich *fühle*, daß es geschieht. Wer soviel auf den Rippen hat wie ich, merkt sofort, wenn er leichter wird.«

Karn nickte und atmete so schwer, als sei er nach einer halben Ewigkeit unter Wasser aufgetaucht. »Wenn die Werte auf null sinken ... Wenn sie auf null sinken ... Wenn die Masse von Sonne und Planeten den Wert null erreicht ... Wenn es nur noch Energie und *keine* Masse mehr gibt ... Dann wird alles auf Lichtgeschwindigkeit beschleunigt! Jedes einzelne Partikel!«

»Wie Photonen«, murmelte Kellen. »Sind Sie sicher, daß so etwas passieren wird?«

Karn wurde immer nervöser, weil der General darauf bestand, seine Theorie mit ihm zu erörtern – eine Theorie, die immer mehr zur erschreckenden Praxis wurde. Die Farbe wich aus dem bronzefarbenen Gesicht des wissenschaftlichen Offiziers. »Nein, ich bin mir nicht sicher! Etwas in dieser Art hat sich nie zuvor ereignet. Aber ich *glaube*, daß es passieren wird!«

»Kein Objekt, ob groß oder klein, kann die Lichtgeschwindigkeit erreichen«, wandte der Navigator ein. »Das ergibt überhaupt keinen Sinn.«

Karn drehte sich ruckartig um. »Die Verringerung der Masse ergibt ebensowenig Sinn!«

»Die Planeten explodieren«, sagte der Navigator. »Na und?«

»Idiot!« Karn vollführte eine abrupte Geste. »Verstehen Sie denn nicht? Wir alle sind Teil des existierenden Universums!« Er deutete auf die Anzeigen der Instrumente. »Auch unsere Masse schwindet. Und wenn ihr Wert auf null sinkt... Dann fliegen unsere Moleküle mit Lichtgeschwindigkeit auseinander! Weil sich die Energie irgendwie entfalten *muß*!«

Ruhl musterte ihn. »Wir explodieren ebenfalls?«

Karn nickte heftig. »Mit Lichtgeschwindigkeit!«

Nach vielen Jahren im All verstand Kellen, und die Mienen der anderen Klingonen zeigten, daß es ihnen ebenfalls dämmerte. Ihre Gesichter waren blaß.

»Wie stark hat sich die Masse reduziert?« fragte Kellen leise.

Im knorrigen Gesicht des wissenschaftlichen Offiziers zeigte sich Furcht, als er auf die Displays starrte. Er versuchte, die Panik zu unterdrücken und sich ein Beispiel am General zu nehmen. »Der Wert ist auf vierzig Prozent gesunken und nimmt weiter ab, Sir.«

Ruhl bedachte ihn mit einem durchdringenden Blick. »Ist es eine Waffe?«

Kellen strich sich eine Strähne des sorgfältig gestutzten Haars aus der Stirn und schenkte der Frage keine Beachtung. »Gefechtsalarm«, sagte er statt dessen. »Schilde hoch.«

Ruhl gab den Befehl nicht etwa weiter, sondern trat selbst an die entsprechenden Kontrollen heran und aktivierte die Schilde.

Von einem Augenblick zum anderen strich eine Welle aus Übelkeit über die Klingonen hinweg, und sie verloren den Boden unter den Füßen. Das Deck glitt unter ihnen fort.

Keine Masse mehr – keine Gravitation.

Kellen trachtete danach, sich irgendwo festzuhalten. Gleichzeitig hob er die Stimme, um den plötzlichen Lärm zu übertönen. »Kompensieren! Kompensieren, ihr armseligen Amateure!«

»Wir versuchen es, Sir!«

»Kompensation findet statt, Sir!«

Sie gaben sich Mühe – das sah der General. Der Navigator betätigte Tasten, während er die Beine unter den Sessel hakte, um nicht fortzuschweben. Die *Jada* flog auf einem unsinnigen Kurs durchs Sonnensystem, gefolgt von fünf anderen klingonischen Schiffen, die alle versuchten, sich im Chaos zu behaupten.

Planeten platzten auseinander, denn aufgrund der geringen Masse reichte ihre Gravitation nicht mehr aus, um die Materie zusammenzuhalten. Monde verließen ihre Umlaufbahnen und schwollen ebenfalls an, so als bliese sie etwas von innen her auf. Ähnliches geschah mit den Asteroiden: Sie dehnten sich immer mehr aus, zerfielen dann zu Staub.

Materiewolken bildeten sich dort, wo bisher nur leeres All existiert hatte. Während hier und dort auch weiterhin Monde anschwollen, brachen Kontinente auseinander, und Ozeane spritzten in den Weltraum, um in der Kälte des Vakuums zu Eis zu erstarren. Die Sonne dehnte sich noch weiter aus, umarmte mit tödlicher Hitze jene Welten, auf denen sie bis vor kurzer Zeit Leben ermöglicht hatte. Im Lauf von vielen Jahrmillionen war es entstanden; nur wenige Sekunden genügten, um es auszulöschen.

Die Sonne – eine riesige Wasserstoffbombe, von natürlicher Magie namens Gravitation an der Explosion gehindert. Doch wenn die Gravitation verschwand …

Kellen stand neben der Navigationsstation, und sein Blick wanderte über Bildschirme hinweg, die ihm nicht ganz so vertraut erschienen wie jene an Bord seines Flaggschiffs. Er fragte sich, was die gerade vernichteten Lebensformen in ihren letzten Momenten empfunden hatten. Sicher Schreckliches. Übelkeit und Gewichtsverlust. Das Gefühl, plötzlich fortzuschweben.

Zu hören, wie die Luft aus den Lungen strömte, als die Atmosphäre ins All entwich. Zu sehen, wie sich überall das Land emporstülpte und aufriß, wie Bäume fortflogen, weil es gar keinen Boden mehr gab, in dem ihre Wurzeln Halt fanden ...

Welche Entwicklungsstufe hatten die Bewohner des Planeten erreicht? Den Klingonen war nicht genug Zeit geblieben, genauere Untersuchungen anzustellen. *Sind sie intelligent gewesen*? überlegte Kellen. *Wechselten sie letzte Blicke, als sie fortschwebten, einem Himmel entgegen, der nicht mehr blau glänzte, sondern sie mit Schwärze verschlang*?

Dutzende von Instrumenten auf der Brücke piepten und summten, maßen die Katastrophe im molekularen Bereich und versuchten, einen Ausgleich für die von den Sensoren festgestellten Veränderungen zu schaffen.

Der General hörte die Panik der Crew: ein Pochen zwischen seinen Schläfen – *Kellen! Kellen! Kellen!* –, das sich mehrmals wiederholte, ohne daß er darauf reagieren konnte. Eine fast hypnotische Wirkung ging von den Verheerungen aus, die sich auf den Schirmen präsentierten. Jene Stimmen, die immer wieder seinen Namen riefen ... Vielleicht kamen sie aus seinem eigenen Verstand, der versuchte, ihn aus dem Strudel des Wahnsinns zu befreien.

Zum erstenmal in seinem Leben wußte Kellen nicht, was er unternehmen sollte. Er befand sich nicht einmal an Bord des Flaggschiffs, wo er die Hilfe seines wissenschaftlichen Offiziers in Anspruch nehmen konnte.

»Setzen Sie sich mit der *Qul* in Verbindung«, sagte er fest. »Ich möchte mit meinem eigenen Wissenschaftsoffizier reden.«

»Ja, General«, ächzte der am ganzen Leib bebende Navigator. Rasch sah er zu Ruhl und fürchtete plötzlich, voreilig geantwortet zu haben – normalerweise mußte der Captain solche Anweisungen erst bestätigen. Ruhl nickte nur, und daraufhin öffnete der Navigator einen Kom-Kanal. »Verbindung hergestellt, Sir.«

Der General zog sich näher zur Kommunikationskonsole. »Hier ist Kellen. Ich möchte mit Aragor sprechen.«

»Wir können ihn nicht finden, Sir«, tönte es aus dem Lautsprecher.

»Sie können ihn nicht *finden*?«

»Nein, Sir. Zumindest ... derzeit nicht.«

»Finden Sie ihn trotzdem.«

»Ja, Sir. Bitte warten Sie.«

»Zeigen Sie mir den Status der Flotte«, sagte Kellen.

Der taktische Offizier betätigte mehrere Tasten, und ein grüner Monitor erhellte sich, zeigte die fünf anderen Raumschiffe. Ihre Außenhüllen reflektierten das grelle Licht der aufgeblähten Sonne, schienen zu glühen. Die flaschenförmigen Raumer trudelten immer wieder, und ganz offensichtlich fiel es auch ihnen schwer, die zunehmende Geschwindigkeit unter Kontrolle zu halten. Niemand von ihnen wußte, wie man sich gegen so etwas zur Wehr setzte.

»General Kellen, hier ist Aragor! Sind Sie da?«

Kellen wandte sich zur Kom-Station um – und drehte sich dabei fast ganz um die eigene Achse. Er verlor Masse und damit auch den Kontakt zum Deck. »Natürlich bin ich hier. Was geschieht mit uns?«

»Die Instrumente zeigen eine Verringerung der Masse an! Ein kontinuierlicher Schwund findet statt, und ich habe keine Erklärung dafür. Die künstliche Gravitation ist ...«

»Ich brauche eine Möglichkeit, um uns zu schützen«, sagte Kellen. »Lassen Sie sich etwas einfallen.«

»Wir müssen unsere Masse erhalten!« rief Karn hinter dem General. »Zumindest einen Teil davon – einen Bruchteil! Sie darf sich nicht auf null reduzieren!«

»Er hat recht, General«, erwiderte Aragor. »Vielleicht sind wir imstande, uns vor dem Effekt abzuschirmen.« In der aus den Kom-Lautsprechern dringenden Stimme kam deutliche Anspannung zum Ausdruck.

»Womit?« fragte Kellen.

»Mit den ... Schilden. Wenn wir die gesamte zur Verfügung stehende Energie in sie leiten, können wir die Veränderung vielleicht aufhalten ...«

»Beginnen Sie sofort damit«, entschied Kellen. »An alle wissenschaftlichen und Navigationsstationen der Flotte: Stellen Sie Datenverbindungen mit Karn und Aragor her. Wiederholen Sie die von ihnen vorgenommenen Schaltungen. Also los, Aragor.«

»Ja, General.«

Karn erschauerte. »Ja, General«, sagte er dann.

»Masse bei zwanzig Prozent«, keuchte der taktische Offizier. »Nimmt weiter ab.«

»Schilde verdreifachen«, tönte Aragors Stimme aus den Kom-Lautsprechern. Seine Hinweise galten nicht mehr allein Kellen, sondern den wissenschaftlichen Stationen aller sechs Schiffe. »Die Deflektor-Formel wird jetzt übertragen. Empfang und Bestätigung von allen Systemen.«

Karn und der taktische Offizier arbeiteten hastig an den Kontrollen, hielten sich dabei an den Rückenlehnen von Sesseln und anderen Crewmitgliedern fest.

»Zehn Prozent. Nimmt weiter ab ...«

»Die Anzeigen für externe und interne Masse weisen einen Unterschied auf.« Karns Stimme klang nun fast triumphierend.

»An alle Stationen: Meldung der internen Masse ...«

Solare Materie dehnte sich aus, flog durchs ganze Sonnensystem, verbrannte die Reste der Planeten, waberte an den Schilden und verursachte ein gespenstisches Heulen, das den Klingonen durch Mark und Bein ging.

Seit den ersten Ausbildungsmissionen war Kellen nicht mehr schwerelos gewesen, doch das Gefühl erschien ihm vertraut – es handelte sich dabei um etwas, das der Körper nie ganz vergaß. Er spürte, wie die inneren Organe nicht mehr von ihrem eigenen Gewicht belastet wurden, empfand vage Benommenheit und leichten Schwindel, hervorgerufen vom Verlust des Gleichgewichts. Er versuchte, diese ablenkenden Gefühle zu verdrängen. Keine Kontrolle über die Schwerkraft – und ohne eine solche Kontrolle war es viel zu gefährlich, den Warptransfer einzuleiten. Es blieb ihnen also nichts anderes übrig, als im Sublicht-Bereich mit einem Phänomen fertig zu werden, das die Moleküle ihrer Körper auf Lichtgeschwindigkeit zu beschleunigen drohte. Sie waren in einem Sonnensystem gefangen, dessen Zentralgestirn zur Nova wurde, und zwar bis hin zum letzten Partikel.

»Externe Masse bei fünf Prozent – interne Masse fünf Komma eins Prozent …«

Kellen hörte Karns Stimme und überlegte. Die Verringerung der Masse bewirkte eine Zunahme der Geschwindigkeit. In gewisser Weise schien sich die verschwindende Masse in Treibstoff zu verwandeln … Die Planeten brachen auseinander, wurden dabei immer schneller, rasten um die expandierende Sonne. Welch ein Anblick! Wenn er bei der Beobachtung eines solchen Phänomens starb – sicher gab es einen schlimmeren Tod.

»Externe Masse zwei Prozent, interne zwei Komma null vier … Komma null drei … Komma null zwei …«

Kleine Bruchstücke der geborstenen Planeten und Asteroiden prallten an die Schilde, verursachten ein Donnern, das durchs ganze Schiff hallte. Die Klingonen auf der Brücke hielten sich die Ohren zu, verloren dadurch den Halt, schwebten umher und stießen gegeneinander.

Niemand von ihnen stand mehr auf dem Boden.

»Externe Masse ein Prozent!«

»Interne Masse eins Komma null fünf!«

»Impulskraft in die Schilde leiten!«

»Externe Masse bei eins Komma null eins Prozent...«

Die Zahlen wurden zu einem beständigen Summen hinter Kellens Stirn. Wieviel Zeit war verstrichen? Das Verschwinden der Gravitation – dieser Effekt konnte sich nicht schneller als mit Lichtgeschwindigkeit ausdehnen; andernfalls wäre es zu noch weitaus dramatischeren Konsequenzen gekommen. Die Anziehungskraft der Sonne hatte lange genug nachgelassen, um es den inneren Planeten zu ermöglichen, ihre Umlaufbahnen zu verlassen. Doch bis auch die äußeren Planeten betroffen waren... Die Entfernung betrug vier bis fünf Lichtstunden. Es würde also vier bis fünf Stunden dauern, bis der Gravitationsschwund den Rand des verheerten Sonnensystems erreichte. Derzeit stellten die peripheren Welten nur große Anhäufungen von Gas und Gestein dar, die ihre ursprünglichen Orbitalvektoren beibehalten hatten. Wenn die Gravitationslosigkeit auch sie erfaßte... Dann folgten sie dem Beispiel der inneren Planeten. Und damit noch nicht genug. Wenn die Veränderung lange genug anhielt, wenn die Masse der Sonne auf null sank, so würde sie sich nie wieder ›erholen‹. In dem Fall verwandelte sich das ganze System in eine Masse aus winzigen Partikeln, die mit Lichtgeschwindigkeit in alle Richtungen davonrasten.

Doch wenn der Massenverlust rechtzeitig aufhörte... Dann sank die Geschwindigkeit der betroffenen Objekte, und es entstand wieder ein primordiales Sonnensystem, wie vor etwa fünf Milliarden Jahren. Was auch immer geschehen mochte: Dieser Teil des Weltalls blieb für immer verändert.

»Interne Masse bei einem Sechzehntel eines Prozents!« Karn schwebte bei den sekundären Monitoren auf der Backbordseite und drehte sich so, daß der Kopf nach unten zeigte und die Beine nach oben. Auf diese Weise konnte er die Anzeigen der Instrumente besser erkennen. »Die Masse außerhalb der Schilde ist auf null gesunken! Null!«

Zwischen dem ›n‹ und dem zweiten ›l‹ des letzten Wortes schien das, was von den Planeten des Sonnensystems übriggeblieben war, einfach zu verdampfen. Moleküle wurden jäh auf Lichtgeschwindigkeit beschleunigt und rasten in alle Richtungen davon. Jetzt existierte nur noch die Sonne. Sie blähte sich noch schneller auf, strahlte von allen Bildschirmen im Kontrollraum der *Jada*. Auf den sekundären Monitoren zeigten sich die fünf anderen Schiffe der Flotte als vage Silhouetten.

Plötzlich gab es nur noch vier andere Schiffe.

»Die *Shukar*!« rief Ruhl. »General!«

Kellen starrte auf die hellen Schirme, bis ihm die Augen tränten. Der *Shukar* war es nicht gelungen, ihre Masse über einem Wert von null zu halten. Das Ergebnis: eine Explosion, die wie zuvor bei den Planetenresten einem Verdampfen gleichkam, als die Myriaden Partikel des Raumschiffs mit Lichtgeschwindigkeit auseinanderstrebten.

»Interne Masse ein Hundertstel eines Prozents!« heulte Karn und schirmte sich die Hände mit beiden Augen ab, während er über den Displays schwebte. »Ein Hundertzwanzigstel! Wir schaffen es nicht, den Schwund zu kompensieren!«

»Die gesamte Waffenenergie in die Schilde leiten.«

Aragor versuchte, sich unter Kontrolle zu halten, aber Kellen hörte das Zittern in seiner Stimme. Sie hatten kaum noch Masse – praktisch so gut wie keine –, doch der geringe Unterschied zwischen *kaum* und *nichts* trennte hier das Leben vom Tod. Der Energieverbrauch war enorm, aber es gelang ihnen, intakt zu bleiben, während sich um sie herum alles auflöste. Sekunden verstrichen.

Die Planeten existierten nicht mehr, und die Sonne schwoll noch immer an. Es konnte nicht mehr lange dauern, bis ...

Eine unsichtbare Hand schien nach Kellen zu greifen und ihn aufs Deck zu werfen. Arme und Beine sausten nach oben, und der General landete auf seinem ziemlich großen Bauch. Ruhl fiel auf ihn, bescherte ihnen beiden Benommenheit. Verwirrt von der Rückkehr des eigenen Körpergewichts rollten die Klingonen über den Boden und fragten sich, ob *unten* wieder *unten* bedeutete.

Kellen preßte die Hände flach aufs Deck und stemmte sich hoch. Für ein oder zwei Sekunden verglich er seine Haltung mit der Gefechtskonfiguration eines Bird-of-Prey: die Arme wie Schwingen nach unten geneigt, Schultermuskeln gespannt, Finger gekrümmt.

Ruhl rutschte von ihm herunter, und Kellen richtete sich ganz auf. Er kämpfte gegen die in ihm emporquellende Übelkeit an, als er zur Navigationsstation wankte. »Status der Gravitation im Sonnensystem!«

Die Crew wandte sich den Instrumenten auf der Steuerbordseite zu. Ruhls rötliches Haar hatte sich gelöst und hing ihm wie ein fransiger Mop ins Gesicht. Er versuchte noch immer, zuviel selbst zu erledigen. Vermutlich war er zu schnell befördert worden und noch nicht daran gewöhnt, Verantwortung zu delegieren. Manchmal kam es zu derartigen Beförderungen, wenn eine Familie über gute Beziehungen verfügte. Nun, bestimmt lernte er mit der Zeit dazu.

»Alle Anzeigen kehren in den normalen Bereich zurück, Sir!« rief Karn. Er drehte sich um und sah zum Hauptschirm.

Alle anderen folgten seinem Beispiel, auch Kellen. Die Sonne würde den entscheidenden Hinweis liefern.

Sie beobachteten, wie der gewaltige Glutball schrumpfte, wie die solare Materie einem gemeinsamen Zentrum entgegenstürzte. Doch ein Teil von ihr war zu weit entfernt, um wieder eingefangen zu werden, trieb davon und verlor sich irgendwo im All.

Es gab jetzt keine Planeten mehr, auf denen Leben entstehen konnte. Die früheren Welten waren auseinandergebrochen, und der rätselhafte Masseverlust hatte sie in Staub verwandelt, um die Partikel anschließend mit Lichtgeschwindigkeit fortzuschleudern. Die Sonne mußte noch einmal von vorn beginnen, ihre Gravitationsarme in den interstellaren Raum ausstrecken, um neue Trabanten zu gewinnen. Eine äonenlange Entwicklung stand erneut am Anfang.

»Aragor«, sagte Kellen. »Hören Sie mich, Aragor?«

Es blieb still, und der General fühlte sich von Sorge erfaßt. War es der *Qul* ebenso ergangen wie der *Shukar*? Er sah von Schirm zu Schirm.

»Hier Aragor, Sir«, ertönte es schließlich aus den Kom-Lautsprechern. »Die Position der... Sonne hat sich um mehrere Millionen Kilometer verschoben. Nach der Rückkehr von Masse und Gravitation verdichtete sich die solare Materie wieder. Aber es handelt sich jetzt nicht mehr um eine Sonne, sondern um eine heiße Gaswolke, die sich weiter zusammenziehen wird, um irgendwann einen neuen Stern zu bilden. Die Planeten existieren nicht mehr...«

Aragor erstattete keinen Bericht, nannte nur seine aktuellen Beobachtungen. Was einen deutlichen Hinweis darauf bot, wie bestürzt er war.

»Die Veränderung hat aufgehört«, fuhr der wissenschaftliche Offizier fort, bevor Kellen nach Einzelheiten fragen konnte. »Als die Masse wiederhergestellt wurde, reduzierte sich die Geschwindigkeit auf den

Ausgangswert. Sicher hat das etwas mit dem Gesetz von der Erhaltung der Energie zu tun… Die Energie muß von irgendwoher kommen; sie kann nicht einfach so erscheinen. Solange wir uns auch nur ein wenig Masse bewahren konnten, blieben wir intakt…«

Aragor suchte nach geeigneten Worten, um das zum Ausdruck zu bringen, was ihnen allen durch den Kopf ging: Sie hatten etwas beobachtet und erlebt, das eigentlich gar nicht passieren konnte. Woher stammte die dafür verantwortliche Energie?

»Was hat die Veränderung aufgehalten, Aragor?« erkundigte sich Kellen.

Wieder herrschte Stille. Er sah zu Karn, der seinen Blick erwiderte und ebenfalls auf Aragors Antwort wartete.

»Die Natur«, erwiderte Kellens wissenschaftlicher Offizier.

Aragor legte eine neuerliche Pause ein, und Kellen glaubte zu spüren, wie er angestrengt überlegte.

»Masse… Energie… und Geschwindigkeit hängen zusammen«, verkündeten die Kom-Lautsprecher. »Als sich die Masse verringerte, schuf die Natur einen Ausgleich durch Beschleunigung, bis hin zur Lichtgeschwindigkeit. Als die Masse plötzlich zurückkehrte, kam es zu einer Verringerung der Geschwindigkeit.«

»Aber Geschwindigkeit ist immer relativ«, warf Kellen ein. »Man mißt sie in bezug auf etwas anderes. Woraus folgt: In bezug auf was hat sich unsere Geschwindigkeit verringert?«

Der General fühlte die Blicke der anderen Klingonen auf sich ruhen. Er fühlte, wie die allgemeine Anspannung wuchs, auch an Bord der übrigen Schiffe: Alle warteten darauf, daß er und Aragor eine Antwort fanden.

»Ich weiß es nicht«, erwiderte der wissenschaftliche Offizier mit einer Schärfe, die seine Unsicherheit verriet. »Vielleicht irre ich mich. Ich habe das Phänomen beobachtet und kann es beschreiben. Aber ich sehe mich außerstande, es zu erklären.«

»Sir!« stieß Ruhl hervor und wankte in Richtung Kommandosessel. »Könnte es eine Waffe sein?«

»Wenn es eine von den Bewohnern des Sonnensystems entwickelte Waffe war, so haben sie sich selbst damit vernichtet«, stellte der General fest. »Doch wenn sie von jemand anders eingesetzt wurde, so hat ein neuer Krieg begonnen.«

Ruhl schob sich am Kommandosessel vorbei und verharrte neben der Navigationsstation, wo Kellen stand. »Starfleet?«

Der General antwortete nicht. Es gab einige Dinge, über die nicht einmal Klingonen zu spekulieren wagten.

Starfleet. Ihr alter Feind. Kellens ältester Gegner. Jene Leute mochten durchaus imstande sein, eine Waffe zu entwickeln, die Masse verschwinden ließ. Aber würde Starfleet auch Gebrauch davon machen? Vermutlich ja. Allerdings nicht ohne eine schwere Provokation, und dazu war es in letzter Zeit nicht gekommen.

Das wußte Kellen genau, denn er hatte darum gebeten, die eine oder andere Provokation vorbereiten zu dürfen. Leider waren die Verantwortlichen nicht bereit gewesen, ihm eine entsprechende Genehmigung zu erteilen.

Das Sonnensystem kam einer kosmischen Wüste gleich. Das Brodeln in der glühenden Gaswolke schickte sich an, zu einem neuen Stern zu werden, der jedoch allein sein würde.

Hier gab es nichts mehr zu erobern. Der Räuber hungerte wegen der Selbstopferung der Beute ...

Wenn es sich nicht um eine Waffe handelte – um was dann?

Kellen wandte sich an Ruhl, sah jedoch kein Gesicht, sondern wirres rotes Haar. Er schüttelte die eigenen Locken beiseite, als wollte er auf diese Weise ein gutes Beispiel geben.

»Streichen Sie sich das Haar aus dem Gesicht, wenn ich mit Ihnen rede, Ruhl.«

Der Captain versuchte, dieser Aufforderung nachzukommen, doch dabei blieb ein Fingernagel im langen Schnurrbart stecken. Verlegen löste er ihn daraus und fragte sich, ob der General ihm einen Befehl erteilt hatte. Er hoffte, daß in Kellens Worten nur eine Anregung zum Ausdruck kam. »Ja ... ja, Sir«, erwiderte Ruhl.

Kellen beschloß, sich auf wichtigere Dinge zu besinnen. »Verschaffen Sie sich einen Überblick in Hinsicht auf die Schäden bei der Flotte. Nehmen Sie außerdem eine gründliche Sondierung dieses Raumbereichs vor.«

Ruhls kleine Augen wurden groß. »Wonach sollen wir sondieren?«

»Nach all den Dingen, die Sie finden.«

»Ja, General ...«

»Karn ...« Kellen drehte sich zu dem wissenschaftlichen Offizier der *Jada* um, mit der Absicht, ihn seinen Kollegen gegenüber aufzuwerten. »Blieben die Veränderungen auf dieses Sonnensystem beschränkt? Wie weit reichten sie?«

Karn hätte dem General fast dafür gedankt, daß er ihm Aufmerksamkeit schenkte. »Die von den Fernbereichsensoren ermittelten Daten deuten darauf hin, daß sich das Phänomen über eine Entfernung von bis zu sechzehn Lichttagen auswirkte.«

»Übermitteln Sie dem Imperium einen ausführlichen Bericht.«

»Ja, General!«

»Wir sollten darauf hinweisen, daß es im System Uri Taug jetzt kein Leben mehr gibt, General«, meinte

Ruhl. »Sonst fragt man sich vielleicht, warum wir nichts eroberten.«

Kellen deutete zum Hauptschirm, der nach wie vor die glühende Gaswolke zeigte. »Wir weisen darauf hin, daß die Eroberung gelang. Immerhin gehört das System jetzt uns. Beziehungsweise das, was davon übrig ist.«

»Sir!«

Kellen und Ruhl drehten sich zu Karn um. »Ja?«

»Sir ... Sir!«

Kellen klopfte dem jungen Mann auf den Arm. »Wir sind beide hier. Was ist los? Sprechen Sie!«

»Etwas ... etwas geschieht!«

Der verwirrte Karn wich dankbar beiseite, als Kellen zur wissenschaftlichen Station trat, gefolgt von Ruhl.

Die Schirme zeigten nun ein verändertes Bild. Etwa ein Lichtjahr entfernt hatte sich eine Zone der Turbulenz gebildet. Jeder Monitor stellte sie anders dar, denn sie zeigten verschiedene Spektralbereiche und energetische Strukturen. Es war kein Wirbel, aber auch kein Riß. Und es bewegte sich. Kellen verglich die Erscheinung mit einem Stoffetzen, der im All von unsichtbaren Fingern bewegt wurde.

Der General betrachtete das Etwas aus zusammengekniffenen Augen. »Was ist das ?«

»Eine Art ... Ionensturm?« spekulierte Ruhl. Er fühlte sich verpflichtet, eine Antwort zu geben.

»Ein Ionensturm ausgerechnet jetzt? Ich bezweifle es.«

»Für was halten Sie es dann?«

»Ich glaube, wir sehen die Ursache des Phänomens, das sich hier ausgewirkt hat.« Kellen straffte die Gestalt. Ein kurzer stechender Schmerz in der linken Schulter erinnerte ihn an die jüngsten Erlebnisse. »Was auch immer sich jetzt anbahnt – ich kehre besser an Bord des Flaggschiffs zurück. Sondieren Sie die Erscheinung auch weiterhin. Und behalten Sie die Gefechtskonfiguration bei.«

»Ja, Sir«, bestätigte Ruhl.

»Hören Sie mich, Aragor?«

»Ja, General!«

»Orten Sie das Etwas?«

»Ich … sehe es, Sir.«

Mit diesen Worten gestand Aragor ein, daß er nicht wußte, was es mit dem wehenden Schleier auf sich hatte.

Kellen nutzte die Gelegenheit, um sich den langen, anstrengenden Weg zum Transporterraum zu sparen. Er holte seinen Kommunikator hervor und klappte ihn auf.

»Ermitteln Sie meine Koordinaten und beamen Sie mich direkt auf die Brücke. Wir werden dieser Sache auf den Grund gehen. Wenn es sich um eine Naturkatastrophe handelt, so finden wir eine Erklärung. Wenn es eine Waffe ist, so erbeuten wir sie. Aktivieren Sie den Transporter.«

»Transporteroffizier, aktivieren Sie die Transfersysteme und beamen Sie den General direkt auf die Brücke.«

An Bord des Flaggschiffs *Qul* seufzte der wissenschaftliche Offizier Aragor. Es erleichterte ihn, daß Kellen an Bord zurückkehrte, um in einer so schwierigen Situation das Kommando zu übernehmen. Der Brükkencrew gegenüber gab sich Aragor zwar zuversichtlich, doch tief in seinem Innern zitterte Furcht. Vor wenigen Minuten war Unmögliches geschehen, und er konnte es noch immer nicht fassen. Wenn der Massenschwund einige Sekunden länger angedauerte hätte, so wären sie alle zu einem unkontrollierten Wirbel aus Hyperlicht geworden.

Eine Verringerung der Masse, obwohl die Materie präsent blieb – so etwas erschien ihm vollkommen absurd. Um einen natürlichen Vorgang handelte es sich dabei gewiß nicht.

Der General fand bestimmt eine Möglichkeit, das Rätsel zu lösen. Gemeinsam würden sie Daten sammeln, und auf ihrer Grundlage traf Kellen dann alle notwendigen Entscheidungen. Kein Zweifel: Kellen war der klügste Krieger im ganzen Universum.

Das Summen von Transporterenergie drang an Aragors Ohren, und er wandte sich dem offenen Bereich der Brücke zu, wo der General materialisieren sollte. Nur noch wenige Augenblicke ...

Eine Säule aus Licht erschien, bestehend aus einzelnen Streifen. Die Atome des Generals wurden durchs All geschickt und an Bord der *Qul* empfangen, um hier im Kontrollraum erneut einen Körper zu bilden. Schultern zeichneten sich in der schimmernden Säule ab, ein massiger Oberkörper, in eine mit Metallfasern verstärkte Uniform gehüllt. Einige Sekunden lang sah Aragor einen sorgfältig gestutzten Bart und bronzefarbenes Haar, das bis auf die Schultern reichte.

Dann verblaßte die Säule aus Energie. Gleichzeitig verwandelte sich das Summen in ein lautes Schrillen.

»Was hat das zu bedeuten?« Aragor aktivierte die interne Kommunikation. »Transporteroffizier! Was geht hier vor?«

Er bekam keine Antwort und beobachtete, wie der nur zum Teil rematerialisierte General die Stirn runzelte – offenbar spürte er, daß irgend etwas nicht mit rechten Dingen zuging. Er hob die rechte Hand, schien sie dem wissenschaftlichen Offizier entgegenstrecken zu wollen.

»Transporteroffizier!« rief Aragor. »Holen Sie den General an Bord!«

»Ich versuche es«, ertönte es aus dem Interkom. »Es gibt starke Interferenzen, Sir!«

»Kämpfen Sie um ihn!« Aragor winkte die anderen Brückenoffiziere fort von der glühenden Säule – niemand sollte die Rematerialisierung stören.

Was geschah? Ein solcher Transfer sollte eigentlich überhaupt keine Probleme bereiten. Jemanden von einem Raumschiff in ein anderes zu beamen, über eine vergleichsweise kurze Strecke ... Dabei hatten sich noch nie Schwierigkeiten ergeben.

Die Säule leuchtete etwas heller, was auf ein besseres Empfangssignal hindeutete – und dann verschwand sie plötzlich. Das Fehlen ihres Glanzes hinterließ ein seltsames Halbdunkel auf der Brücke.

Aragor drehte sich um und sah zum Hauptschirm, der die anderen Schiffe der Flotte zeigte. »Ruhl! Ist der General bei Ihnen?«

»Nein«, lautete die Antwort. »Wir konnten ihn nicht zurückholen.«

»Aber wo ist er dann?« Erneut aktivierte Aragor das Interkom. »Transporter! Wo ist er?«

»Sir ...« Die Stimme des Transporteroffiziers klang halb erstickt. »Die Transferstrahlen ... Sie wurden abgelenkt, und zwar zu dem Etwas dort draußen im All. Ich weiß nicht, wie so etwas passieren konnte!«

Aragor eilte zur wissenschaftlichen Station, wo sich ihm der taktische Offizier hinzugesellte. Gemeinsam starrten sie auf die Anzeigen.

Mehrere graphische Darstellungen zeigten Transferstrahlen, die sich wölbten wie der Schwanz eines fliehenden Tiers – um dann von der seltsamen Erscheinung verschlungen zu werden.

Während sie die Anzeigen beobachteten, veränderte sich etwas. Ein Objekt zeichnete sich in dem wehenden Schleier ab, etwas, das eine klar definierte Form hatte. Ein Schiff ...

»Das Transporterfeld wurde aufgesaugt«, murmelte der taktische Offizier. »Einfach absorbiert!«

Aragor schloß beide Hände um den Gummirand eines Monitors. »Ich will ihn zurück, Vagh…«

Er eilte zum Navigationspult, und dort huschten seine Hände über die Kontrollen. Das Bild auf dem Hauptschirm wechselte, zeigte einen Bereich des Alls, in dem sich neue Energie entfaltete.

Aragor starrte zum Projektionsfeld, und seine Stimme schien in den Knochen der anderen Klingonen zu vibrieren, als er rief:

»Ich will meinen General zurück!«

2

Heißer Wind ... ätzende, stinkende Luft ... Und das Geräusch von Maschinen.

Kellen materialisierte und glaubte zu ersticken.

Als ihn die Transferstrahlen freigaben, taumelte er, stieß gegen eine Wand und keuchte. Die Luft war schwül und voller Dunst. Moos bedeckte die Wand, an der er lehnte. Er stützte sich auch weiterhin an ihr ab und wartete darauf, daß sich seine Augen ans matte Licht gewöhnten.

Die Decke erstreckte sich nur eine Armeslänge über seinem Kopf. An einigen Stellen schien sie höher zu sein. Befand er sich in einem Tunnel? Oder vielleicht in einer Art Höhle?

Er spürte festen Boden unter den Füßen und sah Pflanzen: Riedgras, Kletten und Kletterpflanzen, Algen, fleckigen Kohl, Bovisten, Natterzunge ... Einige kannte er, andere nicht. Manche Gewächse wirkten zwar vertraut, hatten jedoch die falsche Farbe, die falsche Form oder den falschen Geruch. Kellen war kein Botaniker.

Scharfe, stechende Gerüche ... Wenn es ihm nur gelang, richtig zu atmen. Dann konnte er auch richtig denken.

Denken, denken. Die Ruhe bewahren.

Er hatte sich von Ruhls Schiff zu seinem eigenen transferieren wollen. Und jetzt befand er sich auf einem Planeten, in einer Höhle.

»Aber es gibt keine Planeten mehr«, brachte Kellen

hervor. Der Klang seiner eigenen Stimme gab ihm Halt. »Erst recht keine mit Leben ...«

Er preßte die Hand ans Moos. Insekten krabbelten ihm über die Finger, wirkten verwirrt.

Lebensformen. Zwar klein, aber wenigstens boten sie Gesellschaft.

Es bedeutete auch, daß es Nahrung für ihn gab.

Er stieß sich von der Wand ab, trat einen Schritt vor und verharrte wieder, als ihm etwas einfiel. Langsam ging er in die Hocke und betrachtete den Boden. Die seltsame Vegetation wies hier und dort flache Stellen auf. Fußabdrücke? War hier jemand anders unterwegs gewesen?

Jemand anders ...

Nachdenklich strich er mit der Hand über den Boden und richtete sich dann wieder auf. Das Geräusch ... Er erinnerte sich nun daran, und dadurch hörte er es erneut. Nach vielen Jahren an Bord von Raumschiffen hatte er gelernt, dem dumpfen Brummen von Generatoren und Reaktoren keine bewußte Aufmerksamkeit zu schenken.

»Maschinen«, sagte er.

Seine erfahrenen Ohren identifizierten das Geräusch einer Energiequelle, aber es ließ sich nicht feststellen, aus welcher Richtung das Brummen kam. Kellen wußte nur: Er befand sich in der Nähe schwerer Aggregate.

Und wenn es hier Energie gab, so konnte er sie nutzen, um heimzukehren oder zumindest ein Signal zu übermitteln.

Der Massenschwund – hervorgerufen durch eine Waffe? Vielleicht ein Ablenkungsmanöver? Um ihn, den Kommandeur der klingonischen Einsatzflotte, zu entführen?

Das Spekulieren weckte Unbehagen in ihm, und er beschloß, sich auf die Fakten zu konzentrieren. Fußspuren und Energie, auf einem Planeten mit Höhlen.

Und Licht? Woher kam das Licht? Von einer anderen Energiequelle? Oder von jener Sonne, die zunächst angeschwollen war, um dann wieder zu schrumpfen?

Er drehte den Kopf von einer Seite zur anderen, versuchte festzustellen, ob sich das Licht veränderte. Es blieb trüb, aber gleichmäßig. Es gab keine Möglichkeit zu bestimmen, ob es natürlichen oder künstlichen Ursprungs war. Kein noch so geringer Windhauch bewegte die Luft, die dem General jetzt nicht mehr ganz so schlimm erschien. Wenn er ruhig atmete, stach sie weniger im Hals.

Wo bin ich? dachte er. Die Antwort: auf einem Planeten mit Atmosphäre.

Jähe Panik quoll in ihm empor, als er sich vorstellte, auf einem der äußeren Planeten zu sein und darauf zu warten, daß die Welle aus Gravitationslosigkeit eintraf, um eine weitere Apokalypse auszulösen. Andererseits... Er hatte mit eigenen Augen gesehen, wie jene Welten auseinanderbrachen. Und selbst vorher... Es konnte unmöglich Leben auf ihnen gegeben haben, weder Pflanzen noch Insekten.

Außerhalb der Schiffe erreichte die Masse den Wert null, dachte Kellen. *Von den Planeten blieb nichts übrig*.

Er zog daraus den Schluß, daß er sich nicht mehr in dem verheerten Sonnensystem aufhalten konnte. Diese Erkenntnis erfüllte den General mit neuer Entschlossenheit. Er setzte sich wieder in Bewegung, wählte einen Tunnel und folgte seinem Verlauf. Die Passage erwies sich als recht schmal, aber die Decke war hier nicht ganz so niedrig. Nach etwa zwanzig Metern fand sich Kellen in einem weiteren offenen Bereich wieder. Hier erwies sich das Brummen der Energiequelle als lauter. Es klang vertraut, und gleichzeitig bemerkte Kellen bei dem Geräusch eine ungewohnt hohe Tonlage, was dem Eindruck des Vertrauten ein fremdes Element hinzufügte.

Von dieser Höhle ging ein weiterer Tunnel aus, und darin erwartete Kellen eine Finsternis, die ihn fast zurücktaumeln ließ. Er zwang sich, reglos zu verharren, als ihm die Dunkelheit entgegenflutete, gab seinen Augen Gelegenheit, sich daran zu gewöhnen. Anschließend besann er sich auf seinen Mut, um den Weg fortzusetzen und nicht in den Bereich der Höhle zurückzukehren, den er bereits kannte. Die Flotte suchte bestimmt nach ihm. Er mußte eine Möglichkeit finden, sich mit ihr in Verbindung zu setzen.

Aus der Dunkelheit wurde eine Schwärze, die sich ihm an die Schultern preßte, nach oben tastete und durchs Gesicht strich, hoch zur knochigen Stirn. Er setzte ihr seine Willenskraft entgegen und blinzelte mehrmals, als seien seine Augen das Problem.

Der Tunnel wurde schmaler – ganz deutlich spürte er die Veränderung. Er sah nichts, aber er fühlte etwas.

Dann ... Ein gespenstisches Glühen, das regelmäßig pulsierte. Rot, blau ... Rot, blau ... Kellen ließ sich davon leiten. Nur noch einige Meter. Er durfte jetzt nicht aufgeben.

Erleichterung durchströmte ihn, als er kurze Zeit später in eine größere Kaverne gelangte. Er rannte fast aus dem Tunnel, um der Finsternis zu entrinnen, schnappte wie jemand nach Luft, der fast ertrunken wäre – und begriff, daß er den Atem angehalten hatte. Er versuchte, das wieder stärker werdende Brennen im Hals zu ignorieren, als er durch die Höhle wankte.

Das Messer an seinem Gürtel stieß an die Wand, und es klang seltsam. Metallisch. Auf Moos?

Mit der einen Hand tastete Kellen nach dem Griff der Klinge, und mit der anderen stieß er sich von der moosbewachsenen Höhlenwand ab. Er taumelte einige Schritte, drehte sich dann um – und riß die Augen so weit auf, daß sie schmerzten.

Grüne Algenfäden hingen an den Wänden, wirkten

wie Hexenhaar. Und hinter diesem Vorhang gab es etwas, das die Blicke des Generals erwiderte. Dunkle Insekten krabbelten über schwammiges, fauliges Moos, vorbei an Schimmelpilzen und Flechten. Doch in dieser Masse zeigten sich überall halb überwucherte Nischen und Löcher, etwa von der Größe eines terranischen Kürbisses. Bei diesem Vergleich fielen Kellen seine Lieblingsspeisen ein, doch der Gedanke daran konnte keineswegs das Entsetzen aus ihm verdrängen: In etwa zwei Dritteln dieser Öffnungen ruhten Totenschädel.

Alle wiesen Augenhöhlen und einen lippenlosen grinsenden Mund auf, aber mehr gemeinsame Elemente gab es nicht. Bei einigen sah Kellen die Stümpfe von Hörnern, und andere präsentierten ihm Konturen, die ihn mit Grauen erfüllten, Erinnerungen an klingonische Mythen wachriefen. Jene Geschichten aus seiner Kindheit berichteten vom Bösen, von Schrecken und Entsetzen, von Ungeheuern und Dämonen, die nach Opfern suchten.

Eisige Kälte schien nach dem Herzen des Generals zu tasten, und er taumelte zur Seite, stieß mit dem Fuß gegen etwas und taumelte erneut. Er bebte am ganzen Leib, als er einmal mehr die Wand berührte, und das Messer verursachte erneut ein metallisches Klacken. Gleichzeitig bemerkte Kellen wieder das Pulsieren: Irgendwo unter dem Moos glühte es erst rot und dann blau, rot und blau …

Er riß das Messer aus der Scheide, rammte es ins Moos hinein und führte einen Schnitt, als ginge es darum, den Körper eines Feindes von der Kehle bis zum Bauch aufzuschlitzen. Die grüne Masse gab nach, und die Ränder der Öffnung zitterten. Kellen griff danach und zerrte das Moos beiseite.

Eine dichte Wolke aus Sporenstaub bildete sich, und dahinter kamen zwei Tafeln mit bunt leuchtenden

Kontrollen zum Vorschein. Darunter entdeckte der General ein Display mit seltsamen graphischen Darstellungen.

Er riß noch mehr Moos fort, bis hin zum Boden. Es gab sofort nach, aber wieder entstand eine Sporenwolke. Als sie sich auflöste, sah Kellen eine Metallwand. An der Ecke ging sie in einen Boden über, der ebenfalls aus Metall zu bestehen schien.

Er starrte auf die Wand und gab ihr einen Tritt, blickte dann zu den Totenschädelnischen, zur Öffnung des mit Finsternis gefüllten Korridors. Das dumpfe Brummen der Energiequelle ergab plötzlich einen neuen Sinn. Er befand sich nicht auf einem Planeten, sondern ...

»Ein Schiff«, sagte er. »Dies ist ein Raumschiff.«

Die eigene Stimme klang bei diesen Worten so seltsam, daß etwas in ihm erzitterte.

Auch etwas anderes reagierte darauf.

Die Wand sah ihn an. Zwei Augen – zwei echte, lebende Augen – öffneten sich in der wirren Pflanzenmasse. Groß und gelb waren sie, von einem weißen Ring umgeben, und in der Mitte wiesen sie einen schwarzen Punkt auf. Kellen hatte das Gefühl, von ihrem Blick regelrecht durchbohrt zu werden.

Langsam schoben sie sich vor, durch den Vorhang aus Algenfäden ...

Diesmal versagte Kellens Selbstdisziplin – auch mit seiner ganzen Willenskraft konnte er das Entsetzen nicht aus sich verbannen. Er beobachtete, wie ein Geschöpf aus der Wand wuchs. Weiße Tentakel ragten oben aus dem Schädel des Ungeheuers, bewegten sich unabhängig voneinander, tasteten hungrig umher.

Handelte es sich vielleicht um Parasiten, die den Kopf des Wesens fraßen? Immer weiter ragte das Monstrum aus der Wand, und Kellen begriff plötzlich, daß die Tentakel integraler Bestandteil des Kopfes waren.

Sie erinnerten ihn an Dinge, die er bei Meerestieren gesehen hatte, an Pseudopodien mit giftigen Spitzen.

Rasch ließ er seinen Blick über die Wand schweifen und fand einen Schädel, der oben mehrere Löcher aufwies. Ganz offensichtlich stammte er von einem Wesen dieser Art.

Das Geschöpf glitt ganz aus der Wand heraus und streifte einige schleimige Membranen ab, die es noch mit der Welt hinter dem Grün verbanden. Die Tentakel auf dem Kopf, jeder von ihnen so lang wie Kellens Unterarm, wanden sich wie in einer Strömung von einer Seite zur anderen, tasteten erneut zur Wand und berührten sie mit winzigen Saugnäpfen.

Ein Raumschiff. Und seine Crew bestand aus Ungeheuern!

Panik zerfetzte die letzten Reste von Kellens Selbstbeherrschung. Er hob die Arme und stieß einen Schrei aus, in der vergeblichen Hoffnung, das Wesen damit zu vertreiben.

Er suchte in seinen frühesten Erinnerungen und nannte den Namen des Geschöpfs.

»*Iraga*!« heulte der General.

»Anflugmuster *SochDIch* auf mein Kommando!«

»Ja, wissenschaftlicher Offizier!«

»Vordere Schiffe – volle Energie in die Disruptoren leiten! Zielerfassungsfokus aufs Triebwerk richten! Ich wiederhole: Während des ersten Angriffs nur auf die Triebwerke feuern!«

»Alles bereit, Sir. Drei Schiffe in Keil-Formation, eins neben uns.«

»Die anderen Einheiten sollen ihren Schilden Priorität geben. Wir verwenden die Primärenergie vor allem für die Scanner und Sensoren. Halten Sie nach einer klingonischen Lebensform Ausschau. Transporter, Bereitschaft.«

Der wissenschaftliche Offizier Aragor schloß die Hände so fest um die Armlehnen des Kommandosessels, daß sich tiefe Abdrücke im Syntholeder bildeten. Die plötzliche Stille im Kontrollraum verhalf ihm zu einer Erkenntnis: Die anderen Brückenoffiziere und auch er selbst waren so aufgeregt gewesen, daß sie gerufen und sogar geschrien hatten. Die Stimme des Generals flüsterte in Aragors Gedächtnis: *Bewahren Sie die Ruhe. Sprechen Sie mit gedämpfter Stimme.*

Er versuchte, sich wieder unter Kontrolle zu bringen. Es ging ihm darum, Kellen zurückzuholen, und das würde ihm auch gelingen. Jetzt hatte er ein Ziel.

Ein Raumschiff war aus dem Wabern im All gekommen. Die Struktur des Weltraums hatte gezittert, wie eine Art Raumbeben. Der plötzliche Massenschwund im verheerten Sonnensystem war weitaus gefährlicher gewesen, aber für die klingonischen Kreuzer ergaben sich dennoch einige kritische Momente. Als das Beben im All aufhörte, orteten die Sensoren ein fremdes Schiff.

Es war so lang wie die ganze klingonische Flotte – wie sechs Kreuzer hintereinander aufgereiht –, und seine Konfiguration wirkte völlig fremdartig. Die Form erinnerte an einen Korkenzieher. Große fächerförmige Komponenten aus schwarzem und purpurnem Material ragten aus dem Rumpf, überlappten sich und formten eine spitz zulaufende Spirale, die den Eindruck erweckte, aus zusammengeschweißten stählernen Blütenblättern zu bestehen. Es gab kein erkennbares Oben und Unten. Eine Brücke oder Kommandozentrale ließ sich nicht lokalisieren. Von seiner Struktur her war jenes Schiff bestens dafür geeignet, sich durch das wabernde Phänomen zu bohren.

Aragor beobachtete den hornartigen Raumer aufmerksam. Je länger er ihn sah, desto sicherer wurde er, daß die jüngsten Ereignisse kein Zufall waren. Es gab einen Zusammenhang zwischen dem Massenschwund und dem Erscheinen dieses fremden Schiffes.

Ein Eindringling, dachte der wissenschaftliche Offizier. *Niemand hat ihm erlaubt, durchs klingonische Raumgebiet zu fliegen. Ein Angreifer. Ein Feind*!

Diese Gedanken versetzten Aragor in Kampfstimmung. Normalerweise bestand seine Aufgabe im Sammeln und Auswerten wissenschaftlicher Daten, doch jetzt mußte er den Kommandanten vertreten. Er zögerte nicht, sich der neuen Verantwortung zu stellen. Woher auch immer das fremde Schiff kam: Nie zuvor hatte sich das Eintreffen eines Raumschiffs auf eine so nachhaltige Weise ausgewirkt. Alles deutete auf eine Macht hin, die man nicht unterschätzen durfte. *Wenn ich Kellen zurückgeholt habe… Bestimmt teilt er meine Ansicht.* Anschließend würden sie das Schiff gemeinsam erobern, um zu vermeiden, selbst erobert zu werden. Es entsprach dem klingonischen Wesen.

Zumindest war das heute der Fall.

»Alles ist für den Anflug bereit, Sir«, meldete der taktische Offizier Mursha und sah Aragor so an, als erwarte er eine Bestätigung.

Der wissenschaftliche Offizier beschloß im letzten Augenblick, einen bestimmten Teil des Plans zu ändern. »Kümmern Sie sich um die Scanner, Mursha«, sagte er. »Finden Sie den General.«

Einige Sekunden lang wirkte der taktische Offizier besorgt, und dann straffte er so plötzlich die Gestalt, daß Aragor glaubte, ein Knacken in den Schultern zu hören. »Ja, Sir! Ich werde ihn finden!«

Aragor fühlte sich versucht, Mursha wegen seines Zögerns zu tadeln. Aber er verzichtete darauf – immerhin hatte der taktische Offizier seinen Dienst erst vor zwei Tagen angetreten.

»Angriffskonfiguration. Wir bleiben bei voller Geschwindigkeit, bis wir in Transporterreichweite sind.

Es wird erst auf meinen ausdrücklichen Befehl hin abgedreht, verstanden?«

»Ich verstehe, Sir«, erwiderte der Navigator.

»Flotte – Anflug beginnen!«

Die *Qul* beschleunigte mit voller Impulskraft. Drei Schiffe flogen vor ihr, ein weiteres auf der Steuerbordseite. Fünf klingonische Kreuzer rasten durchs All, dem riesigen fremden Raumer entgegen, richteten den Zielerfassungsfokus auf das malvenfarbene Glühen des konischen Antriebsaggregats. Allem Anschein nach handelte es sich um ein Materie-Antimaterie-Triebwerk, und aus irgendeinem Grund empfand Aragor diesen Umstand als beruhigend. Nur die Farbe verwunderte ihn – es war die Farbe von klingonischem Blut.

Die Flotte kam rasch näher und wahrte dabei ihre Formation. Die äußeren Schiffe eröffneten das Feuer: Disruptorenergie zuckte der großen Spirale entgegen, ließ zuvor unsichtbare Staubpartikel im All wie winzige Sterne erglühen.

Der fremde Raumer erwies sich als Feind, indem er das Feuer erwiderte. Kugeln aus destruktiver Energie kamen aus den inneren Falten der schwarzen und purpurnen Fächer und trafen die ersten drei klingonischen Schiffe. Funken stoben über die Schilde, glitten von dort aus weiter, über die Schutzschirme der *Qul* und ihres Begleitschiffes hinweg.

Aragor spürte, wie das Brückendeck unter ihm erzitterte. Restenergie durchdrang die Schilde, traf den Rumpf, glitt durch die Außenhülle und fand von dort aus einen Weg in die energetischen Transferleitungen.

»Überladung bei einigen Bordsystemen, Sir!« rief der Navigator, um das Heulen der Alarmsirenen zu übertönen.

»Betroffene Systeme deaktivieren«, erwiderte Aragor sofort. »Wir haben jetzt keine Zeit für Reparaturen.

Und sorgen Sie dafür, daß der verdammte Lärm aufhört!«

Die Sirenen kreischten noch ein letztes Mal, um dann zu verstummen. Noch näher kam die klingonische Flotte dem fremden Riesen, und wieder jagten Strahlblitze durchs All.

»Auch weiterhin feuern«, sagte Aragor so leise, daß ihn niemand hörte.

Aber die anderen Schiffe hatten ohnehin eindeutige Anweisungen bekommen und machten kontinuierlichen Gebrauch von den Disruptorkanonen. Mit ihren Schilden fingen sie das gegnerische Feuer ab und achteten darauf, die *Qul* zu schützen, die ihre Hauptenergie für Sensoren und Scanner verwendete. Zwar verfügte auch die *Qul* über Schilde, aber sie waren jetzt nicht stark genug, um mit einem direkten Treffer fertig zu werden. Wenn Mursha den General lokalisierte ... Dann mußte es ihnen irgendwie gelingen, eine Lücke in den fremden Schilden entstehen zu lassen, um ihn an Bord zu beamen.

»Die Disruptorentladungen prallen von dem Schiff ab!« entfuhr es dem Navigator. »Aber es lassen sich keine traditionellen Deflektoren feststellen!«

Aragor sah zum Hauptschirm und beobachtete das Geschehen. Wenn es keine Deflektoren gab ... Vielleicht wurde ihre Aufgabe dann leichter als erwartet. Der gegnerische Raumer absorbierte die Energie der Disruptoren mit den vielen Fächern.

»Offenbar verteidigen sich die Fremden auf diese Weise«, sagte der wissenschaftliche Offizier. »Ich vermute, es gibt noch ein Schiff – das eigentliche Raumschiff, verborgen in dem Fächerkokon. Einem vorbeifliegenden Angreifer ist dadurch kaum ein Treffer möglich. Man müßte über dem Raumer verharren und den Zielerfassungsfokus auf die Lücken zwischen den Fächer-Komponenten richten.«

»Das wäre Selbstmord«, erwiderte der Navigator und schloß die Hände fester um den Rand seiner Konsole – er schien zu befürchten, eine entsprechende Anweisung zu erhalten.

Aragor sah Mursha an. »Nun?« donnerte er, als sich seine Nerven gegen die Vernunft durchsetzten. Die gegenwärtige Entwicklung der Dinge deutete auf die Notwendigkeit eines zweiten Anflugs hin, und den wollte Aragor vermeiden. Die Situation der drei vor ihnen fliegenden Schiffe wurde immer schwieriger. Ihre Schilde konnten nicht mehr viel aushalten.

»Sondierung läuft«, meldete Mursha. Er blickte auf die Anzeigen der Instrumente und hielt nach den Biosignalen einer klingonischen Lebensform Ausschau.

Es krachte, und Funken stoben aus einer Konsole, als es zu neuerlichen Überladungen der Bordsysteme kam. Der Feind erzielte weitere Treffer, und dadurch geriet die Formation der Flotte in Gefahr. Wenn die vorderen Schiffe ihre Position nicht halten konnten, mußte die *Qul* abdrehen.

Auf der Brücke erklangen nun keine Stimmen mehr, und die Anspannung wuchs. Es ertönten nur noch die Geräusche eines Schiffes, das immer größeren Belastungen ausgesetzt wurde und dem die Vernichtung drohte.

Der Hauptschirm zeigte, wie die *Qul* über einen Wald aus riesigen Fächern hinwegflog.

»Sir!« Mursha schnappte nach Luft. »Ich glaube ...«

Aragor erhob sich ruckartig. »Sofort den Transfer einleiten! Den General an Bord beamen! Transporterraum, hören Sie mich? Leiten Sie unverzüglich den Transfer ein!«

»Vergozen!«

»Sprechen Sie leise, Morien. Ihre Stimme bereitet mir Schmerzen.«

»Viele von uns ruhten oder speisten im Tumulus, als ein seltsames Wesen kam!«

»Wir alle sind seltsam, Morien. Sie meinen, Sie haben das Wesen nicht erkannt?«

»Nein. Seine Art habe ich nie zuvor gesehen.«

»Beschreiben Sie es.«

»Anstelle eines Kopfes hatte es einen Helm, von schwarzem Haar umgeben. Das Skelett befand sich an der Außenseite seiner Brust, und seine Ärmel reichten fast bis zum Boden. Es rief mir etwas zu und tanzte!«

»Das Wesen tanzte?«

»Anschließend löste es sich in Licht auf und verschwand. Was bedeutet das? Haben wir irgend etwas falsch gemacht?«

»Nein. Die anderen haben bereits einen Eindringling an Bord gemeldet. Wir schickten die Wächter aus, als jene Schiffe kamen, und irgendwie verließ uns der Fremde. Wir müssen nun Modifizierungen an unserer Ausrüstung vornehmen, damit sich so etwas nicht wiederholt. Schicken Sie eine Nachricht durch die Falte. Teilen Sie den anderen mit, daß wir unsere Ankunft verraten haben und uns Schiffe folgen. Der Transfer scheint eine destruktive Nebenwirkung zu haben. Vor der nächsten Öffnung sollte eine Korrektur vorgenommen werden.«

»Ja, Vergozen.«

»Sagen Sie, Morien… Wie viele Augen hatte das Wesen?«

»Ich habe zwei gesehen. Aber vielleicht gab es noch andere, verborgene.«

»Zwei Augen… Nun, es ist ein Anfang.«

»Warum haben Sie Zeit mit mir vergeudet? Warum haben Sie nicht eine Antimateriebombe an Bord jenes Schiffes gebeamt, als Sie noch Gelegenheit dazu hatten? Es gab keine Schilde! Sie brachten die ganze Flotte in Gefahr, um mich zu retten, und dadurch verloren wir die Chance, den Feind zu vernichten!«

Kellens Stimme donnerte durch den Kontrollraum der *Qul*, schleuderte Aragor Zorn entgegen. Es war dem wissenschaftlichen Offizier gleichgültig, einen Fehler begangen zu haben. Der General befand sich wieder an Bord – nur darauf kam es an. Für Kellen wäre Aragor bereit gewesen, durchs Feuer zu gehen.

Die anderen Brückenoffiziere waren fassungslos. Nie zuvor hatten sie gehört, daß der General schrie.

Grüner Staub klebte an Kellens Uniform; Kletten und Algenfäden steckten in seinem Haar. Er bebte am ganzen Leib, schien jedoch nicht verletzt zu sein. Sein Entsetzen fand ein Ventil, indem er Aragor anbrüllte, und immer wieder glitt ein unruhiger, von Schrecken geprägter Blick zum Hauptschirm – er zeigte, wie das fremde Schiff allmählich zurückwich. Die purpurnen Fächer spiegelten sich in den Brillengläsern des Generals wider.

Schließlich wandte er sich von Aragor ab und richtete seine Aufmerksamkeit auf die taktische Station.

»Mursha! Sondieren Sie das Schiff dort draußen. Ist noch ein Transfer an Bord möglich?«

»Nein, Sir. Der Raumer hat sich inzwischen in ein energetisches Netz gehüllt, das für Transporterstrahlen undurchdringlich ist. Es handelt sich nicht um Deflektoren wie wir sie kennen, aber …«

»Aber unsere Chance ist dahin!«

Aragor blickte noch immer ins Leere. Diese Stimme… So laut, so untypisch.

»Sir …«, begann er. »Sir, wir hatten keinen Sprengsatz vorbereitet. Wir hielten es für besser, die Gelegenheit zu nutzen, um Sie zu retten, bevor …«

Kellen wirbelte wieder zu ihm herum. »Sie hatten nur eine einzige Chance! Und sie wird sich nicht wiederholen! Wenn Sie das nächste Mal vor der Wahl stehen, entweder mein Leben zu retten oder einen Feind zu vernichten … Löschen Sie den Feind aus!«

Es waren ehrenvolle Worte, aber Aragor blieb verwirrt. Er senkte die eigene Stimme, um einen Ausgleich zu der Lautstärke des Generals zu schaffen.

»Warum liegt Ihnen so viel an der Vernichtung dieses Gegners?« fragte er. »Was haben Sie an Bord jenes Schiffes gesehen?«

Kellen atmete schwer und schwieg plötzlich. Sein Blick kehrte sich nach innen, betrachtete Erinnerungsbilder. Nach einigen Sekunden sah er erneut zum Hauptschirm. Die Stimme des Generals veränderte sich, und ein Schatten fiel auf seine Züge.

»All jene Dinge, die wir unseren Kindern erzählen, um sie zu erschrecken, und die wir Erwachsenen längst überwunden zu haben glauben … Sie entsprechen der Wahrheit, Aragor. Es gibt sie wirklich, die Dämonen.«

»Dämonen? Welche Dämonen, Sir?«

Wieder erbebte Kellen am ganzen Leib und trachtete danach, die Beherrschung zu wahren.

»Zuerst habe ich einen Iraga gesehen«, sagte er leise und wartete.

Die Temperatur auf der Brücke schien plötzlich zu sinken, und Aragor spürte, wie sein Herz schneller schlug. Die anderen Klingonen starrten den General so an, als wüßten sie nicht recht, was sie mehr fürchten sollten: seinen plötzlichen Wahnsinn oder das, wovon er berichtete.

Eigentlich glaubten sie nicht daran, daß Kellen den Verstand verloren hatte. Sie kannten ihn zu gut.

Doch das bedeutete: Er beschrieb tatsächlich existierende … Dinge.

Das seltsame Erscheinungsbild des Generals verlieh seinen Worten besonderen Nachdruck.

»Es gab noch andere«, brachte er hervor.

In Aragor verkrampfte sich etwas. Er fühlte sich wie gelähmt; das Sprechen fiel ihm schwer. »Noch mehr … Iraga?«

»Nein. Andere … Dämonen. Zuerst kam der Iraga aus der Wand, und andere Ungeheuer folgten. Geschöpfe mit rudimentären Membranen an den Schultern. Sie breiteten die Arme aus, und dadurch öffneten sich die Membranen, bildeten eine Art Vorhang …«

»Shushara«, ächzte der Navigator.

»Andere hatten Finger, die bis auf den Boden reichten, oder Reißzähne, die aus der Stirn ragten …«

»Hullam'gar!« hauchte Mursha und erbleichte. Er sah zum Navigator, und in beiden Mienen zeigte sich Entsetzen.

Verstehen zeichnete sich in den Gesichtern der anderen Brückenoffiziere ab, und Kellen nickte langsam. Als er seine Aufregung an die Crew weitergab, kehrte er allmählich zu seinem alten Selbst zurück, zu jener Ruhe, der er seine Macht verdankte.

»Die Geschichten sind wahr«, sagte er. »Die Ungeheuer sind zurückgekehrt, so wie sie es einst versprachen. Sie befinden sich an Bord des Schiffes dort draußen.«

Mit weichen Knien trat Aragor an den General heran. »Was sollen – können – wir jetzt unternehmen?«

»Ich weiß, worauf es nun ankommt«, erwiderte Kellen. »Wir alle sind nötig, um einen solchen Feind zu schlagen. Aragor, Sie beamen sich an Bord von Ruhls Schiff und übernehmen das Kommando der Flotte. Setzen Sie sich mit dem Imperium in Verbindung und fordern Sie Verstärkung an. Verfolgen Sie das fremde Schiff, aber fliegen Sie nicht zu nahe heran. Wahren Sie sicheren Abstand. Ich hole Hilfe.«

»Hilfe? Woher?«

»Ich habe gesagt, daß wir *alle* nötig sind, um einen solchen Feind zu schlagen«, wiederholte Kellen.

Wieder blickte er zu dem fremden Raumschiff auf dem Hauptschirm und beobachtete es, während er sich geistesabwesend Moosfladen aus dem Haar zupfte.

»Wir brauchen einen Dämon, um Dämonen zu besiegen«, fügte er hinzu. »Ich besorge uns einen.«

Allmählich gefallen Sie mir, Terraner.
Und ich habe Furcht in den Augen des Klingonen gesehen

Maab von Capella IV
»Im Namen des jungen Tiru«

3

Linke Flanke, Position sichern und Feuer eröffnen!« Ach, das Leben im All. Wochen der Langeweile, unterbrochen von Momenten des Schreckens. Über Jahrhunderte hinweg hatte man so das Leben auf dem Meer beschrieben.

Staub wogte von den Bergen herab, erinnerte an das Bombardement mit Photonentorpedos. Im Tal herrschte drückende Hitze.

Zweihundert feindliche Soldaten. Vielleicht sogar noch mehr. Fast die ganze Besatzung eines großen Kampfschiffs. Was bedeutete, daß sich mehr als nur ein Schiff in der Nähe des Planeten befand. Vermutlich war es auch im All zu einem Konflikt gekommen.

Die schmutzigen Hände des Captains sowie seine an mehreren Stellen aufgerissene Uniform wiesen auf einen bewegten Morgen hin. Es war kaum Mittag, und es lagen bereits vier Gefechte hinter ihnen.

Durch das zerzauste Haar seines Gegners hatte er den Männern Befehle zugerufen und sich selbst verflucht: Er war viel zu sehr auf die Bewegungen der Truppen konzentriert gewesen – dadurch gelang es dem Feind, ihn zu überraschen. Er schnitt eine Grimasse, als ihn ein wuchtiger Hieb an der einen Seite des Kopfes traf. Rasch schüttelte er die Benommenheit ab, um den Kampf fortsetzen zu können, rammte seinem klingonischen Widersacher die Faust in den Magen.

Überall im zerklüfteten Gelände fanden solche

Kämpfe statt. Wie aus weiter Ferne hörte der Captain die Stimmen und spürte eine Veränderung im Angriffsmuster. Er sah nichts, wußte jedoch, wie er in einem solchen Gelände vorgehen würde – bestimmt wählte der Feind die Taktik, für die er sich ebenfalls entschieden hätte. Er wäre bereit gewesen, alles darauf zu setzen.

Der Himmel war wolkenlos und unbarmherzig. Der Gegner des Captains wand sich zur Seite, wodurch der Sonnenschein ins Gesicht des Menschen gleißte, ihn blendete. Unmittelbar darauf traf eine klingonische Faust seine Wange. Er biß sich auf die Zunge, schmeckte Blut und spürte, wie jäher Zorn in ihm brodelte.

Er spuckte das Blut ins schweißfeuchte, bronzefarbene Gesicht seines Kontrahenten.

Der Klingone neigte den Oberkörper zurück und griff nach den Armen des Captains. Einige Sekunden lang schwankten sie beide, und dann riß sich der Captain los, holte aus und landete einen Treffer dort, wo er Schaden anrichtete. Der Klingone drehte sich um die eigene Achse und versuchte, ihn mit dem stählernen Armband zu treffen. Der Mensch hob den Arm und spannte die Schultermuskeln, um den Schlag abzufangen. Gleichzeitig neigte er den Kopf zur Seite, um zu vermeiden, daß ihm das Armband den Schädel zertrümmerte. Zwar verfehlte der Hieb das Ziel, aber seine Wucht genügte, um den Captain zu Boden zu werfen. Er prallte hart auf und rechnete damit, daß sich ihm ein klingonischer Stiefel in den Rücken bohrte. Doch er hatte Glück – der Klingone stolperte.

Der Captain sprang sofort wieder auf, ballte beide Fäuste und hämmerte sie in den Solarplexus seines Gegners. Er fühlte etwas Weiches unter dem Brustkasten des Klingonen und hörte, wie der Atem mit einem jähen Zischen aus den Lungen entwich.

Der Klingone keuchte, taumelte und rang mit seinem Gleichgewicht. Der Captain holte erneut aus, und seine rechte Faust traf den Gegner an der Kehle. Diesmal konnte sich die Gestalt nicht mehr auf den Beinen halten. Sie ging zu Boden und blieb liegen.

Einer erledigt. Von zweihundert.

Der Captain atmete schwer und sah sich um. Disruptoren fauchten und zischten immer wieder; ihre Entladungen verbrannten Gebüsch und glühten über Felsen hinweg. Die Klingonen brüllten, als sie weiter links noch einmal versuchten, die Anhöhe zu stürmen, doch dort konnten sie mit den Disruptoren nicht viel anfangen: Die Strahlblitze ließen Felsblöcke bersten, und Splitter jagten wie Schrapnellgeschosse umher.

Er holte tief Luft.

»Ausschwärmen!« rief er. »Nicht so dicht beisammen!« Wenn die Abstände zwischen seinen Männern größer waren, so mußte der Gegner genauer zielen, um sie zu treffen. »Nach rechts! Bewegung, Bewegung!«

Die Leute wandten sich um, kletterten über Steine hinweg und an Gestrüpp vorbei, das ihnen lange genug Deckung gab, um der Truppe eine Neuordnung zu erlauben. Außerdem: Die Bewegung sorgte dafür, daß sich der Schrecken des Kampfes in Grenzen hielt.

»In Deckung gehen!« rief der Captain.

Niemand von ihnen schien an Rückzug zu denken, und das erfüllte ihn mit Stolz.

Weiter unten, auf dieser Seite eines schmalen Geröllhangs zwischen zwei hoch aufragenden Felstürmen, bildeten die Männer eine lange Linie entlang der Schlucht. Ihre roten und goldgelben Uniformen brachten Farbe in die öde, karge Landschaft. Immer wieder rasten Disruptorstrahlen über sie hinweg. Zu der Truppe gehörten auch einheimische Capellaner, einen Kopf größer als Menschen. Bunte Muster zeigten sich an ihrer mit langen Ärmeln ausgestatteten Kleidung und den Kapuzen, die als Helmersatz dienten.

An vier Stellen war es zum Nahkampf gekommen – nein, sogar an fünf. Der Captain versuchte, an fünf Orten gleichzeitig zu sein, achtete jedoch darauf, den Kopf unten zu halten. Überall im Tal zeigten sich farbige Flecken: Rot und Gelb deuteten auf Starfleet hin, während Purpur, Schwarz, Blau, Grün und Rosarot von den Einheimischen stammten. Die Capellaner wirkten wie riesige Ninjas, die seltsame Stiefel und an Windjacken erinnernde Umhänge trugen. Hinzu kamen Fellstreifen an Brust und Schultern.

Nun, dem Captain war es gleich, wie sich die Bewohner von Capella IV kleideten – wichtig war nur, daß sie seine Leute unterstützten.

Er hob den handtellergroßen Kommunikator vor den Mund und aktivierte das Gerät, indem er es aufklappte.

»Kirk an *Enterprise*.«

Es blieb still. Warum? Was hinderte das Schiff daran, eine Antwort zu geben?

Vor seinem geistigen Auge sah Kirk das große, elfenbeinfarbene Raumschiff in der Umlaufbahn des Planeten. Der *Enterprise* fehlte ein Drittel ihrer Besatzung, weil er sie hier unten brauchte. Kirk biß die Zähne zusammen. Warum antwortete die Brückencrew nicht? Was ging im Orbit vor?

Am Morgen, als sich die *Enterprise* angeschickt hatte, ins interstellare All zurückzukehren, war die Welt noch in Ordnung gewesen. Alles deutete auf ein erfolgreiches Ende der Mission hin. Schürfrechte waren vereinbart worden, und was Kirk noch wichtiger erschien: Die Stammesoberhäupter dieser Provinz lehnten Verhandlungen mit den aggressiven Klingonen ab.

Doch die Klingonen zogen sich nicht einfach schmollend zurück. Sie lehnten es ab, die Verhandlungsniederlage hinzunehmen – wenn sie den Planeten nicht mit Tricks und Bestechung haben konnten, so wollten sie sich ihn mit Gewalt nehmen. Als in dieser Region die Sonne aufging, griffen sie an.

Kirk stützte die Hand mit dem Kommunikator am angeschlagenen Knie ab, atmete tief durch und sah übers Schlachtfeld. Natürlich. Kaum hatte er mal das Gefühl, sich zurücklehnen zu können, um ein wenig auszuruhen... Schon spielte ihm das Universum einen neuen Streich.

Dieser Raumsektor gehörte weder zur Föderation noch zum Klingonischen Imperium, und genau dort lag das Problem. Die gerade getroffene Vereinbarung zwang Kirk, zum Planeten zurückzukehren und den Capellanern gegen die klingonischen Aggressoren zu helfen. Die Umstände verpflichteten ihn dazu. Glück für ihn – er war nämlich so zornig gewesen, daß er ohnehin eingegriffen hätte.

Vierundneunzig Männer befanden sich auf dem Planeten, und hinzu kamen sechzig Capellaner vom nächsten Stamm. Während der Nacht waren weitere Stämme um Hilfe gebeten worden, aber die von ihnen entsandte Verstärkung konnte nicht rechtzeitig eintreffen. Der Kampf fand *hier* statt und wurde *jetzt* entschieden, im Verlauf der nächsten Minuten.

Die Starfleet-Angehörigen bildeten keine gerade Front, sondern eine lange Zickzacklinie. Es lag am Gelände, an den vielen Felsformationen. Weiter oben am Hang hatten die einheimischen Capellaner Stellung bezogen und setzten Steinschleudern gegen die Klingonen ein. Damit konnten sie zwar keinen sehr großen Schaden anrichten, aber sie verwirrten den Feind zumindest. Es würde jetzt nicht mehr lange dauern, bis er die Starfleet-Phaser zu spüren bekam.

Die Klingonen zeigten sich als eine Flut aus Silbergrau und Schwarz. Fast alle von ihnen hatten langes

Haar und dichte Bärte; Schweiß glänzte in bronzefarbenen Mienen. Wut zeigte sich in ihren Gesichtern, so als verteidigten sie eine gerechte Sache – obwohl sie in Wirklichkeit als gnadenlose Eroberer kamen.

Der Captain versuchte es erneut. »Kirk an *Enterprise*.« Mit blutigen Fingern betätigte er die Justierungskontrollen. »*Enterprise*, bitte kommen. Mr. Scott, melden Sie sich.«

Es knackte nur im kleinen Lautsprecher. Eine Stimme erklang nicht.

Er schaltete auf lokale Kommunikation um.

»Kirk an Spock. Kirk an Spock...«

Nichts.

Der Captain sah auf, ließ den Blick über die hohen Felswände schweifen und suchte nach dem Ersten Offizier.

Die Farbe von Spocks Uniform ließ sich gerade hier leicht erkennen. Alle anderen Starfleet-Leute gehörten zum Kommando- oder Sicherheitsbereich, trugen also gelbe oder rote Uniformen. Commander Spocks Uniformpulli fiel durch seine blaue Farbe auf. Unter Hunderten von Terranern, Capellanern und Klingonen war er der einzige Vulkanier.

Auch bei Starfleet war er der einzige Vulkanier, schon seit einer ganzen Weile, und er trug seine Einsamkeit mit würdevoller Fassung. Kirk hielt nun nach ihm Ausschau, und seine Besorgnis wuchs. Gleichzeitig regte sich Ärger in ihm. Warum holte Spock nicht seinen Kommunikator hervor, um zu antworten?

Die Sonne dieser Welt – sie leuchtete etwas heller als die der Erde – gleißte und glühte auf eine Landschaft herab, die Kirk an Dakota erinnerte. Trockene Hitze herrschte, und der Boden war so hart wie gebrannter Ton. Die Truppen des Captains bestanden aus jeweils zwanzig Mann starken Kompanien, die von jeweils einem Lieutenant angeführt wurden. Wie sollte er ihren Einsatz leiten, wenn er nicht mit ihnen reden konnte?

Er sank auf ein Knie, ohne den eigenen Anflug von Schwäche bewußt zur Kenntnis zu nehmen. Mehrmals schüttelte er den Kommunikator.

»Kirk an Spock, bitte melden!«

Keine Antwort. Er konnte weder das Schiff im All noch seine Männer hier auf dem Planeten erreichen. Irgend etwas schien die Kom-Signale zu neutralisieren. Ohne einsatzfähige Kommunikatoren fühlte sich Kirk ins siebzehnte Jahrhundert versetzt. Sollte er seine Streitmacht mit Handzeichen, Rauchsignalen und Spiegeln dirigieren?

Er sah sich um, wählte eine Gruppe am Hang und rutschte ihr entgegen.

»Jim! Wo kommst du denn her?«

Bordarzt Leonard McCoy war kaum wiederzuerkennen. Sand klebte sowohl in seinem kantigen Gesicht als auch im Haar, das dadurch fast die gleiche Farbe gewann wie der Boden. Wie Spock trug er einen blauen Uniformpulli, aber in seinem Fall ließ sich das Blau nur noch erahnen.

»Was ist mit dir passiert?« fragte Kirk.

»Was mit mir passiert ist? Meine Güte, Jim, es wimmelt überall von Klingonen. Capellaner stoßen mich immer wieder zu Boden, und Spock spielt sich wie Wellington auf!«

»Gib mir deinen Kommunikator.« Der Captain nahm das Kom-Gerät vom Gürtel des Arztes und klappte es auf. »Kirk an *Enterprise.*«

Wieder knackte und zischte es nur im Lautsprecher.

»Kirk an Spock. Kirk an alle anderen.«

»Stimmt was nicht, Sir?« fragte ein dürrer Lieutenant namens Bannon. Er lehnte sich an einen Felsen, um kurz auszuruhen, rieb sich die vom Staub geröteten Augen.

»Die Kommunikatoren funktionieren nicht. Versuchen Sie's mit Ihrem.«

Bannon kam der Aufforderung nach. Nach einigen Sekunden hob er betroffen den Kopf. »Sir ...«

»Und Sie?« fragte Kirk drei Fähnriche, die nicht weit entfernt zwischen den Felsen hockten.

»Wie können alle Kom-Geräte defekt sein?« fragte McCoy, als Kirk ihm seinen Kommunikator zuwarf. Er hob das Instrument ans Ohr und schüttelte es.

»Es ist unmöglich.«

Lieutenant Bannon vollführte eine vage Geste. »Können wir nicht das Schiff erreichen, Sir? Wenn Lieutenant Uhura die Sendestärke erhöht, müßte sich doch eine Verbindung herstellen lassen, oder?«

Kirk runzelte so sehr die Stirn, daß sein Gesicht schmerzte. Er mied Bannons Blick. »Vielleicht gibt es noch andere Probleme«, erwiderte er leise.

Einer der Fähnriche sah in seine Richtung. »Bedeutet das, die *Enterprise* ist in Schwierigkeiten und kann uns nicht helfen?«

»Keine Sorge«, brummte McCoy und ersparte es Kirk, eine Antwort zu geben. »Mr. Scott läßt sich so leicht nicht unterkriegen. Wer versucht, sich ihm in den Weg zu stellen, muß mit einigen unangenehmen Überraschungen rechnen. Das gilt insbesondere für Klingonen.«

Kirk sah an den beiden Felstürmen vorbei zu einer Gruppe am schmalen Geröllhang. »Das ist Doyles Team. Ihre Phaser sind schußbereit ... suchen offenbar nach einem Ziel. Dort drüben ist es plötzlich sehr ruhig geworden ...«

»Vielleicht ziehen sich die Klingonen zurück«, sagte McCoy, und Hoffnung glomm in seinen blauen Augen.

»Das halte ich für unwahrscheinlich.« Kirk beugte sich vor, stützte dabei beide Hände auf die Felsen. »Wer auch immer den Befehl über diese klingonischen

Truppen hat: Er ist in großen Schwierigkeiten. Als wir auftauchten, verlor er die Schürfrechte. Und wenn er als Verlierer heimkehrt, ist seine Karriere im Eimer.«

»Halt den Kopf unten, Jim! Von dort oben aus kann man auf dich zielen!«

Kirk duckte sich nur einige Zentimeter weit und hob den Blick, sah zu den höchsten Felsspitzen empor, wo klingonische Beobachtungsposten in Stellung gegangen waren.

Weiter unten glänzte Lieutenant Doyles hellblondes Haar im heißen Sonnenschein. Zusammen mit fünfzehn weiteren Starfleet-Angehörigen und einigen Capellanern war er in Deckung gegangen. Er bewegte den Arm, bedeutete seinen Begleitern, die Waffen einsatzbereit zu halten.

Ein Dutzend Phaser kamen nach oben und zielten.

»Doyle sieht etwas, das wir von hier aus nicht erkennen können«, sagte Kirk und fragte sich, was es sein mochte. »Er und seine Leute zielen auf etwas... Ich sehe da einige Klingonen.«

»Wo?«

»Hinter dem Hang.«

»Wie viele?«

»Nicht genug für ein Dutzend Phaser, das steht fest. Und die Burschen greifen nicht an. Sie marschieren nur auf und ab. Offenbar geht es ihnen darum, Aufmerksamkeit zu erregen.«

»Glauben Sie an eine Falle, Sir?« fragte Bannon.

»Ich glaube, es steckt irgend etwas dahinter. Vielleicht ein Trick... Doyle wird zu einem Angriff herausgefordert. Ich brauche unbedingt eine Kom-Verbindung!«

»Ich überbringe der Gruppe eine Nachricht, Sir!« Bannon richtete sich auf. Er war fast so groß wie ein Capellaner, allerdings wesentlich dünner.

McCoy griff nach seinem Arm und zog ihn wieder

nach unten, aus der Schußlinie der klingonischen Beobachtungsposten. »Runter mit Ihnen, Junge!«

Das rote Haar des Lieutenants klebte an einer blassen Stirn, und er wirkte erschöpft, doch in den Augen glitzerte Entschlossenheit. Er wollte wirklich los.

»Na schön, Sie können gehen«, sagte Kirk. »Aber bleiben Sie in Deckung. Und nähern Sie sich der Gruppe nicht weiter als unbedingt nötig. Ich möchte vermeiden, daß sich zu viele Leute an einem Ort befinden.«

»Aye, Sir.« Der junge Offizier holte seinen Phaser hervor und hastete über die schräg abfallenden Felsplatten fort.

Die klingonische Aktivität auf und hinter dem Hang nahm zu. Der Feind rückte nicht vor, aber es zeigten sich nun mehr Gestalten, die auf und ab gingen, gelegentlich auf die weiter unten wartenden Starfleet-Angehörigen schossen. Felsen platzten auseinander, und Steinsplitter flogen umher. Die Klingonen konnten kaum hoffen, jemanden zu treffen, aber trotzdem machten sie gelegentlich von ihren Disruptoren Gebrauch, selbst ohne klares Ziel.

Bannon zeichnete sich als rotschwarzer Schemen ab, als er sich weiter unten an Felsblöcken und Gestrüpp vorbeischob. Er kam nur langsam voran, was vor allem am Gelände lag. In der Ebene war das Terrain wesentlich übersichtlicher. Dort konnten sich große Gruppen schneller bewegen, aber das Fehlen von Deckung erhöhte auch das Risiko großer Verluste. Hier gab es überall Felsen, die das Vorankommen erschwerten, dafür aber Schutz gewährten.

Bannon war noch nicht in Hörweite der Gruppe, als Kirk beobachtete, wie Doyles Männer die Hände mit den Phasern ausstreckten. In Gedanken glaubte er, den Befehl zu hören. *Anlegen ... zielen ...*

»Noch nicht«, hauchte er, drehte kurz den Kopf und

sah die Anspannung in McCoys schweißfeuchtem Gesicht. Dann blickte er wieder durch die Schlucht. »Noch nicht...«

Bannon duckte sich, als blaue Disruptorblitze über ihn hinwegjagten. Er brachte einen weiteren Felsen hinter sich, hatte sein Ziel fast erreicht...

Feuer!

Phaserstrahlen fauchten, gingen von Doyles Gruppe aus und zuckten am Hang empor. Die Klingonen verschwanden sofort auf der anderen Seite; niemand von ihnen wurde getroffen.

Unmittelbar darauf kam es zu einer Reaktion von oben. Bläuliche Energie senkte sich abrupt vom wolkenlosen Himmel herab und landete wie eine gewaltige Fliegenklatsche auf Doyles Leuten. Schrilles Heulen veranlaßte Kirk, McCoy und die drei Fähnriche dazu, auf den Boden zu sinken und sich die Ohren zuzuhalten.

Nach einigen Sekunden stemmte sich Kirk wieder hoch und sah ins Tal.

Zwischen den Felsen lagen Doyle, seine Männer und die Capellaner. Niemand von ihnen regte sich. Bannon hatte es zweihundert Meter von seinem Ziel entfernt erwischt; auch er rührte sich nicht mehr.

Zorn brannte in Kirk, als ihm klar wurde: Er hatte sich vom Gegner überlisten lassen.

»Was *war* das, bei allen Raumgeistern?« brachte McCoy hervor. Er sah erst zum Himmel hoch, starrte dann zu den Reglosen.

»Etwas hat auf die Phaser reagiert«, murmelte Kirk.

»Etwas? Ein Raumschiff?«

»Möglicherweise ein Shuttle.«

»Laß mich nach unten gehen«, drängte der Arzt. »Vielleicht kann ich Doyle und den anderen helfen.«

»Du bleibst hier.« Kirk hörte den Ärger in seiner Stimme und versuchte ganz bewußt, die Selbstvorwürfe nicht auf McCoy zu übertragen. Er verzichtete auf den Hinweis, daß den Männern vermutlich gar nicht mehr geholfen werden konnte.

»Captain!«

Kirk vernahm einen vertrauten Bariton und drehte sich um.

»Hier!« rief er. »Hier drüben, Spock!«

Der Erste Offizier Spock eilte geduckt an gelbbraunen Felsen vorbei. In der einen Hand hielt er einen Bogen, in der anderen einen Pfeil. Seinen Phaser hatte er an den Gürtel zurückgesteckt, und das bedeutete eine ganze Menge.

Der Vulkanier kam sofort zur Sache. »Haben Sie die Entladung gesehen? Disruptorenergie vom Himmel.«

Kirk nickte. »Was glauben Sie? Ein Schiff?«

Spock schüttelte den Kopf. »Zu tief. Für wahrscheinlicher halte ich einen Satelliten, der auf die Phaserenergie von Starfleet programmiert wurde. Der Einsatz von Disruptoren führte nicht zu einer Reaktion.«

»Könnte der Satellit auch unsere Kommunikationssignale blockieren?«

»Die derzeit bekannten Fakten reichen nicht aus, um eine eindeutige Antwort zu geben, aber einer solchen Theorie mangelt es nicht an gewisser Logik.« Spocks Blick glitt über Kirks blutbefleckte Uniform. Offenbar versuchte er festzustellen, ob der Captain verletzt war, aber er sprach ihn nicht darauf an. Der Vulkanier atmete schwer, obwohl die hiesigen Umweltbedingungen ihn weniger belasteten als die menschlichen Besatzungsmitglieder der *Enterprise*.

Kirk sah wieder zum Himmel hoch. »Wenn Scotty das Schiff nahe genug an den Planeten heransteuern könnte ... Dann müßte es möglich sein, den Satelliten mit einem Schuß zu erledigen.«

»Wir sollten davon ausgehen, daß er beschäftigt ist.« Spocks Worte klangen sehr bedeutungsvoll. Er fügte keine Einzelheiten hinzu, aber es zeigte sich ein Hauch von Sorge im staubbedeckten Gesicht des Vulkaniers.

»Wir sind auf uns allein gestellt«, sagte Kirk. »Pille, gib den drei Fähnrichen Bescheid. Wir brauchen Kuriere, um Verbindungen zwischen den einzelnen Truppenteilen herzustellen.«

»In Ordnung«, erwiderte McCoy sofort, obwohl er alles andere als begeistert wirkte. Wenigstens erhob er keine Einwände.

»Na schön.« Kirk und Spock sahen dem Arzt nach. »Die Klingonen haben unsere Waffen neutralisiert. Also will ich ihre.«

Der Erste Offizier nickte und beobachtete die feindlichen Linien. Einige Sekunden lang schwiegen die beiden Männer, und Kirk lauschte dem lauten Pochen seines Herzens.

Er spürte Schmerz im linken Mittelfinger. Vermutlich ein Splitter. Es fühlte sich an, als steckte er unter dem Nagel. Kirk senkte den Blick, sah jedoch nur eine dicke Schmutzschicht, die seine ganze Hand bedeckte. Außerdem: Er bezweifelte, ob es der Crew etwas nützte, wenn sie ihren Captain dabei beobachtete, wie er seine Fingernägel reinigte.

Er schüttelte den Kopf. So viele Hautabschürfungen und blaue Flecken... Und ausgerechnet ein kleiner Splitter lenkte ihn ab. Manchmal verwandelte sich der Kampf in einen sonderbaren Zerrspiegel.

Etwas klackte hinter Kirk, und aus einem Reflex heraus drehte er sich um, wollte sogar aufspringen. Spock streckte sofort den Arm aus und drückte ihn mit sanftem Nachdruck zurück auf den Boden. Der Captain suchte nach der Ursache für das Geräusch und bemerkte McCoy – von den drei Fähnrichen begleitet duckte er sich wieder in die Deckung des Felsens.

Kirk warf Spock einen dankbaren Blick zu, winkte den Arzt und die drei Fähnriche dann näher.

Er musterte seine Leute nacheinander. »Wir glauben, die Klingonen setzen ein Shuttle oder einen Satelliten ein, der immer dann Disruptorenergie abstrahlt, wenn er Phaserfeuer ortet. Sie sollen zu Ihren vorgesetzten Offizieren zurückkehren und sowohl diese Information als auch folgende Anweisung weitergeben: Von jetzt an dürfen keine Phaser mehr verwendet werden, nur noch die Waffen der Einheimischen. Gehen Sie einfach davon aus, daß die Phaser neutralisiert sind. Verwickeln Sie den Feind in Nahkämpfe, wenn das möglich ist. Dann haben wir eine bessere Chance als wenn wir auf Distanz gehen. Unser neues Ziel besteht darin, klingonische Disruptoren zu erbeuten.«

»Sir, wie sollen wir ohne Phaser mit einem Gegner fertig werden, der mit Disruptoren ausgerüstet ist?« fragte Fähnrich Dunton, ein junger Mann mit einer Lücke zwischen den vorderen Zähnen.

»In offenem Gelände lassen sich Phaser sehr wirkungsvoll zum Einsatz bringen«, sagte Spock ruhig. »Doch bei kurzen Distanzen sind sie manchmal nicht mehr wert als ein Schwert oder Messer, Fähnrich.«

Dunton starrte zu seinen Kameraden, die reglos zwischen den Felsen lagen. »Wie schrecklich«, kam es leise von seinen Lippen. »Sie hätten nicht auf diese Weise sterben sollen.«

»Wir sind hier, um die Klingonen zu vertreiben«, sagte Kirk fest. »Darauf läuft es letztendlich hinaus. Jeder Raumfahrer muß damit rechnen, irgendwann einmal in einen solchen Kampf verwickelt zu werden.«

Eine Veränderung in den Gesichtern der Fähnriche deutete auf eine jähe Erkenntnis hin. Sie begriffen nun, daß sie vielleicht ein solches Schicksal gewählt hatten, als sie zu Starfleet-Angehörigen wurden. Keine Sterne und wundervolle Nebel, sondern auf irgendeinem fernen Planeten heißen Staub zwischen blutigen Zähnen und ein Grab in fremdem Boden.

Neben Dunton hob Fähnrich Fulciero den Kopf und wirkte dabei wie ein Kind, das auf dem Schoß des Weihnachtsmanns saß und hoffte, die richtige Antwort zu geben. »Wir müssen die Klingonen nur lange genug von den Dörfern fernhalten, bis die *Enterprise* den Kampf im All gewonnen hat, nicht wahr, Sir?«

Kirk beruhigte ihn mit einem Nicken. »Und bis Starfleet Verstärkung schickt.«

Er wagte nicht einmal zu schätzen, wieviel Zeit dafür erforderlich sein mochte.

»Und wenn die Klingonen die *Enterprise* ausschalten?« spekulierte der dritte Fähnrich. »Von der Umlaufbahn aus könnten sie den halben Planeten in Schutt und Asche legen.«

Kirk maß ihn mit einem durchdringenden Blick. »Das werden sie nicht.«

Fulciero blinzelte im hellen Sonnenlicht. »Wieso nicht?«

»Weil ich es nicht zulasse. Wir haben jetzt keine Zeit für Lektionen, meine Herren. Sie kennen Ihre Befehle. Also los!«

Für die drei Fähnriche war es bestimmt gut, mit der Aufgabe unterwegs zu sein, eine Nachricht zu übermitteln. Dadurch bekamen sie keine Gelegenheit, über bevorstehende Katastrophen nachzudenken und Fragen zu stellen, die nicht leicht beantwortet werden konnten.

Kirk, Spock und McCoy beobachteten, wie die Fähnriche ausschwärmten und versuchten, verschiedene Kompanien zu erreichen, bevor dort jemand einen Phaser benutzte. Der Captain spürte, wie seine Anspannung wuchs. Jeden Augenblick rechnete er damit, ein viel zu vertraut gewordenes Fauchen zu hören. Zweimal glaubte er, ein solches Geräusch zu vernehmen, und beide Male blickte er zum Himmel. Doch der gräßliche Blitz wiederholte sich nicht. Vermutlich hatte er sich das Zischen von Phaserentladungen nur eingebildet – die Anführer der einzelnen Gruppen schienen besser zu sein, als er bisher dachte. *Ich sollte ihnen mehr zutrauen*, fuhr es Kirk durch den Sinn. *Sie sehen den Himmel ebenfalls und wissen, was es mit einem Plasmablitz auf sich hat. Sie können eins und eins zusammenzählen.* Niemand verwendete mehr einen Phaser. Hier und dort beobachtete Kirk, wie jemand seinen Strahler ins Gürtelhalfter schob und nach den primitiven Waffen dieser Welt griff: Steine, Stöcke, capellanische Schwerter und Klegats.

Kirk spielte mit dem Gedanken, seine Leute aufzufordern, die Klegats besser nicht zu benutzen. Die starken Capellaner konnten gut mit den Klingenscheiben umgehen, aber ihre Handhabung erforderte Übung. Die Klingen waren absichtlich unscharf. Um den Gegner mit einer solchen Waffe zu verletzen, mußte man sie mit enorm viel Kraft einsetzen. Andernfalls ließ sich nicht allzuviel mit ihr ausrichten.

»Da kommen sie, Captain«, sagte Spock plötzlich.

Er deutete zum Hang. Klingonen griffen die vordersten Starfleet-Stellungen an, und es kam zu einem erbitterten Nahkampf.

»Typisch«, brummte McCoy. »Sie wissen, daß unsere Phaser nutzlos geworden sind, und deshalb stürmen sie los.« Zorn flackerte in den Augen des Arztes, als er sich vorbeugte und beobachtete, wie verletzte Menschen zu Boden sanken. Vermutlich drängte alles in ihm danach, ihnen zu Hilfe zu eilen. »Warum setzen sie nicht ihre Disruptoren ein?«

»Wegen des Geländes«, erwiderte Kirk. »Es gibt hier zu viele Hindernisse.«

»Ich glaube, es gibt noch einen anderen Grund.« Spock spähte über einen Felsen hinweg. »Klingonen ziehen es vor, einen direkten Kampf gegen ihre Feinde zu führen. Sie halten das für ehrenhafter, als einen

Gegner aus der Ferne zu töten. Deshalb nutzen sie jede Möglichkeit für den Nahkampf.«

»Wenn sie unbedingt den Nahkampf wollen, so sollen sie ihn bekommen«, sagte Kirk. »Wir ...«

Plötzlich piepte der Kommunikator an seinem Gürtel.

Er griff danach, klappte ihn rasch auf. »Kirk an *Enterprise* – Statusbericht.«

»Hier Scott, Sir. Es ist uns endlich gelungen, Kom-Signale durch das Absorptionsfeld zu schicken.«

»Wie sieht's aus bei Ihnen?« fragte Kirk.

»Hier findet eine Schlacht statt«, antwortete Scott. »Wir haben es mit drei Kreuzern zu tun, und derzeit können wir uns gegen sie behaupten. Aber es gibt eine neue Entwicklung: Weitere Klingonen sind hierher unterwegs, und ich weiß nicht, was ich davon halten soll.«

Kirk wechselte einen Blick mit Spock. »Noch mehr Klingonen. Wundervoll. Warum wissen Sie nicht, was Sie davon halten sollen, Scotty? Was stellen die Burschen an?«

»Ein nicht identifiziertes Schiff nähert sich mit Warp sechs, gehobenen Schwingen und deaktivierten Waffensystemen. Außerdem sendet es einen interstellaren Notruf.«

»Der Raumer sendet einen Notruf, während er mit Warp sechs fliegt?« Kirk ließ den Kommunikator ein wenig sinken und sah erneut Spock an. »Also bezieht sich der Notfall nicht auf das betreffende Schiff.«

»Es sei denn, es wird verfolgt«, entgegnete der Vulkanier.

»Das glaube ich nicht.« Kirk hob den Kommunikator wieder. »Warten Sie ab, Scotty. Versuchen Sie zunächst, eine Vorstellung von den Absichten des Neuankömmlings zu gewinnen. Wenn er ihnen dann nicht gefällt, können Sie das Feuer eröffnen.«

»Aye, Sir.«

»Übrigens: Über unserem Gebiet gibt es einen Satelliten oder vielleicht ein Shuttle, das mit Disruptorentladungen auf unsere Phaser reagiert. Können Sie das Ding eliminieren?«

»Wir orten es und haben den Zielerfassungsfokus darauf gerichtet. Aber wenn wir den Satelliten verfehlen, könnten Sie auf der Oberfläche des Planeten in Gefahr geraten.«

»Verstanden. Beeilen Sie sich.«

»Aye, Sir. Scott Ende.«

»Hat mich gefreut, seine Stimme zu hören.« Kirk wischte sich mit dem Handrücken über den blutenden Mund. »Meine Herren... Ich glaube, ich habe jetzt genug.«

McCoy und Spock musterten ihn erstaunt. »Sir?« fragte der Vulkanier.

»Ich meine, ich habe genug von den Klingonen.«

Kirk stieß sich von dem Felsen ab.

»Von jetzt an gehen wir anders vor. Und zwar so.« Er stand auf und trat hinter dem Felsblock hervor.

»Jim!« McCoy griff nach Kirks Arm. »Die Klingonen sehen dich!«

»Sie *sollen* mich sehen. Kommen Sie, Mr. Spock.«

Die feindliche Streitmacht strömte über den Hang, bestehend aus schätzungsweise zweihundert Klingonen. Ihre silberschwarzen, rüstungsähnlichen Uniformen glänzten im grellen Sonnenlicht. Das Kampfgeheul der Gegner klang schrecklicher als das fast kreischende Fauchen ihrer Disruptoren. Hier und dort ertönten die Schreie von Verwundeten und Sterbenden. Auf beiden Seiten krochen Überlebende fort und suchten nach Deckung.

Niemand floh, stellte Kirk mit grimmiger Zufriedenheit fest.

Er sah jetzt keinen Sinn mehr darin, Zurückhaltung

zu üben. Seine Männer wußten, daß er bei ihnen war, und von jetzt an sollten sie ihn auch sehen – damit sie mit noch größerem Enthusiasmus gegen den Feind antraten, dem klingonischen Zorn ihre unüberwindliche Entschlossenheit entgegenstellten.

Kirk trat nach vorn, nahm einem gefallenen Capellaner eine hölzerne Keule und ein kurzes Schwert ab.

»Spock!« Als sich der Erste Offizier umdrehte, warf Kirk ihm das Schwert zu.

»Der Doktor hat recht«, sagte Spock. Seine Worte kamen einer Warnung gleich. »Man wird Sie als kommandierenden Offizier erkennen und die offensiven Bemühungen auf Sie konzentrieren.«

Er wollte Kirks Plan erfahren.

Nun gut.

»Wenn ich den Klingonen kein Ziel biete, justieren sie ihre Disruptoren früher oder später auf Streufeuer, um so viele von uns wie möglich zu erwischen«, erläuterte Kirk. »Aber wenn ich mich ihnen zeige ... Dann versuchen sie, mich ins Jenseits zu schicken, vorzugsweise in einem direkten Kampf – um dadurch Ruhm und Ehre zu erwerben. Ich kann also ihre Aufmerksamkeit auf mich konzentrieren und dadurch ihren Kampfplan manipulieren.«

Spock nickte, wenn auch widerstrebend. Kirks Absichten bedeuteten Gefahr – aber sie basierten auf Logik.

»Das Problem ist: Vielleicht nehmen die Klingonen auch Sie aufs Korn«, fügte der Captain hinzu.

Spock nahm das Schwert von der linken in die rechte Hand. »Ich bin bereit, ein solches Risiko einzugehen, Sir.«

»Mit einer solchen Antwort habe ich gerechnet. Also los.«

4

Die Klingonen stürmten heulend über den Hang, die Disruptoren in den Halftern, Messer in den Händen. Kirk und Spock eilten ihnen entgegen. Als es zum Kampf kam, versuchten sie, dem Zentrum der Auseinandersetzung so nahe wie möglich zu bleiben.

Es bereitete Kirk erhebliche Mühe, Aufmerksamkeit auf sich zu ziehen und die gegnerische Streitmacht davon zu überzeugen, daß er die Starfleet-Truppen anführte. Er fiel unter den Kämpfern nicht besonders auf, unterschied sich von den übrigen Uniformierten nur durch das Feuer in seinen Augen. Neben den großen Capellanern wirkte er sogar unscheinbar. Doch er wollte, daß ihn der Feind identifizierte, und deshalb mußte er so auffällig wie möglich sein.

Er stieß den ersten Klingonen, dem er begegnete, mit einer Keule beiseite, gab seinen Männern laute Befehle und winkte immer wieder, um die Captain-Streifen an den Ärmeln zu zeigen. Nach einer Weile drehten sich immer mehr klingonische Köpfe – der Gegner bemerkte Kirk und Spock.

Die Starfleet-Angehörigen kämpften mit großer Entschlossenheit und zeigten dabei, daß sie nicht nur mit Phasern umzugehen verstanden. Mit beiden Händen hielten sie die Keulen, blockten damit Schläge ab, um dann ihrerseits zuzustoßen. Sie waren leichter als die Klingonen und Capellaner, was ihnen den Vorteil größerer Agilität verschaffte.

Der Glanz in den Augen seiner Leute verstärkte Kirks Zuversicht. Auf eine sonderbare, verdrehte Art und Weise gefiel ihnen dieser Kampf. Er mußte ihnen ein wenig gefallen, wenn sie ihn überleben wollten. Er stellte eine enorme Herausforderung dar, die es zu überwinden galt. Den Feind zurückzudrängen... Es weckte seltsame, elektrisierende Empfindungen in den Männern. Hinzu kam: Diese Schlacht fand nicht in der Anonymität des Alls statt, zwischen Raumschiffen, sondern zwischen einzelnen Kämpfern auf dem Boden eines Planeten. Die Crewmitglieder bekamen nur selten Gelegenheit, einem Gegner direkt gegenüberzutreten, und dieser Umstand setzte zusätzliche Kräfte in ihnen frei.

Sie kannten ihre Pflicht, und Kirk kannte seine. Tapferkeit und Unerschrockenheit des Captains waren es, die es ihnen ermöglichten, nach den langen, anstrengenden Gefechten am Morgen noch einmal gegen die Klingonen anzutreten. Sein Verhalten vermittelte ihnen folgende Botschaft: Er wollte nicht nur mit ihnen kämpfen, sondern für sie. Damit verstärkte er die Entschlossenheit der Männer. Niemand scherte sich mehr um Sicherheit. Niemand fragte sich: *Wofür sterbe ich*? Plötzlich kannten alle die Antwort. Sie kämpften und starben hier nicht für das primitive Volk einer primitiven Welt. *Wofür sterbe ich*?

Für den Captain.

Warum?

Weil er bereit wäre, für mich zu sterben.

Jim Kirk wußte, was die anderen fühlten. Er bemühte sich ständig, ihrer Loyalität und Ergebenheit gerecht zu werden. Ganz deutlich erinnerte er sich an die Raumschiff-Kommandanten, zu deren Crew er gehört hatte. Auch deshalb trachtete er jetzt danach, überall sichtbar zu sein: um sich seinen Männern gegenüber als würdig zu erweisen, um jene Frage immer wieder neu zu beantworten, bis absolute Gewißheit die letzten Reste von Furcht und Besorgnis vertrieb.

Spock und er kämpften in einem Abstand von ungefähr zwanzig Metern und boten attraktive Ziele. Klingonen wandten sich ihnen zu, und jeder einzelne von ihnen erhoffte sich Ruhm durch einen Sieg über die Anführer der gegnerischen Streitmacht.

Ein klingonischer Soldat stürmte in voller Geschwindigkeit über den Hang und versetzte Kirk einen Hieb, der sie beide zu Boden schickte.

Als Kirk sich wieder einigermaßen orientieren konnte, schlug er sofort zu: Sein Ellenbogen bohrte sich in die Kehle des Klingonen. Der Soldat röchelte, kippte zur Seite und kroch dann auf allen vieren fort.

Kirk trat zu, traf die Knie des Klingonen und brachte ihn zu Fall. Die Gestalt blieb liegen, röchelte noch immer und schnappte nach Luft. Der Captain tastete nach dem Disruptor des Klingonen, doch eine Enttäuschung erwartete ihn: Das Halfter war leer. Rasch griff er nach dem Messer am Gürtel. Als er den Kopf hob, sah er zwei weitere klingonische Soldaten, die sich ihm näherten. Er sollte besser auf den Beinen sein, wenn sie ihn erreichten.

Um ihn herum bildeten sich dichte Wolken aus Staub, aufgewirbelt von Stiefeln und gelegentlichen Disruptorentladungen. Soviel zur Ehre.

Einige Klingonen weiter oben am Hang versuchten, Ziele zwischen den Kämpfenden anzuvisieren und gleichzeitig zu vermeiden, die eigenen Kameraden zu verletzen oder gar zu töten. Die meisten Schüsse trafen den Boden oder Felsen. Kirk hörte mehrmals, wie destruktive Energie über ihn hinwegfauchte, und seine Nackenhaare richteten sich auf.

Wo war Spock? Er sah den Ersten Offizier nicht mehr. Kirk konnte nicht länger nach ihm Ausschau halten, denn zwei Klingonen bahnten sich einen Weg durchs Getümmel, gefolgt von zwei weiteren. Sie alle hatten es auf Kirk abgesehen – ganz offensichtlich wies sein Plan auch negative Aspekte auf.

Wenn sie gemeinsam angriffen... Nun, sie konnten nur dann gleichzeitig auf ihn einschlagen, wenn sie kooperierten. Kirk hoffte, daß jeder von ihnen den Ruhm für sich allein wollte.

Er hob den rechten Arm, wandte sich jenem Klingonen zu, der ihm einige Zentimeter näher war als die anderen.

Kirks Messer traf nur leere Luft, denn der Soldat vor ihm wich zur Seite – wodurch sich Brust und Bauch des Captains ungeschützt dem zweiten Klingonen darboten.

Er konnte das Messer nicht rechtzeitig senken. Muskulöse Arme schlossen sich um seine Taille und drückten so fest zu, daß die Luft aus Kirks Lungen entwich.

Die jähe Nähe des Todes bewirkte einen Adrenalinschub. Über die Schulter des Klingonen hinweg, der ihn umklammert hielt, sah Kirk zwei weitere, die mit gefletschten Zähnen und funkelnden Augen näher kamen. Er sammelte seine ganze Kraft, um das Knie zu heben. Wenigstens konnte er einen von ihnen erledigen, bevor...

Ein Schatten fiel auf ihn. Ein massiger Fähnrich – es schien Wilson zu sein –, der überhaupt keinen Hals zu haben schien und dessen Hände mindestens so groß waren wie Bärentatzen, ragte plötzlich neben den beiden Klingonen auf und fegte einen von ihnen beiseite.

Kirk hörte, wie die Soldaten knurrten – sie mochten es ganz und gar nicht, daß sich Wilson einmischte und sie davon abhielt, den Starfleet-Captain zu erreichen. Der Klingone auf dem Boden stach mit dem Messer nach den Beinen des Fähnrichs, während Wilson den anderen mit wuchtigen Fausthieben bearbeitete. Er versuchte, dem scharfen Stahl auszuweichen, doch der zweite Klingone stieß ihn auf die Klinge zu.

»Lösen Sie sich vom Feind, Fähnrich!« rief Kirk. »Vom Feind lösen!«

Wilson warf ihm einen kurzen Blick zu und versuchte, der Aufforderung nachzukommen, aber es gelang ihm nicht. Seine Miene zeigte erschrockene Bestürzung, als sich ihm die Klinge in den Rücken bohrte.

Der Zorn brannte noch heißer in Kirk, und er stellte plötzlich fest, daß sich seine Hände zwischen ihm und der Brust des Klingonen befanden, der ihn nach wie vor zu zerquetschen versuchte. Er winkelte beide Arme an und stieß mit den Ellenbogen zu.

Schmerz sorgte dafür, daß sich der Soldat versteifte, und sein Griff lockerte sich ein wenig. Dadurch konnte sich Kirk befreien. Er schob den Klingonen beiseite und riß eine halbe Sekunde später den Disruptor aus seinem Halfter.

Jetzt hatte er eine Waffe, aber sie war warm, verfügte nur noch über eine geringe energetische Ladung.

Es kam darauf an, sie nicht zu vergeuden.

Der Captain drehte sich um und suchte nach einem Ziel. Trotz der Verletzung am Rücken war Wilson noch immer auf den Beinen und kämpfte. Dadurch bot sich Kirk kein freies Schußfeld.

»Runter, Fähnrich!«

Wilson konnte sich nicht ducken, aber er neigte den Oberkörper beiseite. Kirk zielte, holte Luft, ließ ein wenig vom Atem entweichen und feuerte.

Der Disruptor in seiner Hand zischte und spuckte einen Energieblitz, der sich in die Brust eines Klingonen brannte. Der Soldat erzitterte und kippte nach hinten.

Der zweite Klingone schenkte dem Schicksal seines Artgenossen keine Beachtung und versuchte, dem Disruptor zu entgehen, indem er Wilson wie einen Schild benutzte. Er holte aus, um mit seinem metallenen Armband den Schädel des Captains zu zertrümmern. Vielleicht wäre ihm das sogar gelungen, aber im letzten Augenblick neigte sich Wilson zurück und fing so den Schlag ab, der eigentlich für Kirk bestimmt war.

Der Daumennagel des Klingonen ritzte wie ein Dolch durch den Uniformpulli des Captains, schnitt auch durch die Haut darunter.

Kirk hob ein Knie, trat den Klingonen vor die Mündung des Disruptors und drückte ab.

Der Soldat gab einen unartikulierten Schrei von sich, als ihn die energetische Wucht des Strahls an einen nahen Felsen schleuderte. Er sank in den Staub und blieb reglos liegen.

Der Strahler in Kirks Hand piepte – die Ladung der Energiekapsel hatte sich erschöpft. Nach den langen Gefechten des Morgens waren gerade die letzten beiden Schüsse abgefeuert worden. Enttäuscht schmetterte er die nutzlos gewordene Waffe auf den Schädel eines zu Boden gegangenen Klingonen und hörte zufrieden ein dumpfes Knacken.

Wilson taumelte, und Kirk stützte den verletzten Fähnrich von hinten – während seiner letzten Sekunden sollte er nicht allein sein. Das Blut des jungen Mannes tropfte dem Captain auf Pulli und Hose. Er fühlte, wie Wilson erbebte, taumelte und dann plötzlich erschlaffte. Kirk konnte ihn nicht länger halten, ließ den Toten langsam zu Boden sinken.

Neue Wut erfüllte ihn. Mit dem Disruptor ließ sich nichts mehr anfangen, und das Messer hatte er verloren. Er griff nach Wilsons Keule, hielt sie wie eine Lanze in beiden Händen. Mit Staub im schweißverklebten Gesicht und zerrissener Uniform kehrte Captain Kirk ins Chaos der Schlacht zurück.

Er pflügte durchs Kampfgetümmel, half seinen Leuten und ihren Verbündeten mit der Keule, erzielte mit fast jedem Hieb einen wirkungsvollen Treffer und gab den Männern so Gelegenheit, sich anderen Gegnern zuzuwenden. Sein Schwung geriet erst ins Stocken, als er stolperte und auf ein Knie sank. Praktisch sofort stand er wieder auf, drehte sich dabei halb um und sah in die Richtung, aus der er kam.

In der gelbbraunen Landschaft fiel ihm etwas Blaues auf. Zuerst glaubte er, Spock entdeckt zu haben, doch das erwies sich fast sofort als Irrtum.

»McCoy!«

Der Arzt war irgendwie aus seinem Versteck vertrieben worden, befand sich nun am Felshang und bekam es dort glücklicherweise nur mit einem Klingonen zu tun. In einem Nahkampf konnte sich McCoy ein oder zwei Minuten lang behaupten, länger jedoch kaum. Wenn man ihn überraschte, setzte er sich zunächst zur Wehr, doch schon nach kurzer Zeit verwandelte sich für ihn der Gegner in ein verletzbares Wesen aus Fleisch und Blut. Dann verdrängte das Gewissen des Mediziners den natürlichen Selbsterhaltungstrieb, was dazu führte, daß er zögerte – wodurch der Feind einen wichtigen Vorteil bekam.

Irgendwann einmal würde ein solches Zögern den Tod für ihn bedeuten. Kirk hatte gelernt, auf seinen alten Freund achtzugeben.

McCoy schwang ein Schwert, das er irgendwo gefunden hatte, aber ganz offensichtlich ging es ihm nur darum, sich zu verteidigen. Also hatte der perspektivische Wandel bei ihm schon stattgefunden. Er wich zurück, kletterte höher und höher über den Felshang.

Es wird nicht mehr lange dauern, bis er zögert. Kirk sah sich rasch um, griff nach dem Arm eines vorbeieilenden Besatzungsmitglieds und rief einem anderen zu: »Brown, Mellendez! Kehrtmachen! Helfen Sie McCoy!«

»Ja, Sir!«

»Aye, Sir!«

Die beiden Männer hasteten fort.

Kirk konzentrierte sich wieder auf die Schlacht, auf das Durcheinander aus Schreien, klirrenden Klingen und fauchenden Disruptoren. Eine Zeitlang schlug er mit der Keule um sich, ließ sie dann fallen, nahm ein capellanisches Schwert und kämpfte sich damit den Weg zu höherem Gelände frei. Gelegentlich hörte er das Fauchen einer abgefeuerten Strahlwaffe, und Hoffnung erfaßte ihn, als er sah: Einigen Mitgliedern der *Enterprise*-Crew war es gelungen, Disruptoren zu erbeuten, und diese Waffen setzten sie nun gegen die Klingonen ein. Allerdings: In einem solchen Gewühl ließen sie sich nur bedingt nutzen, da kaum jemand Gelegenheit bekam, genau zu zielen.

Wie dem auch sei: Allmählich wurde ein Ausgleich geschaffen.

Heiße Schiefersplitter kratzten dem Captain über die Wangen und prasselten auf die Felsen hinab. Als er höher kletterte, wandten sich sechs Klingonen von ihren bisherigen Gegnern ab und beschlossen, ihn zu folgen. Sie erlagen dem eigenen Ehrgeiz.

Es klappt. Jetzt sind sie desorganisiert.

Kirk forderte die Soldaten heraus, indem er mit dem Schwert winkte. Mehrere Klingonen nahmen die Verfolgung auf, und mit gut gezielten Tritten gelang es dem Captain, zwei von ihnen in die Tiefe zurückzuschicken. Sie gerieten auf dem Geröll ins Rutschen, wurden immer schneller und prallten an scharfkantige Felsen. Als Kirk sie beobachtete, wurde ihm klar, welche Höhe er inzwischen erreicht hatte. Er begriff, daß er hier besser nicht den Halt verlieren sollte.

Er blickte nach oben, um sich zu vergewissern, daß er nicht in eine Falle geriet. Dabei bemerkte er aus den Augenwinkeln einen blauen Fleck. McCoy? Hier oben?

Er sah nach unten und über das Schlachtfeld hinweg. Der Arzt stand auf halbwegs ebenem Boden, in der Begleitung von Brown, Mellendez und zwei anderen Besatzungsmitgliedern der *Enterprise.*

Erneut spähte er in die Richtung, in der er das blaue Etwas gesehen hatte.

Spock.

Der Vulkanier saß ziemlich weit oben fest: Mindestens acht Klingonen trieben ihn in Richtung eines Felsvorsprungs. Kirks Plan hatte funktioniert, allerdings auf eine ziemlich üble Weise. *Die Burschen wollen sich ihren Ruhm verdienen, indem sie Spock umbringen.*

Der Vulkanier war erheblich kräftiger als ein gewöhnlicher Mensch, und deshalb hatte er sich bisher gegen die Klingonen behaupten können. Doch angesichts des Felsvorsprungs verlor er immer mehr an Bewegungsspielraum. Außerdem bedeutete seine größere Körperkraft nicht, daß er schneller oder gemeiner gegen die Klingonen kämpfte als ein Terraner. Er würde versuchen, selbst im Kampf logisch zu bleiben, und mit einer solchen Taktik konnte er gegen diesen Gegner vielleicht nichts ausrichten.

Während Kirk nach dem schnellsten Weg zum Ersten Offizier suchte – er wünschte sich Flügel –, kämpfte Spock mit grimmiger Bedächtigkeit und verwendete dabei das Schwert, das er vom Captain bekommen hatte. Doch aufgrund der zahlenmäßigen Überlegenheit des Feindes zeichnete sich eine Niederlage ab.

Kirk trat nach den Klingonen, die ihn zu erreichen versuchten, teilte dabei seine Aufmerksamkeit, hielt Ausschau und wählte einen seiner erfahrensten Offiziere.

»Giotto!«

Der Lieutenant Commander aus der Sicherheitsabteilung hörte ihn nicht, und deshalb rief Kirk immer wieder seinen Namen – bis Giotto ihm sein kantiges

Gesicht zuwandte. Sofort erkannte er die Situation des Captains. »Ich bin unterwegs, Sir!«

»Nein!« erwiderte Kirk. »Helfen Sie Mr. Spock!«

Giotto drehte die breiten Schultern, sah über den Hang und nickte knapp. »Sicherheitsgruppe!«

Sieben Männer um ihn herum – fast eine vollständige Einheit – verließen das unmittelbare Kampfgebiet und folgten Giotto in Richtung Spock.

Kirks Herz schlug immer schneller, als er befürchtete, daß die Gruppe nicht rechtzeitig eintraf. Kleine Steine lösten sich unter Spocks Stiefeln und regneten in die tiefe Schlucht. Ein Klingone hatte es ganz bis nach oben geschafft und schlug immer wieder nach Spock. Offenbar fand er großen Gefallen an der Situation des Vulkaniers, der eigentlich nur noch deshalb am Leben war, weil der nächste Klingone weiter unten den ersten am Fuß festhielt – er wollte den Ruhm für sich.

Kirk ignorierte die Klingonen, die es auf ihn abgesehen hatten, schwang sein Schwert und schleuderte es wie ein Wurfmesser.

Es traf den obersten Klingonen, allerdings nicht mit der Klinge. Das Heft stieß ihm an den Nacken. Er taumelte, und der zweite Klingone zerrte noch heftiger, raubte seinem Rivalen dadurch das Gleichgewicht. Der erste Soldat schnappte nach Luft, fiel und landete einige Meter weiter unten auf einer Felsplatte.
Kirk schnitt eine Grimasse, als er ein dumpfes Knacken hörte: Trotz der gepanzerten Kleidung brach das Schlüsselbein des Klingonen.

Spocks Uniform war nicht annähernd so dick.

Wo blieben Giotto und die Sicherheitsgruppe? Dort – sie waren hinter einigen Büschen verschwunden, um einen Weg nach oben zu suchen. Zu langsam. Sie kamen zu langsam voran.

Es ist meine Schuld. Den ganzen Morgen über haben sie

gekämpft. Sie sind müde und können Spock nicht rechtzeitig erreichen.

Kirk hatte das Schwert geworfen und somit keine Waffe mehr, um sich zur Wehr zu setzen. Einmal mehr trat er nach den Klingonen weiter unten, in der Hoffnung, daß sie den Halt verloren und fortrutschten. Mit ihren Disruptoren hätten sie ihn leicht erledigen können, doch in den Augen der Soldaten sah er den Wunsch, das Oberhaupt der feindlichen Streitmacht mit ihren Händen zu besiegen. Jeder von ihnen versuchte, den Captain als erster zu erreichen, wodurch sie sich gegenseitig behinderten – nur dieser Umstand hatte Kirk bisher vor dem Tod bewahrt.

Es knirschte laut, und als er zur Seite sah...

Spock stand nun ganz am Rand des Felsvorsprungs, der plötzlich unter ihm nachgab.

Kirk streckte die Hand aus, sah, wie sie sich vor dem Himmel abzeichnete. Jenseits davon, hundert Meter von seinen Fingerspitzen entfernt, fiel Spock nach hinten und verschwand.

»Verdammt!« stieß Kirk hervor.

Ein oder zwei Sekunden lang starrte er dorthin, wo der Vulkanier bis eben gestanden hatte, senkte dann den Blick und fand einen Fokus für seinen Zorn: die Klingonen unter ihm am Hang.

Sie bemerkten die Veränderung in seinen Zügen. Zwar war er ohne eine Waffe und ihnen gegenüber im Nachteil, aber drei wichen zurück.

Er öffnete ein Ventil für die Wut, indem er sprang, fest dazu entschlossen, es den Klingonen heimzuzahlen.

Heftige Stöße trafen den Captain an verschiedenen Körperstellen – an den Oberschenkeln, Rippen, Ellenbogen und Knien –, als er die Klingonen mit sich über die Felsplatte riß. Er hatte zwei Gegner hinter sich gelassen und war auf den anderen gelandet.

Sein Leib schmerzte überall und verlangte nach Aufmerksamkeit. Kirk achtete nicht auf die stechende Pein und versuchte, wieder auf die Beine zu kommen. Zweimal fiel er, kam dann halb in die Höhe und schob sich mühsam an den Klingonen vorbei. Nur unbewußt nahm er zur Kenntnis, daß sein linker Unterarm taub geworden war.

Er mußte unbedingt zu Spock. Wenn der Erste Offizier den Sturz irgendwie überlebt hatte, würden es sich die Klingonen bestimmt nicht nehmen lassen, ihm den Garaus zu machen.

Kirk atmete Staub und zwang sich weiter.

»Aufhören!«

Er hob den Kopf. Wer war das? Die Stimme klang fremd – vielleicht einer der Capellaner?

Ein korpulenter klingonischer Offizier marschierte wie bei einer Parade durchs Kampfgewühl, schuf dabei eine Schneise, die immer breiter wurde.

Es war kein einfacher Offizier, sondern ein ... *General*!

Doch in diesem Raumsektor gab es überhaupt keinen klingonischen General ...

Der beleibte Neuankömmling trat in die Mitte des Schlachtfelds, hob dort zwei dicke Arme und streckte wie beschwörend die Hände.

»Hört auf mit dem Kampf! Ihr sollt aufhören!«

Der General drehte sich um und wandte sich an die Klingonen weiter oben am Felshang.

»*Aufhören*!«

5

Mit taubem linken Arm und Staub in den Lungen wankte Kirk an schnaufenden, verblüfft starrenden Kämpfern vorbei. Er schaffte es, nicht noch einmal auf die Knie zu sinken.

»Spock!« rief er.

Keine Antwort. Eigentlich hatte er auch nicht mit einer gerechnet.

Der klingonische General ließ die Arme sinken und beobachtete, wie der Captain das Schlachtfeld überquerte. Er schien zu verstehen und stand wie Heinrich VIII. auf einem Turnierplatz, während Kirk über die Felsen kletterte.

Die Uniform des Vulkaniers zeichnete sich blau und schwarz vor dem gelbbraunen Hintergrund des Hanges ab. Giotto und seine Leute umringten ihn, schirmten Spock von mehreren Klingonen ab, die in der Absicht gekommen waren, ihn endgültig ins Jenseits zu schicken, falls er noch am Leben war.

Kirk glaubte zu sehen, wie sich der Vulkanier bewegte, aber er konnte nicht ganz sicher sein. Es wallte zu viel Staub …

Alles wirkte wie erstarrt. Klingonen, Starfleet-Angehörige, Capellaner – alle standen reglos, zumindest jene, die noch stehen konnten. Sie sahen zum klingonischen General, der wie ein Monolith in ihrer Mitte aufragte. Einige Blicke galten auch Kirk, der an Gefallenen vorbeistapfte.

Ein General, dachte der Captain. *Sollen wir auf diese Weise zur Kapitulation aufgefordert werden*?

Er musterte ihn kurz, hoffte dabei, daß sein Gesicht die richtige Mischung aus Trotz und Verachtung zum Ausdruck brachte. Dann setzte er den Weg fort. *Eins nach dem anderen*.

Giottos Männer wichen vor Kirk beiseite, ließen die Waffen jedoch nicht sinken und behielten die Klingonen im Auge.

Es fühlte sich gut an, endlich zu knien. Der Boden hatte die ganze Zeit über an ihm gezogen, und nun konnte er diesem Zerren endlich nachgeben.

Spock sah zu ihm auf und blinzelte benommen – er lebte! Seine Lippen bildeten einen dünnen Strich, und grünes Blut tropfte aus kleinen Wunden an der Stirn und am rechten Ohr.

Kirk spürte scharfkantige Steine unter den Knien, als er Spock am Arm berührte.

»Alles in Ordnung?« fragte er.

»Bin … halb betäubt«, erwiderte Spock mühsam und versuchte vergeblich, sich seine Schmerzen nicht anmerken zu lassen. Die Stimme klang sehr ernst. Zwei oder drei Sekunden später wölbte er die Brauen und fügte fast amüsiert hinzu: »Außerdem einige blaue Flecken …«

»Wo?« fragte Kirk.

So etwas wie Sorge zeigte sich in der Miene des Vulkaniers, als er feststellte, seinen Zustand nicht genau beurteilen zu können. »Ich bin mir nicht sicher.«

Der Captain sah zum Felsvorsprung, von dem Spock heruntergefallen war. »Wie haben Sie das überlebt?«

»Starfleet-Ausbildung«, antwortete Spock knapp. »Ich habe mich … abgerollt.«

Kirk lächelte voller Anteilnahme. »Können Sie aufstehen? Ich glaube, es zeichnet sich eine neue Entwicklung ab.«

Der Vulkanier preßte die Hände an den Boden und trachtete danach, sich in die Höhe zu stemmen. »Ich werde es versuchen.«

»Mr. Giotto, bitte helfen Sie uns.«

Tief in Kirks Innern erklangen warnende, protestierende Stimmen, als Giotto und er den verletzten Ersten Offizier auf die Beine zogen. Für den Captain hatte dieser Punkt zentrale Bedeutung – der Gegner sollte die Starfleet-Offiziere aufrecht und einsatzfähig sehen. Doch als klar wurde, daß Spock nicht aus eigener Kraft stehen konnte … Da fragte sich Kirk, ob er vielleicht einen Fehler gemacht hatte.

Er winkte einen Unteroffizier herbei, der Giotto helfen sollte. »Bringen Sie ihn dorthin. Er soll hören und sehen, was vor sich geht.«

Der klingonische General stand noch immer in der Mitte des Schlachtfelds und drehte sich langsam um die eigene Achse. »Wer hat hier den Befehl?« donnerte er. Sein Blick galt dabei nicht den Starfleet-Angehörigen, sondern den Klingonen.

Kirk stand hinter den Sicherheitswächtern und runzelte verwundert die Stirn. Was hatte dies alles zu bedeuten?

»Ich!« Der klingonische Kommandeur eilte den Hang herab und wirkte ziemlich verärgert. »Warum haben Sie uns daran gehindert, den Sieg zu erringen?«

Der korpulente General vollführte eine umfassende, von Spott geprägte Geste. »Ich sehe hier keinen Sieg. Was ist los mit Ihnen? Warum streiten Sie sich um einen Haufen Dreck? Sie vergeuden Soldaten und Munition – und wofür? Für eine Schiffsladung Toparin? Sie sind ein Narr.«

Der Kommandeur deutete auf Kirk. »Die Starfleet-Leute haben meinen Repräsentanten umgebracht!«

Einer der großen Capellaner trat vor. »*Ich* habe Ihren

Repräsentanten umgebracht – weil er sich als Betrüger erwies.«

Die unverblümte Offenheit verblüffte den klingonischen Kommandeur so sehr, daß er schwieg. Kirk hielt daraufhin den Zeitpunkt für gekommen, selbst in das Geschehen einzugreifen. Die Meinungsverschiedenheiten der Klingonen interessierten ihn nicht – hier ging es um Wichtigeres. Er zwang sich, nicht zu hinken, als er vortrat. Dem Kommandeur kehrte er den Rücken zu – eine ganz bewußte Beleidigung – und wandte sich direkt an den General.

»Wer sind Sie, zum Teufel?« fragte er.

Der hochrangige klingonische Offizier stellte sich sofort vor. »Ich bin General Kellen.«

Kirk hörte, wie die Klingonen hinter ihm überrascht nach Luft schnappten.

»Kellen?« wiederholte Kirk. »Vom Muscari-Zwischenfall?«

»Ja.«

Der General wartete, bis alle begriffen hatten, wer er war. Selbst wenn einige der Anwesenden nichts von seinen früheren Leistungen und Erfolgen wußten – sie alle hatten schon von ihm gehört und kannten seinen Ruf. Das galt auch und insbesondere für Kirk. General Kellen… Der einzige ruhige, beherrschte Klingone.

So was sprach sich herum.

Der General blieb gelassen, aber etwas an ihm wies auf folgendes hin: Er schien zu erwarten, daß Kirk von ihm beeindruckt war.

Und seine Erwartungen erfüllten sich.

Sie standen sich im Tal gegenüber und musterten sich gegenseitig.

Nach einer Weile fragte der General: »Ihr Schiff ist die *Enterprise*?«

Kirk kniff im hellen Sonnenschein die Augen zusammen. »Ja…«

»Sie sind also James B. Kirk?«

»James T. Und?«

»Ich bin hier, um Sie und die Föderation im Namen des Klingonischen Imperiums um Unterstützung zu bitten.«

»Um Unterstützung wobei?«

»Wir brauchen Ihre Hilfe, Captain. Die Dämonen sind zurückgekehrt, und damit beginnt das Chaos.«

»Bedeutet das, Sie erklären einen Waffenstillstand?«

Es existierte bereits eine Antwort auf diese Frage, aber Kirk wollte, daß seine Leute und die Klingonen es vom derzeitigen Befehlshaber der anderen Seite hörten, von General Kellen. Es galt zu vermeiden, daß sich übereifrige klingonische Soldaten trotz allem dazu hinreißen ließen, von ihren Disruptoren oder Messern Gebrauch zu machen.

Kellen spähte über seine seltsame Brille hinweg und nickte. »Ja. Ich sollte vielleicht erwähnen, daß sich Ihr Schiff anschickt, meinen Kreuzer in ein Wrack zu verwandeln. Ich wäre Ihnen sehr dankbar, wenn Sie das verhindern könnten.«

Entweder hoffte der General auf eine Geste des Vertrauens, um sich dadurch einen Vorteil zu verschaffen – oder er meinte, was er sagte. Vielleicht ging es ihm wirklich darum, den Kampf zu beenden, Gespräche zu führen.

Was auch immer der Fall sein mochte: Es ergab sich eine Chance, auszuruhen und neue Kraft zu schöpfen. Kirk ließ Kellen nicht aus den Augen, als er seinen Kommunikator aufklappte.

»Kirk an *Enterprise*. Gehen Sie in Verteidigungsposition. Stellen Sie das Feuer ein und halten Sie sich in Bereitschaft. Greifen Sie an, wenn Sie in zehn Minuten nichts von mir hören.« Er wartete keine Bestätigung von Scott ab und klappte den Kommunikator wieder zu. »Ich danke Ihnen dafür, daß Sie den Kampf beendet haben, General, aber diesen Planeten können wir Ihnen nicht überlassen.«

Kellen reagierte mit einer zustimmenden Geste. »Ich will den Planeten überhaupt nicht. Es ist mir ein Rätsel, warum ihn manche Leute interessant finden. Ich habe es immer für besser gehalten, die primitiven Welten der Föderation zu überlassen und sie erst dann zu erobern, wenn sie an Bedeutung gewonnen haben.«

Kirk schnaubte. »Und wenn wir nicht bereit sind, sie einfach so zu räumen?«

»Ich habe nie richtig verstanden, wann und warum die Föderation kämpft«, entgegnete Kellen. »Wie seltsam: Sie sind bereit, sich für etwas zu opfern, das für Sie gar keinen richtigen Wert hat. Kann es sinnvoll sein, für eine Welt wie diese den Verlust seines Schiffes zu riskieren? Nun, ich überlasse sie Ihnen, ohne irgendwelche Bedingungen zu stellen. Herzlichen Glückwunsch. Starfleet Command hat bereits eine Nachricht von mir bekommen. Von dort habe ich die Genehmigung, mit Ihnen zu verhandeln. Vorausgesetzt, ich beende den Kampf. Was inzwischen geschehen ist. Lassen Sie uns jetzt miteinander reden, Captain Kirk.«

Zwar war der General ein sehr gewichtiger Mann, doch die Stimme paßte nicht recht zu seinem Erscheinungsbild – sie erschien Kirk ein wenig zu hoch. Allerdings erklang unüberhörbare Autorität in ihr, wahrscheinlich aufgrund langer Gewohnheit.

»Warten Sie, bis Sie an die Reihe kommen«, erwiderte der Captain. »Erst muß ich mich um meine Leute kümmern.«

Kellen schwieg, legte die Hände auf den Rücken und nahm eine abwartende Haltung ein.

Kirk sah kurz zu Spock, drehte sich um und ließ den Blick über seine überraschten Männer gleiten. Starfleet-Angehörige und Klingonen beäugten sich mißtrauisch, behielten ihre Waffen im Auge und wußten nicht, was sie von der ganzen Sache halten sollten.

Der Captain drehte sich noch etwas weiter um und bemerkte McCoy, der neben Fähnrich Wilson hockte.

Warum nicht dort beginnen?

Mit entschlossenen Schritten – aber nicht zu schnell – ging er zum Bordarzt der *Enterprise,* fühlte dabei Kellens Blick am Rücken.

»Wie gefällt dir das?« fragte er.

»Nicht sehr«, murmelte McCoy und sah auf den armen Wilson hinab, als er sich erhob.

Kirk musterte das zerkratzte Gesicht des Doktors. »Bist du verletzt, Pille?«

McCoy blinzelte, runzelte die Stirn und rieb sich dann die Hände. »Nein, Jim.«

»Dann schlage ich vor, du kümmerst dich um die anderen.«

»Ja, *Sir.*«

Kirk sah zu den in der Nähe stehenden Männern und begann damit, Anweisungen zu erteilen.

»Zdunic wird hiermit befördert«, sagte er. »Für die Dauer dieses Einsatzes ist er Lieutenant.«

»Bestätigung«, erklang Spocks Stimme hinter dem Captain.

Kirk hörte deutliche Schwäche im Bariton des Vulkaniers. Er drehte sich zu ihm um. Spock hatte so geantwortet, als sei alles in bester Ordnung, aber das war – zumindest bei ihm – ganz offensichtlich nicht der Fall. Er stützte sich noch immer auf einen Unteroffizier, während er die Kontrollen des Tricorders bediente und alles aufzeichnete.

»Mr. Spock … McCoy! Zuerst hier. Unteroffizier, helfen Sie ihm dabei, sich zu setzen.« Kirk näherte sich, als Spock vorsichtig auf einem Felsen Platz nahm. Behutsam zog er ihm den Riemen des Tricorders über den Kopf und reichte das Gerät einem Starfleet-Angehörigen. »Spock… Es tut mir leid.«

Das Gesicht des Vulkaniers verriet jetzt größeren Schmerz – er konnte die Pein nicht mehr verbergen. Alle Muskeln schienen gespannt zu sein. Er beobachtete den General, und Mißtrauen vertrieb einen Teil der Schmerzen aus seinen Zügen.

»Ich finde es sonderbar, daß jemand wie er hier erscheint, Captain«, sagte er.

»Er hat Neugier in mir geweckt«, gestand Kirk.

»Was ist passiert?« fragte McCoy, als er näher kam. Wenn er Spock zuvor gesehen hatte, so war ihm offenbar nicht aufgefallen, daß er von dem Unteroffizier gestützt wurde.

»Er ist gestürzt«, erklärte Kirk. »Von dort oben. Hast du das etwa nicht beobachtet?«

»Ich bin beschäftigt gewesen.« McCoy aktivierte seinen medizinischen Tricorder, untersuchte den Vulkanier damit von den Schultern bis zum Becken. »Mein Gott, Jim – du hättest ihn nicht bewegen dürfen! Er hat Verletzungen am Rückgrat erlitten.«

Falsch gesetzte Prioritäten. Kirk wußte, daß er einen Fehler gemacht hatte. Immer wieder ertappte er sich dabei, daß er in Spock eine Art Übermenschen sah und nicht jemanden, der zur einen Hälfte Terraner und zur anderen Vulkanier war.

Mehr Pein zeichnete sich in Spocks blasser Miene ab, während er auch weiterhin Kellen beobachtete.

»Bring ihn zur *Enterprise* zurück, und zwar sofort«, sagte Kirk und fühlte sich schuldig.

Der Erste Offizier sah auf. »Ich würde lieber bleiben, Captain.«

Kirk bemerkte einen seltsamen Glanz in seinen Augen. Chaos… Was auch immer das bedeutete: Spock schien etwas zu wissen und wollte ganz offensichtlich hören, was Kellen zu sagen hatte.

Wenn er wirklich etwas weiß ... Dann brauche ich ihn hier.

McCoy richtete einen sehr ernsten Blick auf Kirk und brachte damit eine unmißverständliche Botschaft zum Ausdruck.

»Ein paar Minuten«, sagte der Captain. »Behandle ihn, soweit sich das hier bewerkstelligen läßt, Pille. Setz dich mit der Krankenstation in Verbindung: Ein volles Medo-Team soll so schnell wie möglich hierherkommen und sich um unsere Verletzten kümmern.«

»Jim ...«, begann der Doktor in einem protestierenden Tonfall.

»Nur ein paar Minuten. Bis wir wissen, was hier gespielt wird.«

Es blitzte in den blauen Augen des Arztes, aber er erhob keine weiteren Einwände mehr und klappte seinen Kommunikator auf. »McCoy an *Enterprise*. Verbinden Sie mich bitte mit der Krankenstation.«

Der vorwurfsvolle Blick des Arztes machte Kirk weniger zu schaffen als die Gründe dafür. Plötzlich wollte er das Rätsel der gegenwärtigen Situation möglichst schnell lösen, um Spock zum Schiff zu bringen.

Mit langen Schritten kehrte er zu Kellen zurück. »Also gut, General. Ich habe mit meinen Leuten gesprochen. Jetzt können wir miteinander reden.«

Kellen nickte. »Das Chaos beginnt ... Und wir müssen alle notwendigen Maßnahmen ergreifen.«

Kirk musterte den General. »Ich weiß nicht, ob mir das ›wir‹ gefällt. Das ›Chaos‹ – was meinen Sie damit?«

Spock neigte den Kopf ein wenig zur Seite. »In den klingonischen Mythen läutet das ›Chaos‹ die Apokalypse ein. Dann erlangen alle gefangenen Seelen ihre Freiheit wieder und rächen sich an jenen, die sie einst einkerkerten.«

»Ja«, bestätigte Kellen und richtete den Zeigefinger auf Spock. »Ja, ja.«

»Woher wollen Sie wissen, daß das Chaos beginnt?« fragte Kirk.

»Mein Geschwader begegnete dem Anfang – dem ersten Chaos-Schiff.«

»Die Apokalypse kommt an Bord eines Raumschiffs?« Zynismus erklang in Kirks Worten. »General, derzeit bin ich nicht gerade in besonders guter Stimmung ...«

»Und ich bin nicht hier, um Sie aufzumuntern.« Kellens wettergegerbtes Gesicht blieb völlig unverändert. Er glaubte ganz fest daran, aus den richtigen Gründen auf diesem Planeten zu weilen. In gewisser Weise wirkte er wie ein klingonischer Benjamin Franklin, der herausfinden wollte, ob er zum Vater einer Nation wurde oder mit dem Kopf in der Schlinge endete.

Kirk durchbohrte ihn mit einem Blick. »Was ist passiert? Berichten Sie von Anfang an.«

»Es kam zu einem Massenverlust«, begann der General. »Zuerst dachten wir an Fehlfunktionen der Instrumente, doch dann blähte sich die Sonne eines nahen Systems auf, und ihre Planeten platzten auseinander. Auf diese Weise ging es weiter, bis sich die gesamte Masse auf null reduzierte ...«

»Wo die Masse auf den Wert null sinkt, kann nichts existieren«, sagte Spock, während McCoy seine Untersuchung des Vulkaniers fortsetzte. »Unter solchen Umständen würde alles, was sich bewegt, auf Lichtgeschwindigkeit beschleunigt.«

»Uns wäre es fast so ergangen.« Kellen nickte Spock zu und hoffte offenbar, daß ihn der Vulkanier verstand. »Wir beobachteten, wie die Planeten des betroffenen Sonnensystems zerfielen, und ihre Partikel beschleunigten auf Hyperlicht. Wir leiteten alle Energie in die Schilde, und dadurch gelang es uns, einen Rest von Masse zu bewahren. Sie schwand auf ein Hundertstel eines Prozents, als der Effekt schließlich aufhörte.

Wir...« Der General zögerte und rang mit sich selbst, bevor er die nächsten Worte formulierte. »Wir verloren ein Schiff.«

Völlige Stille herrschte, und alle schienen den Atem anzuhalten. Selbst McCoy verharrte kurz, während er eine Stützschiene an Spocks Rücken anbrachte.

Transporterstrahlen glitzerten, begleitet von einem Summen, das lauter als sonst klang.

Rechts von Kirk materialisierten sechs Männer und Frauen aus der Krankenstation der *Enterprise*.

McCoy winkte ihnen wortlos zu. Die Neuankömmlinge verstanden sofort und setzten sich in Bewegung, um den Verletzten zu helfen.

»Ich habe Aufzeichnungen«, sagte Kellen und weckte damit wieder Kirks Aufmerksamkeit. Er sprach in einem ruhigen Tonfall, davon überzeugt, daß der Captain und seine Leute die entsprechenden Daten prüfen wollten. Mit der einen Hand zog er einen klingonischen Tricorder vom Gürtel. »Dieses Gerät verfügt über ein integriertes Übersetzungsmodul.«

Er streckte es Kirk entgegen.

Der Captain nickte in Richtung des Vulkaniers. »Dort.«

Kellen trat einen Schritt vor, um seinen Tricorder dem Unteroffizier an Spocks Seite zu reichen. Er wandte den Blick dabei nicht von Kirk ab.

Der junge Mann neben Spock blinzelte unsicher und schien zunächst nicht zu wissen, was er mit dem Gerät anfangen sollte. Eine knappe Geste des Captains befreite ihn von seiner Unsicherheit. Er aktivierte den klingonischen Tricorder und versuchte, so gut wie möglich damit zu arbeiten. Als erste Daten auf dem Display erschienen, drehte er das Gerät so, daß Spock die Anzeigen sehen konnte.

»Ich wollte mich an Bord des Flaggschiffs zurückbeamen«, fuhr Kellen fort. »Doch der Transporterstrahl wurde abgelenkt, und deshalb fand mein Retransfer an einem anderen Ort statt. Zuerst dachte ich, auf einem fernen Planeten zu sein, denn ich entdeckte Höhlen mit überwucherten Wänden. Es gab Licht und Wärme. Als ich jenen Ort erforschte, stieß ich auf Metallwände, Kontrollampen und Displays. Und ich fand eine Schädelkammer.«

»Wie bitte?« warf Kirk ein. »Habe ich da ›Schädelkammer‹ gehört?«

»Ja, Captain, das haben Sie. Ich sah mich in einer großen Kammer um, deren Wände Nischen aufwiesen, aus denen Algen und Moose wuchsen. Und in diesen Nischen ruhten die Totenschädel von vielen verschiedenen Geschöpfen. Als ich sie betrachtete ... kam er aus der Wand.«

»Was kam aus der Wand? Ein Schädel?«

»Nein, kein Schädel. Ein ... Iraga.«

Das letzte Wort flüsterte der klingonische General fast, so als käme es einem Fluch gleich. Gleichzeitig bemühte er sich, kühle Rationalität zu bewahren.

Iraga. Es klang nicht vertraut.

Kirk beugte sich ein wenig vor und erwartete ganz offensichtlich weitere Auskünfte.

»Eine Art ... Monstrum aus unserer Vergangenheit«, sagte Kellen und suchte nach den richtigen Worten. »Das vielfache Böse, in einem Körper vereint, mit Schlangen, die aus seinem Kopf wuchsen, und Flammen in den Augen. Für Sie bedeutet es nichts, aber für uns Klingonen ... Die Urzeit scheint zurückzukehren.«

»Auch bei uns gibt es Legenden von Geschöpfen mit Schlangen auf dem Kopf«, sagte Kirk. »Aber ich erinnere mich nicht an mythische Wesen mit Flammen in den Augen. Mr. Spock?«

»Entsprechende Überlieferungen sind mir nicht bekannt«, erwiderte der Vulkanier. »In dieser Hinsicht könnten sich Nachforschungen als nützlich erweisen.«

»Jim, bitte ...«, drängte McCoy.

Kirk nickte ihm kurz zu und wandte sich dann wieder an Kellen. »Bleiben wir zunächst bei den Fakten. Sie erwähnten Licht und Wärme – an jenem Ort gab es also atembare Luft und eine Energiequelle?«

»Ja. Ich hörte das Brummen eines Triebwerks und schloß daraus, an Bord eines Raumschiffs zu sein.«

»Dämonen brauchen keine atembare Luft. Und sie brauchen erst recht kein Triebwerk.«

Kellen nahm diese Worte mit einem kurzen Achselzucken entgegen. »Was auch immer geschieht: Legenden und Realität verbinden sich nun miteinander, was für uns das Ende bedeuten könnte. Was uns über Äonen hinweg nur in Alpträumen erschien, nimmt jetzt Gestalt an, um Verderben zu bringen. Wir müssen jetzt zusammenarbeiten. Verglichen mit jenen Wesen sind wir uns so ähnlich, daß ich lieber Ihr Sklave wäre als auf der gleichen Welt zu leben wie die Dämonen. Ihre Rückkehr bedeutet, daß es zwischen uns keine Unterschiede mehr gibt.«

Heißer Wind wehte über den Hang zwischen den beiden hohen Felstürmen, flüsterte an den Schieferplatten entlang und wirbelte Staub auf. Kirk spürte, wie ihm plötzlich der Schweiß ausbrach, und er mochte dieses Gefühl ganz und gar nicht. Schweißtropfen rannen ihm über die Seiten; er hätte sich am liebsten gekratzt.

Der Captain sah Kellen an. Wieder zwang ihn der grelle Sonnenschein, die Augen zusammenzukneifen, und dadurch bildeten sich noch tiefere Falten in seiner Stirn.

»Captain ...«, ließ sich Spock vernehmen.

Kirk trat rasch zu dem Vulkanier, der noch immer auf dem Felsen saß.

»Er sagt die Wahrheit«, begann Spock. »Zumindest gibt er wahrheitsgemäß seine Beobachtungen wieder.

Außerdem deuten Strukturbelastung des Schiffes sowie die Analysen der Computerdaten darauf hin, daß tatsächlich ein Massenverlust stattfand. Zu den Aufzeichnungen gehört auch eine visuelle Darstellung des auf Hyperlicht beschleunigten Sonnensystems.«

»Könnten die gespeicherten Daten manipuliert sein?«

»Ja.«

»Aber Sie halten das für unwahrscheinlich, oder?«

Spock saß so steif wie eine asiatische Statue. »In der Tat, Sir.«

»Was könnte einen solchen Massenverlust bewirken?«

»Eine Waffe«, entfuhr es Kellen. Er kam näher – und blieb stehen, als einige Sicherheitswächter zwischen ihn und Kirk traten. »Ein Schuß vor den Bug unserer Zivilisationen, Kirk. Denn anschließend kam das Schiff der Dämonen. In einer solchen Situation müssen wir unseren gegenseitigen Haß überwinden.«

»Wir sollen die letzten Jahrzehnte einfach so vergessen?«

»Was verlangen Sie?« fragte Kellen und zeigte jetzt mehr Erregung, als man vom ruhigsten Klingonen des ganzen Imperiums erwartete. »Soll ich meinen Enkel ins Gefängnis werfen? Möchten Sie, daß ich einen Ehemann für Ihre häßlichste Schwester finde? Was wollen Sie? Es ist wichtig, Kirk! Wenn Sie eine Sache vom Klingonischen Imperium bekommen könnten – was würden Sie wählen?«

Kirk ärgerte sich darüber, daß Kellen irgendeinen banalen Wunsch von ihm zu erwarten schien. »Sie wissen, welche Wahl ich treffen würde. Ich möchte das, was auch die Föderation will: Freiheit und Frieden für alle Völker.«

»Sie möchten, daß wir Sie in Ruhe lassen.«

»Das genügt nicht. Sie sollen auch Ihr eigenes Volk in Ruhe lassen.«

Ganz offensichtlich fand Kellen eine solche Vorstellung sehr seltsam, aber er lachte nicht, zog Kirks Vorschlag mit großem Ernst in Erwägung. Er schien bereit zu sein, dem Captain der *Enterprise* die ganze Galaxis zu überlassen, um seine Hilfe zu bekommen.

»Einen Augenblick«, sagte Kirk. Er drehte sich um, sah Spock und McCoy an. »Irgendwelche Kommentare?«

»Der General muß die Situation für außerordentlich ernst halten«, erwiderte Spock leise. »Im Vergleich dazu erscheinen ihm die Spannungen zwischen Imperium und Föderation als vernachlässigbar gering.«

»Was auch immer passiert ist…«, flüsterte McCoy. »Es hat Kellen einen gehörigen Schrecken eingejagt. Und so wie ich diesen Klingonen einschätze… Er scheint nicht der Typ zu sein, der sich leicht von irgend etwas beeindrucken läßt.«

Kirk sah ihn an. »Meinst du, wir sollten auf ihn eingehen?«

»Ich bin mit allem einverstanden, Jim – wenn ich Spock dadurch zur Krankenstation bringen kann.«

»Captain…«, warf Kellen ein und wartete, als sich Kirk langsam zu ihm umdrehte. »Ich weiß nicht, ob ich Ihnen geben kann, was Sie verlangen. Aber Sie haben hiermit mein Wort als Krieger, daß ich den Rest meines Lebens dem Bestreben widmen werde, einen dauerhaften Frieden zwischen unseren Völkern zu ermöglichen. Wenn Sie uns helfen, den Angriff der Dämonen zurückzuschlagen… Dann bin ich bereit, fortan alles zu tun, um Ihren Wunsch zu erfüllen.«

Kirk konnte es kaum fassen.

Und den Klingonen auf dem Schlachtfeld erging es ebenso. Unruhe erfaßte sie, und einige von ihnen schnappten laut nach Luft. Die Starfleet-Angehörigen standen wie erstarrt und glaubten vermutlich, ihren Ohren nicht trauen zu können.

»Sie können mich als Geisel an Bord Ihres Schiffes bringen«, fügte Kellen hinzu. »Aber helfen Sie uns im Kampf gegen das Böse!«

Handelte es sich um klingonische Angeberei? Ging Kellen ein kalkuliertes Risiko ein? Als erfahrener General wußte er bestimmt, daß die Föderation keine Geiseln nahm.

Ausnahmen bestätigen die Regel.

»Na schön. Sie kommen mit uns.« Kirk achtete nicht auf Kellens Überraschung. »Wir fliegen los und finden heraus, was es mit Ihren ›Dämonen‹ auf sich hat.«

WIR SIND DAS DROHENDE

6

Wie geht es ihm, Pille?« – »Nicht gut.« – »Nenn mir die Einzelheiten.«

»Bei Vulkaniern sind sechsunddreißig Nervenpaare mit der Wirbelsäule verbunden. Sie betreffen sowohl das autonome als auch das willkürliche Nervensystem. Bei Spock sind fast dreißig Prozent davon geschädigt, vor allem im unteren Brustkorbbereich und in der Lumbalgegend. Größere Brüche gibt es nicht, was vor allem am Neigungswinkel des Bodens liegt, auf den er fiel. Aber ich habe zahlreiche haarfeine Frakturen in den Wirbeln des Rückgrats festgestellt. Hinzu kommen diverse Muskelrisse, Sehnenschäden, eine ausgerenkte Schulter sowie ein gebrochenes Handgelenk.«

»Er hat sich das Handgelenk gebrochen?«

»Ja, das linke.«

»Ist mir gar nicht... aufgefallen.«

Der Schmerz im linken Arm erinnerte Kirk daran, was er selbst hinter sich hatte – Spock mußte es noch viel schlimmer ergangen sein. Unbewußt rieb er sich den wunden Ellenbogen.

McCoy bemerkte die Bewegung. »Spocks Schulter ist wieder eingerenkt, und das Handgelenk habe ich ebenfalls in Ordnung gebracht. Aber er wird noch eine Zeitlang Schmerzen haben.«

»Kannst du mit einer Operation die Schäden am Rückgrat beheben?«

McCoy, Bordarzt der *Enterprise*, verschränkte die Arme und schürzte die Lippen. Nach einigen stummen

Sekunden schüttelte er den Kopf, fast so, als sei er unschlüssig.

Kurz darauf mußte Kirk feststellen: Was er für Unschlüssigkeit gehalten hatte, war in Wirklichkeit Ärger.

»Ich operiere ihn nur dann, wenn es unbedingt sein muß. Ich bin kein Neurologe, Jim. Weit und breit steht keiner zur Verfügung, und der nächste Fachmann für vulkanische Neurophysiologie ist noch weiter entfernt. Eigentlich können wir noch von Glück sagen: Wenn Spock zuerst mit dem Kopf und nicht mit dem Rücken aufgeprallt wäre, würden wir ihn jetzt für eine stille, einsame Heimreise nach Vulkan einpacken. Und du müßtest dann einen Brief an seine Eltern schreiben.«

Kirk schauderte innerlich, als er daran dachte. Jene schrecklichen Briefe... Die ganze Nacht hatte er damit verbracht, sie zu schreiben, einen nach dem anderen, mit vom Kampf zerkratzten Händen. Das hatte er erledigen müssen, bevor er sich schlafen legte – sonst hätte er keine Ruhe finden können. Er hatte die Situation auf Capella IV beschrieben und die Bedeutung des Planeten für die Föderation betont, damit die Familien wußten: Ihre jungen Männer waren für etwas Wichtiges gestorben. Er fügte posthume Beförderungen hinzu und leitete alles an Lieutenant Uhura weiter, die das ganze Kom-Paket durch den Subraum schickte, adressiert an die Eltern, Ehefrauen und Kinder jener Besatzungsmitglieder, die am vergangenen Tag bei der Erfüllung ihrer Pflicht gefallen waren.

Glücklicherweise blieb es Kirk erspart, auch Botschafter Sarek und seiner Frau einen solchen Brief zu schreiben.

»Wir haben Glück«, murmelte er. »*Ich* habe Glück.«

»Wird er sich erholen?« fügte er nach einigen Sekunden hinzu.

Das Schweigen des Arztes wies Kirk darauf hin, daß McCoy seiner Prognose einen optimistischen Klang geben wollte. Doch ihm gegenüber waren solche medizinischen Taktiken unangebracht. Der Captain mußte die reine, nackte Wahrheit erfahren.

»Das weiß ich noch nicht«, sagte McCoy schließlich. »Wir müssen abwarten und die Entwicklung beobachten. Er ruht jetzt in einem Null-G-Feld, das den Druck von der Wirbelsäule nimmt. Spock *kann* gehen, aber derzeit soll er sich noch nicht bewegen.«

»Kannst du sonst nichts für ihn tun?«

Diese Frage schien den Arzt fast zu beleidigen. »So fortgeschritten die Medizin auch sein mag: Es gibt immer noch einige Dinge, die der Körper selbst erledigen muß. Seine Stoffwechselrate ist höher als unsere, was ihm die Möglichkeit gibt, sich schneller zu erholen. Operieren möchte ich nur im absoluten Notfall. Stelle meine Maßnahmen nicht in Frage, Captain – dann verzichte ich darauf, deine zu kritisieren.«

»Wenn du mir etwas zu sagen hast, Pille – heraus damit.«

Der Doktor versteifte sich, und in seinen Augen blitzte es auf. Er schien auf diese Gelegenheit gewartet zu haben. »Na schön. Heute morgen mußte ich mich um neunzehn Leichen und zweiundfünfzig Verletzte kümmern, zwölf von ihnen schwer. Zwei Besatzungsmitglieder gelten noch immer als vermißt. Das sind insgesamt dreiundsiebzig Verluste bei einem Kampf von fragwürdigem strategischen Wert.«

»Es ist meine Aufgabe, die Siedlungen zu verteidigen. Wäre es dir vielleicht lieber, die Leichen von Einheimischen untersuchen zu müssen? Du kennst die Bewohner von Capella IV und hast viele persönliche Kontakte zu ihnen geknüpft. Würdest du empfehlen, sie im Stich zu lassen?«

»Aber ein Kampf auf dem Planeten, Mann gegen Mann … Es muß doch eine bessere Möglichkeit geben, sie zu verteidigen.«

»Ein Urteil darüber steht dir nicht zu.«

»Vielleicht nicht, aber ich habe hier kaum mehr Platz für meine Patienten.«

»Es sind nicht *deine* Patienten, Pille, sondern *meine* Crew. Sie gehören zu Starfleet und wissen, was das bedeutet. Es bestand die Gefahr, daß die Klingonen bei den Capellanern ein Massaker anrichteten, und deshalb mußten wir den Einheimischen helfen.«

Bittere Kälte zeigte sich inzwischen in McCoys blauen Augen. »Vielleicht gab es doch eine andere Möglichkeit, der du jedoch keine Beachtung geschenkt hast. Auf die gleiche Weise hast du die Stimme der Vernunft ignoriert, als du den gestürzten Spock bewegt hast, weil du seinen Rat brauchtest. Es ist sehr wahrscheinlich, daß du verletzte Besatzungsmitglieder vor mir erreichst, und deshalb solltest du wissen, worauf es in solchen Situationen ankommt. Unter solchen Umständen erwarte ich von dir, daß du deine Tollkühnheit lange genug unter Kontrolle hältst, um die richtige Erste Hilfe zu leisten!«

Der Doktor versuchte ganz bewußt, leise zu sprechen – andernfalls hätte er vermutlich geschrien.

Kirk vernahm die Worte trotzdem wie einen Schrei. Er preßte die Lippen zusammen und spürte, wie sich tief in seinem Innern etwas zusammenkrampfte. Er richtete einen trotzigen Blick auf McCoy, und alles in ihm verlangte danach, sich auf die Privilegien des höheren Rangs zu berufen.

Doch dann sah er durch die Tür zu Spocks Liege.

»Es gibt keine Entschuldigung für mein Verhalten«, sagte er.

Er spürte, wie ihn McCoy überrascht und möglicherweise auch mit ein wenig Anteilnahme anstarrte.

Vielleicht hatte der Arzt bekommen, was er wollte, oder er glaubte, daß Kirk genug gelitten hatte. Er seufzte und trat neben den Captain.

»Ich halte seine Schmerzen unter Kontrolle, Jim«, sagte er ruhiger.

»Verstehe.«

Er betrat das Patientenzimmer.

Spock schien auf einem ganz gewöhnlichen Diagnosebett zu liegen, und das Wanddisplay präsentierte die üblichen Bioindikatoren. Elektronische Überwachungssysteme piepten leise.

Als sich Kirk der Liege näherte, bemerkte er vier Antigrav-Generatoren, jeweils zwei auf beiden Seiten des Bettes. Leise summten sie vor sich hin und sorgten dafür, daß Spock einen Millimeter über der Matratze schwebte. Die Schwerelosigkeit betraf natürlich nicht nur ihn selbst, sondern auch die inneren Organe, die auf diese Weise erheblich entlastet wurden. Nur zwischen Kopf und Kissen kam es zu einem Kontakt, allerdings zu einem sehr geringfügigen. Wer in einem Null-G-Feld lag, brauchte so etwas natürlich nicht, aber McCoy verabscheute es, Patienten ohne Kopfkissen zu sehen.

Spocks Augen wirkten trüb, und sein Gesicht war noch immer sehr blaß. Der Patientenkittel verbesserte sein Erscheinungsbild nicht, schien regelrecht Farbe aus ihm herauszusaugen. Vermutlich wußte er, worüber Kirk und McCoy gesprochen hatten – immerhin verfügten Vulkanier über ein besonders gutes Gehör.

»Captain …«, grüßte er.

»Spock … Bitte entschuldigen Sie die Störung.«

»Sie stören nicht, Sir. Ist alles in Ordnung mit Ihnen?«

Kirk zuckte mit den Achseln. »Einige Kratzer und blaue Flecken. Meine Uniform ist allerdings hinüber.«

»Ebenso wie meine, nehme ich an. Befindet sich General Kellen an Bord?«

»Ja, und zwar ohne Eskorte. Seinem Flaggschiff

paßte die Sache nicht, aber er sprach ein Machtwort, und daraufhin gab es keine Einwände mehr. Sie hätten es sehen sollen. Was auch immer er beobachtet und erlebt hat: Es ist Grund genug für ihn, seine Würde über Bord zu werfen. Das hat mich wirklich neugierig gemacht.«

»Und die Situation auf Capella IV?«

»Es befinden sich keine klingonischen Schiffe mehr im Sonnensystem. Kellen hat die anderen Kreuzer nach Hause geschickt. Der Kommandeur war nicht sehr glücklich darüber – seine berufliche Laufbahn dürfte ruiniert sein.«

»Ja«, brachte Spock hervor. »Es war ihm nicht gestattet, einen Krieg zu beginnen, aber er sollte auch nicht die Schlacht auf dem Planeten verlieren. Wie lange müssen wir warten?«

»Wir warten gar nicht und fliegen mit Warp fünf. Starfleet schickt die Fregatte *Great Lakes* und zwei Patrouillenschiffe, um hier präsent zu sein und die Capellaner vor weiteren Übergriffen zu schützen. Es scheint soweit alles klar zu sein.«

»Und die klingonischen Schiffe?«

»Kellens Flaggschiff fliegt vor uns, die übrigen vier hinter uns. Auch in dieser Hinsicht gibt es derzeit keine Komplikationen.«

Kirk wartete auf eine Antwort, aber es blieb alles still.

Spock preßte die Lippen zusammen, und auf dem Wanddisplay kletterte der Schmerzindikator nach oben.

Der Captain tastete nach der Decke, als könnte er dem Vulkanier auf diese Weise helfen.

Sekunden verstrichen, und allmählich ließ der Schmerz nach. Der Indikator sank wieder, verharrte jedoch ein ganzes Stück über der untersten Marke.

»Es ist meine Schuld«, sagte Kirk. »Ich habe einfach

nicht klar gedacht. Ich hätte Sie nicht bewegen, sondern Sie direkt hierherbeamen sollen.«

Spock blinzelte kurz – in seiner gegenwärtigen Situation das Äquivalent eines Nickens. »Nicht klar zu denken und von einer komplexen Situation abgelenkt zu werden – zwischen diesen beiden Dingen gibt es einen Unterschied, Captain.«

Er verzeiht mir, dachte Kirk. *Er fordert mich auf, die ganze Sache einfach zu vergessen.*

»In zwölf Stunden erreichen wir den Ort, wo sich der von Kellen beschriebene Zwischenfall ereignete. Ich brauche jemanden an der wissenschaftlichen Station. Irgendwelche Empfehlungen?«

Spock richtete einen geduldigen Blick auf den Captain und erlaubte sich einen Anflug von Irrationalität. »Ich würde diese Aufgabe gern selbst übernehmen, Sir.«

Kirk lächelte schief. »Und ich würde mich sehr freuen, wenn das möglich wäre. Aber Sie müssen sich ausruhen und erholen. Selbst McCoy verdient dann und wann ein kleines Erfolgserlebnis, und wir haben ihm einen ziemlich anstrengenden Tag beschert. Wir sind es ihm schuldig, daß er eine Zeitlang über Sie wachen kann. Außerdem stellt sich bestimmt heraus, daß überhaupt nichts hinter dieser Angelegenheit steckt. Etwas hat einen Klingonen erschreckt, und damit hat es sich auch schon.«

»General Kellen ist sicher kein Mann, der sich leicht erschrecken läßt. Und ein Massenverlust, der ein ganzes Sonnensystem erfaßt, bietet Anlaß genug zu Beunruhigung. Ich würde die Situation gern selbst untersuchen.«

»Und dazu bekommen Sie auch Gelegenheit, keine Sorge. Doch derzeit müssen Sie neue Kraft schöpfen. Was mich betrifft… Es gibt da einige Dinge, die mich beschäftigt halten.«

Kirk berührte die Decke noch einmal. »Ruhen Sie sich aus. Erholen Sie sich. Ich halte Sie auf dem laufenden.«

»Da ist es, Sir. Es befindet sich jetzt in Reichweite unserer Fernbereichsensoren.«

»Visuelle Darstellung, Mr. Chekov?«

»In einigen Sekunden, Sir. Unsere Sensoren stellen gerade die Konfiguration des fremden Schiffes fest.«

»Also gut. Alarmstufe Gelb. Alle Stationen besetzen. Vergrößerung eins Komma sieben fünf, sobald es möglich ist. Mr. Sulu, reduzieren Sie unsere Geschwindigkeit auf Warp eins.«

»Alarmstufe Gelb, aye.«

»Vergrößerung um eins Komma sieben fünf, Sir.«

»Warp eins, aye, Sir.«

Gelbe Indikatorflächen glühten und wiesen auf den veränderten Status an Bord hin. Jim Kirk wartete, während seine Anweisungen weitergegeben wurden. Die Bestätigungen entsprachen einer langen Marinetradition und sollten gewährleisten, daß alle Befehle im Heulen des Winds verstanden worden waren.

Hier auf der Brücke des Raumschiffs *Enterprise* wehte kein Wind, aber die elektronischen Systeme zirpten, und hinzu kam das ständige Brummen des Triebwerks. Der Kontrollraum bildete in gewisser Weise das Gehirn das Schiffes, und selbst bei Routine-Einsätzen herrschte hier immer eine gewisse Anspannung. Jetzt nahm sie zu, denn von Routine konnte unter den gegenwärtigen Umständen keine Rede sein.

Auch Kirk spürte das, obwohl er sich auf der Brücke seines Schiffes immer besonders wohl fühlte. Vielleicht lag es daran, daß auch General Kellen zugegen war und so neben dem Kommandosessel stand, als verdiente er diesen Platz. Ganz offensichtlich war er daran gewöhnt, eine Position einzunehmen, die Autorität vermittelte. Diesem Reflex gab er auch hier nach, an Bord eines Schiffes, dessen Besatzung aus Gegnern des Imperiums bestand. Er schwieg, hatte auch zuvor kaum gesprochen. Er blickte zum Wandschirm, mit den wachsamen Augen eines Kriegers, der nach Schwächen Ausschau hielt.

»Position des fremden Schiffes?« fragte Kirk.

»Zwei Grad backbord, Sir«, erwiderte Chekov. »Entfernung zwei astronomische Einheiten – etwa achtzehn Lichtminuten.«

»Geschwindigkeit auf Sublicht verringern.«

Sulu betätigte die Kontrollen. »Sublicht, aye, Sir.«

Kirk bewegte die wunden und zerkratzten Hände. »Wo bleibt die visuelle Anzeige, Mr. Chekov?«

»Ich bin gleich soweit.« Die Kontrollen des jungen Navigators waren mit denen der wissenschaftlichen Station verbunden – eine Notlösung. Chekov drückte mehrere Tasten und sah dann zum zentralen Projektionsfeld.

Der fremde Raumer erschien auf dem Wandschirm.

Er schien ziemlich groß zu sein. Und sein Erscheinungsbild ...

»Sieht wie eine ... Ringelnudel aus«, sagte Chekov. »Wie eine Ringelnudel, die zu lange im kochenden Wasser gelegen hat.«

»Ich finde, das Schiff hat mehr Ähnlichkeit mit einem Jagdhorn«, meinte Sulu.

Uhura drehte sich halb um, blickte über die Köpfe von Sulu und Chekov hinweg. »Mich erinnert's eher an ein Füllhorn.«

Chefingenieur Scott beschloß, ebenfalls einen Kommentar abzugeben. »Meiner Ansicht nach sieht es aus wie ein großer purpurner Fingerhut von der Seite. Ich meine den Blütenteil.«

»Das reicht«, sagte Kirk. »Wir sind auf Alarmstufe Gelb.«

»Aye, Sir«, antworteten Uhura, Chekov und Sulu. Sie wandten sich wieder den Anzeigen ihrer Konsolen zu.

Kirk rieb sich den Ellenbogen und beobachtete das fremde Schiff. Die unterschiedlichen Beschreibungen wurden ihm tatsächlich gerecht – es wirkte wie eine Mischung aus den genannten Dingen. Der Captain sah große manschettenartige Vorrichtungen, die komplexe Muster bildeten, außerdem purpurne Platten, die fächerförmige Strukturen schufen. Vielleicht kamen Scottys Worte der Realität am nächsten. Die Platten ähnelten Blütenblättern, neigten sich spiralförmig einer Spitze zu. Gleichzeitig war das ganze Gebilde in eine düstere, bösartige Aura gehüllt, die nichts mit Blumen gemein hatte.

Er glaubte, einen Grund für Kellens Bestürzung zu erkennen. Das fremde Schiff hatte die Farbe von klingonischem Blut. Das Licht der nächsten Sonnen strich über die Fächer, offenbarte ihre pflaumenfarbene Tönung, hob die Konturen des Raumers wie die einer exotischen Orchidee vor dem kalten Schwarz des Alls hervor.

»Relativgeschwindigkeit null. Halten Sie unsere Position in bezug auf das fremde Schiff. Übermitteln Sie den klingonischen Einheiten entsprechende Anweisungen.«

»Relativgeschwindigkeit null«, bestätigte Sulu, während seine Hände über die Kontrollen huschten. »Abdrift wird kompensiert.«

»Feuer!«

General Kellens Stimme donnerte durch den Kontrollraum der *Enterprise*.

Kirk drehte ruckartig den Kopf. »Sicherheitsabteilung!«

Kellen stürmte los, und an seinem Ziel konnte kein Zweifel bestehen: Er wollte Sulus Konsole und die dortigen Phaserkontrollen erreichen. Nur noch einige wenige Zentimeter ...

Sulu stemmte sich nach oben, rammte die Schulter gegen Kellens Brust und verschwand fast unter der enormen Masse des Generals. Fähnrich Chekov warf sich zur Seite, und die Schulter des Navigators traf Kellen am Kinn. Kirk war inzwischen aufgestanden, griff mit der geschwächten linken Hand zu, bekam Haar und ein Stück von der silbernen Uniform zu fassen. Mit der anderen Hand hielt er sich am Kommandosessel fest und zog.

Der Sessel drehte sich ein wenig, blockierte dann und gab ihm Halt. Kirk zog noch fester – die Kraft von drei Männern war erforderlich, um Kellen von den Phaserkontrollen fortzuziehen.

Weniger Sekunden später kamen zwei Sicherheitswächter aus dem Turbolift, griffen nach den Armen des klingonischen Generals, zerrten ihn zum roten Geländer und hielten ihn dort fest. Zorn zeichnete sich in Kellens Miene ab, und er versuchte vergeblich, sich zu befreien.

Alles geschah ganz schnell, aber in dem Durcheinander gewann Kirk doch eine wichtige Erkenntnis: Kellen hatte genau gewußt, welche Kontrollen es zu betätigen galt, um die Phaser der *Enterprise* auszulösen – obwohl die entsprechenden Tasten nicht gekennzeichnet waren.

Inzwischen versuchte der General nicht mehr, sich loszureißen. »Schießen Sie, solange Sie Gelegenheit dazu haben!« Er sah Kirk an. »Eröffnen Sie das Feuer auf die Dämonen!«

»Bisher habe ich keinen einzigen Dämon zu Gesicht bekommen«, erwiderte der Captain.

Das Gesicht des großen Klingonen verfinsterte sich. »Ich habe sie gesehen!«

Neuer Zorn regte sich in Kirk, verstärkt von den

Schmerzen im linken Arm und in beiden Knien. »Sie haben eine klingonische Legende beschrieben!« sagte er scharf. »Legenden benutzen keine modernen Energiequellen. Und Barbaren fliegen nicht in Raumschiffen durch die Gegend.«

Der General stand plötzlich ganz still. Er schien sich Kirks Autorität zu beugen und fand wieder zu jener seltsamen Ruhe, die ihm selbst bei Starfleet einen einzigartigen Ruf eingebracht hatte.

»Welche Absichten haben Sie?« fragte er.

Kirk musterte ihn und sah dabei, wie sich das Licht der Kontrollampen in den Brillengläsern des Klingonen widerspiegelte. »Ich werde versuchen, einen Kom-Kontakt herzustellen.«

»Damit weisen Sie auf unsere Präsenz hin.«

»Bestimmt hat man uns längst geortet, General. Außerdem: Starfleet hält nichts von Heimlichkeit und dergleichen. Muß ich weitere Wächter rufen?«

Kellen maß den Captain mit einem durchdringenden, beinahe herausfordernden Blick. Dann entspannte er sich demonstrativ und nahm eine Haltung an, die darauf hinwies: *Dies ist nicht meine Brücke*. An Bord eines Raumschiffs konnte es nur einen Kommandanten geben. Darauf lief es hinaus: Nur eine Person führte das Kommando, und alle anderen mußten sich ihr fügen.

»Bringen Sie uns bis auf Kommunikationsreichweite heran«, sagte Kirk, ohne den Blick von Kellen abzuwenden.

»Aye, Sir«, erwiderte Sulu und betätigte die Kontrollen. Sofort veränderte sich das Summen des Triebwerks.

»Schilde hoch, Mr. Chekov. Einsatzbereitschaft für die Waffensysteme.«

»Phaser in Bereitschaft, Sir. Schilde aktiviert.«

»Captain ...«, ertönte die klare Stimme des Kommunikationsoffiziers Uhura. »Mr. Spock meldet sich aus der Krankenstation. Er möchte Sie sprechen.«

Kirk erlaubte sich ein Lächeln, verbarg es jedoch vor Kellen. »Aus irgendeinem Grund bin ich nicht überrascht. Internen Kom-Kanal öffnen.«

Das kantige Gesicht des Vulkaniers erschien auf einem Monitor über dem Terminal des Bibliothekscomputers. Kirk trat zu der Station, an der Spock normalerweise arbeitete.

»Captain ...«, begann der Erste Offizier. »Bitte um Erlaubnis, die Begegnung mit dem fremden Schiff beobachten zu dürfen.«

Kirk musterte das Gesicht auf dem Schirm. »Woher wußten Sie überhaupt, daß wir uns dem fremden Schiff genähert haben, wenn ich fragen darf?«

Er ahnte die Antwort und sah zu Chekov, der doppelt so großes Interesse an den Anzeigen seiner Station zeigte und den Blick des Captains mied.

»Ich bekam eine Mitteilung«, gestand Spock.

»Verstehe. Und wenn Sie alles beobachtet haben?«

»Dann analysiere ich die gewonnenen Daten und verwende die Resultate als Basis für Empfehlungen.«

»So wie immer. Und das alles wollen Sie von der Krankenstation aus bewerkstelligen?«

»Die Umstände lassen mir keine Wahl.«

»Wie?«

»Wenn Lieutenant Uhura Ihnen meine Umgebung zeigen könnte ...«

Uhura reagierte sofort und betätigte die Kontrollen ihrer Station. Das Bild auf dem Schirm veränderte sich. Jetzt war nicht mehr nur die Diagnoseliege mit Spock zu sehen, sondern auch ein an der Decke über dem Vulkanier installierter Monitor.

»Wer ist dafür verantwortlich?« fragte Kirk. Es klang so, als wollte er wissen, welcher Junge die Fensterscheibe mit dem Fußball zertrümmert hatte. »Scotty?«

Wie in Zeitlupe drehte Kirk den Kopf und sah zur technischen Station, wo sich Chefingenieur Scott schuldbewußt das Kinn rieb.

»Ich wollte vermeiden, daß er sich langweilt, Sir«, sagte Scott mit unüberhörbarem schottischen Akzent. »Ich meine, einfach so dazuliegen, den ganzen Tag lang ...«

»Und wo haben Sie McCoy eingesperrt, während Sie in seiner Krankenstation beschäftigt waren?«

»Äh ...« Scott suchte nach den richtigen Worten. »Ich kann mich nicht daran erinnern, ihm etwas gesagt zu haben.«

»Ich auch nicht«, bestätigte Spock.

»Ich *weiß*, daß mir niemand etwas gesagt hat.«

McCoy kam aus dem Turbolift und trat sofort zum Kommandosessel des Captains.

»Da wird einfach in meiner Krankenstation herumgewerkelt«, beschwerte er sich. »Das kommt davon, wenn man versucht, einem Spitzohr Ruhe zu verschaffen.« Er bedachte Scott mit einem finsteren Blick. »Sofort verbündet er sich mit dem Oberbastler an Bord.«

Scott errötete, und Kirk brauchte seine ganze Willenskraft, um nicht breit zu grinsen.

»Ich sollte in der Lage sein, gute Hilfe zu leisten«, sagte Spock, und in diesen Worten kam unverkennbare Hoffnung zum Ausdruck. Sein Gesicht blieb steinern, doch die Augen vermittelten eine stumme Frage, als der Erste Offizier den Captain ansah.

McCoys Miene deutete darauf hin, daß er von derartigen Dingen nichts hielt, aber er schwieg, überließ die Entscheidung Kirk.

»Ich könnte es ebenfalls nicht ertragen, untätig im Bett zu liegen«, sagte er. »Willkommen im Dienst, Mr. Spock. Ich vertraue auf Ihre Vernunft, daß Sie sich keinen zu starken Belastungen aussetzen.«

»Oh, er wird sich nicht zu sehr anstrengen«, warf McCoy ein. »Weil er bald ein Sedativ bekommt.«

»Wann?«

»Wenn ich glaube, daß er sich zu sehr anstrengt.«

»Oh, natürlich. Sie haben es gehört, Mr. Spock. Sie sind wieder im Dienst, aber Sie stehen auch unter medizinischer Überwachung.«

»Danke, Sir.«

Kirk nickte Uhura zu. »Halten Sie Spocks Kom-Kanal offen, Lieutenant.« Er beobachtete, wie Kellen sein Haar zurückstrich, ging an McCoy vorbei zur Kommunikationsstation und flüsterte Uhura zu: »Verschlüsselte Nachricht an Starfleet Command. Die Klingonen kennen unsere Brückenkonfiguration. Schlage Veränderungen von Farbcode und Position der Kontrollen bei der nächsten Umrüstung vor. Kirk, Kommandant der *Enterprise*, Sternzeit und so weiter. Und wenn Sie schon mal dabei sind ... Geben Sie auch unsere Position durch.«

Die dunkelhaarige Frau sah zu ihm auf. »Sofort, Sir.«

»In dreißig Sekunden erreichen wir Kom-Reichweite, Captain«, meldete Sulu.

»Externe Kanäle öffnen. Mal sehen, ob die Fremden bereit sind, mit uns zu reden.«

»*Reden*«, fauchte Kellen verächtlich. Er hob einen Arm und griff unter den rüstungsartigen Brustharnisch, den Klingonen seit kurzer Zeit trugen, allerdings nur im Kampf. Als die Hand wieder zum Vorschein kam, hielt sie einen kleinen Kommunikator.

»Halten Sie ihn auf!« rief Kirk, doch es gelang den Sicherheitswächtern nicht schnell genug, das kleine Gerät aus den großen Händen des Klingonen zu ziehen.

Kellen hielt es vor die Lippen. »Aragor! *HIgh! Tugh*!«

Einer der beiden Wächter griff nach dem Kommunikator und zerrte. Kellen schnitt eine Grimasse und ließ das Kom-Gerät los. Er hielt es für sinnlos, darum zu kämpfen – immerhin hatte er den Befehl bereits übermittelt.

»Captain, die klingonischen Schiffe geben ihre bisherige Formation auf!« Chekov schnappte nach Luft. »Sie formieren sich zum Angriff!«

»Auf die Schirme!«

Der Wandschirm und vier weitere Projektionsfelder zeigten fünf klingonische Kreuzer, die an der *Enterprise* vorbeiflogen. Das *Starfleet*-Schiff konnte seine volle Manövrierfähigkeit erst bei größeren Distanzen entfalten, im Gegensatz zu diesen kleineren Einheiten. Sie sausten an der *Enterprise* vorbei, wie Hornissen an einem Schwan, jagten dem fremden Schiffen mit voller Impulskraft entgegen.

»Befehlen Sie einen sofortigen Abbruch des Angriffs, General!« verlangte Kirk.

»Die Schiffe haben ihre Befehle«, erwiderte Kellen und wirkte jetzt wieder völlig ruhig. Er sah wie jemand zum Wandschirm, der ein brennendes Haus beobachtet.

Kirk streckte die Hand nach der Kontrolleinheit in der Armlehne des Kommandosessels aus. »Alarmstufe Rot!«

Die Indikatorflächen wechselten ihre Farbe, leuchteten nicht mehr gelb, sondern in einem unheilverkündenden Rot. Gleichzeitig heulten überall im Schiff die Alarmsirenen. Auf dem Wandschirm war zu sehen, wie die Entfernung zwischen den klingonischen Raumern und dem fremden Schiff immer mehr schrumpfte. Als die Kreuzer auf Gefechtsreichweite heran waren, eröffneten sie sofort das Feuer. Destruktive Energie blitzte den purpurnen Fächern entgegen.

Funken stoben, und energetische Schlangen krochen über die einzelnen Platten, verschwanden dann, ohne erkennbaren Schaden anzurichten. Vielleicht lösten sich kleine Trümmerstücke von dem fremden Schiff, doch angesichts der immer noch recht großen Entfernung ließ sich das kaum feststellen.

Kirk wandte sich dem Wandschirm zu, und seine nächsten Worte galten Uhura.

»Rufen Sie die Schiffe zurück!«

7

»Sie werden nicht zurückkehren, Captain«, sagte Kellen. »Jetzt bleibt Ihnen keine Wahl mehr. Sie müssen uns bei unserem Kampf unterstützen.«

»Glauben Sie? Mr. Sulu, mit halber Impulskraft voraus. Mr. Chekov, zur wissenschaftlichen Station. Fähnrich Donnier, übernehmen Sie die Navigation.«

Der Assistenztechniker blinzelte überrascht und begab sich zum Kommandodeck. Chekov eilte zum Bibliothekscomputer, und Donnier nahm an den Kontrollen des Navigators Platz. Er war ein kompetenter Assistent von Scott, hatte jedoch noch nie Brückendienst geleistet. Der junge Mann sah recht gut aus, was ihm viele Türen öffnete, doch aufgrund eines persönlichen Problems konnte er diesen Vorteil nicht voll nutzen: Er stotterte. Donnier hatte darum gebeten, ausschließlich im Maschinenraum zu arbeiten, und genau das war der Grund für Kirks Entscheidung, ihn auch auf der Brücke einzusetzen.

Der fremde Raumer erwiderte das Feuer. Drei Energiekugeln trieben den klingonischen Schiffen entgegen; sie sahen aus wie drei große Wasserkugeln, die durchs All wackelten. Zwei verfehlten das Ziel, doch die dritte traf einen Kreuzer, hüllte ihn in blaues, grünes und weißes Flackern. Das Schiff explodierte nicht, aber es begann zu trudeln.

»Schwere Schäden bei dem Kreuzer, Sir«, berichtete Chekov. »Das Haupttriebwerk ist ausgefallen.«

»Analysieren Sie die Energiekugeln.«

»Analyse erfolgt«, antwortete Spock aus der Krankenstation.

Kirk sah auf. Seine Worte hatten Chekov gegolten.

Er blickte zum Hauptschirm. Die anderen vier klingonischen Schiffe wichen den Kugeln aus und feuerten immer wieder auf den fremden Raumer. Er mußte so viel einstecken, daß Kirk voller Anteilnahme das Gesicht verzog. »Photonentorpedos vorbereiten.«

»Photonentorpedos v-vorbereitet, Sir«, erwiderte Donnier.

Spock trug das Ergebnis der Analyse so vor, als stünde er neben Kirk. »Die vom fremden Schiff eingesetzten Kugeln bestehen aus Quadrakobalt-Intrivium, superheißem Korositplasma und auch ein wenig Plutonium. Hinzu kommt ein Trägermedium, das den Einsatz zerstörerisch wirkender Schallwellen ermöglicht.«

»Alles da«, kommentierte Kirk. »Kernfusion, Phaser, Feuer, Geräusche – sehr wirkungsvoll, aber alles andere als übernatürlich. Doppelte Schilde für alle Sektionen.«

»Doppelte Schilde, Sir.«

»Die Dämonen werden ihre Masseschwundwaffe verwenden, wenn Sie ihnen Gelegenheit dazu geben, Kirk«, grollte Kellen. »Sie können die Gravitation in einem ganzen Raumsektor aufheben. Greifen Sie an, bevor es dazu kommt.«

»Wenn den Fremden eine solche Technik zur Verfügung steht, sind wir bereits erledigt, General«, erwiderte Kirk und beobachtete das Geschehen auf dem Hauptschirm. »Ich bezweifle, ob sie eine solche Waffe haben.«

»Woher wollen Sie das wissen?«

»Ihre Kreuzer setzen den Fremden ganz schon zu, aber sie wehren sich nicht mit einem Masseschwund. Statt dessen verwenden sie konventionelle Verteidigungsmethoden. Wenn sie Handgranaten haben – warum schießen sie dann mit Pfeil und Bogen? Mr. Sulu, volle Impulskraft.«

»Volle Impulskraft, Sir.«

»Gut«, hauchte Kellen. Und lauter: »Gut. Führen Sie Ihr großes Schiff in den Kampf, solange wir im Vorteil sind.«

»Bleiben Sie, wo Sie sind«, warnte Kirk. »Mr. Sulu, Kurs drei vier neun. Bringen Sie uns zwischen die klingonischen Schiffe. Zwingen Sie die Kreuzer dazu, ihre Formation aufzugeben.«

»Kirk!« Kellen wollte sich in Bewegung setzen, aber die beiden Wächter hielten ihn fest.

Das Triebwerk summte lauter, als die große *Enterprise* zu ihrem vollen energetischen Potential erwachte. Sie beschleunigte, sprang durchs All und warf sich den kleineren klingonischen Kreuzern entgegen, zwang sie mit ihrer Präsenz und den Schilden auseinander.

Zwei Schiffe mußten die Formation verlassen, ein drittes den Kurs ändern und Ausweichmanöver fliegen, was Zeit kostete.

Vor seinem geistigen Auge sah Kirk, wie sich sein Schiff in den Kampf stürzte. Immer wieder war die *Enterprise* großen Belastungen ausgesetzt gewesen und hatte sie heil überstanden, ihre Crew mit eigener Kraft nach Hause gebracht. Er hoffte, daß sie ihn auch diesmal nicht enttäuschte. In Momenten wie diesem fühlte er sich mit den Seeleuten vergangener Jahrhunderte verbunden, empfand wie ein Kapitän, der auf der Brücke eines hölzernen Segelschiffes stand und spürte, wie die Planken unter ihm lebendig wurden. Man fragte sich: Wieviel konnte das Schiff – das plötzlich *lebendige* Schiff – aushalten? Wie schnell und wie stark war es? Konnte es den enormen Kräften widerstehen, die von innen und außen auf es einwirkten? Wie weit durften sie gehen, bis es an seine Grenzen stieß?

So lauteten die wichtigsten Fragen, denn das Schiff bedeutete ihr Leben. Wenn es starb, so starb die Crew mit ihm. Und wenn ein Schiff Leben bedeutet, so wird es lebendig.

»Nach Backbord drehen, Mr. Sulu«, sagte Kirk. »Das Schiff halsen. Mr. Donnier, Phaser auf halbe Energie und feuern.«

»Das Schiff halsen, aye«, bestätigte Sulu, und gleichzeitig sagte Donnier: »H-halbe Energie für die P-phaser, Sir.«

Blaue Strahlblitze gingen von dem großen weißen Schiff aus, als es voller Geschmeidigkeit und Eleganz nach Backbord drehte.

Kirk hielt sich mit einer Hand am Kommandosessel fest. »Zehn Grad weiter nach Backbord.«

»Zehn Grad, Sir.«

»Gut. Und jetzt... noch einmal zwanzig Grad. Feuern Sie auch weiterhin, Mr. Donnier.«

Die *Enterprise* schwang noch weiter herum, und auf dem Wandschirm sah es aus, als seien die Sterne in Bewegung geraten.

Als der fremde Raumer aus dem zentralen Projektionsfeld verschwand, sagte Kirk: »Mittschiffs.«

»Mittschiffs«, wiederholte Sulu und betätigte erneut die Kontrollen seiner Station.

Donnier richtete einen verwirrten Blick auf Kirk – mit dem Begriff ›mittschiffs‹ schien er unter den gegenwärtigen Bedingungen nichts anfangen zu können. Zum Glück saß Sulu und kein unerfahrener Steuermann an den Kontrollen des ›Ruders‹. Die Steuerung des Schiffes bei Geschwindigkeiten im Sublicht-Bereich und noch dazu unter schwierigen Umständen erforderte ganz andere Kenntnisse als Manöver während eines Warptransfers.

Während eines Warptransits bezog man sich bei Kursänderungen auf ein anderes Koordinatensystem, und selbst geringe Änderungen des Flugvektors hatten Auswirkungen von vielen Lichtjahren.

Bei Impulsgeschwindigkeit sah die Sache ganz anders aus, und noch schwieriger wurde es, wenn komplexe Manöver auf relativ engem Raum stattfinden mußten. Dann wurde der Kurs manchmal nicht nur geringfügig verändert, sondern um bis zu 180 Grad. ›Mittschiffs‹ bedeutete in diesem Zusammenhang: »Finden Sie das Navigationszentrum der verschiedenen Manöver und gleichen Sie das Ruder aus.«

Die *Enterprise* kippte mehrmals, wovon die Besatzungsmitglieder aufgrund der Trägheitsabsorber kaum etwas spürten. Dann stabilisierte sich ihre Fluglage wieder, und erneut schnitten Phaserstrahlen durchs All, trafen die *Qul* und *MatHa'*. Das Ergebnis: Beide Kreuzer wurden von den energetischen Entladungen aus der Angriffsformation gestoßen. In Donniers Haltung zeigte sich Anspannung, als er sich auf die Phaserkontrollen konzentrierte. Seine Aufmerksamkeit galt dabei nicht den Strahlblitzen, sondern den Schiffen, und damit verhielt er sich genau richtig – er streckte einen metaphorischen Zeigefinger aus.

Die beiden klingonischen Kreuzer erbebten, kollidierten fast miteinander und leiteten im letzten Augenblick Ausweichmanöver ein.

»Gute Arbeit, Mr. Donnier«, sagte Kirk. »Weiter so.«

Donnier schwitzte, und seine Lippen formten ein stummes »Aye, aye, Sir.«

Die beiden anderen Kreuzer – Kirk erinnerte sich nicht an ihre Namen – hatten unterdessen mit einem neuen Anflug begonnen und schossen auf die *Enterprise*. Das Starfleet-Schiff erzitterte heftig, und der Captain hielt sich am Kommandosessel fest, um nicht gegen das Geländer zu stoßen. Dumpfer Schmerz brannte dabei in seinen zerkratzten Fingern.

Der Gegner setzte volle Phaserenergie ein.

Kirk wollte nicht das volle Waffenpotential der *Enterprise* verwenden. Es ging ihm darum, ein Zeichen zu setzen; er beabsichtigte nicht, die klingonischen Schiffe zu vernichten.

Zumindest noch nicht.

Das Problem in der gegenwärtigen Situation bestand darin, daß General Kellen an Bord der *Enterprise* weilte, ohne eine Kom-Verbindung mit den Kreuzern. Vielleicht verstanden die Klingonen sein Schweigen als Aufforderung, bis zum Tod zu kämpfen.

Die *Qul* kehrte nun ins Kampfgebiet zurück und feuerte wieder auf das fremde Schiff. Donnier versuchte, die Energiestrahlen zu neutralisieren, bevor sie ihr Ziel erreichten. Er traf drei von vier – nicht schlecht.

Kirk sah auch weiterhin zum Wandschirm. »Weiter so, Mr. Donnier. Zielerfassung für die Photonentorpedos, Mr. Sulu. Mit Annäherungszündung vor den Bug feuern.«

»Aye, Sir.«

Wenn die Phaser abgefeuert wurden, ließ sich auf der Brücke der *Enterprise* ein kurzes Heulen vernehmen. Diesmal erklang ein anderes Geräusch, ein dumpfes, hallendes Pochen. Photonentorpedos rasten davon und explodierten direkt vor der *Qul*. Der Pilot ließ den Kreuzer zur Seite kippen, um dem Gleißen destruktiver Energie zu entgehen. Er mußte das Feuer einstellen und ein zeitraubendes Ausweichmanöver einleiten.

»Rufen Sie die Schiffe zurück, Kellen«, sagte Kirk. »Zwingen Sie mich nicht, sie zu vernichten.«

»Mit welchem Recht verhalten Sie sich auf diese Weise?« donnerte Kellen. »Ich habe Sie hierhergebracht, damit Sie mein Verbündeter sind!«

»Ich möchte nicht zu Ihrem Söldner werden. Rufen Sie die Schiffe zurück.«

Kellen starrte nur zum Wandschirm und preßte die Lippen zusammen.

»Na schön«, sagte Kirk.

Als die klingonischen Kreuzer damit fortfuhren, das fremde Schiff unter Beschuß zu nehmen, begann der lange, verdrehte Rumpf seine Form zu verändern. Die Fächer überlagerten sich gegenseitig, formten dadurch keine Blume mehr, sondern einen Kokon. Die Außenhülle wurde dadurch glatter und dünner, bot ein schwerer zu treffendes Ziel. Kirk verglich den Vorgang mit einer Schlange, die sich streckte. Jenes Schiff schien tatsächlich lebendig zu sein …

Es setzte sich auch weiterhin mit blauen Energiekugeln zur Wehr.

»Sie lassen mir keine Wahl, General«, sagte Kirk. »Mr. Donnier, Phaser auf volle Energie. Mr. Sulu, Photonentorpedos mit voller Intensität, Trefferzündung. Eröffnen Sie das Feuer, sobald die Ziele erfaßt sind.«

Kellen wollte zum Kommandosessel treten, aber die beiden Sicherheitswächter hinderten ihn daran. Er starrte Kirk an. »Nein!«

»Es ist Ihre Entscheidung.« In den Augen des Captains zeigte sich ein kühler Glanz. »Rufen Sie die Schiffe zurück.«

Der Klingone fletschte die Zähne, knurrte leise und hatte ganz offensichtlich Mühe, seinen Zorn unter Kontrolle zu halten. Er zögerte einige Sekunden lang, schnaufte dann und riß einen Arm los, um den Kommunikator hervorzuholen. Die beiden Sicherheitswächter verstanden ganz offensichtlich, worum es ging, denn sie unternahmen nichts.

Kellen aktivierte das Kom-Gerät. »*Qul! Mev! YIchu'Ha.*«

Kurz und knapp.

Was noch wichtiger war: Es funktionierte.

Die klingonischen Kreuzer drehten ab, entfernten sich, reduzierten die Geschwindigkeit und verharrten dann in einer Formation, die Kirk zum erstenmal sah. Weitere Angriffe schienen tatsächlich nicht geplant zu sein.

»Offenbar hört man auf Sie, General«, sagte Kirk. »Mr. Donnier, Feuer einstellen. Mr. Sulu, minimale Sicherheitsdistanz. Dann drehen und Relativgeschwindigkeit null.«

»Aye, Sir«, erwiderte Sulu.

»Sicherheitsdistanz«, protestierte Kellen und schüttelte den großen Kopf. »Krieger kehren besiegt und beschämt heim, berichten von einem Föderationsteufel mit feurigen Händen und Stahl in den Augen. ›Ich habe gegen Kirk gekämpft! Meine Ehre hat also weniger Schaden genommen als beim vergeblichen Kampf gegen einen geringeren Feind!‹ Es gilt als eine akzeptable Entschuldigung, gegen Kirk zu verlieren. Einigen von uns wäre es lieber, nicht mit Ihnen konfrontiert zu werden. Andere wünschen sich nichts mehr als einen Kampf gegen Sie, weil sie sich von dem Sieg besonders viel Ehre und Ruhm erhoffen. Ich habe von Ihnen erwartet, daß Sie hierherkommen und ein Feuerwerk veranstalten. Und was machen Sie statt dessen? Sie versuchen, mit den Fremden zu *reden*. Ich wollte einen Krieger. Und was habe ich bekommen? Jemanden, der lieber *spricht* als kämpft. Wenn ich heimkehre, verspotte ich jene, die von Ihrer Verwegenheit berichteten.«

»Wie Sie wollen«, sagte Kirk. Die Worte des Generals setzten ihm weitaus weniger zu, als er zunächst angenommen hatte – vermutlich deshalb, weil sie in gewisser Weise auf ein Kompliment hinausliefen. Er stellte Kellens Zorn seine eigene Ruhe gegenüber und fragte: »Als Sie den Fremden begegneten – haben Sie da nicht versucht, mit ihnen zu reden?«

»Nein!«

»Sie haben also ohne jede Vorwarnung das Feuer eröffnet.«

»Die Dämonen entführten mich. Meine Flotte kam und holte mich zurück. Natürlich eröffneten wir das Feuer. Ich habe Sie hierhergeholt, damit Sie gegen die Monstren kämpfen – nicht um sie zu verteidigen.«

»Sie brachten mich hierher, damit ich mich um die Situation kümmere. Ich bin bereit, mich darum zu kümmern – auf meine eigene Art und Weise.«

»Ich bin von Ihnen enttäuscht, Kirk«, sagte der General. »Sie verdienen es nicht, Kirk zu sein.«

»Das ist Ihr Problem.« Kirk hob kurz die Brauen und ließ sie wieder sinken. Einige Sekunden lang beobachtete er das fremde Raumschiff auf dem Wandschirm, richtete dann einen großzügigen Blick auf Kellen. »Haben Sie etwas Geduld. Mr. Sulu, bringen Sie uns näher heran. Stellen wir fest, ob die Fremden zu einem Gespräch bereit sind.«

»Wie viele Schiffe?«

»Wir zählen sechs, Vergozen.«

»Zählen Sie erneut, Morien. Suchen Sie im gesamten Bereich. Wir müssen sicher sein. Finden Sie heraus, warum das Feuer eingestellt wurde.«

»Ja, Vergozen.«

»Farne, halten Sie unsere Position. Keine Bewegungen mehr.«

»Ja, Vergozen.«

»Morien, sprechen Sie mit dem Ingenieur. Er soll sich Zeit lassen bei der Reparatur jener Schäden, die der Transit durch die Falte verursachte.«

»Zeit?«

»Er soll langsam arbeiten. Und halten Sie das energetische Niveau niedrig. Sonst erwartet Garamanus von mir, jene Schiffe zu zerstören anstatt einfach nur den Kokon zu schließen und einige Warnschüsse abzugeben. Ich möchte, daß die Reparaturen erst dann fertig sind, wenn ich bereit dafür bin.«

»Ich verstehe, Vergozen.«

»Sprechen Sie persönlich mit ihm, Morien. Benutzen Sie nicht das Kommunikationssystem.«

»Wie Sie wünschen.«

Die beiden Schotten der Brückentür waren niedrig und breit. Wenn sie auseinanderglitten, dauerte es einige Sekunden, bis sie sich wieder schlossen. Diesmal schien der Vorgang noch mehr Zeit in Anspruch zu nehmen. Als der Zugang wieder geschlossen war, weilte Morien nicht mehr auf der Brücke, aber es gab eine Veränderung, eine andere Präsenz.

»Zennor – Sie haben sie also gefunden.«

»Garamanus ... Sie kommen überraschend früh auf die Brücke.«

Der Missionskommandant drehte sich zum Dana des Schiffes um und verbannte jede Bewegung aus seinem Gesicht. Er dachte kurz an die Möglichkeit, daß der Dana seine an Morien gerichteten Anweisungen gehört hatte. Unruhe entstand in ihm, und er versuchte sofort, sie unter Kontrolle zu bringen. Ein Zufall: Garamanus war gekommen, als Morien die Brücke verließ.

Garamanus beobachtete ihn sehr aufmerksam.

Nun, darin bestand seine Aufgabe als Dana. Es ging ihm nicht um Schiff und Gefahr, sondern um den Kommandanten und die Mission. Die letzteren beiden Aspekte sollten so zusammenpassen, wie es die Oberhäupter wollten. Und die Oberhäupter hielten sich an die Empfehlungen der Danai, denn die Danai verfügten über besondere Fähigkeiten.

Garamanus hielt die Hände in einer entspannten Position, und von den Handgelenken hingen die traditionellen weißen Bänder herab. Er neigte den großen, schweren Kopf. Im Lauf der Jahre waren seine Hörner immer dicker geworden; sie krümmten die Schultern, aber trotzdem war er eine Handbreite größer als Vergo Zennor. Seine Präsenz bescherte nicht nur Zennor Kühle, sondern der ganzen Brücke.

»Sie haben einen Kontakt mit den Eroberern hergestellt«, sagte der Dana. »Übermitteln Sie die Aufzeichnung.«

»Die Fremden sind noch nicht identifiziert«, erwiderte Zennor und wählte seine Worte vorsichtig. »Ich ziehe es vor, zuerst einen direkten Kontakt herzustellen. Andernfalls gehen wir von der Annahme aus, am richtigen Ort zu sein und hier jene zu treffen, die unser Kommen verdienen. Nach so vielen Jahrhunderten und Jahrtausenden sollten wir vorsichtig sein. Die Schiffe dort draußen erscheinen uns nicht vertraut. Einige feuerten auf uns, doch das größere vertrieb sie aus unserer Nähe. Ich würde gern die Gründe für den beobachteten Konflikt erfahren. Wir geben den Fremden die Möglichkeit, mit uns zu sprechen, bevor wir uns zu erkennen geben. Ich weiß in dieser kritischen Phase der Mission Ihre Flexibilität in Hinsicht auf meine Entscheidungen sehr zu schätzen, Garamanus. Vielen Dank.«

Das blasse Gesicht und die massigen Hörner neigten sich erneut, wie unter ihrem eigenen Gewicht, als Garamanus den Blick vom Schirm abwandte und Zennor ansah – dem sofort klar wurde, daß er verloren hatte.

Garamanus nickte und schien um Höflichkeit bestrebt zu sein. Doch in seiner Stimme kam eine Drohung zum Ausdruck.

»Übermitteln Sie die Aufzeichnung«, sagte er.

»So hört und seht nun, Eroberer … Wir, die großen Unreinen, die in ewiger Vergänglichkeit schmachteten, kommen

nun aus den Tiefen des Immer. Beharrlich … blieben wir … elastisch, biegsam … veränderlich … denn wir waren zur Rückkehr bestimmt. Ihr habt euch während der Äonen … geduckt, in dem Wissen, daß wir eines Tages kommen würden. Jetzt ist es soweit. Barmherzig bieten wir euch Gelegenheit, diesen … Sektor … zu verlassen. Wenn ihr euch weigert, werdet ihr verstoßen, so wie man uns einst verstieß … Oder ihr erlebt die gleiche gnadenlose Vernichtung wie wir. In euren letzten Momenten werdet ihr Gerechtigkeit erfahren. Wir sind … die Drohenden. Sammelt nun alle von eurer Art, sammelt eure Familien … und weicht beiseite.«

Die Worte hallten über die Brücke der *Enterprise* und verklangen schließlich. Stille folgte, und die Anwesenden warteten.

Alle schwiegen und sahen zum Captain.

In den Erinnerungen der Zuhörer verklang die schwere, unheimliche Stimme nicht, wiederholte die seltsamen Worte immer wieder. *Weicht beiseite …*

Kirk rieb sich einmal mehr den schmerzenden Ellenbogen, fühlte dabei McCoys Blick auf sich ruhen und dachte daran, daß er nicht die Krankenstation aufgesucht hatte, um sich dort behandeln zu lassen. Er runzelte die Stirn und blickte zu Uhura. »Gibt es irgendwelche Probleme mit dem Translator, Lieutenant?«

»Ich weiß es nicht, Sir«, erwiderte sie und betätigte die Kontrollen ihrer Station. »Offenbar hat das automatische Übersetzungsmodul Schwierigkeiten, die genaue Bedeutung einiger Worte und Wortfolgen zu ermitteln.«

»Bringen Sie die Sache in Ordnung. Ich möchte nicht raten müssen.«

»Ich versuche es, Sir.«

»Handelte es sich Ihrer Meinung nach um die Stimme einer lebenden Person?«

»Betonung und Ausdrucksweise deuten meiner Ansicht nach auf eine aufgezeichnete Botschaft hin, Sir. Oder vielleicht wurde sie vorgelesen.«

»Das entspricht meiner eigenen Einschätzung.«

Kirk wandte sich von Uhura ab und ging zu McCoy, der mit aufgerissenen Augen zum Wandschirm sah.

»Das war ein ziemlich hochtrabender Happen«, murmelte der Arzt. »Was könnte damit gemeint sein?«

»Ich glaube, man hat uns aufgefordert, aus dem Weg zu gehen.«

»Ich habe es Ihnen ja gesagt.« Kellen trat vor, versuchte jedoch nicht, irgendeine Konsole zu erreichen. Die beiden Sicherheitswächter blieben dicht neben ihm. »Greifen Sie an, Kirk. Bald haben Sie keine Chance mehr dazu. Sie müssen jetzt sofort handeln.«

»Die Chance zum Frieden steht für mich an erster Stelle, General. Mr. Spock, stellen Sie Schilde bei dem fremden Schiff fest?«

»Nein, Sir«, antwortete der Vulkanier aus der Krankenstation. »Unsere Sensoren orten keine energetischen Deflektoren irgendeiner Art. Die passive Verteidigung scheint allein aus den sich überlappenden Fächern zu bestehen, die jetzt zu einem Kokon zusammengefaltet sind.«

»Also keine Gefechtskonfiguration«, sagte Sulu.

»Zumindest keine, die der unsrigen entspricht.« Kirk kehrte zum Kommandosessel zurück und nahm darin Platz. »Allerdings wissen wir nicht, was in dieser Hinsicht bei den Fremden üblich ist. Aktuellen Status beibehalten.«

»Aye, Sir«, bestätigten Sulu und Donnier gleichzeitig.

McCoy näherte sich dem Befehlsstand, und Kirk wandte sich ihm kurz zu. »Was hältst du davon?«

»Ziemlich sonderbares Gerede«, kommentierte der Arzt. »Aber der Klang … Irgend etwas daran erscheint mir fast … vertraut.«

»Mr. Spock?«

Wenn Kirk nicht zu dem Bildschirm blickte, der den Vulkanier in der Krankenstation zeigte, konnte er sich vorstellen, daß Spock neben McCoy stand, vielleicht in den Sichtschlitz des Scanners blickte und wie üblich die Ergebnisse seiner Analysen nannte. So sehr er sich dabei auf Logik und Rationalität berief: Es steckte auch eine Menge Intuition in ihm.

»Die Mitteilung zeichnet sich in der Tat durch einen besonderen Tonfall aus«, sagte der Erste Offizier. In seiner Stimme ließ sich eine gewisse Anspannung vernehmen, die vermutlich auf Schmerzen zurückging. »Man denke nur an Formulierungen wie ›So hört und seht nun, Eroberer‹, ›ewige Vergänglichkeit‹ und ›zur Rückkehr bestimmt‹. Hinzu kommen Hinweise darauf, daß wir sie erwarteten und ihnen einst Unrecht widerfuhr.«

»Welche Schlüsse ziehen Sie daraus?«

»Vielleicht liegt eine Verwechselung vor.«

»Möglicherweise spielt das keine Rolle«, warf McCoy ein. »Die Fremden haben uns aufgefordert, diesen Raumsektor zu räumen. Wir sollten besser damit rechnen, daß sie nicht bereit sind, an unsere guten Absichten zu glauben.«

»Sie *können* gar nicht an unsere guten Absichten glauben, solange wir uns nicht identifiziert haben.«

»Captain ...«, ertönte Spocks Stimme vom Kom-Monitor. »Ich schlage vor, Sie beantworten zunächst die Mitteilung der Fremden.«

»Um den Rahmen abzustecken?«, entgegnete Kirk. »Ja, Sie haben recht.«

Daran hatte er gar nicht gedacht. Genau aus diesem Grund brauchte er Spock. Eine Antwort. Der nächste und gleichzeitig einfachste Schritt. Die Position verdeutlichen. Darauf kam es zunächst an.

»Warnen Sie die Dämonen!« grollte Kellen. »Verlangen Sie von ihnen, daß sie eine Einsatzgruppe von uns empfangen. Wenn wir erst einmal an Bord sind ...«

Kirk rieb sich die Hände, blickte zum Wandschirm und schüttelte den Kopf.

»Ich glaube, Mr. Spock und ich haben etwas anderes im Sinn. Lieutenant Uhura«, sagte er langsam, »antworten Sie mit ... ›nein‹.«

8

»Nein‹? Das ist alles?« – »Ja, Vergozen. An der Korrektheit der Übersetzung besteht kein Zweifel. Die Antwort auf unsere Mitteilung lautet ›nein‹.«

Vergo Zennor sah durch den langsam hin und her wogenden Dampf zu dem breiten Projektionsfeld, das sich rechts und links von ihm an den Wänden der Brücke wölbte. Er glaubte, sich an die Feuchtigkeit gewöhnt zu haben, die einige Mitglieder der Crew benötigten, doch heute – zum erstenmal seit langer Zeit – spürte er ein unangenehmes Prickeln auf der Haut.

Dieser Teil des Weltalls war wundervoll. Oder vielleicht *wollte* er ihn für wundervoll halten. Normalerweise hätte Zennor jetzt Platz genommen, aber durch Garamanus' Präsenz fühlte er sich gezwungen, auch weiterhin zu stehen.

Garamanus war in den geheimnisvollen Nimbus seines Ordens gehüllt, in das Echo einer subtilen Macht, die alle Danai teilten. Er gab keinen Kommentar ab, als die Antwort der Eroberer eintraf.

Nein?

Zennor neigte den eigenen schweren Kopf. In seinen Hörnern schien etwas zu jucken – vielleicht war die Anspannung in ihm größer, als er sich selbst eingestand.

Seltsame Empfindungen regten sich in ihm. Zuerst hatten seine Wünsche allein dem Erfolg der Mission gegolten, doch jetzt brachte er den fremden Schiffen immer mehr Interesse entgegen. Er hatte gehofft, ein wenig forschen zu können, bevor es zur Konfrontation mit jenen kam, die in diesem Sektor lebten. Neue Erkenntnisse und Entdeckungen faszinierten ihn.

Zu spät. Der Konflikt begann bereits. Sie hatten die Aufzeichnung übermittelt, und eine Antwort war eingetroffen. Nein.

Wie seltsam. Wie einfach. Es fiel Zennor schwer, mit einfachen Dingen fertig zu werden.

Das große Schiff bestand aus einigen weißen Grundelementen: Eine Scheibe, ein längliches Objekt und zwei Zylinder waren miteinander verbunden. Dahinter zeichneten sich Konturen ab, die Zennor vertrauter erschienen, ihn an Geschöpfe erinnerten, die im matten Licht der Dämmerung auf die Jagd gingen, mit gesenktem Haupt und gestreckten Schwingen durch die Schatten flogen.

Jetzt verharrten auch die kleineren Schiffe. *Nein* – so lautete die Antwort.

Nein.

Es fiel Zennor nicht leicht, sich vom Dana abzuwenden. Er schauderte innerlich, spürte auch weiterhin den Blick von Augen auf sich ruhen, die an abnehmende Monde erinnerten. Im Gegensatz zu Morien und dem Navigator Farne gehörte Garamanus zu Zennors Volk, den Gehörnten unter den Vielen. Doch Zennor fühlte deshalb keine Nähe zu ihm. Im Gegenteil: Wenn Garamanus auf der Brücke weilte, wurde sie zu einem ebenso fremden Ort wie dieser Teil des Alls.

»Die Fremden möchten mit uns reden«, sagte er ruhig.

»Haben Sie weitere Kommunikationsverbindungen mit ihnen hergestellt?« fragte Garamanus.

»Ich spüre, daß sie mit uns sprechen wollen. Wenn sie noch einmal versuchen, Kontakt mit uns aufzunehmen, antworte ich selbst.«

»So etwas ist nicht vorgesehen.« Die Stimme des Dana klang wie Wind, wie eine kühle Brise.

Zennor spannte die Halsmuskeln und straffte die Schultern, hob dadurch den Kopf mit den gewölbten Hörnern. Als er sich zum Dana umdrehte, glitt sein Schatten wie ein Phantom über das langgestreckte Navigationszentrum.

»Dies ist weder Ihr Hain noch das heilige Nemeton«, sagte er. »Wir sind hier an Bord meines Schiffes, und dies ist meine Mission. Ein Zurück gibt es für uns nicht, und nun wird die Situation komplizierter. Ich habe Ihre Wünsche berücksichtigt und die Aufzeichnung übermittelt – zu mehr bin ich derzeit nicht verpflichtet. Die nächste Entscheidung steht mir zu. Ich möchte mit den Fremden reden. Ich werde auch darüber befinden, wann der Zeitpunkt kommt, sie zu vernichten.«

General Kellen war enttäuscht, aber er schwieg, als er neben dem Kommandosessel stand. Die beiden Sicherheitswächter flankierten ihn nach wie vor, und er schenkte ihnen keine Beachtung, schien den Grund für ihre Präsenz zu verstehen und sich damit abzufinden.

Zumindest ließ er sich nicht von dem Umstand beleidigen, daß man ihn wie einen Übeltäter behandelte.

Kirk bedachte ihn mit einem Blick, in dem sich so etwas wie Anteilnahme zeigte.

»Zwei Minuten, Sir«, meldete Sulu. »Noch immer keine Reaktion von den Fremden.«

»Auf den offenen Frequenzen werden keine Signale übermittelt, Sir«, sagte Uhura.

Kirk nickte und seufzte. »Na schön. Wir gehen wie üblich vor. Uhura, Verbindung Schiff zu Schiff. Aktivieren Sie den automatischen Translator.«

»Übersetzungsmodul aktiviert, Sir. Externen Kom-Kanal geöffnet.«

Kirk trat zum Kommandosessel, nahm jedoch nicht Platz, obgleich die schmerzenden Muskeln Entspannung verlangten. Solange sich ein klingonischer General auf der Brücke seines Schiffes befand, wollte er solchen Schwächen nicht nachgeben.

Er räusperte sich und öffnete den Mund, um jene Worte zu sprechen, die er schon so oft formuliert hatte – und die doch jedesmal anders klangen.

»Hier spricht Captain James T. Kirk von der U.S.S. *Enterprise*. Wir repräsentieren die Vereinte Föderation der Planeten und bitten Sie, auf friedlicher Basis mit uns zu kommunizieren. Wir warten auf eine Antwort von Ihnen.«

Der Kom-Kanal blieb geöffnet, als Kirk schwieg, und aus den Lautsprechern drang ein sonderbares Nicht-Geräusch. Es fühlte sich an wie eine Höhle ohne Echo, wie ein großer, leerer Tunnel, der bereit war, laute Stimmen zu empfangen.

Die Stille dauerte an. Kirk rührte sich nicht, und die Brückenoffiziere folgten seinem Beispiel, verharrten ebenfalls in Reglosigkeit und gaben keinen Ton von sich. Vermutlich dachten sie nun daran, was an Bord des fremden Schiffes geschah, welche Reaktionen die Stimme und die Worte des Captains dort bewirkten.

Eine Minute verstrich, und es blieb alles still.

Zehn weitere Sekunden. Kirk spürte, wie ihm ein Schweißtropfen über den Rücken rann.

»Irgendwelche Vorschläge, Mr. Spock?« fragte er schließlich.

Kellens verächtliche Stimme erklang, bevor der Vulkanier Gelegenheit zu einer Antwort erhielt. »Vorschläge«, stieß er hervor. »Vorschläge. Der berühmte Captain Kirk bittet um Vorschläge. Starfleets größter Krieger erhofft sich Rat von seinen Untergebenen. Er, der als tollkühn und verwegen gilt, dessen Tapferkeit man selbst im Imperium lobt, erweist sich nun als jemand, der Feigheit mit Vernunft zu tarnen versucht. Vorschläge. Eins steht fest: Nach dem heutigen Tag wird mein Volk andere Geschichten über Starfleets Argonauten hören.« Er schnaubte verächtlich. »Die Maske ist gefallen, und dahinter kommt die Wahrheit zum Vorschein.«

Kirk drehte nicht den Kopf, beobachtete Kellen aus den Augenwinkeln.

Der General musterte den Captain und war jetzt nicht mehr von ihm beeindruckt. Das beunruhigte Kirk.

Eigentlich sollte es ihm gleich sein, aber tief in seinem Innern bedauerte er es.

»Ich bin ...«, tönte es aus dem Lautsprecher der externen Kommunikation.

Sofort veränderte sich die Atmosphäre auf der Brücke. Alle Blicke glitten zum Wandschirm, der nach wie vor das fremde Schiff zeigte.

Die beiden Worte waren in die Länge gezogen und klangen so dumpf wie ferne Nebelhörner über einem kalten Ozean. Die Stimme zögerte, schien ihrem eigenen Klang zu lauschen. Vielleicht prüften die Fremden die Kom-Frequenzen.

Oder sie hatten es sich anders überlegt und entschieden, keinen Kontakt herzustellen.

Kirk fühlte sich im Zentrum der allgemeinen Aufmerksamkeit. Er wandte den Blick nicht vom Wandschirm ab.

»Ich ... bin ... Zennor ... Vergo der Wrath.«

Ein vages Echo begleitete die Stimme, ein dumpfes Hallen, so als kämen die Worte aus einer finsteren Grotte.

Kirk sah McCoy an. *Vergo der Wrath*? wiederholten seine Lippen stumm.

Der Arzt schüttelte den Kopf und zuckte kurz mit den Schultern – er hatte keine Ahnung. Uhura breitete kurz die Arme aus; sie konnte dem Captain ebenfalls keine Informationen anbieten.

Auf dem Kom-Monitor war zu sehen, wie Spock die Stirn runzelte, doch er blieb stumm.

Kirk verlagerte das Gewicht vom einen Bein aufs andere, um den schmerzenden Rücken zu entlasten. *Nun, wir können nicht erwarten, daß sofort alle Fragen beantwortet werden.*

»Danke für Ihre Antwort«, sagte er, obwohl er wußte, daß es unbeholfen klang. »Woher kommen Sie?«

»Von hier.«

Kellen ballte die Fäuste, wahrte jedoch sein Schweigen und begnügte sich damit, ein Loch in Kirks Kopf zu starren.

»Nach unserer geschichtlichen Entwicklung und dem geltenden interstellaren Recht gehört dieser Raumsektor zum Klingonischen Imperium«, sagte Kirk. »In der Nähe befindet sich ein neutraler Bereich, und dahinter erstreckt sich ein Gebiet, das zum stellaren Territorium der Vereinten Föderation der Planeten gehört. Die Konfiguration Ihres Schiffes ist uns nicht bekannt, und in einem Umkreis von mehreren Lichtjahren gibt es keine Planeten mit hochentwickelten Zivilisationen. Wo befindet sich Ihre Heimatwelt?«

»Wir ... wissen es nicht.«

Kirk setzte einen Fuß auf die Plattform, in der sein Kommandosessel verankert war, drehte dann den Kopf und sah zu Uhura. »Offenbar hat der Translator noch immer eine Fehlfunktion. So kommen wir nicht weiter.«

Uhura schüttelte den Kopf und hob die Hand zum Kom-Modul am Ohr. »Ich glaube nicht, daß es am Translator liegt, Sir. Vermutlich handelt es sich dabei um einen besonders exotischen Aspekt der Sprache oder der fremden Hirnwellenmuster.«

»Sehen Sie sich die Sache mal an, Scotty.«

»Aye, Sir.«

Der Chefingenieur eilte durch den Kontrollraum, und Kirk stützte einen Ellenbogen auf die Rückenlehne des Kommandosessels. Er schnitt eine Grimasse – wie sollte es jetzt weitergehen?

»Unsere Kommunikationstechnik verfügt über visuelles Potential«, sagte er, sprach dabei betont langsam und deutlich. »Gestatten Sie uns, eine entsprechende Verbindung herzustellen, damit wir uns sehen können?«

Wieder folgte Stille.

Kellens Blick klebte an Kirk fest, doch der Captain achtete nicht darauf.

»Es ist gegen unseren Brauch, die Gesichter von Lebenden auf Bildschirmen zu zeigen…«, erwiderte die hallende Stimme schließlich.

Auch diesmal schien der Translator Mühe zu haben, die richtigen Äquivalente im Föderationsstandard zu finden.

Na schön, der nächste Schritt.

»Vielleicht sollten wir eine direkte Begegnung in Erwägung ziehen«, sagte Kirk. »Wären Sie bereit, als Gäste an Bord dieses Schiffes zu kommen?«

»Nein…«, brachte Kellen entsetzt hervor.

Kirk bedeutete ihm mit einem Wink, still zu sein. »Wir haben die Möglichkeit, Sie innerhalb weniger Sekunden hierherzuholen.«

Er hielt inne und wartete. Über die Jahre hinweg hatte er gelernt, daß zu viele Worte nichts nützten. Manchmal erreichte man mit Schweigen mehr.

Doch das Schweigen dauerte und dauerte…

Warum ließen sich die Fremden soviel Zeit? Berieten sie sich vielleicht, bevor sie antworteten?

Das fremde Schiff drehte sich langsam auf dem Wandschirm. Für das Bewegungsmoment war nicht etwa der Antrieb verantwortlich, sondern der von einem relativ nahen roten Riesen ausgehende Sonnenwind – er verlieh den purpurnen Fächern einen blutroten Glanz. Hinzu kam die Restgeschwindigkeit nach dem Kampf gegen die klingonischen Schiffe.

»Sie können ...«

Die Stimme legte eine neuerliche Pause ein, schien wieder zu lauschen. Kirk hielt unwillkürlich den Atem an, ebenso wie die Brückenoffiziere.

»... zu uns kommen.«

»Einen Augenblick, bitte.«

Kirk winkte. Uhura verstand sofort, betätigte eine Taste und blockierte den Kom-Kanal.

»Wie ist die Atmosphäre an Bord des fremden Schiffes?« fragte der Captain.

Chekov machte Anstalten, die entsprechenden Daten zu ermitteln, aber Spock kam ihm zuvor. »Sondierung erfolgt. Atmosphäre besteht aus Sauerstoff, Stickstoff, Argon und Spuren von anderen Gasen, darunter auch Methan. Die Luft scheint recht dünn und warm zu sein. Sie dürfte für eine gewisse Zeit atembar sein.«

»Was bedeutet ›eine gewisse Zeit‹? Pille?«

Der Arzt zuckte zusammen und erwachte wie aus einer Art Trance. »Ich empfehle maximal eine Stunde.«

»In Ordnung. Lieutenant Uhura, teilen Sie dem Transporterraum mit, daß wir dem fremden Raumer einen Besuch abstatten. Ich möchte, daß der Transferfokus die ganze Zeit über auf uns gerichtet bleibt – für den Fall, daß eine rasche Rückkehr nötig wird. Der Transporteroffizier soll höchste Wachsamkeit walten lassen.«

»Ja, Sir.«

»›Vergo der Wrath‹«, wiederholte Kirk und beobachtete erneut das seltsame Schiff auf dem Wandschirm.

»Bedeutet das vielleicht ›Captain der *Wrath*‹? Ist *Wrath* der Name des Schiffes?«

»Möglich«, antwortete Spock aus der Krankenstation. »Allerdings rate ich davon ab, unsere eigenen Worte und Konzepte bei etwas anzuwenden, das vertraut klingt.«

Kirk seufzte. »Außerdem könnte der Umgang mit Leuten, die ihr Schiff *Wrath* – also *Zorn* – nennen, ziemlich problematisch sein.«

Er vermied es, in Kellens Richtung zu sehen. Die Klingonen liebten es, ihren Raumschiffen solche Namen zu geben.

»Pille, du bist mit von der Partie. Außerdem kommt eine Sicherheitsgruppe mit. Nur kleine Phaser. Ich möchte vermeiden, daß wir bedrohlich wirken.«

Mit einer Hand am Geländer ging Kirk die drei Stufen zum Oberdeck hoch und blieb neben Uhuras Station stehen. Sie blickte auch weiterhin auf die Anzeigen und betätigte Tasten.

»Öffnen Sie den externen Kom-Kanal erneut«, sagte der Captain und wartete, bis Uhura nickte. Dann hob er die Stimme. »Hier spricht Captain Kirk. Ich bin bereit, mit einer Begrüßungsgruppe an Bord Ihres Schiffes zu kommen. Wir erscheinen direkt auf Ihrer Brücke – es sei denn, Sie möchten, daß unser Retransfer an einem anderen Ort stattfindet.«

Stille. Kirk vermutete erneut, daß sich die Fremden berieten, und er rechnete fast mit einer Ablehnung.

»Kommen Sie«, tönte es dann aus dem Lautsprecher.

»Danke. Wir sind gleich bei Ihnen. Kirk Ende. Mr. Sulu, Position halten. Vielleicht bleiben wir für eine ganze Weile drüben.«

»Alle Systeme sind stabilisiert, Sir. Position wird gehalten.«

»Alarmstufe Rot wird hiermit auf Gelb zurückgestuft. Reparaturgruppen an die Arbeit. General Kellen,

Sie können sich mit Ihren Schiffen in Verbindung setzen, um einen Eindruck von den Schäden zu gewinnen. Falls Sie dringend Hilfe brauchen ... Wir sind gern bereit, Ihnen Unterstützung zu gewähren.«

Kellen schob das bärtige Kinn vor. »Oh, ich bin Ihnen ja *so* dankbar.«

»Teilen Sie Ihren Leuten mit, daß wir uns an Bord des fremden Schiffes beamen. Wenn die Kreuzer versuchen, irgend etwas gegen den Raumer zu unternehmen, so wird Mr. Scott sie verscheuchen. Ist das klar, Mr. Scott?«

»Kristallklar, Captain.«

»Möchten Sie sich der Einsatzgruppe hinzugesellen, General?«

»Ich?« Grauen huschte durch Kellens Züge. »Nein, auf keinen Fall!«

»Na schön.« Kirk wandte sich erneut an Uhura. »Ich brauche einen Linguisten. Haben wir eine geeignete Person an Bord?«

»Wie wär's mit mir, Sir?«

»Mit Ihnen?«

Die dunkelhäutige Frau lächelte. »Ich verstehe etwas von *Kommunikation*, Sir.«

»Oh, natürlich.« Kirk zögerte. Sollte er Uhura mitnehmen?

Er verdrängte das Unbehagen. »Lieutenant, Sie begleiten uns.«

Uhura strahlte. Sie wurde nur selten aufgefordert, an Außeneinsätzen teilzunehmen. Ihre bisherigen Erfahrungen in dieser Hinsicht waren eher negativer Natur; trotzdem schien sie sich aufrichtig zu freuen.

»Aye, Sir«, erwiderte sie und sprach fast im gleichen Tonfall wie zuvor Scott.

»Gut.« Kirk ging weiter. »Mr. Spock, Sie haben das Kommando.«

Eine andere Art von Stille folgte diesen Worten, und

Kirk spürte plötzlich alle Blicke auf sich ruhen. Von der wissenschaftlichen Station kam natürlich keine Antwort. Niemand sprach ein Wort. Alle waren viel zu verlegen, um den Captain auf seinen Fehler hinzuweisen.

Kirk schüttelte den Kopf. »Mr. Scott«, berichtigte er sich, »Sie haben das Kommando.«

Der Chefingenieur nickte mit offensichtlicher Anteilnahme. »Aye, aye, Sir.«

Das war die ideale Antwort einem vorgesetzten Offizier gegenüber – damit kam man normalerweise immer durch, ganz gleich, wie die Situation beschaffen sein mochte. Doch diesmal klappte es nicht ganz so gut. Zwar wich die Anspannung von der Brücke, aber auf Kirk lastete auch weiterhin die Bürde des Wissens, einen Fehler begangen zu haben.

Er beschloß, darüber hinwegzugehen. »Uhura, nehmen Sie einen Tricorder mit und programmieren Sie ihn auf Mr. Spocks Computerkanal – auf diese Weise kann er unseren Einsatz mitverfolgen. Gehen wir.«

»Captain …« Kellen trat ans Geländer vor dem Turbolift heran. »Ich habe diese Mission organisiert. Mir steht der Befehl darüber zu.«

»Sie sind Gast an Bord meines Schiffes«, stellte Kirk fest. »Sie können sich entsprechend verhalten – oder zu Ihren Schiffen zurückkehren und jene Entscheidungen treffen, die Sie für richtig halten.«

»Es ist Wahnsinn!« stieß Kellen hervor. »Kein vernünftiger Kommandeur begibt sich während eines Kampfes an Bord eines feindlichen Schiffes!«

»Es war Ihr Kampf, nicht meiner. Die Fremden haben erst das Feuer eröffnet, als Sie ihr Schiff unter Beschuß nahmen. Außerdem besteht die Aufgabe der *Enterprise* unter anderem darin, auf freundschaftlicher Basis Kontakte zu neuen Lebensformen herzustellen.«

»In diesem Fall ist das *unmöglich*! Wir erleben den Beginn des Chaos. Unter solchen Umständen kann es keine freundschaftliche Basis geben.«

»Das wird sich herausstellen. In einer Stunde kehren wir zurück. Sehen wir uns nun die angeblichen ›Dämonen‹ an.«

Worin besteht die Mission dieses Schiffes?
Es soll fremdes Leben suchen, Kontakte
mit fremden Zivilisationen herstellen ... Und es
gibt uns Gelegenheit zu zeigen, was unsere
wohlklingenden Worte bedeuten.

James Kirk

9

Manchmal schien sich ein ganz gewöhnlicher Transfer von einem wissenschaftlichen Vorgang in etwas Magisches zu verwandeln. Und manchmal gewann man den Eindruck, daß er nicht wenige Sekunden dauerte, sondern Tage.

So wie jetzt.

Während des Beamens klopfte Kirk mit einem mentalen Fuß auf den nicht mehr existierenden Boden. Er war immer sehr ungeduldig, wenn es neue Lebensformen zu entdecken galt.

Der Transporterraum der *Enterprise* löste sich auf, und eine subjektive Ewigkeit verstrich. Kirk konnte nichts sehen und befürchtete plötzlich, daß irgend etwas schiefgegangen war. Unmittelbar darauf spürte er Boden unter den Füßen, doch ein seltsamer Nebel umgab ihn. *Ist der Transfer noch nicht komplett?* überlegte der Captain.

Er fühlte Feuchtigkeit. Und Wärme. Woraus folgte: Er schien unterwegs keine Nervenenden verloren zu haben.

Ich fange an, wie Pille zu denken, fuhr es ihm durch den Sinn. McCoy war Mediziner und Biologe. Die Physik bereitete ihm oft Unbehagen, insbesondere dann, wenn sie einen Körper in Myriaden Einzelteile zerlegte, um ihn an einem anderen Ort angeblich perfekt zu rekonstruieren. Manche Leute bezweifelten noch immer, daß Flugzeuge fliegen konnten.

Kirk verdrängte die Sorge und winkte, um die Beschaffenheit des Nebels zu ertasten. Die Ranken aus Dunst bewegten sich wie Rauchfäden, aber sie bestanden eindeutig aus Feuchtigkeit. Was bedeutete das?

Und der Geruch... Kirk assoziierte ihn mit einem Teich. Die Masse unter seinen Stiefeln fühlte sich irgendwie breiig an, war aber gleichzeitig flach und fest. Irgendwo gab es eine Lichtquelle, doch er hielt vergeblich nach ihr Ausschau. Direkt vor ihm befanden sich zwei weitere Lichtquellen: Eine glühte preiselbeerrot, die andere in einem blutigen Purpur.

Kirk sah nach links, zu McCoy.

Der Arzt stand im seltsamen Licht und blickte sich verwirrt um. Ein matter, perlweißer Schein glitt ihm über Hinterkopf und Schultern, ging von einer anderen Lichtquelle hinter ihm aus. Der Captain sah sich nicht danach um – es war die Aufgabe der Sicherheitswächter, dafür zu sorgen, daß von hinten keine Gefahr drohte.

Einige Sekunden lang stand er völlig still, hielt den Atem an und lauschte.

Eine leichte Vibration machte sich durch die Stiefelsohlen hindurch bemerkbar, deutete auf mechanische Regelmäßigkeit hin. Ein Triebwerk. Kellen hatte recht. Antrieb, Technik – Hardware. Die Erklärung war offensichtlich, nachdem sie das Raumschiff auf den Schirmen gesehen hatten. Aber Kirk hielt die Hinweise für deutlich genug: Jemand, der einen plötzlichen Transfer erlebte und sich an diesem Ort wiederfand, ohne ihn von außen gesehen zu haben, sollte eigentlich zu dem gleichen Schluß gelangen. Außerdem deuteten die vertrauten Geräusche darauf hin, daß es zwischen der hiesigen Technologie und der Föderationstechnik keine so gravierenden Unterschiede gab, daß die eine Seite bei einer Auseinandersetzung hoffnungslos unterlegen gewesen wäre.

In der Nähe wies leises, subtiles Summen auf die

Existenz von Bordsystemen hin. Eine Decke sah Kirk nicht, und auch der Boden entzog sich seinen Blicken, obwohl er ihn fühlte. Bis zu den Knien war der Nebel dicht und wie undurchdringlich, wurde dann zu leichtem Dunst.

Es roch hier ganz anders als an Bord eines Raumschiffes. Nach Pilzen vielleicht? Nach Algen und feuchtem Moos? Spock hätte vielleicht die exakte Spezies nennen können. Doch in dem Waldgeruch gab es auch chemische Komponenten, die an Klebstoff oder Reinigungsmittel erinnerten. Diese Aspekte boten einen weiteren Hinweis auf die Existenz von Technik.

In Kirks Magengrube krampfte sich etwas zusammen, und das Unbehagen in ihm verdichtete sich.

Ich begegne nicht zum erstenmal fremden Lebensformen, dachte der Captain. *Ich habe überaus exotische Wesen gesehen, die Ergebnisse einer ganz anderen Evolution. Aber der Gedanke an eine Begegnung mit den Herren dieses Raumschiffs läßt Furcht in mir entstehen. Warum?*

Er kannte die Antwort. Sie lautete: Kellen. Der klingonische General galt als sehr tapfer und unerschütterlich, doch der Aufenthalt an Bord dieses Schiffes hatte ihn entsetzt.

Handelte es sich vielleicht um ein Täuschungsmanöver? Kirk erstarrte innerlich, als er plötzlich daran dachte, daß hier und jetzt eine Falle zuschnappte. War er so abgelenkt gewesen, daß er eine solche Eventualität unberücksichtigt ließ? Nach den erschöpfenden Kämpfen, nach dem Verlust vieler Besatzungsmitglieder, angesichts der Sorge um Spock …

Nein, damit konnte er sich nicht rechtfertigen. Es gab keine Entschuldigung dafür, daß er die Möglichkeit einer Falle erst jetzt in Erwägung zog – nach einem Transfer, der nicht nur ihn selbst in Gefahr brachte, sondern auch Mitglieder seiner Crew.

Aber da sie sich schon einmal an Bord des fremden

Schiffes befanden, sollten sie versuchen, so viele Informationen wie möglich zu sammeln. *Wenn Kellen mich hereingelegt hat, drehe ich ihm später dafür den Hals um.*

»Ist dies die Brücke, Sir?« fragte Uhura. Sie stand rechts hinter Kirk und sprach leise, so als fürchtete sie, die Aufmerksamkeit der Fremden zu wecken.

»Davon sind wir ausgegangen«, erwiderte Kirk. »Wir haben die Kommunikationssignale angepeilt. Tricorder.«

Uhura griff nach dem Gerät, das an einem Schulterriemen hing, schaltete es ein. »Ich stelle Lebensformen fest, Sir, und zwar ziemlich viele.«

»Entfernung?«

»Nicht sehr groß. Die Fremden...« Uhura zögerte und veränderte die Justierung des Tricorders. »Ich kann sie nicht genau lokalisieren.«

»Jim...«, murmelte McCoy, und seine Stimme war kaum mehr als ein Raunen. Mit weit aufgerissenen Augen starrte er in den Dunst.

Kirk sah ihn an.

»Sie sind hier«, brachte McCoy gepreßt hervor. »Sie sind hier bei uns.«

Die Worte des Arztes verstärkten Kirks Anspannung, und er ließ die rechte Hand sinken, bis sie sich neben dem kleinen Phaser am Gürtel befand. Er berührte die Waffe nicht, hielt die Hand jedoch in der Nähe.

Dann trat er einen Schritt vor und hob die Stimme.

»Ich bin Captain Kirk«, sagte er und spürte dabei erneut die hohe Luftfeuchtigkeit. »Hört mich jemand?«

Der Nebel wogte. Einige absurde Sekunden lang glaubte Kirk, daß die fremden Lebensformen mit den grauweißen Schwaden identisch waren. Andererseits... Sprechende Dunstwolken? In Hinsicht auf die Stimmbänder von Nebel hätte McCoy sicher den einen oder anderen Kommentar abgeben können.

Nein, die Dunstschwaden kamen nicht in Frage. Etwas mit Substanz bewegte sich hinter ihnen. Erste Konturen zeichneten sich ab: aufrecht stehende Geschöpfe mit breiten Schultern und großen Köpfen.

Etwa unsere Größe, dachte Kirk. *Eins neunzig oder mehr, nicht ungewöhnlich für Humanoide.*

Während die Föderation wuchs, entdeckte sie immer mehr humanoide Völker, und dadurch bestätigten sich die Theorien der Wissenschaftler. Sie gingen davon aus, daß intelligentes Leben eine bestimmte Größe haben mußte. Um eine Industrie und später auch die Raumfahrt zu entwickeln, durften die Lebewesen weder zu groß noch zu klein sein. Sie mußten über die Möglichkeit verfügen, sich zu bewegen – Beine –, und außerdem waren Sinne nötig, um Kollisionen mit anderen Objekten zu vermeiden: Augen, Ohren, Tastsinn, Nase. Mindestens zwei Hände wurden gebraucht, um die Umwelt zu verändern, und eine stereoskope Wahrnehmung erforderte die gleiche Mindestanzahl von Augen.

Unter solchen Umständen verwunderte es kaum, daß es im All so viele humanoide Völker gab. Klingonen, Romulaner, Terraner, Orioner und andere – sie zeichneten sich im großen und ganzen durch das gleiche Erscheinungsbild aus, unterschieden sich eigentlich nur in den Details. Aus den gleichen Gründen erschien es einleuchtend, daß Wesen wie die Horta – eine intelligente Spezies auf Siliziumbasis, ohne Arme, Beine, Kopf und Augen – keine Industrie entwickelt hatten. Ähnliches galt für die Wale der Erde und die großen Mammaloiden von Alpha Centauri. Es spielte kaum eine Rolle, wie intelligent die Wesen waren – wenn sie Hufe oder Flossen anstatt von Händen hatten, konnten sie keinen verändernden Einfluß auf ihre Umwelt nehmen.

All dies ging Kirk durch den Kopf, als er darauf wartete, daß sich die Fremden zeigten. Er hoffte, daß sie es mit Humanoiden zu tun hatten, denn in einem solchen Fall erwartete er mehr Gemeinsamkeiten. Wenn Zivilisationen Fortschritte erzielen wollten, so war ein gewisses Maß an Kooperation notwendig. Das entsprechende Volk mußte sich um seinen Nachwuchs kümmern und kollektive Ziele haben. Diese gemeinsamen Elemente boten Vertrautes bei der Erforschung des Alls. Kirk benutzte sie, um fremde Wesen zu verstehen.

Er bedeutete seinen Begleitern, ganz still zu stehen – jetzt war die noch unbekannte Crew des seltsamen Schiffes am Zug. Ein solches Verhalten der Besucher hätte er als Kommandant dieses Raumers zu schätzen gewußt…

Augen.

Ja – die Fremden waren da.

Wie Katzenpupillen, in denen sich plötzlich das Licht einer Kerze widerspiegelte… Zwanzig und mehr Augen starrten plötzlich aus dem wogenden Dunst. Eiseskälte breitete sich in Kirks Magengrube aus, und im Kern seines Selbst krampfte sich etwas zusammen, als sich die Gestalten näherten.

Der neben dem Captain stehende McCoy versteifte sich. Uhura schnappte nach Luft und erstarrte, widerstand jedoch der Versuchung, vor den Fremden zurückzuweichen.

Eine ganz besondere Büchse der Pandora schien sich geöffnet zu haben, und Dämonen kamen aus diesem Gefäß des Unheils. Drei von ihnen erwiesen sich als unförmig und kolossal, bestanden aus Dutzenden von Dreiecken, hatten lange, knochige Gesichter mit sichelförmigen Augen und krumme Widderhörner auf dem Kopf – so stellte man sich den Schrecken vor, der Substanz gewann. Zwischen diesen Gestalten zeigten sich andere, aus deren Köpfen weiße, schlangenartige Tentakel wuchsen, die wie eigenständige Wesen hin und her tasteten, nach etwas zu suchen schienen.

Links von Kirk erschien eine Kreatur mit vier Armen und einem länglichen Gesicht, das den Captain an jadene Tiki-Figuren aus Polynesien erinnerte. Dahinter kamen andere, manche dürr, manche angeschwollen und wie aufgebläht. Bei einem Wesen konnte Kirk überhaupt kein Gesicht erkennen.

Nie zuvor hatte er eine bizarrere Crew gesehen ...

Und noch etwas weiter hinten warteten Geschöpfe, die nur zu erahnen waren. Ihre maskenhaften Mienen schienen aus Schatten und Glanzlichtern zu bestehen; Nebelschwaden umschmiegten deforme Schädel.

Die meisten Gestalten trugen Kleidung irgendeiner Art und jede Menge Schmuck. Halsketten mit Anhängern, die Halbmonde symbolisierten, Broschen mit Dämonenköpfen. Bei jedem Wesen beobachtete Kirk ein knapp acht Zentimeter durchmessendes Bronzemedaillon: Es hing an einer langen Kette, wies einen henkelartigen Griff und seltsame Schnörkelmuster auf.

Zwei Geschöpfe traten vor. Sie gehörten zur gleichen Spezies – schwere Hörner wuchsen aus beiden Köpfen –, doch das eine schien das blasse, geisterhafte Abbild des anderen zu sein. Es gab erhebliche Unterschiede bei den Farben. Das eine Wesen hatte gelbe Augen, und die Haut zeigte eine bronzefarbene Tönung. Das andere war in jeder Hinsicht bleicher: Kirk sah ein mondgraues Gesicht mit Augen, die wie elfenbeinfarbene Schlitze wirkten.

Er räusperte sich – und zögerte dann. Vielleicht legten die Fremden wert darauf, selbst die Initiative zu ergreifen ...

McCoy war so steif wie eine Statue, aber irgendwie gelang es ihm, sich zum Captain hinüberzubeugen.

»Na los«, murmelte er. »Immerhin haben wir uns auch an Spock gewöhnt ...«

Zwar sprach McCoy sehr leise, aber der goldene Dämon schien ihn zu hören und bewegte eine seiner langen Hände – wenigstens hatte er nur zwei davon.

Eine dumpfe Stimme vibrierte, die gleiche Stimme, die an Bord der *Enterprise* aus den Lautsprechern der externen Kommunikation gedrungen war.

»Fällt es Ihnen schwer zu ... sehen?«

Welch eine Stimme. Derzeit schien der Translator zu funktionieren, und dieser Umstand erleichterte Kirk ein wenig.

»Ja«, sagte Kirk. »Das fällt uns tatsächlich schwer.«

Das Wesen drehte den großen Kopf. Dunstschwaden glitten an den Hörnern entlang. »Licht.«

Im Hintergrund erklang ein mechanisches Geräusch, kein Piepen, eher ein Zirpen, obwohl sich keins der Wesen zu bewegen schien. Offenbar gab es noch andere, die derzeit verborgen blieben.

Nebel und Dunst veränderten sich. Ganz langsam, wie bei einer Morgendämmerung, wurde es heller, und bisher vage Konturen zeichneten sich deutlicher ab. Von den bunten Lichtquellen ging ein stärkerer Glanz aus, ermöglichte das Erkennen von immer mehr Einzelheiten.

Der Kontrollraum des fremden Schiffes war ebenso rund wie die Brücke der *Enterprise*. Kirk bemerkte zwei Kommandosessel sowie eine längliche Navigationskonsole, und an dieser Stelle hörte das Gemeinsame auch schon auf. Dieser Ort ähnelte mehr einem Voodoo-Tempel als dem Gehirn eines Raumschiffs. Mit Tierköpfen verzierte trompetenartige Gebilde ragten aus den Wänden – Teile eines Alarmsystems oder nur Dekor? An der Decke sah Kirk Schilde, Räder und Metallmasken mit Tiermotiven. Hier und dort zeigten sich weitere jener sonderbaren Schnörkel. Unheimliche Skulpturen ruhten in kleinen Wandnischen: leere Augenhöhlen in Schädeln, die sich kaum beschreiben ließen; hinzu kamen Öffnungen an Stellen, wo man eigentlich weder Mund noch Nase erwartete.

»Schädel, Jim«, murmelte McCoy und versuchte, dabei nicht die Lippen zu bewegen. »Echte Totenschädel.«

Kirk warf ihm einen kurzen Blick zu. Er hatte keine Ahnung, wie der Arzt ohne eine genaue Untersuchung feststellen konnte, daß es sich nicht um Skulpturen handelte, sondern um die Relikte einst lebender Wesen. Doch er kannte McCoys Kompetenz und sah daher keinen Grund, seine Behauptungen in Zweifel zu ziehen.

Vielleicht die Schädel von Feinden? Nun, eine interessante Visitenkarte …

Das goldene Geschöpf trat noch einen Schritt näher.

»Ich bin Zennor«, stellte es sich vor. »Vergo der *Wrath*.«

Kirk beschloß, ebenfalls einen Schritt vorzutreten – für den Fall, daß ein solches Verhalten Teil des Begrüßungsrituals war.

»Ich bin Kirk«, sagte er. »Captain der *Enterprise*.« Als die Fremden schwiegen, fügte er hinzu: »Wir wissen es sehr zu schätzen, daß Sie uns hier willkommen heißen.«

Zennor neigte kurz den Kopf. »Ich kann Ihnen erst dann ein Willkommen bieten, wenn wir wissen, daß Sie nicht die Eroberer sind.«

Vielleicht lag es am Translator. Oder hatte er sich diesmal wirklich anders ausgedrückt? Er sprach jetzt nicht mehr von ›Eroberern‹, sondern von ›*den* Eroberern‹.

»Dann heißen wir Sie willkommen«, erwiderte Kirk. »Sie sind neu in diesem Raumsektor.«

Zennors Artgenosse – das Wesen mit den grauen Hörnern und dem Banshee-Gesicht – fragte: »Ist dieser Teil des Alls Ihre Heimat?«

»Wir befinden uns hier in einem Raumbereich, der vom Klingonischen Imperium beansprucht wird«, entgegnete Kirk in einem neutralen Tonfall – er wollte vermeiden, den klingonischen Anspruch irgendwie zu legitimieren. »Mein Schiff und ich repräsentieren die Vereinte Föderation der Planeten. Unser stellares Territorium ist nicht weit von hier entfernt.«

Wie zuvor der Fremde trat auch Kirk einen weiteren Schritt vor und sah das bleiche Wesen an. Gesicht und Haltung brachten eine Frage zum Ausdruck.

Zennor wandte sich ihnen beiden zu. »Das ist Garamanus Drovid, Dana der *Wrath.*«

Kirk wollte eine Antwort geben, schwieg jedoch und nickte nur, als ihm etwas Seltsames auffiel. Seine Augen hatten sich inzwischen an das gespenstisch anmutende Licht gewöhnt, und er sah nun: Jedes Wesen trug eine Puppe am Gürtel, etwa zwanzig bis fünfundzwanzig Zentimeter lang. Zennors Exemplar wies kleine krumme Hörner und ein knochiges Gesicht mit glänzenden Schlangenaugen auf, und die Puppen der anderen Wesen seiner Art boten ein ähnliches Erscheinungsbild. Garamanus' Puppe war ebenso groß wie die Zennors, dafür aber doppelt so dick.

Ein gehörntes Phantom mit einer dicken Puppe am Gürtel? Was hatte das zu bedeuten?

Die Geschöpfe mit den Tentakeln auf den Köpfen verfügten über Puppen mit langen, drahtartigen Fäden dort, wo sich bei einem Menschen das Haar befunden hätte. Die Kreatur mit dem langen Jadegesicht besaß eine Puppe mit grüner Miene und der gleichen Art von Kleidung. Alle Puppen waren offensichtlich in die gleiche Kleidung gehüllt wie ihre Besitzer, bis hin zu Miniaturversionen der Tierkopfbroschen und Halsketten mit Halbmond-Anhängern.

Kirks Verwunderung wuchs. Er stand alptraumhaften Wesen gegenüber, den Herren eines mächtigen

Schiffes mit sehr wirkungsvollen Waffen – und sie trugen Spielzeuge an den Gürteln. Warum war Zennors Puppe so dünn? Stellte das dicke Exemplar von Garamanus ein Zeichen seines Ranges dar? Wies es auf seinen Platz in der hiesigen sozialen Ordnung hin?

Der Captain beschloß, genauer auf jedes einzelne Wort zu achten. Warum hatte Zennor Garamanus gerade vorgestellt? Was bedeutete ›Dana‹ der *Wrath,* und in welchem Zusammenhang stand dieser Begriff zu ›Vergo‹?

Offenbar gab es einen wichtigen Unterschied zwischen Zennor und Garamanus.

Kirk entschied, ein wenig Verwirrung bei den Fremden zu stiften, ihnen ebenfalls einige Fragen zu bescheren.

»Wenn ich vorstellen darf ... Leonard McCoy, Erster Medo-Offizier der *Enterprise.* Und Uhura, Leiterin der Kommunikationsabteilung. Als Sie in diesem Bereich des Alls erschienen, kam es zu einem Masseverlust, der ein ganzes Sonnensystem vernichtete. Die Klingonen vermuten, daß Sie eine Waffe einsetzten.«

»Es gibt keine solche Waffe«, grollte Garamanus.

»Können Sie erklären, was geschehen ist?«

»Mit dem Sonnensystem?« erwiderte Zennor. »Nein. Wir haben keine Möglichkeit, einen Masseverlust zu bewirken.«

Kirk zögerte. Eins plus eins ergab normalerweise zwei, aber ließ sich tatsächlich ein kausaler Zusammenhang zwischen dem Masseverlust einerseits und dem Erscheinen des fremden Schiffes andererseits herstellen?

Zennor und die anderen waren angeblich nicht imstande, in einem bestimmten Bereich des Alls die Masse zu verringern. *Nehmen wir dies einfach mal als Information hin,* dachte Kirk.

»Vielleicht sollten Sie uns erklären, warum Sie gekommen sind«, sagte er vorsichtig. »Wenn Sie etwas suchen … Vielleicht können wir Ihnen helfen, es zu finden.«

Einige Sekunden lang starrten Zennor und Garamanus den Captain einfach nur an, wirkten dabei wie leblose Statuen. Dann antwortete Zennor: »Wir sind von einem weit entfernten Ort gekommen, um festzustellen, ob dieser Teil des Alls uns gehört.«

In seiner tiefen Stimme hörte Kirk einen drohenden Unterton.

Bildete er es sich nur ein, oder kam tatsächlich Bewegung in die mit Tierköpfen verzierten trompetenartigen Gebilde an den Wänden?

»Ob dieser Teil des Alls *Ihnen* gehört?« entgegnete er – und hörte den zu scharfen Klang seiner Stimme. Der Instinkt hatte ihn veranlaßt, auf die Drohung zu reagieren. Zum Glück gehörte Kellen nicht zur Einsatzgruppe; sonst wäre es jetzt zu einem Zwischenfall gekommen. »Seit zweihundert Jahren betreiben wir Raumfahrt in diesen Sektoren.«

Garamanus neigte kurz den Kopf. »Unsere Geschichte reicht mehr als fünftausend Jahre zurück.«

Kirk riß die Augen auf und zweifelte nicht daran, daß der Translator richtig übersetzt hatte.

Fünf*tausend* Jahre. Ziemlich viel Zeit.

Nun, wenn sich die Fremden von so etwas beeindrucken ließen … Er konnte noch ein paar zusätzliche Jahrhunderte aus dem Ärmel ziehen.

»Unsere kulturelle Geschichte auf verschiedenen Heimatwelten ist mehr als hunderttausend Jahre lang – dafür gibt es archäologische Beweise. Vielleicht kommen wir weiter, wenn Sie uns mitteilen, wo sich *Ihre* Heimatwelt befindet.«

»Wir wissen es nicht«, sagte Zennor. »Wir wissen nur, wo wir die vergangenen fünf Jahrtausende verbracht haben.«

»Jim …«, murmelte McCoy, schwieg jedoch, als Kirk

ihn ansah. Sein Gesichtsausdruck deutete auf einen schrecklichen Verdacht hin, aber er schien nicht in der Lage zu sein, Konkretes zu nennen. Deshalb blieb er stumm.

Für gewöhnlich lag der Befehl über ein Raumschiff nicht bei einem Komitee, sondern bei einem Kommandanten. Kirk ging davon aus, daß ›Vergo‹ soviel wie ›Captain‹ bedeutete, und deshalb wandte er sich an Zennor.

»Ich schlage vor, Sie erzählen mir Ihre Geschichte«, sagte er und streckte dabei die Hand aus.

Vielleicht lag es an der Hand, möglicherweise auch am Tonfall. Zennors seltsame Augen bewegten sich, als er über Kirks Worte nachdachte, und dann blinzelte er langsam. Daraufhin begriff Kirk, daß er bis zu jenem Zeitpunkt noch nicht beobachtet hatte, wie Zennor, Garamanus oder der dritte Gehörnte blinzelten. Vielleicht erschienen sie deshalb eher wie Statuen und nicht wie lebendige Geschöpfe.

Zennor sah Garamanus an, schien eine Zeitlang stumm mit ihm zu kommunizieren.

Dann wandte sich der Vergo vom Dana des Schiffes ab und richtete seinen durchdringenden Blick auf Kirk.

»Vor fünftausend Jahren kam es zu einem Krieg zwischen zwei hochentwickelten interstellaren Zivilisationen«, begann er. »Er endete mit der Niederlage einer Seite. Die Überlebenden der Besiegten – sie stammten aus vielen Völkern und von vielen Planeten – wurden an einen fernen Ort in der Galaxis verbannt. Die Sieger vertrieben sie, ließen sie mitten im Nichts zurück, ohne Technik, ohne Wissenschaft, ohne Vorräte.

Während der ersten beiden Jahrzehnte starben Millionen. Die Zivilisation brach auseinander, verwandelte sich in Barbarei, in Primitivität. Es kam zu Seuchen und Elend, zu einer langen Zeit des elementaren Überlebenskampfes.

Schließlich ging die Zeit der Finsternis allmählich zu Ende. Als man damit begann, die drei Planeten der Verbannung zu besiedeln, breitete sich der Glaube an einen anderen Ort aus, an einen Platz, der Heimat bedeutete. Während Kultur und Wissenschaft auf der langen Entwicklungsleiter nach oben kletterten, wuchs jene Überzeugung und schlug immer tiefere Wurzeln.

Sie wurde zur treibenden Kraft unserer Zivilisation, als wir erneut begannen, uns mit den Werkzeugen der modernen Technik auszustatten. In der langen Epoche der Dunkelheit gingen viele Aufzeichnungen verloren; es gab praktisch nur mündliche Überlieferungen. Jedes Kind erfuhr von unserer Entschlossenheit, in die alte Heimat zurückzukehren, Anspruch auf das zu erheben, was einst uns gehörte. Dadurch wurden wir alle eins – durch den gemeinsamen Wunsch, in jenen Teil des Alls heimzukehren, aus dem man uns einst vertrieb.

Wir sind die Unreinen, die Verstoßenen, in deren Seelen Zorn brennt. Wir sind Parias, vereint von unserer gemeinsamen Niederlage bei einem Krieg, der vor Jahrtausenden stattfand – und von der Absicht, nach Hause zurückzukehren. Wir sind gekommen, um diese Absicht zu erfüllen.«

Jim Kirk war vielen völlig fremdartigen Wesen gegenübergetreten, und jede Begegnung verlief anders. Auch jetzt erlebte er etwas Neues. Zennors Worte deuteten darauf hin, daß eine Art Invasion stattfand, aber sie schien sehr … höflich zu sein.

Er verlagerte das Gewicht vom einen Bein aufs andere, dachte über die Schilderungen nach und fragte sich, wie er auf sie reagieren sollte.

»Aber Sie sind nicht ganz sicher, im richtigen Raumgebiet zu sein, oder?« erwiderte er schließlich.

»Doch, das sind wir«, betonte Garamanus. »Unsere

Bardoi und die Danai haben jahrhundertelang Nachforschungen angestellt.«

»Nachforschungen?«

»Sie untersuchten Legenden, Überlieferungen, Biologie, Bräuche, die Zeichen am Himmel. Die Positionen der Sterne, die sich im Lauf der Jahrtausende verschoben.«

»Sterne, die dicht nebeneinander leuchten, können doch sehr weit voneinander entfernt sein«, sagte Zennor. »Manchmal trügt der Schein. Was mich betrifft: Mir sind konkrete Beweise lieber.«

Garamanus starrte den Vergo finster an, und die Blicke der übrigen Geschöpfe richteten sich ebenfalls auf ihn.

Kirk musterte die beiden Gehörnten nacheinander und gelangte zu dem Schluß, daß Zennor ein erhebliches Risiko einging. Aber warum? Er hatte nur jene Dinge erwähnt, die jedem vernünftigen Raumfahrer in den Sinn kamen. Warum weckten seine Worte solche Aufmerksamkeit bei der Crew?

Der Captain beschloß, das Überraschungsmoment auszunutzen. Er traf eine Entscheidung, die ihm die Initiative zurückgab – und die insbesondere McCoy verabscheuen würde.

»Ich möchte Sie an Bord meines Schiffes einladen«, sagte er. »Dort stehen umfangreiche historische und wissenschaftliche Aufzeichnungen zur Verfügung.«

Zennor ignorierte das Blitzen in Garamanus' Pupillen und musterte Kirk einige Sekunden lang. Seine schwefligen Augen schienen ihn überhaupt nicht richtig wahrzunehmen. Wieder erweckten Vergo und Dana den Eindruck von Statuen. Und das galt auch für die anderen Kreaturen. Abgesehen von jenen Gestalten, bei denen die Kopftentakel in ständiger Bewegung blieben, hätte man sie für Komponenten einer grotesken Skulptur halten können.

»Vermutlich ist es an Bord unseres Schiffes zu kühl für Sie. Wir kehren jetzt zurück und bereiten alles für Ihre Ankunft vor. Ich informiere unsere verschiedenen Abteilungen und Laboratorien. Vielleicht gelingt es uns gemeinsam, Aufschluß zu gewinnen.«

»Morien, wenn uns die Fremden zu ihrem Schiff bringen… Analysieren Sie den Transferstrahl. Finden Sie heraus, wie der Körper aufgelöst, durchs Weltall transportiert und dann wieder zusammengesetzt wird. Nehmen Sie anschließend die notwendigen Modifizierungen am Außenbereich unseres Schiffes vor, damit er nur dann von dem Strahl durchdrungen werden kann, wenn wir es zulassen. Der geringste Fehler könnte dazu führen, daß wir von innen zerstört werden. Über Jahrhunderte hinweg haben Wissenschaftler an der Entwicklung dieses Schiffes gearbeitet – es sollte unbezwingbar sein. Doch wenige Minuten nach unserer Ankunft müssen wir feststellen, daß wir verwundbar sind. Welche anderen Überraschungen warten auf uns? Wir müssen auf alles gefaßt sein.«

Morien bedachte ihn mit einem Blick, der von Faszination und Anerkennung kündete. »Ich überprüfe alles, Vergozen!«

Seine Kopftentakel neigten sich aufgeregt hin und her, als er zu einigen anderen Technikern eilte. Zennors Vermutungen hatte auch in ihnen Ehrfurcht geweckt.

Der Vergo nickte selbstzufrieden vor sich hin und drehte sich um. Das war ein Fehler, wie sich herausstellte: Plötzlich stand er Garamanus gegenüber. »Wir sollten die Ergebnisse der Analyse durch die Falte zurückschicken, damit sie weiterverarbeitet werden können. Unser Volk soll ebenfalls in der Lage sein, ohne ein Schiff durchs All zu reisen.«

»Es ist sehr klug von Ihnen, daran zu denken«, erwiderte der Dana.

»Meine Pflicht besteht darin, solche Dinge zu berücksichtigen«, entgegnete Zennor, sah zum gewölbten Bildschirm und beobachtete die fremden Raumschiffe. »Ich muß darüber nachdenken, wie wir die Talente des Feindes zu unserem eigenen Nutzen einsetzen können. Nur auf diese Weise können wir gewappnet sein, wenn er von jenen Möglichkeiten Gebrauch macht.«

»Sind es unsere Feinde? Die Leute, mit denen Sie so offen gesprochen haben?«

Zennor musterte Garamanus, ohne den Kopf zu drehen – seine Augen glitten so weit wie möglich zur Seite. »Wir müssen sie für Feinde halten, bis sich das Gegenteil erweist.«

Seine umsichtige Antwort schien den Dana zufriedenzustellen. Vielleicht wollte Garamanus auch nur auf einen günstigeren Moment hoffen, um den Feind-Status der Fremden zu erörtern. Zennor wußte, daß nun ein Kampf um die Herzen der Crew begann, eine Auseinandersetzung zwischen dem alltäglichen Oberhaupt und dem von Äonen; zwischen dem Vergo, der die Mission in Realität verwandelte, und dem Dana, dessen spirituelle Fäden Einheit und Motivation des Volkes erhielten. Die Besatzung würde Zennor gegenüber loyal sein, wenn es um die unmittelbaren Erfordernisse der Mission ging. Doch in diesem Fall handelte es sich um die Leidenschaftlichsten der Leidenschaftlichen, was bedeutete: Sie waren bereit, Garamanus zu folgen, wenn der Vergo versagte.

Das wußte Zennor, und deshalb fügte er keine weiteren Worte hinzu.

Der Dana schob sich ein wenig vor, und dadurch blieb Zennor nichts anderes übrig, als ihn direkt anzusehen. »Sie haben Vergokirk zuviel verraten.«

Offenbar hatte Garamanus' Zufriedenheit Grenzen.

»Als Vergobretos der Mission habe ich das Recht

dazu«, erwiderte Zennor. »Es gibt keinen Grund, unsere Vergangenheit zu verbergen.«

»Sie haben angedeutet, daß wir vielleicht nicht am richtigen Ort sind.« Garamanus senkte die Stimme. »Seit vielen Generationen befassen sich die Danai mit dieser Angelegenheit. Im Vergleich dazu sind Sie nichts weiter als ein Mechaniker. Ihnen stehen keine Entscheidungen darüber zu, was es zu unternehmen gilt; nur über das Wann dürfen Sie befinden.«

»Ich gehöre nicht zu den Danai«, erwiderte Zennor. »Aber ich kenne das Opfer unseres Volkes. Ich werde nicht zulassen, daß man es vergeudet.«

Garamanus wirkte wie ein Bollwerk. »Die Crew fragt sich, warum Sie zögern. Dies sind die Eroberer. Erringen Sie den Sieg über sie.«

»Die Crew würde es bestimmt ablehnen, Unschuldige anzugreifen. Hundert Generationen lang haben wir gewartet. Wir können uns auch noch einen Tag länger in Geduld fassen.«

»Sie haben einen wichtigen Vorteil vergeudet, als Sie darauf hinwiesen, wer wir sind.«

»Andere geben nur dann Auskunft über ihre Identität, wenn auch wir dazu bereit sind. Außerdem ging Vergokirk als erster ein Risiko ein. Jetzt sind wir an der Reihe. Aralu, Farne, Rhod, Manann – Sie begleiten den Dana und mich. Beziehen Sie hier bei mir Aufstellung, wo es die Besucher beschrieben. Rhod, hierher bitte, noch einen Schritt näher. Wir müssen korrekt sein. Gut. Aesh, bleiben Sie im Verteidigungsmodus, bis wir uns mit Ihnen in Verbindung setzen. Farne, teilen Sie Vergokirk mit, daß wir bereit sind.«

Nach der Düsternis auf der Brücke des fremden Schiffes schien es im Transporterraum viel heller zu sein als sonst. Kirk und seine Begleiter atmeten wieder frische

Luft, doch der muffige Geruch schien an ihnen festzukleben.

Leonard McCoy trat von der Plattform, schnaufte, schob die Ärmel hoch und schien zu befürchten, daß irgendwelche ekligen Insekten an seinen Unterarmen hafteten. »Ich hatte das Gefühl, daß die Schauergeschichten meines Großvaters plötzlich wahr werden! Jene Brücke war eine Mischung aus Tempel und Katakombe. Und nie zuvor habe ich eine solche Crew gesehen. Hat sie dich auch so nervös gemacht, Jim?«

»Die anderen haben die ganze Zeit über keinen einzigen Laut von sich gegeben.« Kirk folgte dem Bordarzt. »Ich werde nervös, wenn solche Leute die ganze Zeit über schweigen. Kirk an ambientale Sektion.«

»Hier ambientale Sektion. Fähnrich Urback spricht, Sir.«

»Erhöhen Sie die Temperatur an Bord um acht Grad und die relative Luftfeuchtigkeit auf fünfundneunzig Prozent.«

»Ist es bei Ihnen auf der Brücke zu kalt, Sir.«

»Es kommen Besucher an Bord, Fähnrich.«

»Oh, ich verstehe. Bitte um Entschuldigung, Sir.«

»Informieren Sie die Crew, damit niemand eine Fehlfunktion vermutet.«

»Ja, Sir.«

»Kirk Ende. Haben Sie etwas herausgefunden, Lieutenant?«

Uhura blinzelte. »Ich glaube, das Wort ›Wrath‹ hat eine andere Bedeutung als wir glauben. Ich bin nach wie vor davon überzeugt, daß es sich auf das Schiff bezieht, aber meiner Meinung nach steckt noch mehr dahinter. Vielleicht liefert eine genauere Analyse zusätzliche Informationen. Darüber hinaus möchte ich mich eingehender mit den Begriffen ›Vergo‹ und ›Dana‹ befassen. Außerdem sollten die Aufzeichnungen der Dekorationen sowie von Kleidung und Schmuck mit

Hilfe des Bibliothekscomputers untersucht werden. Vielleicht kann ich den Fremden etwas anbieten, wenn sie hierherkommen. Vorausgesetzt, Sie möchten, daß ich ihnen helfe, Sir.«

»Wir sollten bereit sein, ihnen zu helfen – bis sie sich als Gegner herausstellen. Suchen Sie die Krankenstation auf. Geben Sie Ihren Tricorder Spock – vielleicht kann er mit den aufgezeichneten Daten etwas anfangen.«

»Aye, Sir.«

»Übrigens: Die gegenwärtige Schicht kann ihren Dienst beenden. Schicken Sie die Leute zum Frühstück. Ich möchte, daß ein neues Team an der Arbeit ist, wenn uns die Fremden besuchen.«

»Aye, Sir«, sagte Uhura und trat zwischen die beiden Sicherheitswächter, ohne sie anzusehen.

Kirk winkte ihnen zu. »Halten Sie sich im Korridor in Bereitschaft.«

»Aye, Sir.«

»Aye, aye, Sir.«

Der Captain wandte sich an den Transporteroffizier. »Mr. Kyle, bereiten Sie den Transporter darauf vor, sechs Personen von der Brücke des anderen Schiffes hierher zu transferieren. Ich habe ihnen erklärt, worauf es ankommt, und sie sollten gleich in Position sein.«

»Aye, Sir«, erwiderte der schlaksige blonde Lieutenant, richtete seine Aufmerksamkeit dann auf die Konsole und hob nicht wieder den Kopf. Kyles ›Ignorieren-Modus‹ gehörte zu den Eigenschaften, die Kirk bei ihm besonders zu schätzen wußte. Manchmal mußte ein Transporterraum ebensoviel Privatsphäre bieten wie das Büro des Captains; ein diskreter Transporteroffizier war sein Gewicht in Gold wert.

Kirk trat an der Hauptkonsole vorbei zu den Reservesystemen und betätigte dort mehrere Tasten. Ein Bildschirm erhellte sich, zeigte sowohl das große Schiff der Fremden als auch zwei klingonische Kreuzer.

»Jim ...«, begann McCoy. »Ich weiß, warum du so gern Besucher an Bord empfängst – weil dadurch die Wahrscheinlichkeit geringer wird, daß man uns unter Beschuß nimmt. Niemand schießt gern auf die eigenen Leute. Aber unter diesen besonderen Umständen ... Darf ich respektvoll fragen, ob du den Verstand verloren hast?«

»Du darfst, und die Antwort lautet: vielleicht.« Kirk sah auf den Schirm. »Aber ich weiß, wie ich gern behandelt werden möchte, und jene Leute erinnern mich an uns.«

»Vorausgesetzt, mit ›uns‹ meinst du ein Zerrbild.«

»Du reagierst auf ihre Ähnlichkeiten mit uns.«

McCoy verzog das Gesicht. »Wie bitte?«

»Als besonders gräßlich empfinden wir die Fremden, die Entstellungen von uns sind. Wir sehen sie an und erkennen etwas, das vage vertraut erscheint. Eine aufrechte Silhouette, die gleichen Bewegungen, Arme und Beine, einen Mund, ein oder zwei Augen, eine verbale Sprache ... Lebensformen wie die Horta oder Melkoten erschrecken uns nicht, weil sie völlig anders sind als wir. Leute wie Zennor und seine Crew bestürzen uns, weil wir in ihnen etwas sehen, das wir kennen – das jedoch bis fast zur Unkenntlichkeit verzerrt ist. Wenn wir das begreifen, können wir unser Entsetzen überwinden und die Gemeinsamkeiten als solche akzeptieren.«

McCoy verschränkte die Arme und neigte den Kopf zur Seite. »Genau das unterscheidet dich von allen anderen, Jim.«

Kirk musterte ihn erstaunt. »Wie bitte? Wovon redest du da?«

Der Arzt seufzte. »Ganz gleich, wohin wir fliegen und wie groß die Entfernung ist, die uns von der Heimat trennt: Du siehst nicht das, was uns trennt, sondern immer das, was uns verbindet. Und du redest mit

Fremden so wie mit alten Freunden. Das unterscheidet dich von mir, Spock und dem Rest der Crew, auch von anderen Raumschiff-Kommandanten. Normalerweise rechnet man im All damit, Fremdes und Seltsames zu sehen. Aber du betrachtest das Fremde und Seltsame, um Vertrautes darin zu erkennen.«

Das Kompliment gefiel Kirk, und gleichzeitig spürte er einen Hauch von Verlegenheit, weil er in den Worten des Arztes keinen verborgenen Affront entdeckte. »Du bist ein frustrierter Psychoanalytiker, Pille«, erwiderte er.

Der Arzt wippte auf den Zehen. »Ich bin ganz und gar nicht frustriert.«

»Die Schädel an Bord des Schiffes... Glaubst du noch immer, daß es sich nicht um Verzierungen irgendeiner Art handelte? Hältst du sie nach wie vor für echt? Bist du in dieser Hinsicht ganz sicher?«

»Todsicher. Oh, das war keine besonders glückliche Wortwahl.«

»Zur Kenntnis genommen. Ich schlage vor, du nutzt die gute Gelegenheit und kümmerst dich jetzt um Spock.«

»Das hatte ich vor.«

»Mach dich am besten sofort auf den Weg. Mr. Kyle, setzen Sie sich mit der Brücke in Verbindung. General Kellen soll darauf hingewiesen werden, daß wir Besucher von dem fremden Schiff empfangen. Er kann von Sicherheitswächtern begleitet hierherkommen, wenn er den Wesen gegenübertreten möchte, die er so sehr fürchtet.«

»Ja, Sir.«

»Leiten Sie anschließend den Transfer ein. Packen wir den Stier bei den Hör... äh...«

»Sir?«

»Schon gut. Führen Sie den Transfer durch.«

10

»Ah, General.« Der Korridor schien sich plötzlich mit Dutzenden von Möglichkeiten zu füllen, als Jim Kirk die ›Dämonen‹ aus dem Transporterraum führte.

Kellen schwieg. Hinter ihm nahmen zwei Sicherheitswächter Haltung an, und Entsetzen huschte über ihre Mienen, als sie die diabolischen Geschöpfe sahen.

Der General stand völlig starr und wirkte in dieser Haltung recht eindrucksvoll. Die dicken Arme waren an den tonnenförmigen Leib gepreßt, und das silbrige Oberteil der Uniform schimmerte im Licht der Beleuchtungselemente. Kirk stellte erst jetzt fest, daß Kellen die rüstungsartigen Komponenten seiner Uniform an Bord des klingonischen Flaggschiffs zurückgelassen hatte. Was bedeutete das? Kam diese Entscheidung einem Zeichen gleich? Wenn das stimmte, so war es jetzt zu spät, um darauf zu reagieren.

Der große Klingone rührte sich nicht, und sein Gesicht kam einer Fratze des Schreckens gleich, als er die Besucher anstarrte. Die Augen des Generals schienen dabei immer größer zu werden, während die zusammengepreßten Lippen einen dünnen Strich bildeten.

Kirk führte die Fremden langsam – vielleicht zu langsam – zu Kellen und hoffte, daß die zusätzlichen Sekunden dem General Gelegenheit gaben, den Schock zu überwinden und sich wieder unter Kontrolle zu bekommen. Zennor, Garamanus und die anderen folgten ihm gehorsam.

Schließlich trat er zur Seite, deutete auf den General und die Besucher.

»General ... Das ist Zennor, Vergo der *Wrath*«, sagte Kirk und achtete dabei auf die korrekte Aussprache. »Vergo Zennor, ich möchte Ihnen General Kellen vom Imperialen Oberkommando der klingonischen Flotte vorstellen.«

Manchmal war es so einfach. Manchmal genügte eine Vorstellung, um die Basis für eine Verständigung zu schaffen.

»Sind Sie Verbündete?« fragte der geisterhafte Dana. Seine grollende Stimme hallte dumpf durch den Korridor und ließ die Sicherheitswächter zusammenzucken.

»Nein, wir sind nicht verbündet«, erwiderte Kellen rasch. Er schien es tatsächlich zu bedauern, Kirk um Hilfe gebeten zu haben. Ihm ging es nicht um Gespräche und Verhandlungen, sondern allein um dem Kampf. »Ich verlange von Ihnen, daß Sie unverzüglich dorthin zurückkehren, woher Sie kommen. Wenn Sie sich weigern, werden wir gegen Sie kämpfen.«

»Diese Leute sind meine Gäste, General«, sagte Kirk scharf. »Ich habe sie eingeladen, damit Sie sehen, mit wem wir es zu tun haben. Mit etwas gutem Willen läßt sich bestimmt eine Übereinkunft erzielen.«

»Ich weiß bereits, mit wem wir hier konfrontiert sind!« entfuhr es Kellen. »Mit dem Chaos! Es sind die verdorbenen Seelen, die aus ihrer Verbannung zurückkehren, um uns mit ihrem Gift Unheil und Qual zu bringen. *Sehen* Sie nur!«

Voller Zorn deutete er erst auf das Wesen mit den weißen Kopftentakeln, dann auf das große Geschöpf hinter Zennor – es hatte lange Hautlappen, die wie Flügel wirkten.

»Iraga!« rief Kellen. »Shushara!«

»Ja, ich sehe sie.« Kirk trat zwischen Kellen und die Besucher. »Sind Sie zu einem Dialog bereit?«

»Es kann keinen Dialog geben, Captain«, brachte der Klingone hervor. »Ich bin gekommen, um die Dämonen zu vernichten, bevor sie uns das Verderben bringen. Wenn Sie auch weiterhin so dumm sind und auf Gesprächen bestehen... In dem Fall verlasse ich Sie und kehre zu meinem Flaggschiff zurück.«

Kirk hielt dem wütenden Blick des Generals stand und straffte die Schultern. »Sie bleiben an Bord, bis in diesem Raumsektor keine Gefahr mehr besteht.«

»Wollen Sie mich als Geisel nehmen?«

»Ich erinnere Sie an Ihr Versprechen, an Bord der *Enterprise* zu bleiben, bis die Situation nicht mehr kritisch ist. Fähnrich Brown, eskortieren Sie den General zum Gästequartier und halten Sie dort Wache.«

Es war eine höfliche Ausdrucksweise für: *Kellen wird hiermit unter Arrest gestellt, und Sie bewachen ihn.*

Kirk hatte den kräftigeren Fähnrich gewählt und hoffte, daß der Grund für seine Entscheidung nicht zu offensichtlich war. Er wollte Entschlossenheit zeigen, aber nicht unhöflich sein. Zumindest jetzt noch nicht.

»Fähnrich Fulciero, bitte führen Sie unsere Gäste durchs primäre Segment und die Laboratorien. Setzen Sie sich mit Mr. Scott in Verbindung und bitten Sie ihn, den Besuchern die Installationen des Maschinenraums zu erklären.«

Der zweite – noch immer recht blasse – Fähnrich nickte. Er streckte die Hand aus, deutete durch den Korridor. »Hier entlang... bitte...«

Kirk wandte sich an Zennor und deutete in die entgegengesetzte Richtung.

»Zu meinem Quartier, Captain«, sagte er. »Dort können wir uns ungestört unterhalten.«

Ohne die entsetzten Blicke meiner Crew und ohne die unheimliche Präsenz des Dana.

Zum Glück waren nicht viele Besatzungsmitglieder in den Korridoren unterwegs. Den wenigen Männern und Frauen gelang es, sich ihr Erschrecken nicht zu deutlich anmerken zu lassen, als sie Zennor sahen. Trotzdem atmete Kirk erleichtert auf, als er den Vergo schließlich in sein Quartier führte. Er hoffte, daß Scott seine Mitarbeiter rechtzeitig warnte und auf das Erscheinen der Besucher vorbereitete.

Andererseits ... Scott gehörte nicht zu den Leuten, die großen Wert auf Diskretion legten. Wahrscheinlich ließ er es sich nicht nehmen, selbst die Augen aufzureißen und zu glotzen.

»Bitte entschuldigen Sie einen Augenblick«, sagte der Captain und aktivierte den Tischkommunikator. »Kirk an Krankenstation.«

»Krankenstation. Schwester Chapel spricht.«

»Ist McCoy noch bei Ihnen, Schwester?«

»Ja, Sir. Er untersucht Mr. Spock. Ich hole ihn. Einen Moment, bitte.«

»Ich warte.«

Stille folgte diesen beiden Worten, und Kirk beobachtete, wie sich Zennor von ihm abwandte, durch die Kabine schritt. Eine sonderbare Aura umgab den Vergo, eine Wolke aus düsteren Vorzeichen und Unheil. Sein Erscheinungsbild genügte, um in Kirk eine dunkle Ahnung zu wecken. Er wußte nicht, was er spürte, aber eins stand fest: Sowohl in Zennor als auch in den anderen Fremden gab es etwas, das Kirk Assoziationen an Schwarze Magie bescherte.

»Vergo Zennor«, begann er, »wenn Sie sich den Computerschirm auf dem Tisch ansehen ... Er präsentiert Ihnen Informationen über die *Enterprise* und andere Starfleet-Schiffe. Mit den Kontrollen an der Seite des Monitors läßt sich die Geschwindigkeit der Darstellung beeinflussen.«

Zennor näherte sich dem Tisch, und Kirk aktivierte das entsprechende Programm, achtete dabei darauf, daß nur jene Daten auf dem Bildschirm erschienen, die keinen Sicherheitsklassifikationen unterlagen. Anschließend wich er ein wenig fort.

»Hier McCoy.«

Kirk blinzelte überrascht und wandte sich dem Kommunikator zu. »Wie geht's Spock, Pille? Hat sich sein Zustand inzwischen verbessert?«

»Er ist noch immer so stur wie vorher«, lautete die Antwort des Arztes. »Ich hatte gehofft, jenes Organ entfernen zu können, aber meine Bohrer sind zu kurz dafür.«

»Bitte gib mir einen Bericht.«

»Ich habe damit begonnen, die Intensität des Antigravitationsfelds zu verringern und Spocks Wirbelsäule wieder mit Gewicht zu belasten. Aber wenn sich neue Schwellungen an den Bandscheiben bilden, muß ich die volle Feldstärke wiederherstellen.«

Ein flaues Gefühl bildete sich in Kirks Magengrube und erinnerte ihn an die Anfänge der Raumkrankheit, die er als Teenager erlebt hatte – es war das Gefühl, plötzlich keinen Halt mehr zu haben. »Hat er sich mit den Informationen befassen können, die Lieutenant Uhura mitbrachte?«

»Ja«, erwiderte McCoy. »Darüber möchte er so schnell wie möglich mit dir reden.«

»Verstanden. Richte Spock aus, daß ich bald bei ihm bin.«

»In Ordnung, Jim. Lieutenant Uhura meint, sie hätte ebenfalls etwas für dich.«

»Gut. Kirk Ende.«

Er unterbrach die Kom-Verbindung, bevor McCoy mehr sagen konnte. Der Arzt wußte nicht, daß Zennor dem Captain Gesellschaft leistete, und Kirk wollte kein Risiko eingehen.

Zennors Blick galt dem Computerschirm, auf dem die Bilder bemerkenswert schnell wechselten. Der Vergo hatte die höchste Scroll-Geschwindigkeit gewählt, und es schien ihm nicht schwerzufallen, alle Informationen aufzunehmen – obwohl Kirk kaum mehr Einzelheiten erkennen konnte.

»Sie haben ein gutes Schiff«, sagte Zennor. »Es verfügt über viele Technologien, die uns nicht zur Verfügung stehen. Sie und die Klingonen ... Sie sind Feinde?«

»Das sind wir tatsächlich, ja. Gelegentlich kommt es zwischen uns zu einem unsicheren Waffenstillstand, so wie derzeit.«

»Ihre Feindschaft erscheint mir seltsam. Immerhin ähneln Sie sich so sehr.«

»Sie sehen keine Unterschiede zwischen Kellen und mir?« fragte Kirk verblüfft.

»Ich sehe keine Unterschiede zwischen Ihnen allen. Damit meine ich Sie, Ihre Crew, die Klingonen ...«

»Oh, wir unterscheiden uns sehr von den Klingonen«, sagte Kirk mit Nachdruck. »Um ein Beispiel zu nennen: Erst vor kurzer Zeit kam es auf einem Planeten zu einem Kampf zwischen uns und den Truppen eines aggressiven klingonischen Kommandeurs. Wir mußten die Einheimischen schützen. Die Klingonen hätten sie allein deswegen massakriert, weil sie Geschäfte mit ihnen ablehnten.«

»Die Auseinandersetzung fand auf einem Planeten statt?« erkundigte sich Zennor.

»Ja.«

»Wären die Klingonen nicht imstande gewesen, den Planeten mit ihren Raumschiffen zu verwüsten?«

»Ja, aber das wagten sie nicht. Ein solches Verhalten wäre einer Kriegserklärung gleichgekommen. Bei planetaren Gefechten können sie sich immer mit der Behauptung herausreden, in einen Hinterhalt geraten zu sein.«

»Das verstehe ich nicht.« Zennors tiefe Stimme klang schwer und dunkel, so als spräche er durch ein langes Rohr.

Kirk versuchte vergeblich, den Ausdruck im knochigen, fratzenhaften Gesicht des Vergo zu interpretieren. Auch das Glühen in den roten Augen blieb für ihn rätselhaft, ließ keine Deutungen zu. »Das klingonische Militär ist in einzelne Zellen gegliedert«, erklärte er. »Die Gebietskommandanten genießen ein hohes Maß an Autonomie in ihren jeweiligen Zuständigkeitsbereichen, aber es ist ihnen nicht gestattet, das ganze Imperium in einen Krieg zu stürzen. Jeder trägt die Verantwortung für eine bestimmte interstellare Region und kann sie erobern, wenn er sich dazu imstande fühlt. Doch bei Mißerfolgen darf er nicht mit der Unterstützung durch den Rest des Imperiums rechnen. Einen Krieg dürfen die Gebietskommandanten nicht beginnen – über solche Dinge entscheidet allein der Hohe Rat. Wenn sich ein lokaler Kommandeur durch Ehrgeiz dazu hinreißen läßt, seine Befugnisse zu überschreiten, so kann er dafür degradiert werden. Die Klingonen wären durchaus imstande gewesen, den ganzen Planeten in eine Wüste zu verwandeln, aber sie wußten auch: Die Föderation hätte das auf keinen Fall einfach so hingenommen. General Kellen hob den ursprünglichen Einsatzbefehl des Gebietskommandanten auf, weil er sich wegen Ihnen größere Sorgen machte.«

»Wegen uns ...«

»Sie haben ja erlebt, welche starke emotionale Reaktion Sie bei ihm hervorriefen. Und bei seinem Volk gilt er als besonders ruhig und beherrscht. Seine Unerschütterlichkeit ist berühmt.«

»Er ... fürchtet uns?«

»Er hält Sie für Boten des Chaos. Es geht dabei um eine klingonische Legende von der Apokalypse, um so etwas wie eine Abrechnung.«

»Mythen können sehr mächtig sein«, sagte Zennor. »Im Lauf der Zeit verwandeln sie sich in Religion. Geheimnisvolle Legenden werden zu unumstößlichen

Fakten. Auch in meiner Kultur existiert dieses Phänomen. Das ist also der Grund, warum uns Kellen haßt.«

»Er hat Angst vor Ihnen.« Kirk ließ seinen Worten ein Lächeln folgen. »Er kennt Sie nicht gut genug, um Sie zu hassen.«

»Wenn sich herausstellt, daß wir nicht in unserem Teil des Alls sind, vernichten wir das Klingonische Imperium für Sie.«

Das Lächeln verschwand abrupt aus Kirks Gesicht und wich Verblüffung. »Nein, ausgeschlossen.«

»Man sollte die Klingonen daran hindern, weiterhin zu erobern«, meinte der Vergo. »Warum ist Ihnen daran gelegen, eine Fortsetzung dieser Aktivität zu ermöglichen?«

Oh, die Versuchung war wirklich groß ...

»Wir ziehen es vor, andere Mittel zu verwenden. Ein Krieg führt immer zu vielen Todesopfern. Intelligente Wesen können sich ändern, wenn man ihnen genug Zeit läßt. Wir versuchen, die Klingonen mit anderen Methoden an Gewaltausübung zu hindern.«

»Ich verstehe so etwas nicht«, entgegnete Zennor. »Vielleicht beschließe ich trotzdem, das Imperium auszulöschen.«

Trotz der nicht gerade sehr friedlich klingenden Worte kam in Zennors Bemerkung etwas Wohlmeinendes zum Ausdruck.

Zwei oder drei Sekunden lang genoß Kirk eine entsprechende Vorstellung, doch dann meldeten sich wieder die Stimmen von Moral und Ethik, zerfaserten das so verlockende Bild.

»Wir haben Sie vor den Klingonen geschützt«, betonte er. »Wir schützen die Klingonen auch vor Ihnen, wenn Sie uns keine Wahl lassen.«

Zennor neigte den schweren Kopf ein wenig zur Seite. »Sie sind ... beherzt und mutig«, sagte er bewundernd. Seine mandelförmigen Augen veränderten sich:

Es flackerte kurz in ihnen, und dann gewannen sie eine neue Farbe, die sich kaum definieren ließ. »Wenn das volle Potential meines Schiffes wiederhergestellt ist, sind Sie nicht imstande, mich aufzuhalten.«

Das Lächeln kehrte auf Kirks Lippen zurück, und er stellte sich vor, wie es auch in seinen Augen blitzte. Zwischen ihm und dem Vergo spannte sich das unsichtbare Band subtilen Verstehens. In Zennors Überzeugungen gab es gewisse Aspekte, die etwas in ihm berührten, die ihm mitteilten, was der Vergo meinte und wollte. Er ahnte in ihm ein überaus starkes Gefühl für Richtig und Falsch, das sich auf Eigenartiges und Ungewohntes beziehen mochte, aber dennoch Anstand verrict.

Hinzu kam das Prickeln einer Herausforderung, vergleichbar mit Spocks Einladungen zum Schach.

»Hoffen wir nur, daß wir in dieser Hinsicht keine Gewißheit erlangen müssen«, sagte er sanft. »Vergo, ich würde gern wissen, woher Sie kommen. Sie sprachen von einer großen Distanz. Können Sie mir den Raumsektor nennen?«

Die krummen Hörner neigten sich nach vorn, und mit ihnen das dreieckige Gesicht. »Von hier aus gesehen jenseits des galaktischen Zentrums, auf der anderen Seite der Galaxis.«

»Sie wiesen darauf hin, daß Sie nicht mit Hilfe eines Transporters hierherkamen. Anders ausgedrückt: Sie benutzten nicht jene Art von Mechanismus, der uns einen Transfer von Schiff zu Schiff erlaubt.«

»Wir haben keine solche Vorrichtung. Als wir von der anderen Seite der Galaxis hierherkamen, benutzten wir einen Apparat, der Falten im Raum erzeugt. Diese Falten ermöglichen es, große Entfernungen in kurzer Zeit zurückzulegen.«

Kirk vollführte eine vage Geste. »Bitte erklären Sie mir die Technik.«

»Wir verstehen sie nicht«, erwiderte Zennor. »Wir wissen nur, wie sie funktioniert.«

Kirk runzelte die Stirn. Bisher war er immer von der Annahme ausgegangen, daß man eine Wissenschaft verstehen mußte, wenn man sich ihre Prinzipien zunutze machen wollte.

Als Kirk keinen Kommentar abgab, schien sich Zennor verpflichtet zu fühlen, seinen Worten einige Erklärungen hinzuzufügen.

»Über viele Jahrhunderte hinweg schwebte das Etwas im All, über der Heimatwelt meines Volkes. Gelegentlich flog es zwischen uns und der Sonne, wodurch sein länglicher Schatten auf die Oberfläche unserer Welt fiel. Wir kannten das Objekt als jene Maschine, die uns in die Verbannung brachte. Deshalb wurde sie zu einem Symbol des Bösen – ein finsterer Gott, der an unserem Himmel wachte, uns zum Elend verdammte. Alles Üble und Unheilvolle wurde der schwarzen Präsenz am Firmament zugeschrieben. Unsere Frauen versuchten, mit Zauber etwas dagegen auszurichten. Die jungen Männer träumten davon, emporzufliegen und den schwarzen Wächter zu vernichten. Es hieß immer wieder, er gehöre den Eroberern.«

»Die Eroberer«, wiederholte Kirk. »Davon haben Sie schon einmal gesprochen. Wen meinen Sie damit?«

»Jene, die uns verbannten. Für mein Volk sind sie der Inbegriff des Bösen. Unsere Gemeinschaft besteht aus vielen Stämmen, Gruppen und Clans ...«

»Das habe ich bemerkt.«

»Über lange Zeit hinweg kämpften wir gegeneinander, gaben uns gegenseitig die Schuld an unserer Situation. Wir warfen uns geheime Absprachen mit den Eroberern vor – bis wir schließlich begriffen, daß *wir alle* verbannt waren. Die Schuld traf niemanden von uns, nur jene, die uns ins Exil schickten. Die Eroberer nahmen unsere Heimat, beanspruchten sie für sich selbst.

Wenn wir nicht das zurückbekommen, was einst uns gehörte, gibt es keine Gerechtigkeit. Diese Überzeugung wurde allmählich zur treibenden Kraft unserer Kultur. Jahrhundert um Jahrhundert strich der Schatten der Eroberer-Maschine über uns hinweg und sorgte dafür, daß die innere Festigkeit unserer Gemeinschaft immer mehr zunahm. Schließlich fanden unsere Wissenschaftler heraus, was es mit dem schwarzen Wächter auf sich hatte: Er enthielt geballte Mechanik. Über Äonen hinweg hatten wir davon geträumt, etwas zu zerstören, das wir nun in ein Werkzeug verwandelten. Glücklicherweise kamen wir zur Vernunft, bevor wir uns durch unsere Gefühle dazu hinreißen lassen konnten, dieses wertvolle Stück verlorener Technik zu vernichten. Wir entdeckten, daß es die Zeit als Dimension benutzt und dadurch interdimensionale Flüge ermöglicht. Und wir fanden heraus, wie man den Apparat aktiviert.«

»Ihre ganze Kultur basiert auf dieser einen Sache?« fragte Kirk. »Grenzt das nicht an … Besessenheit?«

»Ja. Aber eine Kultur muß ein Ziel haben. Es dauerte Generationen, um genug Energie zu sammeln und mein Schiff hierherzuschicken, ausgestattet mit speziellen Sensoren und Scannern. Wir wissen nicht, woher der Apparat ursprünglich seine Energie bezog. Über Jahrhunderte hinweg bauten wir Generatoren, um den Transfer hierher zu schaffen, in eine Region, die wir für unsere Heimat halten. Die Funktionsprinzipien der Maschine sind uns noch immer nicht bekannt – wir geben uns damit zufrieden, daß sie funktioniert.«

»Eine solche Menge an Energie verzerrt sicher die Raum-Zeit-Struktur«, dachte Kirk laut. »Das erklärt vielleicht den Masseverlust.«

»Der nicht in unserer Absicht lag.«

»Was Sie allerdings nicht an der Verantwortung dafür entbindet. Jeder Kapitän ist für sein eigenes Kielwasser verantwortlich.«

»Ich verstehe nicht, was Sie damit meinen«, sagte Zennor.

»Nach unseren Gesetzen der Raumfahrt tragen Sie die Verantwortung für alle Konsequenzen, die sich durch den Flug Ihres Schiffes ergeben.«

»Sie sprechen von unwichtigen Dingen«, betonte der Vergo. »Hundert Generationen lang haben wir dies vorbereitet. Die Danai und Bardoi unserer Kulturen verbrachten viele Jahrhunderte damit, meine Mission zu ermöglichen. Ich muß sachlich bleiben, die Dinge aus der richtigen Perspektive sehen.«

»Und wenn Ihre Perspektive falsch ist?« fragte Kirk.

»Dann muß ich gegen mich selbst Stellung beziehen. Wenn wir uns geirrt haben ... Dann bin ich bereit, die Arbeit von hundert Generationen wegzuwerfen.«

»Offenbar ziehen Sie eine solche Möglichkeit in Erwägung – andernfalls wären Sie nicht hier.« Der Captain legte eine kurze Pause ein und fragte sich, wieviel Druck er ausüben konnte. »Stimmt das? Gibt es Zweifel in Ihnen?«

Zennor wandte sich halb ab, und seine langen Hände tasteten nach der Kette des Medaillons. Er sah sich im Quartier um, nahm die einfache Einrichtung zur Kenntnis, das Fehlen von Verzierungen und wallendem Dunst. Nach einigen Sekunden kniff er die orangefarbenen Augen zusammen.

»Wenn der Glaube an den riesigen Schattengott dumm und töricht war ...«, sagte er langsam. »Was ist dann mit unseren anderen Legenden? Könnte noch mehr falsch sein? Soll ich nur auf der Grundlage eines Mythos alles Leben in diesem Teil der Galaxis auslöschen? Existieren weitere Teile unserer Mythologie, die von uns falsch interpretiert wurden?«

Kirk beschloß, nicht lockerzulassen. »Haben Sie einen bestimmten Verdacht?«

Zennor drehte sich um und sah den Captain der

Enterprise an. Das Glühen in seinen Augen wirkte unheilvoller als jemals zuvor. »Ich bin nicht sicher, ob wir wirklich zur gegenüberliegenden Seite der Galaxis verbannt wurden«, gestand er. »Es *scheint*, daß wir uns nicht zusammen entwickelten, aber wer weiß? Vielleicht wurden wir zu unserem eigenen Schutz fortgebracht. Anschließend sorgten Furcht und Aberglauben dafür, daß wir ans Gegenteil glaubten. Ich vermute, die Danai haben in einigen Fällen voreilige Schlüsse gezogen. Ich möchte vermeiden, daß mein Volk sein ganzes Potential nutzt, um auf der Basis von Legenden Krieg gegen Fremde zu führen.«

»Teilen Sie persönlich die Ansicht, daß Ihre Vorfahren in die Verbannung geschickt wurden?«

»Mit ziemlicher Sicherheit kam es damals zu einer Katastrophe, die Millionen das Leben kostete. Ganze Völker starben aus, weil sie mit den plötzlichen Veränderungen nicht fertig wurden.«

»Was wollen Sie bewiesen haben?« fragte Kirk behutsam.

»Daß wir verbannt wurden. Daß dies der Bereich des Alls ist, der einst uns gehörte. Und daß hier die Nachkommen jener leben, die uns verstießen. Im Gegensatz zu Garamanus bin ich nicht bereit, einfach so von irgendwelchen Annahmen auszugehen. Ich glaube, daß wir uns am falschen Ort befinden. Und ich hoffe, einen Beweis dafür zu entdecken. Wenn mir das gelingt… Dann kann mein Volk endlich für die Zukunft leben, anstatt Vergangenem nachzujagen.«

Kirk sah eine Chance. »Diese Möglichkeit steht Ihnen hier und jetzt offen. Geben Sie die Absicht auf, die Eroberer zu besiegen. Gewöhnen Sie sich statt dessen an die Vorstellung von Kooperation. Siedeln Sie hier. Gründen Sie eine ganz neue Zivilisation. Viele Planeten stehen für die Kolonisierung und Entwicklung zur Verfügung. Wir helfen Ihnen.«

Zennors Hörner schienen fast die Decke zu berühren, als er nickte. »Wenn es allein nach mir ginge, wäre ich einverstanden. Doch in Hinsicht auf mein Volk müssen zunächst gewisse Maßnahmen ergriffen werden. Wenn ich beweisen kann, daß sich die Danai irren… Dann wird es die Crew ablehnen, Geschöpfe anzugreifen, die nicht mit den Eroberern identisch sind – wir wollen nicht zu dem werden, was wir verabscheuen. Nun, ein solcher Beweis würde den Danai ihre Macht nehmen.«

»Könnten sie nicht auf die Idee kommen, einen anderen Teil der Galaxis als ›richtiges Gebiet‹ auszuwählen?«

»Wenn feststeht, daß sich die Danai einmal geirrt haben, wird man ihnen nie wieder Vertrauen schenken.«

»Ist es so einfach?«

»Ja. Aber wie soll ich den notwendigen Beweis erbringen? Die Danai sagen, dies sei unsere alte Heimat. Wie kann ich das Gegenteil behaupten?«

»Eins nach dem anderen.« Kirk musterte Zennor einige Sekunden lang. »Warum sind die Danai so sicher?«

Zennor stand im dunkleren Teil des Quartiers, suchte vielleicht instinktiv nach jenem verhüllenden Schleier, der an Bord seines eigenen Schiffes existierte. Nach kurzem Zögern näherte er sich und legte die halbmondförmige Brosche auf den Tisch. Kirk hatte nicht beobachtet, wie Zennors Hand sich bewegte, wußte nur, daß der seltsame Gegenstand plötzlich auf seinem Schreibtisch lag.

Mit einem langen Fingernagel drehte Zennor die Brosche. An der Innenseite zeigten sich Punkte und einige gewölbte Linien. Kirk erkannte sie sofort.

»Eine Sternkarte?«

Zennor nickte. »Aufgrund einiger Gravierungen wissen wir, wie die Sterne zu bestimmten Zeiten vor fünftausend Jahren ausgesehen haben. Darauf basieren die Entscheidungen der Danai. Die erhalten gebliebenen Artefakte sind sehr alt und zeigen charakteristische Konstellationen. Was Sie hier sehen, ist das Ergebnis einer Extrapolation der Sternbewegungen im Verlauf der Generationen. Inzwischen sollte ein derartiges Muster entstanden sein. Die Hinweise der Artefakte gelten als absolut. Dieses Bild hier genießt den Ruf, sehr exakt zu sein. Nach den Überzeugungen der Danai zeigt es das Heimatsystem von Geschöpfen wie Manann.«

»Manann ... Meinen Sie den Geflügelten?«

»Flügel? Die Membranen dienen der Temperaturregelung.«

»Oh. Nun, General Kellen wies mich darauf hin, daß jene Wesen in der klingonischen Legende vom Chaos ›Shushara‹ heißen. Klingt das vertraut für Sie?«

»Nein.«

»Das ist vielleicht ein gutes Zeichen.«

»Ja, vielleicht«, erwiderte Zennor. »Wie dem auch sei: Dies ist der wichtigste Beweis in unserem Besitz. Wenn er widerlegt wird, verlieren die Theorien der Danai ihre Gültigkeit. Wenn es in jenem Sonnensystem keinen Planeten gibt, auf dem während der letzten fünftausend Jahre Leben existierte, so muß Garamanus seine bisherigen Ansichten aufgeben.«

»Wenn die Wesen vor fünf Jahrtausenden auf dem Planeten lebten, so müßten sie unübersehbare Spuren hinterlassen haben«, sagte Kirk. »Vielleicht genügen diese Informationen, um die Koordinaten festzustellen.«

Er wartete keine Antwort des Vergo ab, nahm die Brosche und legte sie ins Scannermodul des Terminals. »Computer.«

»Bereitschaft«, erklang die synthetische Stimme einer Frau.

»Identifiziere dieses Sonnensystem.«

Die Sprachprozessorstimme gab keine Antwort, und man hätte meinen können, daß der Computer durch irgend etwas deaktiviert worden war. Doch dieser Eindruck täuschte, wußte Kirk – in den Speicherbänken fanden nun komplexe Datenkorrelationen statt. Welche aktuelle Konstellation wies die größte Ähnlichkeit mit der Broschen-Gravierung auf? Kirk mußte plötzlich an die Wahrscheinlichkeit solcher Dinge denken. Sternmuster hingen von vielen Aspekten ab, nicht nur von der Zeit, sondern auch und vor allem vom Blickwinkel. Anders ausgedrückt: Der Zufall spielte bei solchen Dingen eine große Rolle.

Ein Sonnensystem erschien auf dem Bildschirm des Terminals. Zwar glich es nicht völlig der Darstellung auf der Brosche, aber die Ähnlichkeit war unverkennbar.

»Wir müssen jenen Ort aufsuchen«, sagte Zennor, und seine gelbroten Augen verrieten keine Regung.

»Computer«, sagte Kirk, »nenne Namen und Koordinaten des Sonnensystems.«

»Es handelt sich um das Kgha'lugh-System, Sektor neun drei sieben, Provinz Ruchma, Klingonisches Imperium.«

Ein flaues Gefühl regte sich in Kirks Magengrube.

Tief im klingonischen Raum. Sehr tief.

Zennor bemerkte seinen Gesichtsausdruck und schien zu verstehen. »Für mich käme es Selbstmord gleich, nicht dorthin zu fliegen. Schließlich haben wir über Jahrhunderte hinweg auf dieses Ziel hingearbeitet. Wenn ich mich weigere, jenes Sonnensystem anzusteuern ... Dann übernimmt Garamanus das Kommando, und die Crew wird ihm folgen.«

»Sie sprechen von einer Verletzung der Hoheitsrechte des Klingonischen Imperiums«, wandte Kirk ein. »Man würde Ihr Schiff zum Kampf stellen und vernichten, noch bevor es die Hälfte der Strecke zurückgelegt hat.«

»Wir erreichen das Ziel. Meine *Wrath* kann mit jeder Herausforderung fertig werden.«

»Sie unterschätzen Ihren Gegner. Bisher haben Sie es nur mit einigen leichten Patrouillenkreuzern zu tun bekommen. Eine Flotte von Schlachtschiffen könnte weitaus mehr Schaden anrichten.«

»Ich bin in der Lage, eine solche Flotte zu vernichten«, beharrte Zennor. Es klang nicht nach Angeberei, sondern wie eine Feststellung. »Als wir die Falte passierten, verloren wir ein wenig Energie, und der klingonische Angriff bewirkte einige geringfügige Schäden an Bord. Doch das alles stellt jetzt kein Problem mehr dar. Meinem Schiff droht nicht mehr die geringste Gefahr von Ihnen. Ganz im Gegenteil: Es stellt eine große Gefahr für Sie dar, Vergokirk, und genau darin besteht meine Sorge. Wenn ich meinen Aufgaben nicht gerecht werde, oder wenn die Klingonen mit zu großer Entschlossenheit angreifen … Dann bleibt mir nichts anderes übrig, als sie zu vernichten. Wenn ich mich weigere, übernimmt Garamanus das Kommando und vernichtet Sie alle.«

Kirk straffte die Schultern. »Vergo Zennor … Entweder sind Sie ein sehr geschickter Lügner, oder Sie haben erstaunlich großes Vertrauen zu mir.«

Feurige Augen glühten in dem fremdartigen Gesicht. »Ich habe beschlossen, Ihnen zu vertrauen. Und dieses Vertrauen sollten Sie ehren, indem Sie mir dabei helfen, mein Kommando zu sichern, Vergokirk«, betonte Zennor mit subtilem Nachdruck. »Andernfalls bekommen Sie es mit Garamanus zu tun.«

»Ja«, brummte Kirk, der die Situation zu verstehen glaubte und gewisse Parallelen erkannte. »Sie haben Garamanus, und ich habe Kellen. Derzeit geben beide Ruhe. Und während das der Fall ist … Meine Leute sind derzeit damit beschäftigt, die Informationen zu verarbeiten, die wir von Ihnen bekommen haben. Ihre Begleiter besichtigen unterdessen mein Schiff und lernen uns dabei etwas besser kennen. Mit ein wenig Glück reift dadurch die Erkenntnis in ihnen heran, daß wir nicht die Eroberer sind. Was Sie und mich betrifft ... Wir sollten versuchen, das Problem zwischen Ihnen und den Klingonen aus der Welt zu schaffen.«

»Dies ist Ihr Quartier, General. Falls Sie etwas benötigen ... Ich bin hier draußen.«

»Danke, aber ich brauche nur dies.«

Kellen kehrte dem stämmigen Fähnrich den Rücken zu und drehte sich nicht um, als er einen neuen Dolch sowie einen alten Trick benutzte. Er hob das Kinn, verlagerte das Gewicht aufs andere Bein, um nicht das Gleichgewicht zu verlieren, winkelte dann den Arm an und stieß ihn nach hinten. Die Hand hielt das Heft des Dolches fest umklammert.

Der General sah nicht, was geschah, aber er spürte, wie sich die Klinge in die Seite des Fähnrichs bohrte, dabei an eine Rippe stieß. Zischend entwich die Luft aus den Lungen des Menschen, strich über den Nacken des Klingonen.

Erst jetzt wandte sich Kellen um und drehte den Fähnrich, damit kein verräterisches Blut auf den Boden tropfte. Er zog die Leiche durch die Tür in jenes Quartier, in dem er warten und sich mit der gegenwärtigen Lage abfinden sollte – ein Verhalten, das ihm völlig fremd war.

Erneut fühlte er sich von Enttäuschung erfaßt. Die Situation erforderte Kampf, doch Kirk zögerte, wurde einfach nicht den Erwartungen gerecht, die Kellen in ihn gesetzt hatte. Als sich die Tür des Quartiers hinter ihm und seinem Opfer schloß, dachte er darüber nach, wie sehr er die Föderation unter Druck setzen konnte.

Diese Frage hatte er sich während der vielen Jahre bei der imperialen Flotte immer wieder gestellt. Eins stand fest: Die Föderation war toleranter als das Imperium. Aber wenn sie sich zum Kampf entschloß, konnte sie zu einem sehr unangenehmen Gegner werden. Starfleet war durchaus imstande, verbissen und erbarmungslos zu kämpfen. Im Imperium gab es die klingonische Ehre, und die Föderation stellte ihr einen ausgeprägten Sinn für Gerechtigkeit entgegen. Wenn die Föderationsleute glaubten, im Recht zu sein, so kämpften sie wie Besessene.

Dieses Rätsel – wann die Föderation in den Kampf zog und wann nicht – hatte Kellen bis heute nicht gelöst. Es stellte noch immer eine Art Minenfeld dar. Wenn man einem Klingonen ins Gesicht spuckte, so war die ganze Familie bereit, dafür in den Krieg zu ziehen. Ein Mensch aber zuckte vielleicht nur mit den Schultern und ging fort. Und doch … Wenn man etwas berührte, an dem die Föderation eigentlich gar kein Interesse haben sollte, so sammelte sie ihre Truppen und verteidigte das, was sie überhaupt nicht besitzen wollte.

Zum Beispiel Kirk. Warum weigerte er sich, gegen eine so offensichtliche Gefahr zu kämpfen? Bestimmt gab es auch in der Föderation primordiale Erinnerungen an die Dämonen, ebenso wie bei den Klingonen. Aber warum ignorierte Kirk die Botschaft des Schrekkens?

Andererseits … Gewisse Dinge ließen sich voraussehen. Kellen hatte darauf gewettet, daß die Föderationsleute zu höflich waren, um einen Würdenträger zu durchsuchen – selbst dann, wenn er aus dem Imperium stammte. Er hatte recht behalten. Sowohl der Dolch als auch der Kommunikator, den er jetzt hervorholte und aktivierte, blieben unentdeckt.

»*Qul* … Aragor, hören Sie mich? Bitte melden, *Qul*.«

Kom-Schilde wirkten oft in beide Richtungen und erschwerten die Kommunikation. Kellen wählte mit Absicht eine sehr niedrige Sendestärke, um zu vermeiden, daß die Sicherheitssysteme der *Enterprise* auf die Signale reagierten und Kirk mitteilten, daß er versuchte, einen Kontakt mit seinem Flaggschiff herzustellen.

Der General machte sich auf den Weg. Turbolifte kamen nicht in Frage – in ihnen konnte man schnell festgesetzt werden. Bestimmt gab es an Bord dieses Schiffes auch Leitern und Verbindungsröhren.

»*Qul… Qul…*« Kellen versuchte es immer wieder, erhöhte dabei nach und nach die Sendestärke.

Er entdeckte eine Röhre, mit einer Leiter darin. Damit ging sein Wunsch in Erfüllung.

Er blickte in die Tiefe, um sicherzustellen, daß er keinem Techniker auf den Kopf trat, schwang sich dann hinein.

»General… Hier spricht Aragor. Wo sind Sie?«

Kellen verharrte in der Röhre, die seiner Leibesfülle gerade genug Platz bot. »Ich bin an Bord der *Enterprise*. Kirk hat vermutlich die Absicht, uns zu verraten. Fordern Sie Verstärkung an, und zwar soviel wie möglich. Vermeiden Sie Maßnahmen, die Verdacht erregen könnten, aber seien Sie für einen Angriff bereit. Setzen Sie sich mit der *Jada* in Verbindung und teilen Sie dem Idioten Ruhl mit, daß er das offensive und defensive Potential des Geschwaders vorbereiten soll, ohne dabei zu auffällig zu wirken.«

»Sir…«, tönte es leise aus dem kleinen Lautsprecher des Kom-Geräts. »Die anderen Kommandanten sind bestimmt nicht bereit, ein Starfleet-Schiff ohne ausreichenden Anlaß anzugreifen. Wie sollen wir ihnen beweisen, daß Sie recht haben, daß Kirk tatsächlich Verrat plant?«

»Wenn Sie mir nicht glauben, kommt es zur Katastrophe!« entfuhr es Kellen.

»Ich glaube Ihnen, General«, erwiderte Aragor. »Aber die anderen Kommandanten verlangen sicher einen eindeutigen Beweis.«

Zorn quoll in Kellen empor, und er hätte Aragor am liebsten angeschrien. Doch er wußte, daß den wissenschaftlichen Offizier nicht die geringste Schuld traf. Er hatte nur die Situation beschrieben – für die Kommandanten der anderen Schiffe galt noch immer die Kooperationsvereinbarung zwischen Captain Kirk und General Kellen.

»Ich besorge einen Beweis. Bestimmt finde ich bald einen. Geben Sie inzwischen die bereits bekannten Fakten weiter. Übermitteln Sie die Aufzeichnungen. Ich suche jetzt den Maschinenraum der *Enterprise* auf und versuche, das Starfleet-Schiff von dort aus kampfunfähig zu machen. Treffen Sie Vorbereitungen dafür, mich auf mein Signal hin an Bord zu beamen. Weitere Kommunikationskontakte finden nicht statt.«

»Verstanden«, bestätigte Aragor. »Ende.«

Die Röhre war zwar eng, aber hell erleuchtet. Trotzdem fühlte sich Kellen gefangen und eingezwängt, als er, Sprosse um Sprosse, den Weg nach unten fortsetzte. Während er die einzelnen Decks passierte, hörte er gelegentlich die Stimmen von Besatzungsmitgliedern. Manchmal verharrte er, um zu lauschen und ganz sicher zu sein, daß man ihn nicht durch eine offene Luke entdeckt hatte. In den Röhren wäre es leicht gewesen, ihn zu überwältigen. Trotzdem widerstand Kellen der Versuchung, sich zu beeilen. Unter den gegenwärtigen Umständen konnte Hast zu einem Sturz führen, der nicht nur Scham und Schande bedeutete, sondern auch ein Scheitern seiner Pläne.

Besichtigungstouren. Gäste. Ein herzlicher Empfang für Dämonen und Freunde. Die Umarmung des Chaos. Ein Kirk, der nicht Kirk war. Kellen hatte unerschütterliche Tapferkeit gesucht und Feigheit gefunden.

Die Sprossen fühlten sich kalt an. Sich daran festhalten, nach der nächsten greifen, loslassen... Auf diese Weise ging es weiter. Immer tiefer drang er in die *Enterprise* vor und hörte dabei, wie das Summen des Warpkerns allmählich lauter wurde. Eine leichte Vibration machte sich nun in den Sprossen bemerkbar, stammte vom energetischen Herzen des Schiffes. Jenes Zentrum mußte Kellen sabotieren, damit ihm die *Enterprise* nicht erneut im Weg stand.

Als das Summen besonders laut wurde, brachte Kellen ein weiteres Deck hinter sich, um jeden Zweifel daran auszuschließen, daß er sein Ziel lokalisiert hatte. Anschließend kehrte er nach oben zurück und schob sich vorsichtig durch eine Luke. Die *Enterprise* bot geradezu unverschämt viel Platz. Selbst in ihren Korridoren konnte man die Arme nach rechts und links ausstrecken, ohne die Wände zu berühren. Wie verschwenderisch von den Föderationsleuten. Sie versuchten, eine Umwelt zu schaffen, die sich zu sehr an planetarer Architektur orientierte. Sie begaben sich in die Tiefen des Alls – um dann so zu tun, als befänden sie sich an einem ganz anderen Ort. Sie legten zu großen Wert auf Bequemlichkeit, was bestimmt auf Kosten von Effizienz und Tüchtigkeit ging. Niemand brauchte so viel Platz. Außerdem bedeutete solcher Luxus mehr Masse, was wiederum mehr Schubkraft erforderte. Die Föderationsleute verschwendeten also nicht nur Platz, sondern auch Energie.

Was vielleicht den Schluß zuließ, daß ihnen jede Menge Energie zur Verfügung stand. Kellen entschied, diesen Aspekt bei der Sabotage zu berücksichtigen.

Der General schlich durch den Bürobereich und näherte sich der technischen Sektion des Maschinenraums. Er hielt sich im Schatten, verborgen vor den Menschen, die rote Uniformpullis trugen, von Display zu Display gingen, offenbar die Anzeigen kontrollierten. Einige Techniker schritten auf weiter oben gelegenen Laufstegen. Auf der gegenüberliegenden Seite des großen Raums sah Kellen den hohen, rot glühenden Warpkern. Das langsame Pulsieren deutete auf ein derzeit niedriges energetisches Niveau hin – die *Enterprise* schwebte mit Relativgeschwindigkeit null im All.

Kellen verharrte zwischen zwei Containern und fragte sich, wie er vorgehen sollte. Es ging darum, einen Schaden anzurichten, der schwer zu finden war und dessen Reparatur viel Zeit in Anspruch nahm.

Er konzentrierte sich so sehr darauf, die Techniker zu beobachten und ihren Stimmen zu lauschen, daß er die andere Präsenz nicht sofort bemerkte.

Als er sie sah, kam ihr Anblick einem doppelten Schock gleich. Die Gestalten gerieten erst jetzt in Sicht, weil Kellens Versteck den Blick auf jenen Teil des Maschinenraums versperrte. *Sie* waren hier, die Dämonen. Auf ihrer *Besichtigungstour* ... Bestimmt verfolgten sie die gleichen Absichten wie er. Es ging auch ihnen darum, Informationen zu sammeln. Sie betrachteten die ungeschützten Konsolen und alle anderen technischen Dinge, die die närrischen Föderationsleute ihren Besuchern ganz offen zeigten. Selbst Dämonen konnten sehen.

Der zweite Fähnrich folgte der Gruppe. Angeführt wurde sie jetzt von einem Techniker, der sich über seine Aufgabe nicht sehr zu freuen schien – sein Gesichtsausdruck deutete auf Unbehagen hin. Er sprach nur wenig, bedeutete den Wesen mit knappen Gesten, daß sie sich ganz nach Belieben umsehen durften.

Die anderen Angehörigen der technischen Abteilung unterbrachen ihre Arbeit und starrten zu der gespenstischen Schar, bestehend aus Gehörnten mit dreieckigen Gesichtern, aus geflügelten Shushara und dem gräßlichen Iraga mit weißen Tentakeln, die aus seinem

Kopf ragten. Selbst die eingebildeten Menschen, die so gern auf ihre hohe Moral hinwiesen, konnten ihren Abscheu nicht verbergen. Sie taten so, als wüßten sie nichts von den Unheilbringern, als sähen sie jene Wesen jetzt zum erstenmal. Aber das Flackern in den Augen und die Anspannung in den Schultern vermittelten eine andere Botschaft.

Wie sehr sie es auch zu leugnen versuchten – es regten sich Erinnerungen in ihnen. Es waren auch die Boten ihres Chaos.

Kellen hielt den Atem an, als ein Iraga den Raum durchquerte und sich seinem Versteck näherte, um etwas auf dieser Seite der technischen Sektion zu betrachten. Das lepröse Gesicht dieses Geschöpfs war schlimmer als die schrecklichste aller schrecklichen Masken; hinzu kamen armlange Schlangen, die aus dem Kopf ragten und ständig hin und her tasteten, so als seien sie auf der Suche nach etwas.

Der General wich zurück und versuchte, in völliger Reglosigkeit zu erstarren. Der Schatten zwischen den beiden Containern reichte nicht aus, um ihn zu verstecken, aber er tarnte ihn, verbarg die Konturen seiner massigen Gestalt und ließ ihn als einen Teil des Schemens erscheinen.

Das gräßliche Etwas kam an den Behältern vorbei, und Kellen nahm einen sonderbaren Geruch wahr, wie von Flechten und Moosen. Er schnitt eine Grimasse und zuckte innerlich zusammen, als die Kopftentakel des Geschöpfs nach den Rändern der Container tasteten, ihn dabei fast berührten. Das Wesen setzte den Weg fort, betrat eine Nebenkammer. Glücklicherweise waren die aus dem Schädel ragenden Schlangen nicht mit Augen ausgestattet, denn sonst hätte der Iraga den Klingonen sicher entdeckt.

Entsetzen bebte in Kellen. Wie unglaublich schrecklich mußte es sein, von diesen Verdammten überrannt zu werden, vielleicht sogar zu überleben und keine andere Wahl zu haben, als ihren Befehlen zu gehorchen...

Doch dieses spezielle Unheilswesen konnte ihm einen guten Dienst erweisen.

Kellen hob die rechte Hand, griff in die Taschen und suchte nach einem vertrauten Gegenstand – dem Dolch. Es war eine gute Waffe. Zwar handelte es sich nicht um den Familiendolch – den hatte er bereits seinem Sohn gegeben –, aber er wurde seinem Zweck gerecht. Und genau darauf kam es jetzt an.

Der General schob sich zwischen den beiden Behältern hervor und schritt langsam durch den Raum. Er durfte weder laufen noch versuchen, sich zur offenen Tür zu schleichen – dadurch hätte er sicher Aufmerksamkeit erregt.

Er ging ganz ruhig, näherte sich dem Iraga und wußte, daß der entscheidende Augenblick gekommen war. Er durfte nicht zögern, mußte sofort aktiv werden. Beide Arme streckte er nach oben, packte mit der einen Hand einige Tentakel und rammte die Klinge des Dolchs so tief wie möglich in den von einem weißen Umhang bedeckten Körper des schauderhaften Wesens.

11

In diesem Fall strömte kein Blut auf Kellens Hand, so wie bei dem Fähnrich, den er vor kurzer Zeit getötet hatte. Statt dessen bildeten sich Falten und Runzeln an der Wunde. Ein Rückgrat war nicht spürbar, Kellen nahm jedoch an, daß eins existierte, und führte deshalb den Schnitt quer über den Rücken.

Der Iraga keuchte und krümmte sich nach hinten, öffnete den Mund und streckte die Glieder. Kellen zerrte ihn zu sich herab, bis er die Tentakel um den Kopf des Monstrums wickeln und ihm ins Maul stopfen konnte, damit es nicht schrie.

Er wartete auf den Tod des Wesens, doch es klammerte sich hartnäckig am Leben fest. Immer wieder wand es sich von einer Seite zur anderen und versuchte, sich aus dem Griff und von dem Messer in seinem Rücken zu befreien. Nach einigen Sekunden erschlaffte der Iraga, und daraufhin ließ Kellen ihn los.

Das Ungeheuer sank auf den Boden starrte aus pupillenlosen grünen Augen zu ihm empor.

»Sicherheitsabteilung an Mr. Scott. Notfall.«

Kellen sah auf, wich von der Tür zurück und beobachtete, wie der Chefingenieur das nächste Interkom aktivierte.

»Hier Scott.«

»Giotto hier, Sir. Der Captain läßt Ihnen mitteilen, daß Sicherheitsalarm ausgelöst wurde. Wir bekamen eine Meldung von Deck vier. Yeoman Tamura ging zum Gästequartier, um den General zu fragen, ob sie ihm etwas zu essen bringen sollte. In der Unterkunft fand sie den erstochenen Fähnrich Brown – vom General fehlt jede Spur. Wir haben mit einem auf die klingonische Physiologie programmierten Bioscan begonnen, doch konkrete Ergebnisse liegen noch nicht vor.«

Die Züge des Chefingenieurs verhärteten sich, und er richtete einen so finsteren Blick aufs Interkom, als hielte er das Gerät für den Mörder. Als er sprach, klang seine Stimme wie Metall, das über Metall schabte. »Verstanden. Scott Ende.« Er hob den Kopf und schnippte mit den Fingern. »Mr. Hadley! Veranlassen Sie in der unteren Sektion Sicherheitsalarm der Stufe zwei. Doppelte Wachen an allen Zugängen. In diesem Bereich dürfen sich nur noch autorisierte Personen aufhalten. Bewaffnen Sie die Techniker und teilen Sie Gruppen ein.«

»Ja, Mr. Scott. Johnson, Sie begleiten mich! Elliott, kommen Sie zu mir herunter!«

Von einem Augenblick zum anderen herrschte rege Aktivität. Die Dämonen wurden fortgeführt und gerieten außer Sicht. Mit Phasern bewaffnete Wächter eilten durch den Maschinenraum, und Kellen begriff, daß eine Sabotage unter diesen Umständen nicht mehr möglich war.

Er mußte seine Pläne ändern.

Er kehrte zu dem Iraga zurück und zog den Dolch aus dem Rücken des Wesens. Dann faßte er das Heft mit beiden Händen, spreizte die Beine und hob die Waffe. Das Monstrum blickte flehentlich zu ihm empor und schien zu ahnen, was er beabsichtigte. Kellen stieß mit aller Kraft zu, und die Klinge bohrte sich tief in den dicken Hals des Scheusals.

Der General begann zu schneiden, achtete weder auf die weiße Flüssigkeit, die aus der langen, tiefen Wunde quoll, noch auf die sichtbar werdenden grauen Organe.

In den Augen des Iraga blitzte es, der Mund öffnete und schloß sich mehrmals. Ein Krächzen entrang sich seiner Kehle, wurde zu einem Röcheln, das Stille wich. Er klammerte sich noch immer an seinem Leben fest.

Kellen sägte gnadenlos. Das Wesen rollte mit den Augen, und die Kopftentakel wickelten sich um die Handgelenke des Klingonen, zogen und zerrten. Der General spürte etwas Glitschiges und Schmieriges, verzerrte voller Ekel das Gesicht, während er auch weiterhin schnitt.

Die Halsmuskeln bestanden aus einzelnen Fasersträngen, die der scharfen Klinge erstaunlich großen Widerstand entgegensetzten. Knochen knirschten. Kellen biß die Zähne zusammen, schnitt und sägte, schnitt und sägte. Die Lippen des Iraga wichen zurück, offenbarten spitze Zähne.

Der General zog, und ganz plötzlich löste sich der Kopf, als die letzten Sehnen nachgaben. Kellen taumelte zurück, mit dem Schädel in der einen Hand, beobachtete, wie der Körper des Monstrums zuckte. Krallenartige Finger kratzten übers Deck, und in der zerrissenen Luftröhre zischte es – der Iraga versuchte noch immer, am Leben zu bleiben.

Kellen wußte nicht, ob es dem Wesen auch weiterhin gelingen mochte, dem Tod Widerstand zu leisten. Er hatte den Kopf, und nur darauf kam es an. Mit dieser Trophäe konnte er dafür sorgen, daß endlich etwas gegen die Boten des Chaos unternommen wurde. Als er sich an Bord des fremden Schiffes befand, hatte sich eine einmalige Chance ergeben, die Dämonen zu vernichten. Unglücklicherweise war sie nicht genutzt worden. Sein eigenes Leben war der Preis für alles, das anschließend geschah.

Ein solcher Fehler durfte sich auf keinen Fall wiederholen. Der Klingone, der das Chaos aufhielt, würde der Held eines neuen Zeitalters sein.

Jene Katastrophe, die nicht nur den Klingonen drohte, sondern auch anderen Völkern in diesem Teil der Galaxis, durfte sich nicht von einer Legende in Wirklichkeit verwandeln.

Kellen steckte das Messer an den Gürtel zurück und holte den Kommunikator hervor. Fast wäre ihm das Kom-Gerät aus der schmierigen Hand gerutscht. Der General hielt es im letzten Augenblick fest und verhinderte, daß es auf den Boden fiel – das laute Pochen hätte ihn sicher verraten.

Rasch hob er den Kommunikator vor die Lippen. »*Qul. Qul.* Leiten Sie den Transfer ein. Ich habe den Beweis.«

»Wenn dies eine Invasion sein soll, so ist sie sehr eigenartig.«

McCoy verringerte die Intensität von Spocks Antigravitationsfeld um einige weitere Prozent und neigte dann das Kopfteil der Liege etwas weiter nach oben, damit der Vulkanier eine halb sitzende Position einnehmen konnte.

Nur wenige Zentimeter trennten Spock von den improvisierten Kontrollen, die ihn mit der wissenschaftlichen Sektion des Schiffes verbanden. Der Erste Offizier bewegte sich kaum, wirkte jetzt aber nicht mehr so blaß wie noch vor wenigen Stunden. McCoys Therapie hatte seinen Zustand sichtlich verbessert.

Der Arzt bedauerte, nicht auch dem Captain helfen zu können, der zornig auf und ab ging.

»Ein Mitglied meiner Crew wurde von jemandem getötet, mit dem ich eine Vereinbarung getroffen habe!« stieß Kirk hervor, verharrte dicht vor einem Gestell mit Phiolen, drehte sich ruckartig um und stapfte in Richtung Diagnoseliege zurück. Bei jeder neuen Runde bekam er Gelegenheit, im Spiegel hinter dem Gestell die Wut in seinem Gesicht zu sehen.

Der Anblick schürte das Feuer in ihm.

Er aktivierte das nächste Interkom und knurrte zum vierten Mal innerhalb kurzer Zeit: »Kirk an Sicherheitsabteilung. Statusbericht.«

Eine kurze Pause folgte.

»Giotto hier, Captain«, tönte es schließlich aus dem Lautsprecher. »Wir haben inzwischen den Bioscan beendet. Es befindet sich kein Klingone mehr an Bord. Der General muß das Schiff irgendwie verlassen haben.«

Das war kaum eine Überraschung.

»Verstanden. Schilde hoch. Der Transporter wird nur noch benutzt, wenn ich persönlich die Genehmigung dazu erteile.«

»Aye, aye, Sir.«

Kirk unterbrach die Kom-Verbindung und trat an die Liege heran. »Haben Sie etwas für mich, Spock?« fragte er. »Irgend etwas?«

Dünne Falten entstanden in der Stirn des Vulkaniers – er schien sich seiner Verantwortung bewußt zu sein. Seine Finger gerieten in Bewegung und betätigten Tasten, woraufhin sich die Darstellung des Monitors veränderte. Es erschien das Bild eines Wesens, das erhebliche Ähnlichkeit mit einem Geschöpf aus Zennors Gruppe aufwies.

»In der klingonischen Legende bezieht sich die Bezeichnung Shushara auf einen geflügelten Dämon, der angeblich erfolglose Krieger verschlingt. Er beginnt bei den Füßen und frißt sich dann weiter nach oben, während das Opfer über seine Fehler und Versäumnisse nachdenkt. Wie viele andere Dämonen wurden die Shushara schließlich vertrieben. Sie versprachen, mit dem Chaos zurückzukehren und alle Schwachen zu vernichten. Vielleicht sieht Kellen in Zennors Erscheinen eine Konsequenz dafür, daß dem Imperium seit der Einrichtung der Neutralen Zone keine weiteren Expansionen gelangen.«

»Das Chaos als Strafe für den erzwungenen Verzicht auf Aggression?« fragte Kirk.

»In gewisser Weise«, bestätigte Spock. Vorsichtig tastete er mit einer Hand nach der Halbmondbrosche und betrachtete jene Darstellung von Sternen und Kometen, auf die Zennors Volk so große Hoffnungen setzte. »Was diese Gravierung betrifft, müssen nicht nur die zehn verschiedenen Perioden des Standardjahrs in Zennors Kultur berücksichtigt werden, sondern auch Geschwindigkeit und Bewegungsrichtung der Sterne. Daraus folgt, daß die Basis für Schlußfolgerungen nicht sehr stabil sein kann. Die Danai scheinen in diesem Zusammenhang bereit zu sein, voreilige Schlüsse zu ziehen, aber noch gibt es keinen klaren Beweis dafür, daß sie sich irren. In fünftausend Jahren verändert sich viel, und allein eine Verschiebung des Blickwinkels genügt, um subjektive Ähnlichkeiten zwischen verschiedenen Sternkonstellationen herzustellen. Andererseits muß ich darauf hinweisen, daß in diesem Fall die Korrelationen in bezug auf die betreffenden Himmelskörper durchaus plausibel erscheinen. Zennors Zivilisation hat dabei erstaunliche Arbeit geleistet, denn immerhin fanden die entsprechenden Berechnungen auf der anderen Seite der Galaxis statt, Captain. Die Technik...«

»Lassen wir zunächst die Technologie der Fremden, Spock. Bitte beantworten Sie mir folgende Frage: Für wie wahrscheinlich halten Sie es, daß dies wirklich die alte Heimat von Zennors Volk ist?«

Spock ließ die Brosche wieder sinken und sah zu Kirk. »Ich halte es für nicht sehr wahrscheinlich.«

Der Captain preßte kurz die Lippen zusammen. »So wie ich die Sache sehe, ringen Zennor und Garamanus um die Loyalität der Crew. Garamanus repräsentiert die spirituelle Kraft. Man könnte ihn mit den Priestern vergleichen, die sich an Bord der Schiffe der spanischen Armada befanden und eine Macht darstellten, die von den Kapitänen nicht unterschätzt werden durfte. Als Zennor nichts unternahm, um uns und die Klingonen zu vernichten, brachte ihm Garamanus Mißtrauen entgegen. Die Umstände zwingen Zennor, gewisse Maßnahmen zu ergreifen. Wenn er darauf verzichtet, kann Garamanus ihn seines Kommandos entheben.«

»Und eine dieser Maßnahmen besteht darin zu beweisen, daß wir die Eroberer sind?« fragte McCoy.

»Oder daß wir sie nicht sind. ›Eroberer‹ bedeutet für Zennor und die anderen ebensoviel wie ›Kodos, der Henker‹ für uns. Wir müssen zeigen, daß unsere Kulturen nicht an den Eroberungen beteiligt waren, die jene Zivilisationen ins Exil verbannten. Und wir müssen beweisen, daß dies nicht ihre alte Heimat ist.«

»In diesem Zusammenhang gibt es bei den Fremden einen starken religiösen Glauben, der ihnen über viele Generationen hinweg Halt gegeben hat«, kommentierte Spock.

»Zennor scheint allerdings eine Art Agnostiker zu sein«, meinte Kirk. »Er möchte unsere Hilfe, um zu beweisen, daß wir nicht die Eroberer sind. Die Priester haben diesen Raumbereich aus ihren eigenen Gründen gewählt, und die Wissenschaftler wagten es nicht, ihnen zu widersprechen. Die ganze kulturelle Energie wurde darauf konzentriert, ein Raumschiff hierherzuschicken, doch Zennor will nicht seinerseits zu einem Eroberer werden. Er ist mit einer Mission in seiner Mission beschäftigt: Er möchte zeigen, daß die Mission falsch ist.«

»Interessant«, murmelte Spock. »Die Galaxis ist enorm groß, Captain. Zennor und seine Crew haben viel riskiert, um diesen Ort zu erreichen. Außerdem gibt es kein Zurück für sie. Was auch immer geschieht: Sie sitzen hier fest. Und das wußten sie im voraus. Ein derartiger Einsatz erfordert nicht nur Entschlossenheit, sondern auch ein hohes Maß an innerer Festigkeit. Es beeindruckt mich, daß Vergo Zennor einen Standpunkt vertritt, der weit über das Glaubensfundament seiner Mission hinausgeht.«

»Ich bin ebenfalls von ihm beeindruckt«, erwiderte Kirk und seufzte.

»Die Priester der Fremden halten das für einen unumstößlichen Beweis.« McCoy deutete auf die Brosche. »Einen ebenso klaren Beweis brauchen wir, um ihre Behauptungen zu widerlegen. Was unternehmen wir?«

Kirk starrte auf den Rand der Liege hinab, ohne ihn bewußt wahrzunehmen. »Wenn wir zu dem Sonnensystem fliegen und feststellen, daß es dort gar keinen Planeten gibt, oder wenn wir dort eine Welt entdecken, auf der es nie Leben gegeben hat … Dann ist bewiesen, daß Garamanus unrecht hat. Zennor möchte einen solchen Beweis erbringen, doch dazu ist ein Flug zum Kgha'lugh-System nötig.«

»Vergo Zennor glaubt, daß sein Schiff einem Angriff der ganzen klingonischen Flotte standhalten kann«, warf Spock ein. »Ich habe die Sondierungsdaten mehrmals überprüft, immer mit dem gleichen Ergebnis: Das Schiff hat ein hohes Potential und könnte mit einem Geschwader aus Patrouillenschiffen fertig werden. Allerdings bezweifle ich, ob es imstande wäre, sich gegen eine Flotte von schweren Kreuzern zu behaupten.«

»Ich möchte es nicht herausfinden«, sagte Kirk. »Wenn es zu einer solchen Konfrontation kommt, müßte ich Zennor unterstützen. Die Klingonen sind bei dieser Sache vollkommen irrational. Sie reagieren auf einem rein instinktiven Niveau.«

»Was ich durchaus verstehen kann«, ließ sich McCoy vernehmen. »Bei unserer Crew gibt es die gleiche Reaktion. Das gilt übrigens auch für mich. Zennor und die anderen … Sie wirken irgendwie vertraut. Obwohl ich nie zuvor solche Geschöpfe gesehen habe.«

»Wie dem auch sei: Ich muß eine Entscheidung treffen«, sagte Kirk. »Stoßen wir noch weiter ins stellare Territorium der Klingonen vor, um der Angelegenheit auf den Grund zu gehen? Oder kehren wir in die Föderation zurück, nachdem wir Zennor am Rand der Neutralen Zone sich selbst überlassen haben?« Kirk zögerte kurz und fügte dann hinzu: »Nein. Eigentlich ist bereits alles klar. Ich bin eine Verpflichtung eingegangen.«

McCoy runzelte die Stirn. »Solltest du Starfleet Command nicht um Erlaubnis bitten, bevor du irgendwelche Touren durchs Klingonische Imperium unternimmst?«

»Ich habe die Genehmigung bereits erhalten. Warum noch einmal fragen und eine Ablehnung riskieren? Der Einsatzbefehl gilt nach wie vor; man hat ihn nicht aufgehoben. Unsere Mission dauert an, und ich kann mich auf meinen Ermessensspielraum berufen. Ich möchte mich jetzt nicht mit irgendwelchen Bürokraten herumärgern, die glauben, uns unbedingt den einen oder anderen Knüppel zwischen die Beine werfen zu müssen. Also gut, Spock – Sie haben einen Ansatzpunkt gefunden. Setzen Sie Ihre Analysen fort. In der Zwischenzeit lasse ich Zennor freie Hand. Er kennt die Situation besser als ich, und ich bin sicher, daß er genau weiß worauf es ankommt. Er hat zu verstehen gegeben, daß er eine friedliche Lösung will, und ich vertraue ihm. Nun, es gibt eine Möglichkeit, die Situation zu entschärfen. Allerdings bedeutet dies auch, daß wir tiefer in den klingonischen Raum vorstoßen müssen.«

Kirk griff nach der Brosche, tastete über die Gravierung an der Innenseite und hob das Schmuckstück.

»Meine Herren … Wenn wir beweisen können, daß diese Informationen falsch sind – dann findet keine Invasion statt.«

Die Besatzungsmitglieder des imperialen Patrouillenkreuzers *Qul* wichen wie entsetzte Kinder in die Schatten der Brücke zurück und verbargen ihre Gesichter hinter zitternden Händen. Vor ihnen bewegte sich das Grauen selbst, ein Fleisch gewordener Fluch – Kellen hielt den Beweis für das Chaos in der Hand.

Der General hob den abgetrennten Kopf; die Tentakel des Iraga bewegten sich noch immer.

»Öffnen Sie alle externen Kom-Kanäle! Stellen Sie Verbindungen zu den anderen Schiffen des Geschwaders und auch zur imperialen Flotte her. Das ganze Imperium soll Bescheid wissen! Von jetzt an ist jeder Zweifel ausgeschlossen!«

Niemand rührte sich von der Stelle. Aragor, Mursha, Karg, Rek, Horg – sie alle starrten zum Schädel, der ihre Blicke aus grünen Augen erwiderte. Die Lippen bewegten sich, schienen die Klingonen stumm zu verspotten.

»Schnell!« donnerte Kellen. »Bevor das Monstrum stirbt!«

There sat auld Nick, in shape o'beast;
A tousie tyke, black, grim and large,
To gie them music was his charge:
He screw'd the pipes and gart them skirl,
Till roof and rafter a' did dirl.
Coffins stood round, like open presses,
That shaw'd the Dead in their last dresses ...

Robert Burns
»Tam O'Shanter«

(Wie ein Tier saß er da, der alte Nick;
Ein zerzauster Lümmel, grimmig und groß,
Ihnen Musik zu geben, war sein Los:
Er blies in den Dudelsack und ließ ihn erschallen,
Bis es dröhnte unterm Dach vom lauten Hallen.
Särge standen in der Nähe, glichen offenen Booten,
Und zeigten in ihren letzten Gewändern die Toten ...)

12

Für Geschwindigkeiten im Sublicht-Bereich verwenden wir ein Triebwerk, das wir Impulsantrieb nennen«, sagte Kirk.

»Wir verfügen über ähnliche Technik«, erwiderte Zennor.

»Ich weiß. Es gibt viele Ähnlichkeiten zwischen Ihrer und unserer Zivilisation. Bestimmt läßt sich eine Vereinbarung treffen, die es Ihnen erlaubt, hier zu siedeln. Dann können wir Wissen und andere Dinge austauschen.«

»Vergokirk ... Sie unterschätzen die Leidenschaft unserer Völker. Sie sind zu sehr in Ihrer eigenen Identität verankert. Sie, Ihre Freunde, die Klingonen und andere Kulturen in diesem Bereich der Galaxis – für Sie alle gibt es eine klare Vorstellung von Heimat. Sie wissen, woher Sie kommen. Tief in Ihren Seelen gibt es nicht den geringsten Zweifel daran, was es zu verteidigen lohnt.«

Zennor hatte alle Ecken und Winkel von Kirks Quartier untersucht und nun eine Stelle gefunden, die ihm den größten Komfort bot, um über diesen Teil der Galaxis und seine Bewohner nachzudenken. Er verharrte hinter dem perforierten Raumteiler, der ein gitterartiges Muster aus Licht und Schatten auf ihn projizierte. Sein Gesicht wirkte dadurch noch seltsamer.

»Sie sprechen mit großer Überzeugung, aber ich bin mir nicht sicher, ob ich Ihre Worte einfach so akzeptieren kann«, sagte Kirk. »Sie haben selbst darauf hingewiesen, daß die Beweise nicht stichhaltig sind.«

»Ob stichhaltig oder nicht: Inzwischen ist eine Religion daraus geworden.« Zennor wandte sich Kirk zu, und seine Knochenmiene sah jetzt noch fratzenhafter aus. »Ich glaube nicht, daß Sie die Eroberer sind.«

Die Worte bildeten einen sonderbaren Kontrast zum Erscheinungsbild dieses rätselhaften Wesens. Im matten Licht schien sich der Kopf vom Rest des Körpers zu lösen, unabhängig von ihm in den Schatten zu schweben und zu einem Zerrbild zu werden, das tatsächlich Dämonisches präsentierte.

»Wenn wir feststellen, daß dies der falsche Ort ist...«, sagte Zennor langsam. »Dann können wir bei den Völkern Ihrer Föderation leben. Es gibt hier etwas, auf dem man aufbauen kann, und mein Volk konstruiert gern.«

»Wir würden Sie willkommen heißen«, sagte Kirk. »Wir wären bereit, Sie jetzt sofort willkommen zu heißen, wenn Sie uns Gelegenheit dazu gäben.«

Bevor Zennor antworten konnte, piepte das Interkom hinter Kirk. Er drehte sich um und schaltete es ein. »Hier Kirk.«

»McCoy«, tönte es aus dem Lautsprecher. »Bitte komm so schnell wie möglich zur Krankenstation. Wir haben hier einen Notfall, von dem du erfahren solltest.«

Kirk beugte sich besorgt vor. »Ist mit Spock alles in Ordnung?«

Einige Sekunden lang herrschte Stille. »Es geht um etwas anderes, Jim. Bitte komm allein.«

Allein? Was sollte das denn bedeuten?

Sofort fand er eine Antwort auf seine Frage. *Laß Zennor zurück. Wir haben etwas entdeckt.*

»Wenn Sie mich bitte entschuldigen würden...«,

sagte er zu seinem Gast. »Mein Erster Offizier erlitt schwere Verletzungen bei dem planetaren Konflikt, von dem ich Ihnen erzählt habe. Ich vermute, daß sich der Bordarzt in irgendeiner Form darauf bezieht. Wenn Sie mein Quartier verlassen möchten, brauchen Sie nur diese Taste zu drücken, um die Sicherheitsabteilung zu verständigen. Dann eskortiert man Sie zur Brücke oder zu Ihrer Gruppe, die derzeit das Schiff besichtigt.«

»Pille? Was ist los?«

Hinter Kirk schloß sich das Hauptschott der Krankenstation.

»Ich bin hier, Jim.« McCoy erschien in der Tür eines Nebenzimmers.

Der Captain warf einen Blick in den Hauptraum, wo Spock untergebracht war, betrat ihn jedoch nicht. »Na schön, woraus besteht die neue Krise?«

»Aus einem Mord«, antwortete McCoy.

Kirk blickte in die ernste Miene des Arztes, und seine Hoffnung, daß es sich um einen Scherz handelte, schwand rasch. »Du beziehst dich nicht auf Brown? Meinst du einen zweiten Todesfall?«

»Ja. Und ich spreche nicht von einem Besatzungsmitglied. Betroffen ist einer von Zennors Leuten. Entdeckt wurde die Sache vor zwanzig Minuten. Sicherheitswächter brachten die Leiche hierher.«

In Kirk erzitterte etwas, als er an die möglichen Konsequenzen dachte. Ein Besucher von einem fremden Schiff, der während einer kritischen Situation an Bord der *Enterprise* umgebracht wurde.

Schrecklich.

Aber kaum schrecklicher als der Leichnam, zu dem McCoy ihn führte. Der Mörder hatte sich ganz offensichtlich nicht damit zufriedenzugeben, sein Opfer ins Jenseits zu schicken.

Kirk stand in der Leichenkammer, die normalerweise nur sehr selten benutzt wurde. Jetzt ruhten in den Stasisfächern die Leichen der Crewmitglieder, die beim Kampf gegen die Klingonen gefallen waren. In einigen Tagen sollten sie ein ehrenvolles Raumbegräbnis bekommen, sobald die gegenwärtigen Probleme gelöst waren.

Der Captain betrachtete den verstümmelten Leichnam auf dem Tisch.

Nach einer Weile räusperte er sich. »Wo ist der Kopf?«

»Ich weiß es nicht«, erwiderte McCoy. »Wir konnten ihn nirgends finden. Ich vermute ...«

»Du vermutest, daß Kellen ihn mitgenommen hat.«

»Glaubst du, daß er dahintersteckt?«

»Das wissen wir gleich.« Er aktivierte das Interkom an der Wand – kein anderer Anschluß an Bord wurde seltener benutzt als dieser. »Kirk an Sicherheitsabteilung.«

»Sicherheitsabteilung, Hakker spricht.«

»Sondieren Sie noch einmal überall im Schiff nach klingonischen Biosignalen. Teilen Sie das Ergebnis der Krankenstation mit.«

»Ja, Sir.«

»Kirk an Brücke.«

»Hier Brücke, Sir.«

»Veranlassen Sie Alarmstufe Gelb mit besonderem Sicherheitsstatus. Und öffnen Sie einen externen Kom-Kanal zur klingonischen Flotte.«

»Einen Augenblick, Sir.«

Der Augenblick erwies sich als recht lang und unangenehm. Kirk starrte auf den Leichnam hinab, und McCoy musterte ihn. Die Stille lastete wie ein schweres Gewicht auf ihnen.

»Was hast du jetzt vor?« fragte der Arzt schließlich.

»Keine Ahnung«, entgegnete Kirk. »Aber eins steht

fest: Wenn ich nicht schnell etwas unternehme, ergreift Kellen die Initiative.«

»Wie konnte er zwei Personen umbringen und das Schiff verlassen, ohne einen Sicherheitsalarm auszulösen?«

»Das würde ich auch gern wissen.«

»Hier ist die Brücke, Captain«, tönte es aus dem Interkom-Lautsprecher. »Die Klingonen reagieren nicht auf unsere Kom-Signale.«

»Sind sie inzwischen irgendwie aktiv geworden?«

»Bisher noch nicht, Sir.«

»Geben Sie mir sofort Bescheid, wenn sich irgend etwas verändert. Kirk Ende.«

Mit ernster Miene ging er ums Fußende des Tisches, blickte dabei auch weiterhin auf die Leiche hinab.

Im Tod waren die Hände fast weiß, und die Fingernägel hatten nun einen bläulichen Ton gewonnen. Kirk hielt unwillkürlich nach Blut Ausschau, doch der weiße Umhang des Geschöpfs wies praktisch überhaupt keine Flecken auf. Ein Kampf schien nicht stattgefunden zu haben, was angesichts von Kellens Kraft und Erfahrung auch kaum überraschte.

»Du hast noch keine Autopsie durchgeführt, oder?« fragte Kirk.

»Dazu bin ich ohne Genehmigung nicht befugt«, erwiderte McCoy ein wenig zu scharf. »Ich habe den Leichnam sterilisiert und die notwendige Spurensicherung am Tatort veranlaßt. Wenn Zennor die Leiche oder den Schmuck des Toten zurück haben will, so sind wir imstande, seine Wünsche zu erfüllen. Übrigens, sieh dir das an.« Er griff nach dem runden Bronzestück, das an einer Kette hing. Auch Zennor und die anderen trugen solche Objekte. »Dieses Medaillon ist gar kein Medaillon. Hast du das schon bemerkt? Es handelt sich um einen Spiegel.«

McCoy drehte den länglichen, flachen Gegenstand;

die unverzierte Seite war poliert und wies sogar einen kleinen Griff auf.

»Jeder von ihnen hat einen kleinen Spiegel dabei?« Kirk sah genauer hin, ohne das Objekt zu berühren. »Wozu?«

»Ich weiß es nicht. Würdest du einen Spiegel bei dir tragen, wenn du so aussähest? Nun, das ist noch nicht alles. Komm, ich zeig dir was.«

McCoy führte Kirk in einen kleineren Untersuchungsraum. Der dortige Tisch präsentierte ein Durcheinander aus Stoffetzen, getrockneten Blättern, Nüssen, Haaren und sonderbaren Dingen, die wie Chips aussahen.

»Was ist das?«

»Ich hab's bei der Leiche gefunden. Sieh's dir genau an.«

Kirk kam der Aufforderung nach und begriff plötzlich. »Die Puppe. Sie alle haben eine dabei. Du hast eine Puppe seziert, Pille? Geht das nicht ein bißchen zu weit?«

»Manchmal kann man auf diese Weise interessante Dinge feststellen. So wie in diesem Fall. Nun, fällt dir irgend etwas auf?«

»Fäden ragen wie Tentakel aus dem Kopf, und die Stoffetzen stammen von einem kleinen Umhang. Die Puppe sieht aus wie die Fremden.«

»Nein, sie sieht wie *er* aus.« McCoy deutete zur kopflosen Leiche im anderen Zimmer. »Wie jener Bursche, als er noch seinen Kopf hatte, meine ich. Schau genau hin.«

Kirk blickte ungeduldig zur Puppe, deren Einzelteile auf dem Tisch verstreut lagen. Nur der kleine Kopf war einigermaßen intakt geblieben. »Worauf willst du hinaus?«

»Die Puppe stellt ein Geschöpf aus der gleichen Spezies wie der Tote dar. Sie hat die gleichen Merkmale, die gleichen Farben, das gleiche Haar – Garn, um ganz genau zu sein. Ihr fehlt sogar der gleiche Finger, den das Geschöpf in einer frühen Phase seines Lebens verloren hat.«

»Soll das heißen … Wenn eins dieser Wesen einen Finger verliert – dann schneidet es ihn auch von der Puppe ab?«

»Ja«, bestätigte McCoy. »In diesem Fall ist ein Bein etwas kürzer als das andere, genau wie beim Toten, und es gibt die gleichen Narbenmuster wie beim echten Körper. Es fehlen nicht einmal Miniaturversionen des Schmucks. Jim, dies ist eine sehr spezielle Puppe.«

Kirk hob den Kopf und richtete einen fragenden Blick auf den Arzt.

McCoy deutete zum Tisch, zeigte auf Haar, Blätter und die anderen Dinge. »Jene Objekte steckten in der Puppe. Es ist kein gewöhnliches Füllmaterial. Man könnte dieses Zeug in einen Topf werfen und eine Suppe daraus kochen. Was haben wir hier? Haare, Schnipsel von Fingernägeln – sie stammen von unterschiedlichen Personen –, Knöpfe, etwas, das einem Geschoß ähnelt, zerriebene Nußschalen, Kerzenwachs, Kümmelkörner, getrocknete Rosenknospen, Hagebuttenblätter, verschiedene Kräuter, Knoblauchzehen, Spinnweben und dort das getrocknete Herz eines ziemlich kleinen Tiers. Hinzu kommt: Die Dinge stammen nicht alle vom gleichen Planeten.«

Der Arzt bedachte den Captain mit einem bedeutungsvollen Blick. »Ich glaube, wir haben es hier mit der Lebensgeschichte dieses Wesens zu tun. Die einzelnen Gegenstände weisen auf bestimmte Erfahrungen und Erlebnisse hin. Selbst wenn dort nicht die Leiche auf dem Tisch läge: Die Beschaffenheit der Puppe läßt Rückschlüsse auf das Alter der betreffenden Person zu. Alle Lebensabschnitte sind repräsentiert.«

»Ja«, murmelte Kirk. »Zennors Puppe hat kleine Hörner, eine Halbmondbrosche, Bänder an den Handgelenken und die gleiche Kleidung. Und wenn die Puppen im Lauf der Zeit mit Dingen gefüllt werden… Es würde bedeuten, daß bei älteren Leuten die Puppen größer sind.« Erneut trat er um den Tisch herum. »Garamanus ist also erheblich älter als Zennor.«

McCoy nahm die Überlegungen des Captains mit einem zufriedenen Seufzen zur Kenntnis und nickte. »Ich glaube schon.«

»Das ist also der Grund, warum du vorhin von sehr speziellen Puppen gesprochen hast«, sagte Kirk.

»Nicht nur. Man verwendete solche Puppen auch im Mittelalter, bei Ritualen der Hexerei und Zauberei, den damaligen Vorläufern der Medizin. Sie vereinten Mystizismus mit Kräutermedizin, beschworen Sympathiezauber.«

»Wenn du vom Mittelalter sprichst, meinst du die Erde. Doch Zennor und seine Leute kommen von einem Ort, der Zehntausende von Lichtjahren entfernt ist. Ich fürchte, ich verstehe nicht ganz…«

McCoy beugte sich über den Tisch. »Ich spreche tatsächlich von der Erde. Der andere Fremde… Man stellte ihn als Garamanus Drovid vor, nicht wahr?«

»Ja. Und?«

»Ich habe in den Datenbanken gesucht und tatsächlich etwas gefunden. Das Wort ›Drovid‹ hat Wurzeln im Altenglischen. Ich fand auch Hinweise auf die Puppen und Sympathieheilungen.«

Kirk schnaufte leise. »Pille, wenn du nicht endlich zur Sache kommst, stopfte ich dir die Reste dieser Puppe in den Hals.«

»Was du ohne Hilfe nie schaffen würdest.«

McCoy wich einen Schritt vom Tisch zurück, deutete noch einmal auf die Kräuter und den anderen Kram, vollführte dann eine Geste, die dem Toten in der Leichenkammer galt.

»Drovid«, sagte er. »*Die* Droviden. ›Die Teuflischen aus unserer Vergangenheit, die Unheilvollen und Verbannten‹. Hörst du es nicht, Jim? Diese Wesen sind Druiden!«

13

Das sind die wildesten Spekulationen, die ich jemals gehört habe«, sagte Kirk. »Und betroffen sind davon gleich zwei galaktische Quadranten.«

»In der Tat«, ließ sich Spock vernehmen und betrachtete die Daten auf dem Monitor.

Druiden?

Mehrmals wiederholte Kirk dieses Wort in Gedanken, doch es blieb fremd, ein Teil des Absurden. Andererseits... Wie oft hatte er die Crew mit dem Unfaßbaren konfrontiert und sie aufgefordert, es als Realität zu akzeptieren? Genau dazu schien er jetzt nicht imstande zu sein.

Er rieb seine schweißfeuchten Hände und wartete darauf, daß Spock die schmutzige Arbeit erledigte.

Der Vulkanier betätigte Tasten, und Bilder erschienen auf dem über seinem Kopf installierten Monitor. Sie bezogen sich auf alte Mythen und zeigten Geschöpfe, die bemerkenswerte Ähnlichkeit mit Zennors Leuten aufwiesen.

»Mit für ihn untypischer Effizienz ist Dr. McCoy über sehr interessante Daten gestolpert«, kommentierte Spock.

»Ich bin keineswegs darüber ›gestolpert‹«, erwiderte McCoy. »Ich habe vielmehr wissenschaftliche Arbeit geleistet. Das Ergebnis sehen Sie dort auf dem Schirm.«

Spock schien versucht zu haben, die allgemeine Anspannung ein wenig zu verringern. Jetzt gab er dieses Bemühen auf und wandte sich dem Captain zu. »Lieutenant Uhura arbeitet auf der Grundlage von Dr. McCoys Theorie an der Nomenklatur und Linguistik. Sie konzentriert sich dabei auf den Übergang zwischen den alten Waldland-Religionen im westlichen Europa und dem vordringenden Christentum. Die einfachen Leute der damaligen Zeit glaubten an beides.«

»Alte Religionen haben tiefe Wurzeln«, sagte Kirk. »Zennors Crew bietet dafür ein gutes Beispiel. Sie hält an ihren Mythen fest und versucht, sie durch wissenschaftliche Daten zu bestätigen.«

»Wahre Wissenschaftler formulieren nicht erst eine Theorie, um dann nach bestätigenden Daten zu suchen, Captain«, stellte Spock fest. »Wie dem auch sei: Ich muß zugeben, daß es erstaunliche Parallelen zwischen Zennors Volk und dem Pantheon der keltischen Folklore gibt.«

»Zum Beispiel?«

Spock zögerte – offenbar widerstrebte es ihm, sich auf unsicheres Terrain zu wagen. »Zum Beispiel der Gehörnte Gott, Herrscher über den Winter und die Jagd. Für gewöhnlich stellte man ihn als Tier mit Hörnern dar.«

»Und es kann kein Zweifel daran bestehen, daß Zennor Hörner hat«, entgegnete Kirk. »Doch zu seiner Crew gehören auch Wesen mit Flügeln. Deshalb werden aber noch lange keine Engel aus ihnen.«

»Nein, natürlich nicht«, sagte McCoy. »Und ich schätze, genau das ist der zentrale Punkt. Meiner Ansicht nach sind Sie bisher falsch vorgegangen, Mr. Spock. Es hat keinen Sinn, Sternkonstellationen zu vergleichen und nach archäologischen Beweisen zu suchen. Diese Wesen sehen aus wie Archetypen der menschlichen Kultur. Und nicht wie irgendwelche Archetypen, sondern wie jene, die Unheil und Böses symbolisieren. Geweihe, Hörner, Schlangen, Totenschädel... Zennor und seine Leute könnten bei uns viele Dinge finden, um zu sagen: ›Na bitte, der Fall ist klar – wir kommen von hier.‹ Welche andere Erklärung könnte es dafür geben, daß sie so fester Bestandteil unserer Mythen sind? Dieser keltische Kram beunruhigt mich sehr, Jim – du solltest besser einen sehr überzeugenden Beweis dafür finden, daß Zennors Volk aus einem anderen Teil der Galaxis stammt.«

Der Captain nickte ernst und aktivierte das nächste Interkom. »Kirk an Maschinenraum.«

»Hier Maschinenraum, Sir. Hadley spricht.«

»Bitten Sie Mr. Scott, sofort in die Krankenstation zu kommen.«

»Ja, Sir. Ich gebe ihm Bescheid.«

Kirk begann mit einer unruhigen Wanderung, als wollte er auf diese Weise Distanz schaffen zwischen den anwesenden Offizieren und der Bürde seiner Verantwortung. Mythen, für dies und das zuständige Götter, seltsame Puppen und Zauberei... Auf einer solchen Grundlage traf er nicht gern Entscheidungen.

»Zennors Leute scheinen sehr grimmig zu sein, doch untereinander begegnen sie sich offenbar mit großer Toleranz. Sie mußten zusammenleben, auf ein gemeinsames Ziel hinarbeiten und daran glauben, ob es existierte oder nicht. Die Umstände zwangen sie, alle kulturellen Besonderheiten der anderen zu akzeptieren. In Hinsicht auf Toleranz könnte die Föderation sogar noch etwas von ihnen lernen. Bis auf diese eine Sache. Ich meine die Idee von der Rückeroberung ihrer einstigen Heimat. Zennor ist intelligent genug, um das Widersprüchliche und Unlogische in dieser Vorstellung zu erkennen.«

»Wer hat damals gegen wen Krieg geführt?« fragte McCoy. »Gibt es irgendwelche Hinweise?«

»Fünftausend Jahre sind seitdem vergangen«, erwiderte Kirk. »Vielleicht sogar noch mehr.«

»Könnte es sich um eine frühere klingonische Kultur handeln? Ist das der Grund für die Legende vom großen Durcheinander?«

»Chaos«, berichtigte Spock. »Nun, ich bezweifle es. Vor so langer Zeit hatten die Klingonen noch keine Raumfahrt. Ich vermute ein hochentwickeltes Volk, das inzwischen nicht mehr existiert.«

»Oder in einem ganz anderen Teil der Galaxis lebt«, fügte Kirk hinzu. »Vermeiden wir den Fehler anzunehmen, dies sei der richtige Raumbereich. Wie Zennor erwähnte, erbrachten Archäologen den Beweis dafür, daß sie sich nicht auf ihren Welten entwickelten. Es steht also fest, daß eine Umsiedlung stattfand. Doch nach fünf Jahrtausenden läßt sich kaum mehr feststellen, ob sie verfolgt wurden oder einen Krieg um eine gerechte Sache verloren.«

»Über so lange Zeit hinweg verändern sich Legenden«, sagte Spock. »Wer sie niederschreibt, neigt dazu, hier etwas hinzuzufügen und dort etwas wegzulassen. Chaos, Häresie... Es sind Erfindungen von Leuten, die Kontrolle auszuüben versuchen, indem sie mit übernatürlicher Strafe drohen. Das Wort Häresie stammt übrigens aus dem Griechischen und bedeutet ›freie Wahl‹.«

»Hoffentlich bedeutet ›freie Wahl‹ in diesem Zusammenhang nicht, daß sich die Fremden einfach nehmen, was sie wollen«, brummte McCoy.

Kirk klopfte mit dem Stiefel aufs Deck, hörte das Klacken und hielt sich in Gedanken daran fest. Das Geräusch vermittelte ihm ein Gefühl von der Festigkeit des Raumschiffs um ihn herum. Er dachte an die Crew, die Gefallenen, insbesondere an den jungen Brown, dessen Tod eine ganz besondere Belastung für ihn darstellte. Und dann der kopflose Leichnam. Was sollte er damit anfangen?

»Was ist mit dem fremden Schiff, Spock?« fragte er. »Wie leistungsfähig könnte es sein?«

»Ich habe umfassende Sensorsondierungen vorgenommen, aber die Sondierungssignale erfassen nicht alle Sektionen des Schiffes. Es bleibt eine unbekannte Größe. Meiner Ansicht nach reicht das energetische Potential der *Wrath* aus, um mit der *Enterprise* fertig zu werden. Aber ich weiß nicht, ob sie es auch mit uns *und* den klingonischen Schiffen aufnehmen könnte. In dieser Hinsicht lassen sich ohne weitere Daten keine Aussagen treffen.«

»Verstehe«, erwiderte Kirk. »Nun, aus irgendeinem Grund habe ich den Eindruck, daß Zennor uns nicht alles über sein Schiff verraten hat.«

»Intuition, Captain?«

»Warum nicht? Manchmal verhilft sie mir zu wichtigen Erkenntnissen.«

Der Vulkanier sah zum Bildschirm hoch und runzelte die Stirn. »Ich stelle auch die Bewertung von Garamanus' astronomischen Daten in bezug auf das klingonische Sonnensystem in Frage. Von der anderen Seite der Galaxis ist es aufgrund des galaktischen Zentrums gar nicht sichtbar. Das Aussenden einer Sonde mit dem Ziel, Informationen zu gewinnen, würde ...«

Spock hob den Arm, um dem Computer neue Anweisungen zu übermitteln. Ganz offensichtlich war die Bewegung zuviel für ihn, denn er unterbrach sich abrupt, und ein Krampf irgendwo in seinem Leib ließ ihn erzittern. Kirk eilte sofort zur Liege, aber McCoy gelang es, sie vor ihm zu erreichen – er erhöhte die Intensität des Antigravfelds, um den Vulkanier zu entlasten.

Eins stand fest: Schmerz war nicht nur eine geistige Angelegenheit.

»Ist alles in Ordnung mit Ihnen?« fragte Kirk.

»Es geht mir ... den Umständen entsprechend, Captain.« Ein leises Krächzen in der Stimme wies auf Spocks Versuch hin, den Schmerz zu unterdrücken. Es schien ihm zu gelingen, denn nach einigen Sekunden entspannte er sich.

Während Kirk und McCoy warteten, öffnete sich die Tür, und Chefingenieur Scott kam herein. Sein Haar war zerzaust, und seine Miene brachte eine gewisse Verdrießlichkeit zum Ausdruck. Kleine Rußflecken zeigten sich am zerknitterten Uniformpulli. Er schien mit Reparaturen beschäftigt gewesen zu sein.

»Sie wollten mich sprechen, Sir?« Er griff nach oben und überprüfte die Installation des Monitors. »Sind Sie damit zufrieden, Mr. Spock?«

Kirk trat näher. »Was wissen Sie über keltische Mythologie, Scotty?«

Der Chefingenieur wandte sich ihm zu, die eine Hand noch immer hoch erhoben. »Über die keltische was, Sir?«

»Druiden und Legenden von übernatürlichen Wesen«, warf Spock ein. »Geschichten, die zum Beispiel die Gottheit der Jagd und des Überlebens betreffen, den Gehörnten Gott.«

»Und in diesem Zusammenhang erwarten Sie Auskunft von mir?« Der Chefingenieur musterte die Anwesenden der Reihe nach. »Wieso wenden Sie sich ausgerechnet an mich?«

»Wir dachten, daß Sie vielleicht über solche Dinge Bescheid wissen«, erwiderte Kirk und wählte einen neutralen Tonfall.

»Weil ich Schotte bin?«

»In der Not frißt der Teufel Fliegen.«

»Oh ...« Scott verzog das Gesicht. »Da haben Sie aufs falsche Pferd gesetzt, Sir – beziehungsweise auf den falschen Schottenrock. Der keltische Druidenkram und so ... Das alles ist ein Haufen Unsinn.«

»Aber jener Unsinn könnte uns dabei helfen, die gegenwärtige Situation besser zu verstehen. In Schottland gibt es doch druidische Ruinen, oder?«

»Ja. Und wir hängen Wäsche zum Trocknen daran auf. Nur dafür taugen sie etwas – und für Postkarten.«

Ärger regte sich in Kirk. »Wissen Sie denn überhaupt nichts von jenen Mythen?«

Scott zuckte mit den Schultern und wirkte jetzt ein wenig verlegen. »Nun, nicht viel, abgesehen von *Tam O'Shanter*.«

»Was meinen Sie damit?«

»Alle kennen die Geschichte von Tam O'Shanters Ritt.«

»Geben Sie mir einen kurzen Überblick.«

»Nun, es handelt sich um ein Gedicht, das Robert Burns im achtzehnten Jahrhundert schrieb. Es geht dabei um jemanden, der sich in einer von Spuk heimgesuchten Kirche umsieht.« Es fiel Scott sichtlich schwer, über Legenden zu sprechen anstatt über Phasenumkehrraten und dergleichen. Er suchte in den entlegenen Winkeln seines Gedächtnisses und räusperte sich. »Darin tanzen Dämonen und ungeweihte Tote. Am Fenster hockt der Teufel in Gestalt eines Tiers und bläst in den Dudelsack. Ich habe einmal eine entsprechende Theateraufführung gesehen, nicht weit von der betreffenden Kirche in Alloway entfernt...«

»Einen Augenblick!« warf McCoy ein. »Der Teufel spielt Dudelsack?«

Der Chefingenieur breitete kurz die Arme aus. »Willkommen im Himmel, hier ist Ihre Harfe. Willkommen in der Hölle, hier ist Ihr Dudelsack.«

»Oh.«

»Kann ich jetzt gehen, Sir?«

»Nein«, erwiderte Kirk. »Bitte nennen Sie uns weitere Details.«

Scott verlagerte das Gewicht vom einen Bein aufs andere. »Nun, ich weiß nicht recht, Sir... Bestimmt ist alles irgendwo in Mr. Spocks Computer gespeichert. Tam muß den Dämonen irgendwie entkommen, und ich glaube, sie können kein fließendes Wasser überqueren, und deshalb eilt er zu einer Brücke.«

»Logisch«, bemerkte Spock.

McCoy schüttelte den Kopf. »Logisch!«

»*Warum* können Dämonen kein fließendes Wasser überqueren, Scotty?« fragte Kirk.

»Ich habe nicht die geringste Ahnung, Sir.«

»Spielt es eine Rolle, daß die ganze Sache in einer Kirche stattfindet?«

Scott schien der Verzweiflung nahe zu sein. »Warum spielt *Hamlet* in einem Schloß, Sir?«

McCoy beugte sich vor. »Warum hat der Teufel die Gestalt eines Tiers?«

»Doktor«, stöhnte der Chefingenieur, »Sie sprechen nicht mit einem Mann, der ans Ungeheuer von Loch Ness glaubt.«

Falten bildeten sich in Kirks Stirn. »Na schön, Scotty. Sie können gehen.«

»Aye, Sir!« Erleichtert ging Scott zur Tür, blieb dann noch einmal stehen und sah zurück. »Es hat mit der Gruppe zu tun, die wir an Bord gebeamt haben, nicht wahr? Eignet sich hervorragend fürs Spuken, wenn Sie mich fragen.«

Er verließ die Krankenstation, bevor jemand etwas erwidern konnte. Hinter ihm schloß sich das Schott mit einem leisen Zischen.

»Tja, nicht alle Schotten sind Schotten«, kommentierte McCoy.

Kirk wirkte verlegen. »Ich hätte ihn nicht so unter Druck setzen sollen.«

»Meine Herren ...«, sagte Spock in einem zu Vernunft mahnenden Tonfall. »Es sind interessante Informationen, aber ihre Bedeutung geht doch nicht über die von Anekdoten hinaus.«

»Es sind auch gefährliche Informationen, Mr. Spock«, erwiderte McCoy. »Manchmal können Mythen explosiver sein als Fakten.«

Kirk wandte sich an Spock. »Pille hat recht. Wir brauchen eindeutige Beweise, aber Zennors Crew gibt sich vielleicht mit Anekdoten zufrieden. Ein solches Risiko dürfen wir nicht eingehen. Nun, wir sind aus dem Schneider, wenn wir in dem klingonischen Sonnensystem keinen Beweis dafür finden, daß es einst zur Heimat von Zennors Leuten gehörte. Genau darum geht es mir. Ich möchte einen Krieg verhindern. Ich will vermeiden, daß diese Leute gegen die Klingonen in den Kampf ziehen und die Föderation zwischen die Fronten gerät. Nein, das lasse ich nicht zu. Ich...«

»Alarmstufe Rot. Hier spricht die Brücke. An alle Stationen: Alarmstufe Rot.«

Jähe Besorgnis erfaßte den Captain, und er aktivierte das Interkom. »Hier Kirk.«

Sulus gepreßt klingende Stimme tönte aus dem Lautsprecher. »Das klingonische Geschwader, Sir... Allem Anschein nach beabsichtigt es einen Angriff auf das fremde Schiff.«

»Ich bin unterwegs. Teilen Sie der Sicherheitsabteilung mit, sie soll Captain Zennor zur Brücke bringen. McCoy, Spock – setzen Sie Ihre Nachforschungen fort. Und beeilen Sie sich. Wenn die Fremden einen legitimen Anspruch auf diesen Teil des Alls erheben können, so möchte ich davon erfahren. Wenn nicht... Dann brauche ich etwas Konkretes, um Zennor und Garamanus zu beweisen, daß sie im Unrecht sind.«

»Ja, Sir.«

»Wir geben uns alle Mühe, Jim.«

»Status, Mr. Sulu?«

»Die klingonischen Schiffe sind an uns vorbeigeflogen, um den fremden Raumer anzugreifen. Sie haben mehrmals das Feuer eröffnet, jedoch nur einige harmlose Treffer erzielt. Vielleicht halten sie nach einem schwachen Punkt Ausschau. Wir haben volle Impulskraft, Sir, und die Navigation ist einsatzbereit.«

»Mr. Donnier?«

»Phaserbatterien in Bereitschaft, Sir. Ebenso die Photonentorpedos.«

Die beiden Schotthälften des Turbolifts glitten zum zweiten Mal innerhalb weniger Sekunden auseinander. Zennor betrat den Kontrollraum und blieb neben der roten Tür stehen. Kirk warf ihm einen kurzen Blick zu.

Der Wandschirm zeigte, wie sich die klingonischen Schiffe erneut formierten und mit dem Anflug begannen.

Kirk trat zum Kommandosessel und griff nach der Rückenlehne, nahm jedoch nicht Platz. Dazu sah er sich außerstande, solange Zennor neben dem Turbolift auf dem Oberdeck stand und noch gespenstischer wirkte als sonst. Das matte Licht in jenem Bereich hob die Knochenstruktur seines Gesichts besonders deutlich hervor und ließ die schwefligen Augen erglühen.

»Sensoren, volle Kapazität. Nach Steuerbord drehen. Fünfundzwanzig Prozent Impulskraft. Abfangkurs. Meine Herren, ich habe einen Wachwechsel angeordnet. Warum sind Sie noch hier?«

Donnier drehte sich um und sah so schuldbewußt aus wie ein reuiger Sünder. Er öffnete den Mund, brachte jedoch keinen Ton hervor.

Sulu drehte nur den Kopf, ohne die Hände von den Kontrollen zu lösen. »Wir haben die Anweisung gerade erst erhalten und warten darauf, daß die Ablösung eintrifft. Ich glaube, auf den unteren Decks fand gerade ein Schichtwechsel statt.«

Kirk blickte über die Schulter. »Vergo Zennor, ich nehme an, Sie möchten zu Ihrem Schiff zurück, um dem Angriff zu begegnen.«

Zennor bewegte andeutungsweise den Kopf, und das Brückenlicht schuf seltsame Reflexe an seinen Hörnern. »Mein Schiff ist stark, Vergokirk.«

»Wie Sie meinen«, erwiderte Kirk, und wieder prikkelte Ärger in ihm. Es kam fast einem Zeichen von Schwäche gleich, daß er es für so wichtig hielt, auf der Brücke zu sein. Natürlich vertraute er der Crew, doch dies war seine Verantwortung, nicht ihre.

Völlig unbesorgt zu sein, so wie Zennor, als bestünde nicht die geringste Gefahr ... Entweder hatte er tatsächlich überhaupt keinen Zweifel daran, daß sein Schiff nicht in Gefahr gebracht werden konnte, oder er war ein ausgezeichneter Lügner.

Widerstrebend akzeptierte Kirk die ersten Unterschiede zwischen Zennor und ihm selbst, die nicht auf physischen Aspekten beruhten.

Wieder öffnete sich die Tür des Turbolifts, und ein Angehöriger der technischen Abteilung kam herein. Doch der kleine, untersetzte Mann ging nicht zur Backbordseite, sondern setzte den Weg in Richtung Sulu fort und sah zu Kirk.

»Lieutenant Byers, Sir. Ich bin gekommen, um den Steuermann abzulösen.«

»Jetzt nicht.«

»Sir?«

»Nicht während einer Gefechtssituation. Halten Sie sich in Bereitschaft.«

»Aye, Sir.« Byers blinzelte unsicher und sah zum Wandschirm. Er war neu auf der Brücke, und Kirk vermutete, daß er der Protegé eines Sektionsleiters war. So etwas kam manchmal vor. Früher oder später durfte sich jeder Angehöriger der technischen Abteilung einmal an den Kontrollen des ›Ruders‹ versuchen. Alle sollten einen Eindruck davon bekommen, wie es sich anfühlte, das Schiff zu steuern – auch für den Fall, daß eine Katastrophe die ganze Besatzung dahinraffte und nur noch ein einfacher Yeoman übrigblieb, um die *Enterprise* zu fliegen. So etwas konnte nie völlig ausgeschlossen werden.

Byers rieb die fleischigen Hände an der Hose ab und trat von einem Bein aufs andere. Er wußte ganz offensichtlich nicht, wie er sich jetzt verhalten sollte.

»Warten Sie *dort oben*.« Kirk deutete zur technischen Station. Es gelang ihm nicht, den Ärger ganz aus seiner Stimme zu verbannen. Er verzichtete auf den Hinweis, daß Neuankömmlinge auf der Brücke niemandem im Weg sein sollten – darüber sollte eigentlich jeder Bescheid wissen.

Vielleicht erwarte ich zuviel von den Leuten, dachte Kirk, als das Schiff nach Steuerbord drehte, wodurch die auf dem Wandschirm sichtbaren Sterne in Bewegung gerieten. Kurz darauf kam das von den Klingonen attackierte zapfenförmige fremde Schiff in Sicht.

In Gedanken verfluchte Kirk Zennor für seine Ruhe und versuchte gleichzeitig, sich ein Beispiel an ihm zu nehmen.

Nie der Schwächere sein wollen?

Na und?

Er blickte zum Wandschirm und beobachtete, wie vier klingonische Schiffe an dem fremden Raumer vorbeisausten – Kirk glaubte fast, ein *Wusch* zu hören. Sie feuerten auf den Bug, drehten dann ab und rasten der *Enterprise* entgegen.

»Sie wollen verhindern, daß wir schneller werden«, brummte Sulu, betätigte Tasten und leitete Gegenmaßnahmen ein.

»Was ihnen auch gelingt«, erwiderte Chekov und blickte an Spocks Station in den Sichtschlitz des Scanners.

Kirks Aufmerksamkeit galt auch weiterhin dem Wandschirm. Er beobachtete die Manöver der klingonischen Schiffe und wartete darauf, daß sie sich eine

Blöße gaben. Wenn zwei Kreuzer nicht mehr wußten, was die beiden anderen anstellten ... Es genügten wenige Sekunden. »Mr. Donnier, bereiten Sie sich darauf vor, das Feuer zu eröffnen.«

»Bereitschaft, Captain.«

»Vergo Zennor, sind Sie damit einverstanden, Ausweichmanöver zu fliegen und anschließend den Flug mit hoher Geschwindigkeit zum Zielsystem fortzusetzen?«

Kirk drehte den Kopf.

Zennor stand noch immer neben dem Lift, reglos wie eine Statue. »Ja«, antwortete er und rührte sich auch weiterhin nicht von der Stelle.

Hatte sich sein Mund bewegt?

Oder teilte er sich telepathisch mit?

»Möchten Sie Ihre Crew informieren?«

»Sie weiß Bescheid.«

Zennor bot keine Erklärung dafür an, wie so etwas möglich sein konnte.

Kirk verzichtete auf eine entsprechende Frage. Er ahnte, daß die Antwort sehr vage sein würde und vermutlich zu Unbehagen bei seiner eigenen Crew führte.

»Mr. Donnier, reduzieren Sie das Potential der Phaser auf zwei Drittel«, sagte er. »Mr. Sulu, fünfzig Prozent Impulskraft.«

Donnier warf einen kurzen Blick über die Schulter. »Zwei Drittel, Sir?«

»Dann haben wir eine Reserve, wenn wir sie brauchen. Außerdem hat es keinen Sinn, Energie zu verschwenden. Immerhin geht es uns nicht darum, die klingonischen Kreuzer zu vernichten, sondern nur darum, diesen Ort zu verlassen. Treffen Sie Vorbereitungen dafür, einen Schweif aus starker Strahlung zu hinterlassen, sobald wir den Warptransfer einleiten. Und nun ... vertreiben wir die Klingonen von dem

Schiff. Ich schlage vor, wir lassen ein wenig die Muskeln spielen.«

»Aye, Sir«, sagte Sulu und lächelte.

Donnier nickte und schmunzelte ebenfalls. »Ja, Sir.«

Die Stimmung auf der Brücke verbesserte sich sofort.

Das Impulstriebwerk summte lauter, und die Struktur des Schiffes wurde auf eine harte Probe gestellt, als es mehrere Haken schlagen mußte. Die *Enterprise* war wie ein langbeiniger Fuchshund, der versuchte, sich wie ein Dachshund zu drehen – es fiel ihr nicht leicht. Die Klingonen entwickelten eine ebenso komplexe wie geschickte Flugstrategie und sorgten dafür, daß sich immer mindestens ein Kreuzer in der Flugbahn des Starfleet-Schiffes befand. Die anderen rasten an den Flanken entlang und feuerten auf die seitlichen Schilde. Mehrere Entladungen destruktiver Energie ließen die *Enterprise* erbeben. Wenn Kirk ›Feuer‹ sagte, versuchte Donnier, den Zielerfassungsfokus auf wenigstens ein Schiff in Reichweite zu richten.

Mit schamloser Erleichterung nahm Kirk zur Kenntnis, daß der sogenannte Waffenstillstand mit den Klingonen vorbei war. Falls es irgendwelchen Zweifel geben sollte: Die klingonischen Schiffe hatten ihn beendet, indem sie die Waffen sprechen ließen. Der Captain bewegte die Hände so, als seien ihnen gerade Schellen abgenommen worden. Auch in diesem Fall funktionierte die Entschuldigung der Kinder vom Spielplatz. Sie lautete: Er hat angefangen.

Zennors Schiff nahm das gegnerische Feuer auf die gelassenste Weise hin, die Kirk jemals beobachtet hatte, und das ärgerte ihn maßlos. Er empfand es als verkehrt, wünschte sich entschlossenes Handeln der Fremden, eine Salve, die Kellens Schiffe durchs All fegte. Statt dessen wandte Zennors Schiff den Angreifern das Heck zu und unternahm nichts, als Disruptorstrahlen über die Panzerungskomponenten flackerten.

»Fliegen Sie noch engere Wenden und setzen Sie die Ausweichmanöver fort«, sagte Kirk, befugte Sulu damit zu Risiken, die er auf eigene Faust nicht eingehen konnte. »Beidrehen.«

»*Enterprise* dreht bei, Sir.«

Der Wandschirm zeigte, wie sich die klingonischen Schiffe voneinander entfernten und ihre Flugvektoren dann auf der Grundlage eines Zufallsprogramms veränderten, um eine Berechnung ihres Kurses zu verhindern. Zwei von ihnen beschleunigten plötzlich, flogen der *Enterprise* entgegen und nahmen sie unter Beschuß. Mehrmals feuerten sie mit ihren Disruptorkanonen, vollführten ein perfektes Manöver und schossen auf den oberen Teil des Diskussegments, wo sich auch die Brücke befand.

Bestimmt steckte Kellen dahinter. Er wußte, worauf es ankam – immerhin hatte er über mehrere Jahrzehnte hinweg Erfahrungen gesammelt.

Kirk holte Luft, um Sulu eine neue Anweisung zu erteilen, als auf dem Wandschirm plötzlich eine gewaltige Schwinge erschien und den Blick auf alles andere verwehrte – Kellens Flaggschiff!

Woher kam er so plötzlich? *Der verdammte Kerl hat es geschafft, mich mit einem Trick zu überraschen*! fuhr es Kirk durch den Sinn, und in seiner Magengrube krampfte sich etwas zusammen. Energieblitze zuckten durchs All, schlugen durch die Schilde und trafen den Brückenbereich, bevor die Deflektoren verstärkt werden konnten.

Im vorderen Teil des Kontrollraums platzte die Decke auf. Scharfkantige Trümmerstücke flogen Geschossen gleich umher, und Funken stoben. Einige Sekunden lang blieb Sulu in einen Kokon knisternder Elektrizität gehüllt. Donnier flog zur Seite und kam mit einigen kleineren Verbrennungen davon, aber Sulu wurde heftig durchgeschüttelt, angehoben und aufs Deck geschmettert.

Kirk schirmte sein Gesicht ab. »Krankenstation! Bringt ihn von der Brücke!« Der zweite Befehl hob den ersten auf und machte deutlich, daß er keine Zeit verlieren wollte. Die Techniker auf dem oberen Deck verstanden sofort: Drei von ihnen trugen Sulu zum Turbolift.

»Mr. Byers! Hier ist Ihre Chance. Übernehmen Sie das Ruder.«

Byers hatte den Turbolift betreten wollen, doch er drehte sich sofort um, als er die Stimme des Captains hörte. Er trat zu den Konsolen, wischte einige halb verbrannte Fetzen vom Sessel und nahm Sulus Platz ein. Einige Sekunden lang starrte er auf die Kontrollen hinab, ohne sie zu berühren.

»Die Hände zu den Tasten, Mr. Byers«, sagte Kirk und wußte, daß ein unerfahrener Steuermann während eines Gefechts das Risiko erheblich vergrößern konnte. »Nach Steuerbord abdrehen. Ja, so ist es richtig. Mr. Donnier, Feuer. Gut... Wir müssen nur dafür sorgen, daß die Flugbahn für Zennors Schiff frei wird.«

Verfügte es über ein Warptriebwerk? Dem Captain fiel plötzlich ein, daß sie noch gar nicht über diesen Punkt gesprochen hatten. *Wirklich toll, daß du jetzt daran denkst, Jim. Herzlichen Glückwunsch.*

Das fremde Schiff besaß bestimmt Warppotential. Oder es hatte eine andere Möglichkeit, Geschwindigkeiten zu erreichen, die über die des Lichts hinausgingen. Einen Quadranten mit Sublicht zu erforschen – so etwas dauerte Jahrtausende.

Sie haben Warp, verlaß dich drauf, Jim.

Disruptorenergie gleißte über die Schilde, aber diesmal fand sie keine Lücke in ihnen, um die *Enterprise* zu erreichen. Es war nicht leicht, das Feuer zu erwidern und zu treffen; es erforderte mehr als nur sture Entschlossenheit.

Byers beugte sich vor und konzentrierte sich jetzt ganz auf die Steuerung des großen Schiffes. Das Impulstriebwerk heulte mehrmals auf.

»Feuer frei, Mr. Donnier. Zielerfassung auf den Kreuzer steuerbord. Mr. Byers, vermeiden Sie bitte, daß die Klingonen noch einmal so nah an unser Heck herankommen.«

Byers preßte die Hände aufs Schaltpult und schluckte. »Sir...«, brachte er hervor. »Ich... ich... kenne mich mit diesen Dingen nicht besonders gut aus. Ersuche Sie respektvoll darum, mich durch jemanden zu ersetzen, der mehr Erfahrung hat. Sollte Mr. Chekov nicht...«

»Mr. Chekov wird an der wissenschaftlichen Station gebraucht.« Kirk beschloß, sich einige Sekunden Zeit für einen wichtigen Hinweis zu nehmen. »Wir fliegen das Schiff, indem wir die Feldgeometrie der Warpspulen-Einstellung verändern. Wie gut ein Steuermann damit zurechtkommt, hängt von seinem persönlichen Talent ab. Es handelt sich also um eine sehr individuelle Angelegenheit. Erfahrung ist ein wichtiger Faktor, spielt jedoch nicht unbedingt die entscheidende Rolle. Sulu steuert die *Enterprise* auf seine Weise, Sie auf Ihre. Wir kommen schon damit zurecht.«

Byers starrte ihn kurz an, nickte dann und wandte sich wieder der Konsole zu. Er hatte gerade die Erlaubnis bekommen, Fehler zu machen.

Kirk blickte erneut zum Wandschirm, beobachtete die Bewegungen der anderen Schiffe und formte in Gedanken ein dreidimensionales Modell daraus. Die oberen Monitore gaben über den aktuellen Kurs jedes Raumers Auskunft, und der Captain versuchte, die nächsten Änderungen vorauszuahnen.

Zennors Schiff hatte sich inzwischen ganz gedreht –

der Bug wies in die Tiefen des klingonischen Raums. Nur noch einige Sekunden. Eine Chance, an Kellen vorbeizugelangen ...

»Etwas mehr nach unten und nach Steuerbord ... zwei Grad ... Benutzen Sie nicht die Sensoren, Mr. Byers. Verlassen Sie sich auf Ihre Augen; entwickeln Sie ein Gefühl dafür. Drei Grad nach Backbord. Zeigen wir ihnen unser Profil. Mr. Donnier, Feuer. Gut ... Byers, wenn Sie ein Fenster entdecken – warten Sie nicht auf meinen Befehl. Dort! Steuern Sie uns hindurch! Schnell, zehn Grad nach Backbord. Mittschiffs ... Und Feuer.«

Ein oder zwei Sekunden lang herrschte Stille, und dann erklang das fast schrille Summen der Phaserkanonen. Strahlbahnen tasteten nach den klingonischen Kreuzern und trafen zwei. Ein dritter raste an der *Enterprise* vorbei, feuerte mit den Disruptoren und drehte dann rasch ab, so als fürchtete er sich davor, dem großen weißen Starfleet-Schiff zu nahe zu kommen.

»Zwei gute Treffer, Sir!« freute sich Donnier. Er staunte über seine eigenen Leistungen.

»Gut gemacht, Mr. Donnier«, lobte Kirk. »Wenn wir jetzt auch noch die anderen vertreiben können ... Dann steht dem Warptransfer nichts mehr entgegen.«

»Sir!« Chekov hob die Stimme, um das Donnern von Disruptorentladungen an den Schilden zu übertönen. »In den oberen Bereichen sind die Schilde der Klingonen nicht ganz so stabil.«

»Danke für den Hinweis. Mr. Donnier, Sie kennen Ihr neues Ziel. Mr. Byers, bringen Sie uns über die Kreuzer. Zehn Grad nach Backbord. Gut ... Mittschiffs.«

»Mittschiffs«, murmelte Byers mit trockenen Lippen.

»Kurs halten. Und jetzt ... Fünf Grad nach Steuerbord.«

»Fünf Grad nach Steuerbord, aye.«

»Noch etwas mehr.«

»Aye, Sir, noch etwas mehr.«

»Mittschiffs.«

»Mittschiffs.«

»Feuer.«

Eine Hand des Captains ruhte auf Donniers Sessel, die andere auf dem von Byers. Er steuerte sein Schiff wie ein Kanu durch Stromschnellen, fühlte sich auf seltsame Weise eins mit der *Enterprise*, spürte alle ihre Bewegungen und reagierte mit neuen Kursanweisungen darauf.

»Die Klingonen fliegen immer wieder Abfangmanöver, Sir«, meldete Byers. »Ich komme nicht an ihnen vorbei.«

»Das brauchen Sie auch gar nicht. Binden Sie die Aufmerksamkeit der Kreuzer lange genug, bis Zennors Schiff an ihnen vorbei ist.«

Immer wieder zuckten Phaserstrahlen durchs All und bohrten sich in die Schilde der Klingonen, die das Feuer erwiderten.

»Energetische Fluktuationen, Sir!« rief einer der Techniker auf dem Oberdeck. »Unsere Deflektoren könnten instabil werden, Sir!«

»Sie müssen noch eine Zeitlang halten.«

Die *Enterprise* steckte einen weiteren Treffer ein. Alarmsirenen heulten. Funken stoben, und dichte Rauchwolken bildeten sich. Für einige Sekunden konnte der Captain kaum mehr als die Konturen der Brückenoffiziere erkennen.

Auf dem Schirm schwoll Zennors Schiff an, wurde so groß, daß Kirk nur mit Mühe der Versuchung widerstand, sich zu ducken.

»Sir, ich …« Byers unterbrach sich. Es widerstrebte ihm, das Offensichtliche auszusprechen: Er konnte nicht an den Kreuzern vorbei und gleichzeitig Zennors Schiff schützen. Im Sublicht-Bereich war die *Enterprise* einfach zu schwerfällig und nicht annähernd so manövrierfähig wie die kleineren Patrouillenkreuzer.

»Bleiben Sie bei dem fremden Schiff, Mr. Byers.«

Auf dem oberen Deck erklang Zennors tiefe Stimme. »Vergokirk...«

Kirk drehte sich um.

Zennor sah zu ihm herab und trat einen Schritt vor. »Erlauben Sie mir, freie Flugbahn für uns zu schaffen.«

Noch vor wenigen Augenblicken hätte er Zennor darauf hingewiesen, daß die *Enterprise* sehr wohl imstande war, allein mit den klingonischen Schiffen fertig zu werden, mit den richtigen Manövern und einer gewissen Portion Selbstaufopferung. Doch jetzt preßte er die Lippen zusammen. Hier ergab sich eine Chance, das Potential des fremden Schiffes etwas besser kennenzulernen.

Er deutete zur Kommunikationsstation. »Möchten Sie sich mit Ihrer Crew in Verbindung setzen?« bot er erneut an.

»Das habe ich bereits«, erwiderte Zennor.

»Sir!« Chekov deutete zum Wandschirm.

Kirk drehte den Kopf.

Der große Raumer aus purpurnen Schatten und sich überlappenden Fächern veränderte die Farbe. Es geschah langsam und auf eine sehr subtile Weile, so als veränderte jemand hinter der kosmischen Bühne die Beleuchtung. Aus den purpurnen Tönen wurde ein elektrisches Blau, in das plötzlich Bewegung geriet: Es tastete über den zapfenförmigen Rumpf, erreichte die Spitze des Bugs und sprang von dort aus ins All.

Zwei klingonische Kreuzer wurden direkt getroffen und abrupt zur Seite geschleudert. Die anderen gerieten ins Trudeln, und es fiel ihnen ganz offensichtlich schwer, die Gravitationsbalance wiederzufinden.

»Die Flugbahn ist frei, Sir!« rief Chekov und hustete, als ihm Rauch in die Lungen geriet.

»Captain Zennor, ich hoffe, Ihr Schiff kann uns folgen«, sagte Kirk.

»Meine Crew weiß Bescheid«, erwiderte Zennor.

Was für eine Stimme. Wie Cellos und Bässe, die in einem Nebenzimmer stöhnten.

Wie *konnte* Zennors Crew Bescheid wissen?

Kirk verzichtete auf eine entsprechende Frage.

»Na schön. Chekov, geben Sie uns einen Schweif aus starker Strahlung.«

Chekov eilte zu den Kontrollen auf der Steuerbordseite und betätigte einige Tasten. »Strahlungsschweif klar, Sir.«

»Mr. Byers, Warpfaktor fünf.«

14

Das klingonische Geschwader fällt zurück, Captain«, meldete Chekov. Es gelang ihm nicht, den Triumph ganz aus seiner Stimme zu verbannen. »Die Schiffe des Generals können nicht ihre gesamte Energie für die Triebwerke verwenden. Einen Teil davon brauchen sie für die Schilde, um die starke Strahlung zu absorbieren.«

»Gut. Gehen Sie auf Warp sechs, Mr. Byers.«

»Warp sechs, Sir«, bestätigte Byers.

»Captain ...« Lieutenant Nordstrom vertrat Uhura und hob die Hand zum Kom-Modul in ihrem Ohr. »General Kellen setzt sich mit uns in Verbindung.«

»Tatsächlich? Kanal öffnen.«

»Kom-Kanal geöffnet, Sir.«

»General, hier spricht Captain Kirk. Sie haben meine Geduld auf eine harte Probe gestellt.«

»Sind Sie endgültig übergeschnappt?« tönte es aus den Lautsprechern der externen Kommunikation.

»Wie bitte?«

»Zusammen mit den Dämonen stoßen Sie tiefer in den klingonischen Raum vor. Warum?«

»Weil es eine Chance gibt, den Konflikt zu beenden. Ich bitte Ihr Oberkommando um sicheres Geleit.«

»Abgelehnt«, antwortete Kellen. »Sie schützen Feinde des Imperiums. Ich habe die Angriffsflotte alarmiert und fordere Sie auf, zur Föderation zurückzukehren.«

»Ich bin auf Ihre eigene Bitte hin hier«, betonte Kirk

hartnäckig. »Sie kamen als Gast an Bord meines Schiffes und töteten ein Besatzungsmitglied sowie einen Besucher von dem fremden Schiff. Ich garantiere Ihnen, daß diese Verbrechen nicht ungestraft bleiben werden. Wenn ich jetzt heimkehre, ohne das Problem zu lösen, stehen Sie ziemlich dumm da. Dann hält nicht nur die Föderation Sie für einen Narren, sondern auch das Imperium. Ihr guter Ruf in der klingonischen Flotte dürfte dann dahin sein.«

»Mein guter Ruf ist nicht so wichtig wie die Sicherheit des Imperiums«, erwiderte Kellen. »Ich habe Sie um Hilfe gebeten und das Gegenteil bekommen. Jetzt kümmern wir uns selbst um die Boten des Chaos. Einmischungen Ihrerseits bedeuten Krieg zwischen der Föderation und dem Klingonischen Imperium.«

»Ich hoffe, das Problem aus der Welt zu schaffen, bevor Sie und die Angriffsflotte zur Stelle sind«, sagte Kirk. »Ganz abgesehen davon erhebe ich offiziellen Protest beim klingonischen Oberkommando: Wir wurden eingeladen und angegriffen, ohne vorherigen Widerruf der Autorisierung.«

»Protestieren Sie ruhig«, knurrte der General. »Von jemandem wie Ihnen habe ich nichts anderes erwartet. Was mich betrifft: Meinen hohen Rang verdanke ich weder nutzlosem Gerede noch feigem Warten.«

»Er hat die Verbindung unterbrochen«, meldete Nordstrom, bevor Kirk eine Antwort geben konnte.

Die Klingonen stellten zumindest derzeit keine Gefahr mehr dar, aber das eigentliche Problem bestand nach wie vor. Kirk seufzte und bedauerte sehr, keine Gelegenheit zu haben, sich ein wenig zu entspannen. Etwas sehr Unangenehmes erwartete ihn nun.

Es hatte keinen Sinn, das Unvermeidliche noch länger hinauszuzögern.

Er griff nach dem Brückengeländer und betrat das Oberdeck.

»Vergo ...«, begann er. »Bitte begleiten Sie mich zur Krankenstation. Ich muß Ihnen dort etwas zeigen.«

»Ich möchte mich im voraus bei Ihnen entschuldigen«, sagte Kirk auf dem Weg zur Krankenstation. Zennor folgte ihm und schwieg; er wußte, ihn würde etwas Schlimmes erwarten. Der sechste Sinn eines Captains. Auch Kirk *fühlte* es, wenn etwas nicht mit rechten Dingen zuging.

Er mied den Bereich, in dem Spock untergebracht war, führte den Vergo sofort zur Leichenkammer.

»Hier entlang ...«

McCoy erschien in der Tür seines Büros und erbleichte, als er Zennor sah. Er gab keinen Ton von sich, trat stumm vor und schien ihnen folgen zu wollen.

Bevor sie den speziell gesicherten Zugang der Leichenkammer erreichten, wies ein Zischen darauf hin, daß sich die Tür der Krankenstation noch einmal öffnete.

Kirk hatte erwartet, allein mit Zennor über den Mord sprechen zu können, doch diese Hoffnungen erfüllten sich nicht.

Die bleiche, wie blutleere Gestalt von Garamanus ragte vor ihnen auf. Argwohn glühte in den Augen.

Wußte er etwas?

»Meine Herren ...« Kirk deutete zum Zugang

McCoy gab den Sicherheitscode ein, und mit einem leisen Seufzen glitt die Tür vor ihnen beiseite.

Ohne ein weiteres Wort geleitete Kirk die beiden Fremden zur kopflosen Leiche.

Zennor trat einige Schritte weit in den Raum und blieb dann stehen. Garamanus verharrte im Zugang.

»Wir glauben, daß General Kellen dieses Verbrechen beging, bevor er sich an Bord seines Schiffes beamte«, erklärte Kirk. »Ich verurteile diese Greueltat aufs schärfste und darf Ihnen versichern, daß Angehörige meiner Crew nicht zu so etwas fähig wären. Ich bin fest entschlossen, offiziell die Auslieferung Kellens zu beantragen, damit er vor ein Starfleet-Gericht gestellt werden kann, aber… Nun, die Klingonen sind nicht gerade dafür bekannt, die Gesetze der Föderation zu achten.«

Es klang zu glatt und vorbereitet, obwohl die Worte erst jetzt einen Weg zu seinen Lippen fanden. Manche Dinge mußten einfach gesagt werden, auch wenn sie gestelzt klangen.

Die beiden gehörnten Wesen schwiegen. Sie reagierten überhaupt nicht, standen einfach nur da und starrten. Sie blinzelten nicht einmal.

McCoy wich beiseite. Er starrte ebenfalls, aber seine Aufmerksamkeit galt nicht etwa der Leiche, sondern Zennor und Garamanus.

Kirk gab den beiden Fremden einige Minuten – einige lange Minuten – Zeit, um den Anblick zu verarbeiten. Er wußte nicht, was sie in bezug auf den Toten empfanden. Basierte ihre Verblüffung auf Loyalität einem Crewmitglied gegenüber, oder existierte in diesem Zusammenhang so etwas wie Freundschaft? Praktisch jede Möglichkeit kam in Frage – die Gesichter der beiden Gehörnten verrieten nichts.

Schließlich trat Kirk zwischen die beiden Fremden und den Leichnam. »Kann ich Ihnen dabei helfen, dies der Crew zu erklären?«

»In diesem Fall ist eine Erklärung völlig unmöglich«, erwiderte Zennor gepreßt.

Garamanus schüttelte langsam den großen, massigen Kopf. Seine Stimme klang wie Kies in einer sich drehenden Trommel. »Dadurch könnten wir Manann nicht ins Leben zurückholen.«

Zennor wandte sich an Kirk. »Sie müssen die Leiche beseitigen, bevor jemand aus unserer Crew sie sieht.«

»Wie Sie wünschen«, entgegnete der Captain. »Wir

sind bereit, Ihnen in dieser Hinsicht jede Unterstützung zu gewähren. Auf welche Weise sollen wir mit der Leiche verfahren?«

Zennor sah kurz zu Garamanus, wandte sich dann wieder an Kirk und schien zum erstenmal unschlüssig zu sein. »Was … machen Sie mit Ihren Toten?«

Kirk empfand Erleichterung angesichts der Möglichkeit, eine klare Antwort zu geben. »Die meisten unserer Kulturen begraben ihre Toten. Einige verbrennen sie. Wenn an Bord unseres Schiffes jemand stirbt, so schicken wir den Leichnam in eine Sonne, falls wir Gelegenheit dazu haben.«

»Verbrennen …« Garamanus schauderte.

Die Farbe von Zennors Augen veränderte sich: Aus dem Rot wurde ein schwefliges Gelb. »Bei uns werden nur Lebende verbrannt.«

Kirk versteifte sich unwillkürlich. »Lebende?«

»Verbrecher«, sagte der Dana. »Das Verbrennen ist eine Strafe. Den Toten gebührt Ehre.«

»Einige unserer Gruppen bewahren die Schädel der Toten vier Generationen lang auf«, fügte Zennor hinzu. »Erst dann dürfen sie zerschmettert werden.«

Kirk wagte es nicht, sich nach Einzelheiten zu erkundigen. Er war ziemlich sicher, daß sie alles andere als angenehm geklungen hätten.

Garamanus wandte sich von der Leiche ab. »Wo ist die Seele?«

Kirk sah verwirrt zu Zennor, richtete den Blick dann wieder auf Garamanus. »Wie bitte?«

»Mananns Seele«, sagte der Dana. »Wir brauchen sie.«

»Ich verstehe nicht.«

McCoys Gesicht war plötzlich so weiß wie Garamanus' Umhang. »Ich ahne da etwas«, stöhnte er leise. Und etwas lauter: »Meine Herren …«

Er deutete in Richtung des nächsten Untersuchungsraums.

Garamanus und Zennor mußten sich unter der Tür ducken, um das Zimmer zu betreten. Eine Sekunde später blieben sie wie angewurzelt stehen und starrten zum Tisch.

Sie rührten sich nicht, wirkten noch bestürzter und entsetzter als zuvor im Leichenzimmer.

Auf dem Tisch lagen Kräuter, Nüsse, Schnipsel von Fingernägeln, Haare und andere Dinge neben den Resten der aufgeschnittenen Puppe, die nun keine Füllung mehr enthielt. Arme und Beine waren abgetrennt, die kleinen Kopftentakel aus Garn zur Seite geneigt, der Rumpf aufgeschlitzt.

Garamanus wandte sich langsam ab und richtete einen feurigen Blick auf Kirk. »Was *sind* Sie nur für Leute?«

Stille senkte sich wie ein Beil herab.

Auf Kirks Gewissen lastete das schwere Gewicht der Schuld. Er kam sich plötzlich schäbig vor, weil er bei dieser Angelegenheit nicht taktvoller vorgegangen war. Er hatte vergessen, Rücksicht zu nehmen, und solche Fehler konnten fatale Konsequenzen nach sich ziehen.

»Es lag uns fern, Ihre Gefühle zu verletzen«, sagte er. »Wir wußten nicht, wie wichtig dies für Sie ist. Wir sahen nur eine ausgestopfte Puppe darin.«

»Vergokirk«, grollte Garamanus, »verspeisen Sie Ihre Kinder?«

Der Captain dachte kurz über die Frage nach und gelangte zu dem Schluß, daß es nur eine Antwort gab. »Nein, natürlich nicht.«

»Wir ebensowenig. Aber dies läßt sich damit vergleichen.«

»Jetzt übertreiben Sie!« entfuhr es McCoy. Er klappte rasch den Mund zu, als ihm klar wurde, daß er auf diese Weise alles nur noch schlimmer machte.

»Die Puppen repräsentieren uns«, sagte Zennor.

»Welchen Ort auch immer wir aufsuchen: Sie berichten von unserem Leben. Wenn wir in den Kampf ziehen, lassen wir sie zurück. Sie genießen den gleichen Respekt wie die betreffende Person. Dies ist... Entweihung.«

»O nein«, ächzte McCoy so leise, daß nur Kirk ihn hörte. Er war noch immer blaß, und in seinem Gesicht zeigte sich Bestürzung. »Es tut mir leid«, sagte er. »Ich konnte nicht ahnen, daß die Puppen eine solche Bedeutung für Sie haben!«

»Pille...«, sagte Kirk in einem warnenden Tonfall.

»Nein, nein, es ist meine Schuld. Bitte erheben Sie deshalb keine Vorwürfe gegen Captain Kirk oder andere Besatzungsmitglieder dieses Schiffes. Ich übernehme die volle Verantwortung. Gibt es eine Möglichkeit, mich bei Ihnen oder Ihrer Crew zu entschuldigen? Bitte sagen Sie mir, wie ich den angerichteten Schaden wiedergutmachen kann...«

»Schluß damit«, zischte Kirk.

McCoy war so erschüttert, daß er sich anschickte, den Befehl des Captains zu mißachten. Doch dann sah er das Blitzen in Kirks Augen und schwieg, hielt die von tiefem Kummer geprägten Worte zurück.

Kirk spürte, wie sich ein Teil seiner Anspannung in Ärger verwandelte – ein gefährlicher Vorgang, der weitere Komplikationen schaffen konnte. Rasch brachte er sich unter Kontrolle. Er verstand McCoys Empfindungen nur zu gut. Als Kommandant der *Enterprise* hatte er nicht nur Erfolge vorzuweisen, sondern auch Fehler gemacht, die aufgrund seiner besonderen Verantwortung besondere Bedeutung gewannen. Aus Erfahrung wußte er, daß unter solchen Umständen eine gut plazierte Pause Linderung verschaffen konnte. McCoy brauchte Gelegenheit, sich wieder zu sammeln.

Was mochte jetzt geschehen? Er konnte sich kaum vorstellen, daß die geisterhafte Miene des Dana noch mehr Zorn zum Ausdruck bringen konnte. Es war nicht nur der Kopf des Ermordeten verschwunden – McCoy hatte auch die Puppe aufgeschnitten.

Zennor sah Garamanus an und schien jedes Wort mit großer Vorsicht zu wählen: »Bedauerliche Zwischenfälle waren unvermeidlich.«

Kirk fühlte eine seltsame Leere in seinem Innern und verbiß sich die Bemerkung, daß es sich nicht um einen Zwischenfall handelte, sondern um kaltblütigen Mord. Nach einigen Sekunden wurde ihm klar: Zennor und er konnten von Glück sagen, daß Garamanus nicht selbst darauf hinwies.

Der Captain fragte sich, ob die jetzt herrschende Stille entschärfend auf die Situation wirkte oder im Gegenteil ein neues Gefahrenpotential barg. Allein der Umstand, daß er sich eine solche Frage stellte, beunruhigte ihn. Wenn er nicht auf die gleiche Weise denken konnte wie die Personen in seiner Nähe, boten sich ihm keine Ansatzpunkte, fehlte es ihm an Halt.

Er wandte sich an Zennor, bot ihm eine Anteilnahme, die beiden Crews galt, beiden Zivilisationen.

»Lassen Sie mich helfen«, sagte er.

Ein Schatten fiel auf ihn, und er wich zurück. Garamanus stand neben ihm, ragte wie ein Bollwerk auf.

Die Stimme des Dana kam einem Hammerschlag gleich.

»Wir warten darauf, was uns die Sterne sagen.«

»Überhaupt nichts?« fragte Kirk. »Sind Sie ganz sicher?«

»Ja, Sir.«

»Bitte nennen Sie mir die Einzelheiten.«

Chief Barnes, Leiter der Sektion Astrogeologie, verzog andeutungsweise das Gesicht und zeigte zu den Bildschirmen der wissenschaftlichen Brückenstation. »Da gibt es eigentlich nicht viel zu berichten, Sir.«

Neben dem Chief standen die Stellarkartographin Amanda Alto und ihr Bruder, der Solarchemiker Josh Alto. Beide wirkten viel zu jung für die Arbeit, die sie erledigten.

»Soweit wir es bisher feststellen können, begann für die betreffende Sonne vor drei- bis viertausend Jahren die erste Phase als roter Riese«, sagte Josh. »Sie verbrannte alle inneren Planeten – jene Welten, auf denen sich für gewöhnlich Leben entwickelt. Nun, natürlich wissen wir gar nicht mit Sicherheit, ob es überhaupt innere Planeten gab ...«

»Die einzigen Hinweise darauf bieten Anzahl und Umlaufbahnen der äußeren Planeten«, warf Amanda ein. »Allerdings könnte es dabei durch die Expansion der Sonne zu erheblichen Veränderungen gekommen sein. Wie dem auch sei: Ich bin ziemlich sicher, daß einst innere Planeten existierten.«

»Aber es gibt keine Möglichkeit, ihre frühere Existenz zu beweisen«, fügte Amandas älterer Bruder hinzu.

Kirk drehte sich um. »Und Sie?«

Siebzehn wissenschaftliche Spezialisten und Techniker standen auf dem oberen und unteren Deck der Brücke. Kirk musterte sie. Die meisten von ihnen waren jung, aber es befanden sich auch einige Ältere unter ihnen. Sie dachten nicht an Kämpfe und Gefechte im All, sondern an Theorien und Hypothesen, die es zu beweisen galt, an neue Entdeckungen, an das Sammeln von Daten. Sie waren der eigentliche Grund für die Reisen des Raumschiffs *Enterprise*.

Und so viele Personen sind nötig, um Spock zu ersetzen, dachte Kirk.

Der Astrobiologe Cantone stand neben dem Kommandosessel und brach das Schweigen. »Wir haben alle unsere Spezialinstrumente für Sondierungen und Datenelaborationen eingesetzt – ohne einen Beweis dafür zu finden, daß es in jenem Sonnensystem jemals Leben gab, Sir.«

»Was allerdings nicht bedeutet, daß dort nie Leben existierte«, sagte Spezialistin Angela Godinez von der biologischen Abteilung. »Wir können daraus nur schließen, daß alle eventuellen Hinweise auf Leben vernichtet wurden, als sich die Sonne aufblähte und in einen roten Riesen verwandelte.«

»Die chemische Struktur von Asteroiden, die einst Teil von planetaren Massen waren, geben uns ebenfalls keine Auskunft, Sir«, meinte der Astrogeologe Ross.

Andere Wissenschaftler nickten. Sie alle wußten, was der Captain brauchte, und niemand konnte es liefern.

»Selbst wenn es in dem Sonnensystem jemals Leben gab, Sir...«, sagte Chief Barnes. »Es wurde ausgelöscht, ohne irgendwelche Spuren zu hinterlassen.«

Nach all den Lichtjahren, nach einem langen, gefährlichen Flug tief ins Klingonische Imperium, gerechtfertigt nur durch Hoffnung und eine nicht offiziell widerrufene Autorisierung... Nichts.

Eine bittere Enttäuschung. Und damit noch nicht genug. Kirk schauderte, als eine innere Stimme ihm zuflüsterte, daß das Schlimmste noch bevorstand.

Er sah zum Wandschirm, der Zennors Schiff zeigte: Es flog ebenfalls mit Warpgeschwindigkeit, auf der Backbordseite der *Enterprise*.

»Sie kamen hierher, um nach ihrer Vergangenheit zu suchen«, murmelte er. »Doch es gibt keine.« Er lehnte sich ans Geländer.

»Wir setzen die Suche fort, Sir«, sagte Chief Barnes mit kaum verhüllter Anteilnahme. »Aber ich bezweifle, daß wir etwas finden.«

»Ich verstehe«, erwiderte Kirk leise. In diesem besonderen Fall konnte der normale Entwicklungszyklus eines Sterns eine Katastrophe heraufbeschwören.

Langsam wandte er sich dem Turbolift zu. »Captain?«

Wie eine bizarre Skulptur stand Zennor neben der roten Lifttür, die Hörner halb im Schatten verborgen. Garamanus wirkte wie ein sonderbares Negativ von ihm – ein Ebenbild des Vergo, dem es an Farbe fehlte. Die Haut bleich, der Umhang weiß. Kirk dachte plötzlich daran, daß die Blässe vielleicht auf ein Leben in Studierzimmern und Bibliotheken zurückzuführen war. Vielleicht hatte Garamanus sein ganzes Leben damit verbracht, historische Informationen zu analysieren, winzige Details zu einem vagen Bild zusammenzufügen. Möglicherweise hatte er sich nie längere Zeit im Freien aufgehalten.

»Es tut mir leid«, sagte Kirk zu ihnen beiden. »Sie kennen die Daten. Das Sonnensystem enthält keine Beweise für unsere Theorien.«

Er beobachtete die Gesichter und stellte fest, daß er in den knöchernen Mienen erste Regungen erkennen konnte. McCoys Worte fielen ihm ein, seine Hinweise darauf, daß er vor allem das Gemeinsame und Verbindende sah, nicht das Fremde und Trennende. Diese Perspektive machte er sich auch jetzt zu eigen. Man brauchte Zennor und die anderen nur etwas besser kennenzulernen, um zu spüren, wie die Distanz zu ihnen schrumpfte.

Regte sich Zufriedenheit in dem Vergo? Kam tatsachlich ein derartiges Empfinden in seinem Gesicht zum Ausdruck? Und versuchte er, es vor Garamanus zu verbergen?

Nun, es ergab einen gewissen Sinn.

»Wenn es keinen Beweis gibt, müssen wir unseren Plan ändern«, ertönte Zennors dumpfe Stimme.

»Es gibt keinen Beweis, der unsere Annahmen widerlegt«, erwiderte Garamanus, ohne ihn anzusehen. »Die Danai bleiben bei ihrem Standpunkt.«

Zennor drehte sich um. »Die Anzeichen genügen. Ich kann die Invasion nicht aufgrund so unsicherer Daten einleiten. Wir brauchen einen klaren Beweis.«

»Dies ist unsere alte Heimat«, grollte der Dana. »Alles spricht dafür.«

Zennor schien größer zu werden. »Sie *wollen*, daß alles dafür spricht.«

Eine direkte Konfrontation zwischen den beiden großen Geschöpfen schien unmittelbar bevorzustehen. Die Brückenoffiziere beobachteten das Schauspiel, doch Zennor und Garamanus schienen ihr Publikum gar nicht zu bemerken. Sie verhielten sich so, als seien sie völlig allein.

»Ich habe immer vermutet, daß Sie ein Ungläubiger sind«, sagte Garamanus. »Aber wenn Sie nicht glauben… Warum haben Sie sich dann für diese Mission gemeldet? Immerhin ist es die wichtigste in der Geschichte unserer Zivilisation.«

»Ich glaube tatsächlich, daß wir verbannt wurden. Aber ich möchte unsere Zivilisation nicht diesem Glauben opfern. Es gibt kein größeres Unrecht als jenes, das uns widerfuhr. Ich lasse nicht zu, daß wir zu dem werden, was wir verabscheuen.«

Kirk spürte, daß er die Kontrolle über seine Brücke – wenn nicht die ganze Situation – verlor. Er versuchte, sie zurückzugewinnen, indem er vortrat. »Niemand verbietet Ihnen, in diesen Teil der Galaxis zu kommen. Wenn Ihre Zivilisation umsiedeln möchte, so läßt sich das irgendwie bewerkstelligen. Es gibt viele bewohnbare Welten im Raumgebiet der Föderation. Dort sind Sie willkommen. Wir helfen Ihnen. Sie können sich bei uns niederlassen, in Frieden leben und Ihre …«

Was? Brut? Gezücht?

»…Kinder großziehen.«

Zennor und Garamanus sahen ihn an. Diesmal erkannte Kirk ganz deutliche Unterschiede in ihren Mienen.

»Setzen Sie Ihre Diskussion später fort«, sagte er. »Zunächst kommt es darauf an, daß wir das Klingonische Imperium so schnell wie möglich verlassen. Ich weiß, daß Sie Ihrem Schiff viel zutrauen, aber glauben Sie mir: Die klingonische Flotte stellt eine erhebliche Gefahr dar. Wir gewähren Ihnen Asyl in der Föderation, doch wir müssen jetzt los.«

»Ich habe Ihre Schiffe gesehen«, erwiderte Garamanus. »Sie ahnen nicht, womit Sie es zu tun haben. Für uns sind Sie nur ein wenig lästig, weiter nichts.«

»Ich bin nicht Ihr Gegner«, sagte Kirk. »Zumindest *noch* nicht.«

Zennor trat zwischen sie, streckte dem Captain kurz eine Klauenhand entgegen und wandte sich dann an Garamanus. »Dies sollen die Eroberer sein? Jene durch und durch bösen Wesen, von denen uns die Danai seit vielen Generationen erzählen? Geschöpfe, deren größte Freude darin besteht, zu foltern und zu quälen? Warum geben Sie nicht endlich zu, im Unrecht zu sein? Dies sind nicht die richtigen Sterne. Es fehlt ein Beweis… Die Crew wird gegen Sie sein, wenn ich ihr davon erzähle. Wir sind gekommen, um das Böse zu finden, doch wir haben das Gegenteil entdeckt. Diesem Umstand müssen wir Rechnung tragen.«

Er zögerte, um Garamanus Gelegenheit zu geben, etwas zu sagen. Als der Dana schwieg, deutete Zennor auf Kirk und fuhr fort:

»Wir teilen dem Eroberer mit, daß wir gekommen sind, um ihn zu vertreiben. Er gewährt uns Schutz. Unser Schiff ist beschädigt. Er bietet uns Hilfe bei der Reparatur an. Man greift uns an. Er verteidigt uns. Wir sagen ihm, daß wir kein Zuhause haben. Er schlägt vor, daß wir uns auf seinen Welten niederlassen. Garamanus Drovid, Dana der *Wrath*, Hüter der Magischen

Eier und der Goldenen Sichel, berufen Sie sich auf Ihre Weisheit und nicht nur auf die Ergebnisse Ihrer Forschungen. Sagen Sie mir: Ist *dies* der Eroberer?«

Zennor ballte die großen, gelbbraunen Hände so fest zusammen, daß sich die klauenartigen Fingernägel in die Haut bohrten. Dann streckte er ruckartig den Arm aus und deutete auf Kirk.

Die Spannung wuchs zwischen den beiden eindrucksvollen Gestalten, dehnte sich aus, erfaßte die ganze Brücke und alle anwesenden Personen. Niemand rührte sich.

Kirk wußte, daß es sich um sehr kritische Sekunden handelte. Er wartete ab und hoffte, daß sich seine Leute ein Beispiel an ihm nahmen.

In Garamanus schien der Zorn das Äquivalent der kritischen Masse zu erreichen. In seinen Augen irrlichterte es, und er bedachte Zennor mit einem herausfordernden und auch provozierenden Blick. Kirk befürchtete fast, daß er sich gleich auf den Vergo stürzen würde. Doch nichts dergleichen geschah. Der Dana beherrschte sich, und als er sprach, klang seine Stimme wie ein Nebelhorn – offenbar hatte er in jenen wenigen Sekunden eine Entscheidung getroffen.

»Ich möchte zum Schiff zurück, um bei meinem Volk zu sein.«

Kirk wußte nicht genau, wem diese Worte galten, aber als Gastgeber fühlte er sich angesprochen. »Transporterraum zwei steht für Sie bereit.«

»Kehren Sie zum Schiff zurück«, sagte Zennor. »Wir schicken eine Botschaft durch die Falte. Sie lautet: Die Eroberer sind nicht hier; dies ist nicht unsere Heimat.«

Garamanus betrat stumm den Turbolift, und hinter ihm schloß sich die rote Doppeltür.

Die Anspannung verschwand mit ihm.

Nun, zumindest ein Teil von ihr.

Kirk wandte sich den Angehörigen der wissenschaftlichen und technischen Abteilung zu. »Kehren Sie zu Ihren Stationen zurück.«

Chief Barnes und die anderen kamen der Aufforderung erleichtert nach. Nicht alle von ihnen fanden Platz in einer Transportkapsel, und deshalb konnten die letzten von ihnen den Kontrollraum erst nach einer Wartezeit von mehreren Minuten verlassen.

Schließlich stand Zennor wieder allein auf dem Oberdeck der Brücke.

Er und Kirk musterten sich gegenseitig.

»Relativgeschwindigkeit null«, sagte der Captain, ohne sich umzudrehen.

Er beobachtete Zennor wie eine Statue und dachte darüber nach, was er sagen sollte.

»Was Sie hier fanden – oder *nicht* fanden –, überzeugte Sie offenbar davon, daß wir nicht Ihre Feinde sind«, sagte er. »Das freut mich.«

Zennor neigte den großen Kopf ein wenig zur Seite. »Nicht *was* wir hier fanden, überzeugte mich davon, sondern *wen* wir hier fanden.« Er legte eine Pause ein, die seinen Worten noch mehr Nachdruck verleihen sollte. »Wenn wir hier nur den Klingonen begegnet wären, hätten wir diesen Raumbereich bereits erobert.«

Kirk fühlte sich plötzlich viel besser, und tiefe Zufriedenheit erfüllte ihn. Nach einigen Sekunden stellte er fest, daß er lächelte.

»Captain ...« Chekovs Stimme erklang von der wissenschaftlichen Station her. »Die Fernbereichsensoren orten starke Warpsignaturen! Eine ziemlich große klingonische Flotte nähert sich mit hoher Warpgeschwindigkeit!«

Kirk nickte und forderte den jungen Mann mit einer knappen Geste auf, sich zu beruhigen. Ihnen blieb noch genug Zeit.

Er sah Zennor an. »Wir sollten besser von hier verschwinden. Hier existiert kein Beweis – es gibt also keinen Grund für uns, noch länger an diesem Ort zu verweilen.«

Zennors Gesicht veränderte sich auf eine sehr subtile Weise. Zeigte es den Schatten eines Lächelns? »Fliegen Sie mit Ihrem Schiff los und lassen Sie mich zurück. Ich bin noch hier, wenn die Klingonen eintreffen. Falls es zu einem Angriff kommt... Ich verteidige mich nur, werde dadurch nicht zu einem Eroberer.«

»Es ist verlockend...«, räumte Kirk ein. »Aber... nein.«

Die dicken Hörner bewegten sich. »Wie Sie meinen, Vergokirk. Letztendlich spielt es keine Rolle. Wenn wir bei Ihnen leben und Sie unsere Technik haben, können Sie dieses Problem selbst lösen.« Er senkte die Trommelschlagstimme und fügte hinzu: »Früher oder später bleibt Ihnen gar nichts anderes übrig.«

»Leute verändern sich, Vergo«, erwiderte Kirk. »Wir müssen ihnen eine solche Chance geben.«

Als er sich mit der Absicht umdrehte, Byers neue Kursanweisungen zu heben, ertönte Zennors Stimme erneut.

»Nein, sie verändern sich nicht«, sagte er. »Gut bleibt gut. Und böse bleibt böse.«

Kirk achtete darauf, sich seine Enttäuschung nicht anmerken zu lassen. Er seufzte innerlich und entgegnete: »Ich schätze, das ist einer der Unterschiede zwischen uns.«

Jedes Krankenhaus hat einen Leichenraum, doch keins möchte einen.

Leonard McCoy befand sich in der Leichenkammer der Krankenstation und erledigte jene Dinge, die ein Arzt erledigen muß. Er notierte die Namen der Toten, verglich die körperlichen Merkmale mit den entsprechenden Einträgen in den Personaldateien, um Identifizierungsfehler zu vermeiden und zu gewährleisten, daß die richtigen Familien einen Brief vom Captain erhielten. Die betreffenden Eltern sollten sicher sein, daß es tatsächlich ihr Sohn gewesen war, den man in die nächste Sonne geschickt hatte. Gerade diese Aufgaben nahm McCoy mit besonderer Sorgfalt wahr.

Er dachte an den Kampf auf dem Planeten zurück, und einmal mehr wurde ihm klar, wie sehr er sich darüber freuen konnte, daß Jim Kirk der Captain dieses Schiffes war. Bei manchen Leuten galt es als Heiliger, bei anderen als Teufel – es kam ganz darauf an, wie man seine Arbeit beurteilte. Und selbst einige Personen, die seine Arbeit gut fanden, mochten ihn nicht. Was auch immer dahintersteckte, Neid, Ungeduld, eine andere Arbeitsmethode – es gab genug Leute, die Kirk unsympathisch fanden.

Aber er war ein Anführer, kein Politiker, und deshalb kam es ihm überhaupt nicht darauf an, irgend jemandem sympathisch zu sein. Sogar einige Mitglieder der Crew mochten ihn nicht, doch das spielte keine Rolle. Der junge Captain hatte nicht nur eine steile Karriere hinter sich, sondern konnte auch die geringste Versetzungsquote bei Starfleet aufweisen. Und die Warteliste für einen Transfer zur *Enterprise* war wesentlich länger als bei allen anderen Schiffen.

Man durfte den Weltraum nicht mit einem Märchenland verwechseln – ein bezaubernder Captain nützte niemandem etwas. Ein Besatzungsmitglied der *Enterprise* zu sein, galt deshalb als erstrebenswert, weil man sicher sein konnte, daß dieser Captain für die Crew kämpfte.

Zum Ausdruck kam das auch und gerade bei solchen Gelegenheiten, wenn mehr als hundert Männer in den Kampf zogen, aber neunzehn von ihnen nicht zurückkehrten. Mehr als alle anderen Raumschiff-Kommandanten stand Kirk in dem Ruf, den Tod von Besatzungsmitgliedern zu verabscheuen. Darin bestand eine seiner Schwächen. Manchmal nahm er den Tod eines Crewmitglieds persönlicher, als für ihn selbst gut war.

Als Arzt hatte er sich schon vor langer Zeit folgender Erkenntnis gestellt: Gelegentlich mußte er den tief in ihm verwurzelten Wunsch, Leben zu retten, mit der Notwendigkeit analytischer Kühle in Einklang bringen.

McCoy faltete die kalten Hände einer Leiche auf der Brust und deckte den Toten dann zu. Nummer zehn. Zeit für eine Pause.

Er sah hoch und blickte auf … das Wesen. Weiß, reglos und ohne Kopf lag es auf dem Tisch. Seit die anderen gegangen waren, hatte er sich diesem besonderen Leichnam nicht mehr genähert, aus Furcht davor, gegen weitere Tabus zu verstoßen. Captain Zennor mußte erst noch entscheiden, was damit geschehen sollte.

Gleichzeitig ging von jenem Toten eine seltsame Faszination aus. Immer schwerer fiel es ihm, der kopflosen Leiche keine Beachtung zu schenken. Sie alle verdienten es, daß man ihnen noch ein letztes Mal Aufmerksamkeit entgegenbrachte.

Ein im Hauptraum der Krankenstation erklingendes Geräusch ließ ihn heftig zusammenzucken. *Ich werde schreckhaft*, dachte und rief sich selbst zur Ordnung.

»Mr. Spock …«, sagte er laut. »Wenn Sie es gewagt haben aufzustehen, ist eine Degradierung fällig.«

McCoy wischte sich die Hände ab, griff nach seinem medizinischen Tricorder und trat durch die Tür. Es erleichterte ihn, die Kühle der Leichenkammer zu verlassen – in der es ohnehin niemand eilig hatte.

Er sehnte sich jetzt nach einem kleinen Wortgefecht mit Spock, um wieder das Gefühl zu bekommen, richtig lebendig zu sein.

Doch im Hauptraum sah er nicht etwa Spock, der an

der Wand lehnte und behauptete, völlig gesund zu sein. Statt dessen präsentierte sich ihm die geisterhafte Gestalt des bleichen Garamanus.

McCoy erstarrte, schnappte nach Luft und konnte nur mit Mühe der Versuchung widerstehen, auf der Stelle die Flucht zu ergreifen. Er tadelte sich dafür, noch immer nicht an den Anblick von fremden Wesen gewöhnt zu sein, aber *diese* Geschöpfe ...

Hinter Garamanus stand ein weiterer Gehörnter, und dahinter bemerkte McCoy eine jener knochigen Kreaturen, die zwischen Armen und Oberschenkeln über Membranen verfügten. Diese dienten vermutlich der Atmung oder Temperaturregelung. *Fremdartiger kann man gar nicht aussehen*, fuhr es dem Arzt durch den Sinn.

Er versuchte ruhig zu bleiben, als er die Wesen beobachtete und feststellte, daß sie ihm den Weg nach draußen versperrten.

»Kann ich Ihnen helfen?« fragte er.

Die Fremden schwiegen und traten stumm vor, fort von der Tür. Wollten sie sich auf diese Weise mehr Bewegungsspielraum verschaffen?

»Oh«, murmelte er nach einigen Sekunden, »sind Sie gekommen, um den Leichnam zu holen? Ich habe ihn nicht angerührt. Ich wollte keine weiteren Fehler machen und auf jeden Fall vermeiden, Sie in irgendeiner Weise zu beleidigen. Wenn Sie mit mir kommen wollen... Ich helfe Ihnen, die Leiche vorzubereiten.«

Vielleicht beging er genau damit einen Fehler. Wahrscheinlich wollten sie nichts mit ihm zu tun haben, ihn so weit wie möglich von dem Toten entfernt wissen.

McCoy hob die linke Hand, um zum Leichenzimmer zu zeigen, und im gleichen Augenblick verschwanden die beiden Geschöpfe hinter Garamanus ...

Nein, sie verschwanden nicht, sie bewegten sich einfach nur sehr schnell – und griffen ihn an.

Der Arzt gab einen erstickten Laut von sich, ein halbes Wort, ein halber Schrei um Hilfe, der ihm jedoch nichts nützte. Der Gehörnte packte ihn von hinten und hielt ihn so fest, daß er keinen Muskel mehr rühren konnte. Das Wesen mit den Membranen hob seine langen, dünnen Arme, stülpte einen der beiden langen Hautlappen über McCoys Kopf.

Das Etwas paßte sich sofort den Konturen von Gesicht und Schultern an. McCoy spürte, wie sich ihm die gummiartige Masse an Lippen und Augen preßte, ihm den Atem nahm. Durch die milchige Membran sah er die vage Gestalt von Garamanus. Der Dana näherte sich ihm...

Ein kraftloser Tritt – größeren Widerstand konnte McCoy nicht leisten, als er hochgehoben und zur Seite gekippt wurde, wie ein zusammengerollter Teppich, den es in die Reinigung zu bringen galt. Jähe Furcht quoll in ihm empor. Garamanus trug ihn, wollte ihn ganz offensichtlich fortbringen.

Dies war eine *Entführung*.

Aber wenn ihn die Fremden nach draußen tragen wollten... Auf dem Weg zur Tür mußte Spock sie sehen. Und bestimmt verzichtete er nicht darauf, die Sicherheitsabteilung zu verständigen.

McCoy hörte das leise Zischen, mit dem sich die Tür öffnete, doch ansonsten blieb alles still. Spocks protestierende Stimme erklang nicht.

Was hatten die Fremden mit dem Vulkanier angestellt?

Er wartete darauf, daß Garamanus und die anderen zur Vernunft kamen, daß sie ihn auf die Füße stellten und sich entschuldigten. Aber nichts dergleichen geschah. Die letzten bewußten Gedanken des Arztes galten dem medizinischen Tricorder, der ihm schmerzhaft fest an die Brust gepreßt wurde.

Dann senkte sich Dunkelheit auf ihn herab.

15

»Spock? Sagen Sie etwas, Spock!« – »McCoy …« – »Ich glaube, er ist nur betäubt, Sir«, meinte die Krankenschwester Christine Chapel, als sie und Kirk neben Spock knieten. Der Vulkanier lag nicht weit von der Liege entfernt auf dem Boden. »Darauf deuten die Anzeigen hin. Ich habe ihm ein Muskelrelaxans sowie ein Nervenstimulans verabreicht. Er müßte gleich wieder zu sich kommen.«

Chapel sah zu den diversen Installationen neben der Liege. »Mr. Spock hat sich mit dem Inhalt einiger Datenmodule befaßt, die jetzt fehlen, Sir. Ich bezweifle, daß er sie irgendwo verstaut hat. Allein kann er dazu kaum imstande gewesen sein, und mich hat er in diesem Zusammenhang nicht um Hilfe gebeten. Wer auch immer hierfür verantwortlich gewesen ist … Glauben Sie, er hat auch die Speichermodule mitgenommen?«

Kirk hielt Spocks Arm fest, achtete jedoch darauf, nicht zu ziehen – obwohl alles in ihm danach drängte, dem Vulkanier auf die Beine zu helfen. Mit einem derartigen Fehler hatte er ihn schon einmal in große Gefahr gebracht, und er wollte ihn auf keinen Fall wiederholen.

Er war froh über seine Entscheidung, Zennor auf der Brücke zurückzulassen. Unter den gegenwärtigen Umständen hätte er seine Präsenz als zusätzliche Belastung empfunden. »Können wir ihn bewegen?«

Schwester Chapel warf dem Captain einen kurzen Blick zu. »Ich versuche es gerade festzustellen, Sir.«

»McCoy ...«

»Was ist mit seinen übrigen Verletzungen?« fragte Kirk. »Wurde seine Rekonvaleszenz in irgendeiner Weise gefährdet?«

»Ich glaube nicht.« Besorgnis verlieh Chapels Stimme einen rauhen Klang. »Man hat ihn vom Bett gestoßen, doch das Antigravfeld blieb lange genug stabil, um den Aufprall zu mildern. Schlimmstenfalls hat er einige blaue Flecken davongetragen.«

»Spock.« Kirk sah in die dunklen Augen des Vulkaniers und versuchte, die Wirkung des nervenstimulierenden Mittels allein mit seiner Willenskraft zu verstärken. »Wir wissen, daß McCoy entführt wurde. Wer steckt dahinter? Haben Sie alles beobachtet?«

Eigentlich wußte er bereits Bescheid, und in seiner Magengrube krampfte sich etwas zusammen. Garamanus.

Spock lag auf dem Rücken, ein Kissen unter die Knie geschoben, um die Durchblutung zu fördern. Er blinzelte, versuchte ganz offensichtlich, sich aus dem Kokon der Benommenheit zu befreien. Er wirkte wie jemand, der allmählich die Betäubung durch einen Phaser überwand.

Vielleicht war genau das die Ursache. In der Technologie von Zennors Volk gab es sicher viele seltsame Aspekte, aber die energetischen Strukturen wiesen auch viele vertraute Muster auf. Man konnte sehr wohl von der Annahme ausgehen, daß die Aliens eine der Phaserenergie vergleichbare Energieform einsetzten, um jemanden zu betäuben.

Es sei denn natürlich, Zennor und seine Leute kannten eine eigene Version des vulkanischen Nervengriffs – das ließ sich nicht ausschließen.

Spock richtete den Blick auf Kirk, schien bei ihm Halt zu finden. Er griff nach dem Arm des Captains und versuchte, den Kopf zu heben.

Seine Stimme kam einem Hauch gleich.
»Es waren… die Furien…«

Furien.

Was sollte das bedeuten? Hatte Spock ein neues Wort geprägt? Nein, das ergab keinen Sinn. So etwas war noch nie zuvor geschehen. Spock gehörte nicht zu den Leuten, die sich einfach irgend etwas einfallen ließ.

»Nun?«

Kirk preßte sich so sehr an die Diagnoseliege, daß ihre Kante schmerzhaften Druck an seinem Bein ausübte.

Schwester Chapel blickte auf die Displays, nickte dann und seufzte. »Es geht ihm schon viel besser. Eine weitere Dosis müßte genügen…«

Sie überprüfte den Injektor und hielt ihn dann an Spocks Schulter. Es zischte kurz.

Ein Teil der Anspannung wich aus dem Vulkanier, und der in seinem Innern stattfindende Kampf schien endlich aufzuhören. Aus klaren Augen sah er zu Kirk empor.

»Entschuldigen Sie bitte, Captain…« Der Klang seiner Stimme schien ihn zu erleichtern – vielleicht hatte er befürchtet, nicht sprechen zu können. »Wie haben sie das Schiff mit Dr. McCoy verlassen?«

»Der Transportertechniker wurde von ihnen auf die gleiche Weise betäubt wie Sie«, erwiderte Kirk. »Sie sind auf etwas gestoßen, nicht wahr, Spock? Worauf? Vorhin sprachen Sie von ›Furien‹. Was meinten Sie damit?«

»Ich war noch immer sehr benommen, Sir.«

»Ich habe das Wort deutlich verstanden. Welche Bedeutung verbirgt sich dahinter?«

Spocks Gesichtsausdruck wies Kirk auf folgendes hin: Woraus auch immer seine Entdeckung bestehen mochte – ihr fehlte vermutlich eine wissenschaftliche Basis.

»Ein Mythos?« spekulierte der Captain. »Etwas in dem Material, das McCoy fand? Heraus damit, Spock – es ist wichtig.«

»Ja, natürlich ... Ich habe mich mit den frühen Zivilisationen in unserem Quadranten und ihren mythologischen Wurzeln befaßt.«

Kirk biß die Zähne zusammen. »Und was haben Sie dabei *herausgefunden*?«

»Ich bin auf erstaunliche Parallelen zwischen Zennors Volk und einigen legendären Gestalten gestoßen, ›Furien‹ genannt.« Der Vulkanier schnaufte leise und versteifte sich, tastete dann nach den Speichermodulen. »Die Dateien ... Befinden sie sich in Ihrem Besitz, Captain?«

»Nein. McCoys Entführer haben sie mitgenommen.«

Spock runzelte die Stirn. »Warum sollten sie Interesse an den Dateien haben?«

Kirk fühlte sich von jäher Kälte erfaßt. »Die Fremden wußten, daß wir historische Nachforschungen anstellten, um sie zu identifizieren. Und sie wissen auch, daß Sie unser wissenschaftlicher Offizier sind. Ich habe Zennor darauf hingewiesen, daß wir in den Aufzeichnungen unserer Geschichte nach Hinweisen suchten. Wahrscheinlich hat er Garamanus davon erzählt – ohne zu erwarten, daß der Dana auf diese Weise aktiv wird. Nun, welche Bedeutung hat diese Sache? Haben Sie etwas entdeckt?«

Besorgnis zeigte sich nun in Spocks Zügen und wies Kirk in aller Deutlichkeit auf den Ernst der Situation hin. »Captain ... Es besteht große Gefahr ...«

»Was meinen Sie? Können Sie es mir zeigen?«

Die Finger des Vulkaniers berührten eine Kontrolleinheit, die mit ihm auf den Boden gefallen war, und übermittelten dem Computer Anweisungen. Einige Sekunden verstrichen, ohne daß etwas geschah, und dann zeigten die Bildschirme gräßliche Phantasiegeschöpfe: Wesen wie die Medusa, mit Schlangen als Haar, flammenartigen Schwingen, grüner Haut und spitzen Zähnen.

Seit er zehn Jahre alt geworden war, hatte Kirk diesen Dingen keine Aufmerksamkeit mehr geschenkt. Fantasy. Magie und dergleichen. Sofort entstand Unbehagen in ihm. Zahlen, Flugpläne, Lichtjahre – er war daran gewöhnt, mit dem Konkreten umzugehen. Dies hingegen...

»Die Furien stammen aus der griechisch-römischen Mythologie«, sagte Spock. »Das Element der Verbannung oder Unreinheit ist tief in unseren Kulturen verankert, Captain. Das gilt insbesondere für die Kultur der Erde. Wir würden unsere Pflicht in Hinsicht auf die Nachforschungen vernachlässigen, wenn wir über die bemerkenswerte Ähnlichkeit der Fremden mit Vorstellungen von Furien, Hexen, Kobolden und so weiter hinwegsähen. Es handelt sich dabei um Bilder, die Furcht in uns wecken.«

Kirk preßte kurz die Lippen zusammen. »Mr. Spock, wollen Sie vielleicht behaupten, daß wir Besuch von Hexen und Zauberern bekommen haben?«

Spock wandte den Blick von den Bildschirmen ab und sah Kirk an. »Es sind keine Hexen im überlieferten, umgangssprachlichen Sinn. Ich spreche vielmehr von Archetypen. Die Fremden gleichen entsprechenden allgemeinen Darstellungen in der Frühzeit unserer Kultur.«

»Pille hatte also recht.«

»Ja, in der Tat. Jetzt haben Garamanus und die anderen meine Dateien, was bedeutet: Sie sehen sich selbst in der Vergangenheit unserer Völker. Besser gesagt: Sie sehen etwas, mit dem sie sich identifizieren können. Vielleicht halten sie die Mythen für Überlieferungen, für die Spuren vergangener Realität. Sie werden auch feststellen, daß wir uns vor solchen Bildern – und damit vor ihnen – fürchten. Ich halte es für wahrscheinlich, daß ihnen diese Indizien genügen. Ihre eigene Zivilisation beruht auf weitaus vageren Hinweisen.«

»Wenn man aus der Heimat vertrieben wird, versucht man, selbst die kleinsten Dinge zu bewahren«, sagte Kirk. Er betrachtete die Gravierung der Halbmondbrosche, die auf dem Tisch neben Spock lag. Er hatte plötzlich das Gefühl, daß die eine Hälfte der Galaxis mit der anderen kollidierte, während er sich dazwischen befand. Mit beiden Händen griff er nach dem Rand der Liege, als sei er bestrebt, auf diese Weise einen physischen Kontakt mit der *Enterprise* herzustellen. »Wenn man nur noch den Glauben hat, so hält man mit besonderer Entschlossenheit daran fest.«

»Ja«, bestätigte der Vulkanier. »Und ...«

»Captain?«

Uhura. Kirk hatte gar nicht das Zischen des Schotts gehört.

»Wir sind hier«, sagte er.

»Sir?« Die dunkelhäutige Frau stand auf der anderen Seite des Raums und konnte sie nicht sehen, weil sie jenseits der Diagnoseliegen auf dem Boden hockten.

»Hier«, wiederholte Kirk.

»Meine Güte!« Uhura trat mit einigen Speichermodulen näher. »Sir! Mr. Spock, was ist passiert?«

Sie kniete sich neben Schwester Chapel hin.

»Die Fremden haben ihn von der Liege gestoßen«, erwiderte Chapel.

»Oh, Mr. Spock ...« Normalerweise wirkte Uhura reserviert, doch jetzt zeigte sich tiefe Beunruhigung in ihrem Gesicht.

»Seien Sie unbesorgt«, erwiderte Chapel. »Er ist in guten Händen.«

Spock spürte ihre Aufmerksamkeit, die sich einmal als nahezu unheilbar erwiesen hatte. Er sah an ihr vorbei zu Uhura. »Haben Sie einen Bericht für uns, Lieutenant?«

»Oh, ja, ja«, antwortete die Kommunikationsspezialistin und hob eins ihrer Speichermodule. »Dr. McCoys Hinweise auf die alte Druidenkultur haben mir dabei geholfen, einige interessante linguistische Aspekte zu entdecken. ›Vergo‹ könnte mit ›Vergobretos‹ oder ›Bretan‹ gleichzusetzen sein, was soviel wie Stammesoberhaupt bedeutet. Also eine Art Captain, Sir. Und die ›Dananns‹ waren Priester, ausgestattet mit speziellen Fähigkeiten.«

»Das klingt viel zu vertraut«, kommentierte Kirk, griff nach einem Kissen und reichte es Chapel, die es Spock unter den Kopf schob. Dadurch hatte er es ein wenig bequemer, während die Krankenschwester versuchte, seinen Zustand zu stabilisieren.

»Mir lief es kalt über den Rücken«, sagte Uhura. »Nun, der Name des Schiffes erschien mir seltsam, und deshalb verglich ich das Wort mit gälischen Begriffen. Wir haben es hier nicht mit ›Wrath‹ im Sinne von ›Zorn‹ zu tun sondern mit ›Rath‹. Dieses Wort geht aufs altenglische ›rathe‹ zurück, was ›früh‹ bedeutet.«

»Früh ...«

»Ja, und im Irischen läßt es sich mit ›Schanze‹ oder ›Hügel‹ gleichsetzen. Die richtige Übersetzung lautet meiner Ansicht nach ›Festung‹.«

»Eine frühe Festung.« Kirk richtete einen nachdenklichen Blick auf Spock. »Ein Scoutschiff?«

»So scheint es«, bestätigte der Vulkanier, während Chapel ihn behandelte.

»Dadurch ergibt sich ein großes Problem für uns«, sagte Kirk. »Wenn Zennor, Garamanus und die anderen so sehr in ihren eigenen Mythen verankert sind ... Dann dürften sie auch bereit sein, auf einer solchen

Grundlage zu handeln. Angenommen, ihre Legenden fordern sie auf, die alte Heimat zurückzuerobern… Vielleicht haben sie bereits entsprechende Vorbereitungen getroffen.«

Spock neigte den Kopf ein wenig zur Seite. »Worauf wollen Sie hinaus?«

»Auf folgendes: Für ein solches Unternehmen schickt man nicht nur ein Schiff. Zennor hat mir etwas verschwiegen, und ich glaube, ich weiß auch was. Ich vermutete, eine Flotte wartet auf Anweisungen von ihm – oder von Garamanus.«

»Dafür haben wir keinen Beweis.«

»Wir können es uns nicht leisten, auf einen Beweis zu warten. Ich muß handeln, auch auf der Grundlage meiner Instinkte. Garamanus hat jetzt die Dateien und kann sie dort drüben jenen zeigen, die das Schiff hierhergeschickt haben.«

»Glauben Sie, die Fremden haben eine Kommunikationsverbindung durch ihr… Portal?«

»Ich schätze, davon sollten wir besser ausgehen.«

»Andererseits… Zennor meinte, daß eine Rückkehr nicht möglich ist.«

»Ja, das *behauptete* er.«

Sie schwiegen, lange genug, um die Leere in der Krankenstation zu spüren, das passive Summen und Zirpen des Bio-Displays an der Wand zu hören. Im Laboratorium brummte irgendein Apparat, nicht weit von einem Tisch entfernt, auf dem die kläglichen Reste der aufgeschnittenen Puppe lagen.

»Es tut mir leid, Captain.«

Kirk drehte den Kopf. »Was tut Ihnen leid?«

Kummer zeigte sich in Spocks Miene, und er versuchte nicht, ihn aus seinem Gesicht zu verbannen. »Ich weiß, daß es zwischen Ihnen und Captain Zennor zu einem Einvernehmen kam, das an… Freundschaft grenzt.«

Kirk starrte auf den Boden und spürte einen Hauch Verbitterung. Wie oft war ihm so etwas passiert? Gemeinsames zu entdecken, Freundschaft mit jemandem zu schließen – um dann zu erleben, wie jenes Band von externen Faktoren zerrissen wurde. An der Starfleet-Akademie und später bei Starfleet schuf Rivalität Distanz, das Streben, der Beste zu sein.

Und im All kam es zu Konfrontationen mit Feinden – Kirk bedauerte es, keine Gelegenheit gefunden zu haben, sie besser kennenzulernen.

Wenn alles zu Ende ging, stand er immer allein da, oft umgeben von Dingen, die repariert und in Ordnung gebracht werden mußten. Gelegentlich mußte er sich abwenden, dort Feindschaft zurücklassen, wo ihm Kameradschaft lieber gewesen wäre.

Gerade deshalb lag ihm so viel an der Gesellschaft von Spock und McCoy, begriff er nun. Weil sie zu ihm hielten. Weil sie nie – wie so viele andere – den Unterschieden zwischen ihnen nachgaben.

Unterschiede...

Zum Teufel damit.

Plötzlich erfüllte ihn wieder Entschlossenheit. »Ich werde die Freundschaft auf eine Probe stellen.«

»Wie?«

»Indem ich mich an Bord des fremden Schiffes beame und Pille zurückhole. Und wenn ich schon einmal dort bin, kann ich feststellen, womit wir es eigentlich zu tun haben.«

Er aktivierte das nächste Interkom. »Kirk an Brücke. Geben Sie mir Captain Zennor.«

Nordstrom hörte offenbar die Schärfe in seiner Stimme, denn sie wagte es nicht, eine Antwort zu geben.

»Wollen Sie ihm alles sagen, Captain?« fragte Spock leise.

»Ich weiß es nicht. Ich habe versprochen, ihm zu helfen...«

Die Züge des Vulkaniers offenbarten neuerliche Besorgnis. »Das könnte unklug sein.«

»Ich weiß.«

»Hier spricht Zennor«, tönte es aus dem Kom-Lautsprecher.

»Wir haben ein Problem. Ihr Dana und andere haben meinen Ersten Offizier angegriffen und den Bordarzt entführt.«

»Garamanus hat ... Dr. McCoy entführt?«

»Ja, und davon bin ich nicht gerade begeistert.«

»Ich muß sofort zu meinem Schiff zurückkehren.«

»Ich begleite Sie«, sagte Kirk. »Und ich nehme einige Sicherheitswächter mit.«

»Ihre Begleiter würden sofort getötet«, erwiderte Zennor. »Wenn Sie unbedingt mitkommen wollen, dürfen Sie niemanden mitnehmen. Nur ein Transfer ist möglich. Ich nenne Ihnen die Modulationsfrequenz, die es Ihrem Transporterstrahl erlaubt, die Abschirmung zu durchdringen. Nach unserem Transfer wird sie sofort geändert. Wir müssen sofort aufbrechen – es ist die einzige Chance für McCoy.«

16

Der Aufenthalt an diesem Ort bedeutet jetzt große Gefahr für Sie. Wenn es zu einer Reaktion kommt, kann ich Sie nicht schützen.«

»Ich bin bereit, ein Risiko einzugehen. Wo ist Dr. McCoy?«

»Kommen Sie. Und seien Sie bereit.«

Das klang nicht gerade ermutigend.

Die Tour durch Zennors Schiff erwies sich als entsetzlich. Kirk kam sich vor wie jemand, der einer flinken Riesenfledermaus durch ein Höhlenlabyrinth folgte. In den breiten, hell erleuchteten Korridoren der *Enterprise* hatte sich Zennor mit großer Vorsicht bewegt, doch hier rannte er fast durch Passagen, die seinen breiten Schultern gerade genug Platz boten. Samtiges Moos bedeckte die Wände. Hier und dort erkannte Kirk auch eine Art Netz. Er stolperte mehrmals, bis sich seine Augen schließlich an die Düsternis gewöhnten. Dennoch blieb das Deck nahezu verborgen. Er glaubte, bei jedem Schritt durch die einzelnen Kammern eines Hornissennests zu treten. Aus irgendeinem Grund hatte der Retransfer direkt in jenen Tunneln stattgefunden, und nun waren sie darin unterwegs.

Das Etwas unter Kirks Füßen … Es war weder fester Boden noch ein Teppich, vielmehr ein Durcheinander aus knirschenden, weichen Materiebrocken, die sich alle durch unterschiedliche Größe und Beschaffenheit auszeichneten. So ähnlich mußte es sich anfühlen, auf einer Müllhalde unterwegs zu sein. Pilze gaben unter ihm nach; kleine Knollen platzten, wenn er auf sie trat. Immer wieder knackte es. Seltsame Gerüche lagen in der Luft, Aromen, die sowohl an Tiere als auch an Pflanzen erinnerten.

Gerade als Kirk glaubte, das stickige Halbdunkel und die immer wieder nach ihm tastenden Algenfäden nicht mehr ertragen zu können, führte Zennor ihn in eine größere Höhle. Auch dort verbargen sich die Wände hinter wuchernden Pflanzen. Gleichzeitig deutete irgend etwas auf die Präsenz von anderem Leben hin. Kirk fühlte Blicke auf sich gerichtet, obwohl ihm alle Sinne mitteilten, daß er mit Zennor allein war.

Auch diesmal vertraute der Captain seinem Instinkt. Er *wußte,* daß ihn Geschöpfe beobachteten – Wesen in den Wänden.

Die Wände hatten zwar keine Augen, dafür aber Löcher, dunkle Öffnungen, in denen Schädel ruhten – Schädel, die sicher nicht von Menschen stammten. Kirk beobachtete sie. Einige von ihnen wirkten vage vertraut, andere stammten von Wesen, die er zwar noch nie gesehen hatte, jetzt aber in der Nähe glaubte. Wenn Zennors Volk nicht dazu neigte, bei seinen Reisen die Schädel fremder Spezies zu sammeln, ließ dieser Anblick nur einen Schluß zu: Die Crew des Vergo war noch viel bunter gemischt, als er bisher angenommen hatte. Kirk vermutete, daß es sich um die Relikte gestorbener Kameraden handelte.

In manchen Fällen wurden also die Schädel aufbewahrt, in anderen die ›Seelen‹. Bestimmt gab es noch andere Eigenheiten. Die Bräuche und Traditionen fremder Kulturen konnten sehr komplex sein.

Plötzlich wünschte sich Kirk eine Chance, die Fremden besser kennenzulernen. Unglücklicherweise spürte er, wie sich diese Chance immer mehr verflüchtigte, als er Zennor durch das seltsame Schiff folgte.

Er versuchte, den vielen Nischen mit den Schädeln keine Beachtung zu schenken. Zennor ging sehr schnell, aber Kirk mußte trotzdem der Versuchung widerstehen, ihn zu noch mehr Eile aufzufordern – er wollte so schnell wie möglich zu McCoy.

Praktisch von einem Augenblick zum anderen gelangten sie in einen sehr hellen Bereich. Hunderte von Stimmen drangen an Kirks Ohren. Er hörte schrille Rufe und seltsame Gesänge, schirmte sich die Augen ab, verharrte und trachtete danach, Einzelheiten zu erkennen.

Vor ihm erstreckte sich ein riesiger, saalartiger Raum, so groß wie ein Stadion und anderthalb mal so hoch. Das fast grelle Licht stammte von grünen und gelben Scheinwerfern. Dicht unterhalb der Decke gab es Öffnungen in den Wänden, und grauweiße Nebelschwaden quollen daraus hervor. Kirk entsann sich an die Konfiguration der *Rath* und vermutete, daß sie sich jetzt im Bereich des Hecks befanden. Was bedeutete: Die Antriebssysteme waren woanders untergebracht. Er machte sich eine gedankliche Notiz …

Eine Sekunde später wichen alle Gedanken an Konstruktion und Strategie aus ihm, als er den Kopf hob, nach oben sah, und noch etwas weiter nach oben …

Im Zentrum der von Dunstwolken durchzogenen Halle erhob sich eine gewaltige humanoide Figur. Sie hatte einen Kopf, zwei Arme und zwei Beine, ähnelte einer ins Maßlose vergrößerten Version der Puppen. In diesem Fall ragte sie mehr als sechs Stockwerke weit empor, bestand aus Holzlatten und Ästen, war hier und dort von Stroh oder einem ähnlichen Material durchsetzt. Die gestreckten Arme wiesen nach vorn, und Schnüre baumelten von den Handgelenken herab. Die Beine endeten dicht unterhalb der Waden. Hände und Füße bestanden nur aus Stummeln.

In den hohlen Armen, Beinen und auch im Rumpf des hölzernen Giganten existierten schmale Plattformen, die nur aus einigen Latten bestanden und einem Menschen gerade Platz boten zu stehen. Mitten im rechten Oberschenkel entdeckte Kirk eine vertraute Gestalt: Aus einer Höhe von mehr als acht Metern starrte McCoy auf den Boden herab.

Der Arzt hielt sich am Stroh fest, blickte in die Tiefe und beobachtete die umherhüpfenden Wesen. Keins schien dem anderen zu gleichen. Kirk sah Geschöpfe mit Schlangenhaar und Hörnern, andere, die ihn an aufrecht gehende Tintenfische erinnerten. In einigen Fällen ließen sich Schwingen erkennen.

Dies war also Zennors Crew: Sie tanzte um die Beine des hölzernen Riesen, häufte noch mehr Stroh und Zweige auf, während sie unablässig sang.

Die Furien. Selbst wenn sie es nicht waren – die Beschreibung wurde ihnen gerecht.

Kirk beobachtete das Geschehen und schauderte innerlich. Ganz offensichtlich ging es den dämonischen Geschöpfen darum, einen ziemlich großen Scheiterhaufen vorzubereiten.

Er trat vor und bemerkte, wie sein goldgelber Uniformpulli das grünliche Licht reflektierte. Eine weitere Erkenntnis gesellte sich hinzu: Das von unten kommende Licht verwandelte seine Miene vermutlich in eine Fratze.

»Jim!« McCoy kniete auf den Latten und schob das Gesicht zwischen zwei Stränge aus Stroh.

Kirk wandte sich an Zennor. »Was hat das zu bedeuten?«

Zennor erwiderte seinen Blick aus glühenden Augen, die keine Reue zeigten. »Strafe.«

Die Besatzungsmitglieder der *Rath* – zumindest jene, die nicht im Dienst waren – eilten hin und her, sangen die ganze Zeit über. Sie schienen recht locker organisiert zu sein, denn jeder von ihnen bestimmte sein Tempo selbst. Aber sie alle arbeiteten auf das gleiche Ziel hin, stapelten Stroh, Zweige und Äste an den Beinen des hölzernen Giganten. Die metallenen Armreife, Halsketten, Medaillons und Glöckchen klirrten und bimmelten, schufen zusammen mit dem Gesang ein unglaubliches akustisches Chaos. An den Gürteln vieler Gestalten sah Kirk Puppen, die dem jeweiligen Besitzer nachempfunden waren.

Zennor stand vor ihm, schien höher und eindrucksvoller aufzuragen als jemals zuvor. Kirk achtete darauf, ganz still zu stehen, nicht mehr Aufmerksamkeit zu erregen als unbedingt erforderlich.

Einige Wesen lösten sich aus dem Durcheinander und hasteten dem Vergo entgegen. Kirk mußte seine ganze innere Kraft aufwenden, um auch weiterhin reglos stehenzubleiben und Zennor die Initiative zu überlassen.

Die gräßliche Schar stürmte näher, und irgendwie gelang es ihr, rechtzeitig genug abzubremsen, um nicht gegen Zennor zu prallen. Alle sprachen gleichzeitig – eine harte Probe für Kirks automatischen Translator.

»Wir sind zu Hause!« jubelte ein Geflügelter.

»Der Dana hat uns die Neuigkeiten verkündet!« freute sich ein dürres Geschöpf, das nur aus Knochen und gummiartiger brauner Haut zu bestehen schien. Abgesehen von seinen vier Armen hätte man es für ein Halloween-Skelett halten können.

»Ja, der Dana brachte uns die frohe Botschaft!« heulte ein Tentakelkopf.

»Dies ist unsere Heimat!« schrillte jemand und untermalte diese Worte mit einigen ekstatischen Tanzschritten.

»Der Dana hatte keine Befugnis«, sagte Zennor. Zorn vibrierte in seiner Stimme. »Sie alle sollten an Ihren Posten sein, Morien.«

»Aber wir haben hier einen Verbrecher, Vergozen«, erwiderte das Geschöpf mit den Kopftentakeln und sah zu Kirk. »Ist das noch einer?«

Das Wesen deutete auf den Captain der *Enterprise*.

»Er ist zu seinem letzten Besuch gekommen«, knurrte Zennor, und Kirk konnte nicht feststellen, ob diese Worte Sarkasmus zum Ausdruck brachten. Mit einem Wink forderte er den Menschen auf, an den Geschöpfen vorbeizutreten. »Holt mir den Dana.«

»Ja, Vergozen«, sagte Morien sofort und sauste fort.

Kirk näherte sich dem Holzkoloß. Die anderen Geschöpfe schienen kaum an ihm interessiert zu sein, warfen ihm nur kurze neugierige Blicke zu. Sie blieben auf ihre Arbeit konzentriert und freuten sich ganz offensichtlich auf das, was bald geschehen sollte. Für irgendwelche Besucher, die den Captain ihres Schiffes begleiteten, hatten sie kaum Aufmerksamkeit übrig.

Er erreichte ein Strohbein, dessen Durchmesser an den eines Warptriebwerks heranreichte. Von dort aus konnte er mit McCoy reden, ohne schreien zu müssen und dadurch Verdacht zu erregen.

»Ist da oben alles in Ordnung mit dir, Pille?« fragte er.

»Ja, noch.« Der Arzt hielt sich an dem Stroh fest. »Was haben die Burschen mit Spock angestellt?«

»Er wurde von der Liege gestoßen. Chapel kümmert sich um ihn. Sie scheint sich über diese Gelegenheit sehr zu freuen.«

»Sind die Klingonen bereits eingetroffen?«

»Sie befinden sich inzwischen in der Reichweite unserer Fernbereichsensoren. Wir wollten gerade Kurs auf die Föderation nehmen, als man dich fortbrachte. Ich schätze, jetzt müssen wir uns irgend etwas einfallen lassen.«

McCoy sah sich um, entdeckte eine etwas tiefer gelegene Latte und kletterte nach unten, bis er im Innern des rechten Beins stehen konnte, dicht über dem Knie. Er kam nur etwa zwei Meter weit, bevor sich die Strohknäuel als unüberwindliche Barriere erwiesen.

»Jim ... Man will mich mit diesem Ding verbrennen.«

Kirk nickte voller Anteilnahme und versuchte, ruhig und vernünftig zu bleiben. »Ja, ich weiß. Ich arbeite an einer Lösung des Problems.«

»Ich habe gegen ihre Gesetze verstoßen. In Hinsicht auf die verdammte Puppe, meine ich. Vielleicht bist du nicht imstande, mir zu helfen.«

»Gib die Hoffnung nicht auf.«

»Oh, keine Sorge – hier bleibt mir kaum etwas anderes übrig als zu hoffen«, erwiderte McCoy. »Hör mal, Jim ... Zennors Leute brachten nicht nur mich hier unter, sondern auch viele andere Dinge, unter anderem meinen medizinischen Tricorder.« Er bückte sich vorsichtig – offenbar fürchtete er, daß Latten und Stroh unter ihm nachgeben konnten – und hob verschiedene Objekte. »Dies hier sind Oberschenkel- und Handknochen. Und Haarbüschel. Und Hautreste. Und diese Knochenplatte stammt vom hinteren Teil eines Schädels.«

»Hier wimmelt es geradezu von Schädeln.«

»Ja, ich weiß. In diesem Fall handelt es sich allerdings um einen andorianischen.«

»Das ist unmöglich«, sagte Kirk. Doch er formulierte dieses Wort mit einer bitteren Resignation, die ihn selbst überraschte.

McCoy hob einen langen grauen Oberschenkelknochen, in dem sich viele Risse zeigten. »Und dieser Oberschenkelknochen hier ... Er stammt von einem Menschen. Von der Erde. Ich habe eine perfekte DNS-Übereinstimmung festgestellt.« Der Arzt hob den medizinischen Tricorder.

»Könnten sich die Fremden den Knochen innerhalb der letzten vierundzwanzig Stunden besorgt haben?«

»Dazu hätten sie ein archäologisches Laboratorium überfallen müssen«, sagte McCoy. »Das Ding ist uralt.«

»Wie alt?« fragte Kirk.

»Nach meinen Schätzungen über viertausend Jahre. Ich betone noch einmal: Es kann kein Zweifel daran bestehen, daß es ein menschlicher Knochen ist.«

»Bist du da wirklich ganz sicher, Pille?«

»Ich habe genaue Untersuchungen angestellt. Hier drin hatte ich nichts anderes zu tun.«

»Und Zennors Leute haben die Dinge wann bei dir untergebracht?«

»Vor einer halben Stunde. Ich glaube, sie plündern ihre Rumpelkammern und statten diesen Holzriesen mit Dingen aus, dir mir in physiologischer Hinsicht ähneln. Vermutlich soll eine Art symbolische Verbindung geschaffen werden.«

»Hast du eine Erklärung für die DNS-Übereinstimmung?« erkundigte sich Kirk.

Der Arzt verzog das Gesicht. »Ich behaupte nicht, daß Menschen und Klingonen ins All vorstießen und diesen Wesen begegneten. Aber vielleicht gelangten solche Geschöpfe vor langer Zeit auf unsere Planeten, um mit ihrer Präsenz den Glauben unserer Vorfahren nachhaltig zu beeinflussen. Wenn im vierzehnten Jahrhundert Vulkanier auf der Erde erschienen wären, hätte man sie sicher für Teufel gehalten.«

»In der Galaxis gibt es schon seit vielen Millionen Jahren Leben. Wäre es da wirklich überraschend, wenn die Erde, Vulkan, die klingonische Heimatwelt und viele andere Planeten irgendwann einmal Besuch aus dem All erhalten hätten?«

»Mich würde es erstaunen, wenn so etwas nicht der Fall gewesen wäre.« McCoy suchte nach einem besseren Halt.

Kirk griff ebenfalls nach dem Stroh. »Inzwischen deutet vieles darauf hin, daß dies tatsächlich einmal die Heimat von Zennors Volk gewesen ist.«

»Dann sollten wir uns besser daran gewöhnen, mit Heugabeln herumzulaufen«, entgegnete McCoy. »Ich fürchte nämlich, daß es darauf hinausläuft.« Er hob den menschlichen Oberschenkelknochen und schüttelte ihn. »Es sei denn, die Fremden haben in den vergangenen zwölf Stunden einen Menschen getötet und es irgendwie fertiggebracht, diesem Knochen den Anschein zu geben, vier- bis sechstausend Jahre alt zu sein. Wir haben den mythologischen Kram von den Griechen, Ägyptern und Druiden übernommen, aber ich glaube, die Griechen, Ägypter und Druiden haben diese Mythen geschaffen, weil sie den Vorfahren dieser Wesen hier begegnet sind.«

Mit dem Tricorder deutete der Arzt auf die tanzenden und singenden Gestalten. Dann streckte er den Arm durchs Stroh und warf das Gerät Kirk zu.

»Falls ich es nicht schaffen sollte…«, sagte McCoy mit sonderbarem Nachdruck. »Sorg dafür, daß Spock die gespeicherten Daten bekommt. Normalerweise ist es mir nicht unangenehm, recht zu behalten, aber diesmal habe ich mehr recht, als uns allen lieb sein kann. Es ist kein Zufall, daß diese Wesen wie unsere Legenden und Mythen vom Bösen aussehen. Sie *sind* unsere Legenden und Mythen vom Bösen!«

Ein weiterer beeindruckender Anblick.

Furien und Feuer.

Im Zentrum der Halle ragte die riesenhafte Figur aus Holz auf. Dunstschwaden zogen an dem Koloß ohne Gesicht und ohne Hände vorbei. Strohbündel und Latten symbolisierten eine humanoide Lebensform, die bald verbrannt werden sollte. An den Wänden zeigten sich die Darstellungen von Tierköpfen; zusammen mit zahllosen dämonischen Statuen spiegelten sie die fratzenhaften Mienen der tanzenden Schar wieder.

»Hast du deinen Phaser dabei?« fragte McCoy mit gedämpfter Stimme.

»Ja«, bestätigte Kirk. »Man hat mir die Waffe nicht abgenommen. Ich weiß nicht, ob Höflichkeit dahintersteckt oder ob man hier keine Gefahr in dem Strahler sieht. Dummheit dürfte bestimmt nicht der Grund sein.«

Trommelschlag erklang, dumpf und nicht sehr gleichmäßig. Kirk blickte kurz zu den Pauken: eiserne Kessel, über die man Häute gespannt hatte. Gehörnte Wesen wie Zennor schlugen mit Oberschenkelknochen darauf – sie wiesen große Ähnlichkeit mit den Knochen auf, die McCoy entdeckt hatte.

»Jim ...«, begann der Arzt.

Kirk sah wieder nach oben. »Ja?«

»Wenn du mich nicht befreien kannst und die Burschen das hier anzünden ...« McCoy unterbrach sich, suchte nach den richtigen Worten. »In dem Fall erschieß mich mit dem Phaser.«

Tiefer Kummer erfaßte Kirk. McCoys Worte gewährten ihm einen tiefen Einblick in seinen Charakter: Der Arzt bat nicht darum, daß er das Feuer auf die Wesen eröffnete, sie mit hochenergetischem Feuer verbrannte, um selbst ungeschoren davonzukommen. Ein einzelner Phaser genügte, um dutzendfach oder gar hundertfach Leben auszulöschen, noch dazu praktisch schmerzlos.

Aber diese Möglichkeit lehnte McCoy ab. Er wollte sich selbst opfern, um die Chance zu bewahren, doch noch eine friedliche Vereinbarung mit Zennor und den von ihm repräsentierten Völkern zu treffen.

»Verstehe«, erwiderte Kirk. Etwas schnürte ihm die Kehle zu. »Ich verspreche es.«

Wenn es zum Schlimmsten kam, würde eine schreckliche Schuld auf dem Captain lasten – das wußten sie beide.

Kirk trat zurück, durch den Kreis aus tanzenden und singenden Gestalten. Er näherte sich wieder Zennor, der auf seine eigene Weise fast ebenso kolossal wirkte wie der hölzerne Gigant.

»Sie wissen, daß ich so etwas nicht zulassen kann«, sagte Kirk.

»An Ihrer Stelle empfände ich ebenso«, erwiderte Zennor. »Aber wir haben unsere Bräuche.«

Jäher Ärger erzitterte in Kirk. »In meiner Heimat wird das Leben nicht von Bräuchen bestimmt, sondern von Gesetzen. Wir stellen jemanden vor Gericht, bevor wir ihn verurteilen. Nun, was halten Sie davon?«

»Er hat Mananns Seele verstümmelt. Er wies selbst darauf hin. Er wollte büßen. Dies ist Buße.«

»Von Gerechtigkeit kann in diesem Zusammenhang wohl keine Rede sein. Ein Verbrechen gleicht kein anderes aus. Haben Sie nicht die Absicht, etwas dagegen zu unternehmen?«

Zennor gab keine Antwort. Er sah nicht einmal mehr auf Kirk herab.

»Es gibt noch andere Verbrechen«, fuhr Kirk fort. Er hielt dies nicht für den geeigneten Zeitpunkt, um Zurückhaltung zu üben, schrie jetzt fast, um die plötzliche Kluft aus Mißtrauen zu überbrücken. »Zum Beispiel Diebstahl. Garamanus hat an Bord meines Schiffes mehrere Speichermodule gestohlen. Es handelt sich um Starfleet-Eigentum. Ich möchte die Gegenstände zurück.«

»Was enthalten die Module?«

»Geben Sie sie zurück. Anschließend reden wir darüber.« Kirk erschrak, als er plötzlich befürchtete, zu weit gegangen zu sein. Unter den gegenwärtigen Umständen genügte der geringste Fehler, um McCoys Schicksal zu besiegeln. Rasch brachte er den Ärger unter Kontrolle und streckte wie beschwörend die Hand aus. »Es muß ein gewisses Maß an Vertrauen zwischen uns geben. Andernfalls haben unsere Kulturen keine gemeinsame Basis, auf der sie etwas aufbauen können. Daran kann Ihnen wohl kaum etwas gelegen sein.«

Die Worte brannten in Kirks Kehle, denn sie kamen zumindest teilweise einer Lüge gleich. Er kannte die gräßliche Wahrheit und wagte es nicht, sie mit Zennor zu teilen. Wenn es möglich war, wollte er den Vergo und seine Crew ganz langsam damit vertraut machen, um sie ihnen zu erklären, um ihnen Gelegenheit zu geben, über den Horizont ihrer Mythen hinauszublicken und zu begreifen: Was auch immer vor fünftausend Jahren geschah – jetzt konnte niemand mehr dafür zur Verantwortung gezogen werden, denn die Schuldigen waren längst tot. Kirk hoffte auf die Chance, den Fremden folgende Erkenntnis zu vermitteln: Die damaligen Eroberer konnten unmöglich Terraner, Vulkanier, Romulaner, Orioner oder Klingonen gewesen sein. Zu jener Zeit hatten die genannten Völker noch gar keine Raumfahrt entwickelt.

Diese Botschaft mußte mit großem Taktgefühl übermittelt werden, und zwar genau zum richtigen Zeitpunkt. Den hielt Kirk noch nicht für gekommen.

Zennor starrte an ihm vorbei, und sein Blick galt einer neuen Präsenz, die sich ihnen aus dem grünlichen Dunst näherte.

Kirk drehte sich aus einem Reflex heraus und sah in die halbmondförmigen Augen von Garamanus.

Zennor trat dem Dana entgegen. »Warum haben Sie das getan?«

»Sie kennen den Grund«, erwiderte Garamanus. »Dies ist unsere alte Heimat. Die Danai haben recht.«

Die singenden und tanzenden Wesen wurden allmählich langsamer. Nacheinander verstummten sie und blieben stehen, um die Konfrontation zu beobachten. Niemand schien überrascht zu sein, aber es gab deutliche Anzeichen von Anspannung. Kirk gewann den Eindruck, daß ein alter Kampf ausgetragen wurde: hier die historische Mission der Danai, und dort die konkrete Wissenschaft eines Raumschiffs. Eine jahrtausendelange Auseinandersetzung strebte nun einer Entscheidung entgegen.

»Sie haben keinen Beweis«, sagte Zennor, als die letzten singenden Stimmen verklangen und Stille herrschte. Er trat noch etwas näher an den Dana heran. »Sie haben die Crew belogen.«

Die Reaktion der Besatzungsmitglieder war zwar bizarr, erschien Kirk jedoch vertraut. Er hatte viele fremde Wesen kennengelernt und wußte daher selbst subtile Hinweise zu deuten. Hier veränderten sich Farbe und Form der Augen und die Körperhaltung. Die Anspannung wuchs. Hatte es jemals jemand gewagt, einen Dana als Lügner zu bezeichnen?

Kirk spürte, wie es ihm kalt über den Rücken lief.

»Ich kenne ihre Geheimnisse«, betonte Garamanus. »Ich habe ihre Erinnerungen gesehen. Es sind die Eroberer.«

Mit einer knappen Bewegung deutete der Dana auf Kirk.

Es ist ihm also gelungen, auf die in den Datenmodulen gespeicherten Informationen zuzugreifen, fuhr es dem Captain durch den Sinn. Ein weiterer Hinweis auf ein erhebliches technisches Potential.

Während Zennor an Bord der *Enterprise* gewesen war, hatte sich das Machtgleichgewicht zugunsten von Garamanus verschoben. Konnte dieser Vorgang rückgängig gemacht werden?

»Wir sind nicht die Eroberer«, sagte Kirk. »Sie irren sich, wenn Sie uns dafür halten. Die Vergangenheit, von der Sie sprechen, hat keinen Bezug mehr zur Gegenwart. Sie verknüpfen falsche und verzerrte Erinnerungen damit.«

»Unsere Erinnerungen sind weder falsch noch verzerrt«, widersprach Garamanus. »Es handelt sich um den Ewigen Schleier, und er ist ebenso real wie Sie. Wenn wir das Bildnis verbrennen und mit ihm jenen, der Seelen zerschneidet, so beginnt damit unser Angriff. Wir wissen, wer Sie sind.« Er griff nach dem Medaillon an seiner Halskette und drehte die reflektierende Seite nach vorn. Kirk sah ein Spiegelbild seines Gesichts. »Wir wissen auch, wer wir sind.«

»Was soll das denn heißen?« fragte der Captain.

Garamanus schloß die Hand um das Medaillon. »Wir alle tragen einen Spiegel, um nie zu vergessen, wie die Verdammten aussehen. Bisher benutzten wir ihn nur, um uns selbst zu sehen. Doch jetzt hat sich die Situation geändert. Jetzt sind nicht mehr wir die Verstoßenen, Verachteten und Unreinen, sondern ... *Sie*!«

Der Dana öffnete die Hand und hob den Spiegel. Erneut sah Kirk sein gerötetes Gesicht.

Er streckte die Hand aus und drückte das Medaillon nach unten.

»Wir haben Ihre Bitte erfüllt«, fuhr Kirk fort und versuchte, die Verzweiflung aus seiner Stimme fernzuhalten. Er sprach schneller. »Wir haben Ihre Daten überprüft, ohne daß sich etwas ergab. Es fehlen wissenschaftliche Beweise ...«

»Sie haben nicht bewiesen, daß wir unrecht haben«, warf Garamanus ein.

»Aber es existiert auch kein Beweis dafür, daß die Danai recht haben«, beharrte Zennor.

Garamanus trug nun einen Mantel, der erstaunlich viele Farben aufwies und einem Banner gleich wogte, als er seine Gestalt straffte. »Vor Jahrtausenden haben die Danai befunden, daß Sie solche Dinge nicht verstehen können. Es gibt Millionen von kleinen Hinweisen.«

»Aber keinen einzigen *Beweis*«, bekräftigte Zennor. Seine Stimme schuf ein dumpfes Echo in der großen Halle.

»Für mich ist alles klar«, sagte Garamanus. »Und für sie ebenfalls.« Er vollführte eine Geste, die den Furien galt. Weiter oben, im hölzernen Riesen, hockte auch weiterhin McCoy, hielt sich mühsam fest und beobachtete, was unter ihm geschah. Garamanus unterschied sich jetzt von dem Dana, den Zennor an Bord der *Enterprise* in Verlegenheit gebracht hatte.

Auch Zennor war anders. Er verteidigte die Zukunft, und Garamanus verteidigte die Vergangenheit. Hier prallten zwei Dinge aufeinander, die sich normalerweise nicht treffen konnten, und sie fanden Substanz in diesen beiden Geschöpfen.

»So hört!« wandte sich Zennor an seine Crew. »Sie sollen entscheiden! Kommen Sie und hören Sie zu!«

Kirks kalte Hände prickelten, als er sich den Riemen des medizinischen Tricorders über den Kopf zog, dann nach hinten griff und den kleinen Phaser hervorholte. Die Waffe verschwand in seiner hohlen Hand, und ihre Wärme deutete auf einsatzbereite Energie hin. Wenn er das Feuer eröffnete, den Strahl von einer Seite zur anderen schwenkte... Dann starben diese Wesen, was McCoy und ihm vermutlich die Flucht ermöglichte. Gleichzeitig brach er damit den Eid, den er und der Arzt abgelegt hatten – von den eigenen persönlichen Prinzipien ganz zu schweigen.

Die zweite Möglichkeit bestand darin, auf McCoy zu schießen und damit das Versprechen ihm gegenüber zu erfüllen. Eine persönliche Verpflichtung, bedeutsam und eine große Belastung für das Gewissen. *Ich töte dich, bevor du leiden mußt.*

Der Wunsch, nach vorn zu stürmen, wurde fast übermächtig. Doch was konnte er tun? Sollte er die Stränge aus Stroh mit bloßen Händen aufreißen? Sie waren fast ebenso hart wie Stahlseile.

Und wenn er einen gebündelten Phaserstrahl darauf richtete? Ja ... *Wenn* er nahe genug heran kam. Doch er mußte etwa fünfzig solche Stränge zerschneiden, um McCoy zu befreien, was viel Zeit kostete.

Die Crew schob sich näher, und Garamanus richtete seinen Blick wieder auf Zennor. »Der Klingone erkannte uns. Sie alle erkannten uns. Auch er weiß, wer wir sind.« Er deutete kurz auf Kirk, kniff dann die sonderbaren Augen zusammen. »Dies ist unser Quadrant, und Sie haben sich mit den Eroberern eingelassen!«

»Er führte uns hierher.« Zennor sprach zur Crew und zeigte auf Garamanus. »Doch die Planeten, zu denen er uns brachte, existieren nicht mehr. Ich habe den Ort gesehen. Es gibt dort keine Welten und daher auch keinen Beweis. Jetzt verlangt er, daß wir diese Leute töten und uns nehmen, was ihnen gehört. Viele Generationen wurden mit dem Streben der Danai nach Macht vergeudet. Sollen wir jetzt zu ihnen und ihren Fehlern in die Grube kriechen? Ich lehne das ab! Die Danai sind unsere inneren Eroberer! Wer von Ihnen tritt vor, um diesen Dana zu verteidigen?«

Zennors Stimme donnerte bei den letzten Worten – er bemühte sich, die Crew zurückzugewinnen.

Kirk sah die Unschlüssigkeit der Furien.

Garamanus hob die Hand und ließ das Medaillon fallen. Ein oder zwei Sekunden verstrichen, ohne daß etwas passierte. Dann lösten sich zehn oder mehr Gestalten aus dem Kreis der dämonischen Zuschauer, kamen schnell näher.

Kirk wich zurück und stieß mit dem Rücken an die Wand hinter ihm. Doch die Wesen hatten es gar nicht auf ihn abgesehen, sondern auf Zennor. Er versuchte sich vorzustellen, daß so etwas an Bord der *Enterprise* geschah – unmöglich.

Hier herrschten andere Regeln. Vielleicht war ein derartiges Verhalten nicht mit Meuterei gleichzusetzen. Garamanus führte nun das Kommando und hatte mit der Medaillon-Geste eine Anweisung übermittelt.

»Zennor!« rief Kirk. »Unternehmen Sie etwas! Sonst werde ich aktiv ...«

Er hob den Phaser – und begriff plötzlich, warum ihm der Vergo die Waffe gelassen hatte. Es war eine Art Sicherheitsmaßnahme.

Zennor schien dem Captain der *Enterprise* überhaupt keine Beachtung zu schenken und ignorierte auch die heranstürmenden Besatzungsmitglieder seines Schiffes. Er ging ebenfalls zum Angriff über und stürzte sich auf Garamanus.

Die beiden Gehörnten umklammerten sich gegenseitig, und eine von ihren Körpern erzeugte Elektrizität knisterte. Gelbes Feuer ging von den Hörnern aus, tastete über Hals und Arme. Die Augen veränderten ihre Farbe; eine innere Glut schien sich in ihnen widerzuspiegeln.

Kirk schirmte sich das Gesicht ab. Er stand noch immer an der Wand und hob die Arme, um nicht von den Funken getroffen zu werden.

Jene Furien, die sich aus der Menge gelöst hatten, verharrten nun und wichen ein wenig zurück, als Zennor und Garamanus gegeneinander kämpften. Sie wankten Kirk entgegen, und der Captain befürchtete schon einen direkten Kontakt mit ihnen, als sie die Richtung änderten und zum Holzgiganten taumelten. Sie stießen dagegen. An den entsprechenden Stellen schwärzte sich das Stroh und begann zu qualmen.

McCoy kroch zur Seite, aber seinem Bewegungsspielraum blieben enge Grenzen gesetzt. Er konnte sich nicht in Sicherheit bringen oder in einem Versteck Zuflucht suchen.

Die großen Hände des Dana schlossen sich um Zennors Hals. Der Vergo schnitt eine Grimasse und schien Kraft aus jener Entschlossenheit zu beziehen, die auf den Hoffnungen für die Zukunft seines Volkes basierte. Er löste eine Hand und griff mit ihr nach einem der stahlharten Strohbündel.

Kirk reckte den Hals, um Einzelheiten zu erkennen. Die Stränge aus Stroh waren äußerst fest – wie konnten sie bewegt werden?

Doch Zennor schaffte das Unmögliche. Es gelang ihm tatsächlich, einen Strang von den anderen zu lösen und nach vorn zu ziehen. Dann mobilisierte er seine letzten Kraftreserven und gab Garamanus einen Stoß, so daß sein Kopf hinter dem Bündel verschwand – das Zennor daraufhin losließ.

Der Dana ächzte, als der Strang ihm den Hals zu zerquetschen drohte. Zennor packte seinen Kopf an den Hörnern und schob ihn noch tiefer in die Strohmasse hinein, wodurch der Druck an seinem Hals immer mehr zunahm.

Garamanus zerrte an den beiden Strängen, zwischen den er feststeckte, konnte sich jedoch nicht befreien.

»Wer ist Vergobretos?« donnerte Zennor.

Seine Stimme füllte die ganze Halle und verursachte mehrere Echos. Mit einem Arm holte er aus, gab dem Dana einen neuerlichen Stoß, der ihn noch weiter zwischen den beiden Strohbündeln einkeilte.

Garamanus zappelte, war noch nicht tot.

Die Furien hoben ihre Fäuste – oder was auch immer – und stimmten einen Gesang an, dessen Bedeutung Kirk nicht verstand.

Zennor griff nach dem Strang, der dem Dana am nächsten war, schloß fest die Hand darum. Sofort stieg Rauch auf. Jene Energie, die zuvor durch die beiden zornigen Kontrahenten geströmt war, erfaßte nun das Stroh und ließ es qualmen.

Funken stoben, und erste kleine Flammen züngelten.

Trotz der Hitze hielt Zennor den Strang auch weiterhin fest. Die Flammen krochen Garamanus entgegen, dessen Gesicht inzwischen blau angelaufen war – der jedoch noch immer versuchte, sich zu befreien.

»Zurück, Pille!« rief Kirk dem Arzt zu, als sich die Glut nach oben fraß. Der Rauch wurde dichter, verwandelte sich in einen dunklen Vorhang, hinter dem McCoy kaum mehr zu erkennen war.

Der Captain trat hinter Zennor, wagte es jedoch nicht, ihn zu berühren – immerhin ging noch immer jene seltsame Energie von dem Vergo aus.

»Zennor!« rief er. »Hören Sie auf damit. Garamanus ist erledigt. Lassen Sie ihn los.«

Doch der Vergo hielt den Dana noch immer mit der einen Hand fest, während die andere den Strang umklammert hielt. Noch mehr Flammen entstanden, krochen am linken Bein der Holzfigur empor, fraßen sich zum Rumpf, wuchsen von dort aus zu den oberen Bereichen und erfaßten den linken Arm.

McCoy hockte noch immer im Oberschenkel des rechten Beins und versuchte verzweifelt, dichte Rauchwolken mit den Händen beiseite zu fächeln. »Jim!«

Kirk eilte zur rechten Seite des hölzernen Riesen. »Halt durch!«

Die Besatzungsmitglieder der *Rath* sangen und jubelten nun wieder. Sie winkten, freuten sich ganz offensichtlich über das Feuer. Wo sich eben noch der Kopf des Riesen befunden hatte, loderten nun Flammen. Kirk schauderte innerlich, als er sah, welche Loyalität der Kommandant genoß – für den, der in der Hierarchie an zweiter Stelle kam, blieb kaum etwas übrig. War das nur hier der Fall, oder galt so etwas für die Machtstruktur an Bord aller Raumschiffe?

»Hören Sie auf, Zennor!« rief Kirk. Es enttäuschte ihn, daß ein jahrtausendealtes Streben nun auf den Kampf zwischen den Oberhäuptern zweier verschiedener Fraktionen hinauslief. In einem solchen Zusammenhang wünschte er sich Erhabenes, nichts so Banales wie einen Zweikampf oder die blinde Anwendung von Gewalt. Doch nicht immer genügte fester Glauben oder eine unerschütterliche Überzeugung, um den Sieg zu erringen.

Zennor gab dem Dana einen zornigen letzten Stoß und trat dann zurück.

Das Geschöpf namens Morien und mehr als zehn andere eilten sofort zu dem keuchenden Dana, der inzwischen viel zu schwach war, um Widerstand zu leisten. Entsetzt beobachtete Kirk, wie sie Garamanus packten und ihn durchs brennende Stroh ins brennende Bein des Riesen schoben.

Schreie hallten durch den stadionartigen Raum, als der Dana lebendig verbrannte.

Mit drei Schritten war Zennor beim rechten Bein des Riesen und griff dort nach dem noch nicht brennenden Stroh. Seine Hand erschimmerte und wurde durchsichtig, strahlte jene innere Energie aus, die dem Vergo im Zorn zur Verfügung stand. Offenbar brachte es gewisse Vorteile mit, auf der anderen Seite der Galaxis außer sich zu geraten.

Kirk folgte dem Gehörnten, seinen Phaser schußbereit in der Hand.

Zennor zerrte dort an dem Strohbündel, wo sich nun eine Brandstelle zeigte, und es löste sich sofort. Anschließend wiederholte er den Vorgang, arbeitete sich so weit wie möglich nach oben.

»Pille!« rief Kirk. »Kletter herunter! Hörst du mich? Laß dir von meiner Stimme den Weg weisen!«

Durch die dichten Rauchwolken konnte er McCoy nicht sehen. War der Arzt überhaupt noch bei Bewußtsein?

Zennor verbrannte und zerrte auch weiterhin, ging systematisch vor, um eine Öffnung im Knie des hölzernen Giganten zu schaffen.

»Pille!« Kirk ruderte mit den Armen und versuchte, eine Lücke im dichten Rauch zu schaffen. Es war heiß, und die Temperatur stieg. Schweiß strömte ihm übers Gesicht, bildete große Flecken auf dem Uniformpulli.

Eine Hand – eine menschliche Hand – kam aus dem Qualm, gefolgt von einem blauen Ärmel, an dem Ruß klebte.

Kirk griff danach und zog.

Holzsplitter hatten einige Kratzer in McCoys Gesicht hinterlassen, als er aus dem Knie der großen Figur wankte und gegen Kirk stieß. Sie verloren beide das Gleichgewicht und sanken zwischen brennenden Zweigen zu Boden.

Der Captain spürte die Hitze durch den besonders widerstandsfähigen Stoff seiner Uniform. Er rollte sich auf die Seite, kam rasch wieder auf die Beine und zog McCoy an einem Arm hoch, fort von den Flammen. Der Arzt taumelte und preßte die eine Hand an den rechten Oberschenkel, so als sei er dort verletzt. Aber wenigstens konnte er stehen. Zusammen mit Kirk drehte er sich um.

»Wo …«

»Sie haben ihn dort hineingestoßen«, sagte der Captain.

McCoys Miene zeigte Verblüffung. »Lieber Himmel! Er war unschuldig!«

Zennor folgte ihnen, als sie sich von dem brennenden Riesen entfernten. Überall loderten nun Flammen; die Furien heulten und kreischten begeistert. »Kehren Sie auf dem Weg zurück, den wir gekommen sind, durch den Tumulus und die Ritualschächte. Jener Bereich ist nicht abgeschirmt; von dort aus können Sie sich an Bord Ihres Schiffes beamen. Gehen Sie jetzt, bevor die anderen aufmerksam werden.«

»Ich verlange die Speichermodule zurück«, sagte Kirk scharf.

Zennor streckte die Hand aus und berührte ihn. Der Kontakt kam fast einem Schock gleich, denn die Hand erwies sich als trocken und kalt, trotz der Hitze und hohen Luftfeuchtigkeit. »Die Zeit ist zu knapp. Ich suche die Module und eliminiere sie. Gehen Sie jetzt!«

Der hoch aufragende Holzkoloß hatte sich in einen feurigen Riesen verwandelt. Gelbe und rote Flammen loderten an den Armen und fraßen an den Beinen. Die Grundstruktur des Giganten war so beschaffen, daß sie bis zum Schluß stabil blieb – er sollte auch weiterhin aufragen, während in und an ihm alles verbrannte. Wie viele ›Verbrecher‹ waren im Verlauf der letzten fünftausend Jahre auf diese Weise hingerichtet worden?

»Meine Mutter hat mich immer wieder darauf hingewiesen, daß ich an einem solchen Ort enden würde, wenn ich nicht brav bin«, schnaufte McCoy.

Kirk starrte in den Qualm und blinzelte. »Laß uns gehen.«

»Die Burschen verbrennen noch ihr Schiff...«

Der Captain hob den Kopf, sah nach oben und erkannte vier Schächte. »Das bezweifle ich«, erwiderte er. »Es gibt einen Rauchabzug. Offenbar haben solche... Zeremonien des öfteren stattgefunden.«

Zutiefst beunruhigt blickte er zum anderen Bein der Holzgestalt und bemerkte die Umrisse des brennenden Dana. Ein Unschuldiger starb dort, wußte Kirk. Und für seinen Tod war er zumindest mitverantwortlich.

Einmal mehr griff er nach McCoys Arm, konnte jedoch nicht der Versuchung widerstehen, noch einige

Sekunden zu zögern und das schaurige Spektakel einer fast zwanzig Meter hohen Holzgestalt zu beobachten, die vom Feuer verschlungen wurde. Flammenzungen leckten aus den gestreckten Armen, und unten heulten die Furien, während sie tanzten und Trommeln schlugen.

McCoys Gesicht glühte. »Dies könnte einer deiner interessantesten Logbucheinträge werden, Jim: ›Captain Kirk entdeckt die Hölle‹.«

Es ist schwer, mit dem Teufel auf
dem Rücken zu tanzen.

»Lord of the Dance«
Ein Volkslied

17

»Alarmstufe Gelb. Mr. Donnier, programmieren Sie einen direkten Kurs nach … Mr. Spock.«

Donnier und Byers drehten kurz den Kopf und schienen sich zu fragen, ob sie wirklich einen Kurs zum Ersten Offizier programmieren sollten – so etwas konnte passieren, wenn die Anspannung ein gewisses Maß erreichte.

Jim Kirk verharrte auf halbem Wege zum Kommandosessel, kehrte aufs obere Deck zurück und trat zur Steuerbordseite.

»Mr. Spock …«

»Captain …«

Der Vulkanier stand gerade und ein wenig zu steif an der wissenschaftlichen Station, erweckte den Eindruck, dort genau am richtigen Platz zu sein.

Kirk sah einen dunklen Fleck an der rechten Seite von Spocks Gesicht – eine der vielen Folgen des Sturzes auf Capella IV. Aus irgendeinem Grund bemerkte er ihn erst jetzt.

»Sie sind noch nicht aus der Krankenstation entlassen worden, Mr. Spock.«

Der Vulkanier holte tief Luft. »Als Sie das Schiff verließen, habe ich es angesichts der besonderen Umstände für angebracht gehalten, mich auf den Sonderbefehl vier zwei sieben Unterabschnitt J-Drei zu beziehen – er erlaubt es Führungsoffizieren, sich in kritischen Situationen über die Entscheidungen von Sektionsleitern hinwegzusetzen.«

»Einen solchen Unterabschnitt gibt es nicht.«

»Was Schwester Chapel allerdings unbekannt war. Und da ich bereits hier bin, schlage ich vor, daß wir sie nicht in Verlegenheit bringen.«

»Es scheint Ihnen lieber zu sein, daß sie ein Donnerwetter von McCoy zu hören bekommt, wenn er Sie nicht auf der Behandlungsliege vorfindet.«

»Ist mit dem Doktor alles in Ordnung?«

»Er dürfte ein wenig angesengt sein, was Sie jedoch nicht veranlassen sollte, das Thema zu wechseln.«

Spock nickte kurz und achtete darauf, sich nicht zu sehr zu bewegen. Nachdenklich senkte er den Blick und sagte: »In der Krankenstation kann ich mich kaum nützlich machen, Sir.«

»Sie sind verletzt. Und von den Patienten in der Krankenstation erwartet man nicht, daß sie sich nützlich machen, Spock. Ich möchte, daß Sie die Rekonvaleszenz fortsetzen. Ihr Diensteifer in allen Ehren, doch Sie geben kein gutes Beispiel. Die übrigen Besatzungsmitglieder sollten wissen, daß wir auch ihre Bemühungen zu schätzen wissen.«

Selbst wenn alles andere versagte – der letzte Hinweis erfüllte bestimmt seinen Zweck. Das war einer der Vorteile, wenn man sich gut kannte.

Spock sah erneut zu Boden. »Ja, Sir, ich verstehe.« Dann hob er den Kopf und schien sich an etwas zu erinnern. »Haben Sie die Speichermodule mitgebracht?«

»Nein.« Kirk seufzte und ging einige Schritte. »Wir hatten alle Mühe, unsere Haut zu retten. Zennor brachte Garamanus um.«

Er spürte, wie Schuld in seinem Gesicht brannte.

»Interessant«, kommentierte Spock leise. »Um McCoy zu retten?«

»Zum Teil. Ein Machtkampf fand statt, und zwar

schon seit einer ganzen Weile. Er betraf nicht nur Zennor und Garamanus, sondern auch und vor allem das, was sie repräsentierten. Jetzt hat Zennor das Kommando *und* die Speichermodule. Nun, ich muß ihm einfach vertrauen.«

Er hatte diese Worte gerade ausgesprochen, als er begriff, wie dumm sie klangen. Jemandem vertrauen zu wollen und es tatsächlich zu können – das waren zwei völlig verschiedene Dinge.

Er sah nach vorn. »Schilde hoch, Mr. Donnier.«

»Schilde aktiviert, Sir.«

Die Tür des Turbolifts öffnete sich, und ein ziemlich erregter McCoy kam herein. Der rechte Arm steckte in einer Schlinge, und in der linken Hand hielt er ein Speichermodul.

»Unterabschnitt J – lieber Himmel, Spock!« schnaufte er. »Schwester Chapel ist ziemlich bestürzt.«

»Was ich sehr bedauere, Doktor. Ich kehre in die Krankenstation zurück.«

»Das will ich auch stark hoffen.« McCoy reichte ihm das Modul. »Darin sind alle Daten enthalten, die ich mit meinem medizinischen Tricorder an Bord des fremden Schiffes aufzeichnen konnte. Ich bestätige alle Angaben, Jim. Das Alter der Knochen und des Haars, die biologischen Wurzeln, der planetare Ursprung. Es kann nicht der geringste Zweifel bestehen. Vor vier- bis siebentausend Jahren hatten die Vorfahren der Fremden Kontakt mit diesem Quadranten.«

Spock vergaß einfach, daß man ihn zur Krankenstation geschickt hatte. Steif wandte er sich dem Bibliothekscomputer zu, schob das Speichermodul ins Lesegerät und sah dann auf die Displays, nahm die Informationen wesentlich schneller auf als ein Mensch.

Kirk konnte die Darstellungen nicht sehen, aber er erinnerte sich noch sehr deutlich daran, was er an Bord des fremden Schiffes beobachtet hatte.

Es dauerte nicht lange, bis Spock sich aufrichtete – ganz langsam, um den Schmerz unter Kontrolle zu halten. Sein Gesicht wirkte noch ernster als sonst. Was auch immer ihm die Monitore gezeigt hatten – es gefiel ihm nicht.

»Ich muß leider auf folgendes hinweisen: Für unsere bisherigen Vermutungen gibt es offenbar eine Basis in der Realität.«

»Können Sie uns irgendwelche Schlußfolgerungen anbieten?« fragte Kirk.

»Ich habe eine Hypothese.«

»Lassen Sie hören.«

»Wenn vor etwa fünftausend Jahren ein interstellarer Krieg stattfand, wenn Zennors Volk ihn verlor und anschließend verbannt wurde... In einem solchen Fall können wir davon ausgehen, daß einige Überlebende auf der Erde, Vulkan und anderen Planeten mit humanoidem Leben strandeten. Wesen mit ›Hörnern‹ und ›Schwingen‹...«

»Oder Schlangen auf dem Kopf«, warf McCoy ein.

»Man stelle sich vor, daß hochentwickelte Geschöpfe dieser Art bei den nomadischen Klingonen sowie den frühen Terranern, Vulkaniern und Orionern zu überleben versuchten«, fuhr Spock fort. »Sie verfügten über Energiewaffen und eine spezielle Heiltechnik, hatten darüber hinaus besondere individuelle Fähigkeiten...«

McCoy unterbrach den Ersten Offizier erneut. »Die damaligen primitiven Einheimischen müssen in diesem Zusammenhang an Wunder geglaubt haben.«

»Oder an Zauberei«, fügte Spock hinzu. »An Übernatürliches. Auf diese Weise entstanden die ›Furien‹. Sie trachteten danach, der Massenvertreibung zu entgehen, suchten Zuflucht auf unseren Welten. Während sie dort lebten und langsam ausstarben, wurden sie Teil unserer Mythen. Auf diese Weise könnten Legenden entstanden sein – was heute dazu führt, daß wir jene Geschöpfe zu ›erkennen‹ glauben. Einige ihrer physischen Merkmale brachte man vielleicht mit dem Tierreich in Verbindung. Aus Schädelerweiterungen wurden Hörner, aus Kühlhäuten Schwingen, aus Knochenfüßen Hufe und aus Tentakeln Schlangen, die andere Lebewesen allein durch ihren Anblick in Stein verwandelten.«

Kirk nickte langsam, während seine Gedanken und Vorstellungen Jahrtausende überspannten. »Als sich auf den betreffenden Welten die Religionen veränderten, gingen sie darin ein. Zum Beispiel der druidische Gehörnte Gott – er hatte sein Vorbild in Zennors Volk.«

»Schließlich kam das Christentum, und darin gab es keinen Platz für den Jagdgott. Um die neue Religion durchzusetzen, stellte man den Gehörnten als Teufel dar – als Satan.«

Hinter Kirks Stimme läutete eine Glocke und verursachte mehr Lärm als die Sirenen der Alarmstufe Rot.

»Dies sind keine Spekulationen, Captain«, sagte Spock, als er das Mienenspiel des Captains beobachtete. »Wir wissen, daß es geschehen ist.« Er sah kurz auf die Displays. »Die Haushaltsgegenstände der Frauen wurden zu Werkzeugen der Hexerei, als männliche Ärzte die Heilkunst übernehmen wollten. Daher die Vorstellung von einer rußgeschwärzten Frau, die auf einem Besen – einem Küchenutensil – durch die Luft fliegt oder an einem brodelnden Kessel Magie beschwört. Ähnliches passierte in Hinsicht auf den Gehörnten Gott. Die Heugabel, Symbol männlicher Arbeit, wurde mit dem Teufel assoziiert, als sich das Christentum ausbreitete. Solche Veränderungen lassen sich relativ leicht auf ihren Ursprung zurückführen.«

»Ich wette, so verhält es sich auch mit dem seltsamen Schmuck, den Zennor und die anderen tragen«, meinte McCoy. »Bestimmt hat alles symbolische Bedeutung. So wie die kleinen Spiegel.«

»Um die Verdammten anzusehen.« Kirk trat an dem Arzt vorbei und rieb sich nachdenklich die vielen wunden Stellen an den Fingerknöcheln. »Satan, Zauberer, Hexen, druidische Priester – die Folgen eines Krieges im All während einer abergläubischen Epoche. Kaum zu glauben.«

Spock bewegte vorsichtig die Schultern. »Bevor Wissenschaft und Medizin den allgemeinen Lebensstandard verbesserten, blieb den Leuten nur der Aberglaube, Captain – ein Aberglaube, dem die unschuldigen Flüchtlinge letztendlich zum Opfer fielen.«

Kirk musterte ihn. »Sind Sie wirklich davon überzeugt?«

»Es ist keine Frage der Überzeugung. Vor langer Zeit war Vulkan von Wesen besetzt, die wir Ok'San nannten. Sie wiesen große Ähnlichkeit mit den Furien auf und hinterließen einen nachhaltigen Eindruck auf unsere Gesellschaft. Einige Überlieferungen berichten von dem Aufruhr, den sie uns brachten.«

Kirk nickte. »Ja ... Wir bekommen es nicht zum erstenmal mit solchen Wesen zu tun. Nun, Zennor erzählte uns, daß die Verlierer des damaligen Krieges Zehntausende von Lichtjahren entfernt auf benachbarten Planeten untergebracht wurden. Ein dunkles Zeitalter begann für sie, und schließlich setzte eine neue technologische Entwicklung ein, die jedoch zunächst dazu führte, daß sich die Nachkommen der Verbannten gegenseitig bekämpften. Bis sie begriffen, daß sie eine gemeinsame Vergangenheit hatten. Während all das passierte, holte unsere eigene Evolution den technischen Rückstand auf.«

»Jetzt kehren die Verstoßenen zurück«, sagte McCoy. »Um in ihrer einstigen Heimat auf uns zu treffen.«

Kirk drehte sich zu ihm um. »Es sind eben *nicht* die Verstoßenen, die jetzt heimkehren, sondern ihre Nachkommen.« Er vollführte eine Geste, die sowohl dem fremden Schiff als auch der *Enterprise* galt. »Außerdem sind wir ganz gewiß nicht die Eroberer. Die damaligen Sieger sind längst tot und haben ihre Verbrechen ins Grab mitgenommen. Ich bin nur bereit, für meine eigenen Handlungen oder die meiner Crew Verantwortung zu übernehmen. Und für die Crew fühle ich mich nur deshalb verantwortlich, weil ich der Kommandant dieses Raumschiffs bin. Wir schulden den Fremden nichts, und sie haben kein Recht, sich etwas zu nehmen, das uns gehört. Die Zeiten ändern sich. Geschichte ist nicht statisch, sondern ein fortlaufender Prozeß. Nach Hunderten von Generationen ist es blanker Unsinn anzunehmen, daß die Kindeskinder der einen Seite auf irgendeine Art und Weise den Kindeskindern der anderen verpflichtet sind. Ebensogut könnte ich auf der Erde irgendeinen Ort aufsuchen und Anspruch darauf erheben, weil das entsprechende Land vor Jahrtausenden einem meiner Ahnen gehörte. Ich lehne es ab, in Begriffen von Kollektivschuld und dergleichen zu denken.«

»Allerdings müssen wir davon ausgehen, daß Zennor und seine Crew ihre Überlegungen von derartigen Dingen bestimmen lassen«, erwiderte Spock. »Genau da liegt das Problem für uns. Die Fixierung darauf, verbannt oder bestraft worden zu sein, ist nicht neu. Auch nicht die Verbindung mit dem Feuer, das Sie an Bord des fremden Schiffes kennenlernten.«

»Auf solche Bekanntschaften verzichte ich gern«, brummte McCoy und tastete nach seinem verletzten Arm.

»Für das Konzept, die Schuldigen oder ›Verdammten‹ zu verbrennen, gibt es eine logische Grundlage«, setzte Spock seinen Vortrag fort. »Die Bezeichnung ›Gehenna‹ bezog sich auf einen Ort außerhalb von Jerusalem, wo man Müll verbrannte. Eltern drohten ihren Kindern häufig damit, sie nach Gehenna zu schicken, wenn sie nicht gehorchten. Deshalb die Verbindung von Flammen mit Strafe. Auf der Erde bildeten sich daraus im Lauf der Zeit Vorstellungen, die zu Namen wie Orkus, Styx, Hades, Jüngstes Gericht, Hölle und so weiter führten. Auf anderen Planeten gibt es Bezeichnungen wie Kagh'Tragh oder Aralua. Selbst auf Vulkan existierte ein solches Konzept, von dem wir uns vor Generationen trennten. In allen Fällen ging es um Verbannung und Strafe.«

»Die meisten Religionen drohen mit etwas«, kommentierte McCoy. »Es gibt den Priestern Macht.«

»Captain ...« Spock sah Kirk an. »Zennor und seine Crew sehen zwar wie die ›Furien‹ aus, doch es geht ihnen nicht bewußt darum, Unheil zu bringen. Die Legenden wurden ganz offensichtlich von den Siegern geschrieben.«

»Heilige können Dämonen sein, und umgekehrt«, sinnierte Kirk. »Es kommt ganz darauf an, was man von ihrem Werk hält.«

Er wußte, daß in seiner Stimme Bitterkeit erklang. Gemischte Gefühle brodelten in ihm empor, und derzeit unternahm er nichts, um sie zu unterdrücken. Er begann zu ahnen, worin seine Pflicht bestehen mochte, und sie gefiel ihm ganz und gar nicht.

»Wie auch immer die Fremden aussehen: Es sind keine Dämonen. Es handelt sich vielmehr um Leute, deren Zielstrebigkeit an Besessenheit grenzt. Zennor ist ein anständiger Captain, der versucht, seine Mission zu einem erfolgreichen Abschluß zu bringen. Er kann sehr wohl zwischen Recht und Unrecht unterscheiden. An seiner Stelle würde ich mich vermutlich nicht anders verhalten. Nun, ich habe beobachtet, wie er Garamanus umbrachte – obwohl ich wußte, daß der Dana auf dem richtigen Weg war. Ich hätte es verhindern sollen.«

Spock wirkte plötzlich wie ein Junge, der mit einem

Stein eine Fensterscheibe zerbrochen hatte und sich fragte, ob man das betreffende Gebäude für abbruchreif erklärt hatte oder nicht. Er musterte den Captain. »Sie bringen Zennor erstaunlich viel Verständnis entgegen, Sir.«

Kirk blickte zum Wandschirm. »Ich mag ihn«, entgegnete er kummervoll. »Wir haben viel gemeinsam.«

»Kein Wunder, daß du mit dem Teufel gut zurechtkommst«, ließ sich McCoy vernehmen.

Spock wölbte eine Braue, und in seinen Mundwinkeln zuckte es kurz. Kirk spürte ein Band der Freundschaft, das zumindest einen Teil des inneren Schmerzes betäubte.

»Was soll ich jetzt unternehmen?« fragte er. »Ist es angebracht, eine feindliche Macht ins stellare Territorium der Föderation zu eskortieren? Wäre es besser, sie hier zurückzulassen, auf daß sie irgendwann die Wahrheit entdeckt und über die Klingonen herfällt? Darf ich es wagen, von der Annahme auszugehen, daß sie sich früher oder später nicht auch gegen uns wendet?« Kirk seufzte. »Ich muß Starfleet benachrichtigen, eine Warnung übermitteln.«

In diesem Augenblick verabscheute er seinen Rang. Er verabscheute es, der Starfleet-Querkopf zu sein, bei dem man immer dann klingelte, wenn es irgendwo Ärger gab – und der sich sogar selbst welchen suchte, wenn es zu lange ruhig blieb. Er fühlte nicht jene Art von Unerschütterlichkeit, die man ihm nachsagte, erinnerte sich an die Fassungslosigkeit in Kellens Gesicht, als der klingonische General feststellte, daß Kirk nicht nur ein tollkühner Draufgänger war, sondern auch sehr vorsichtig und zurückhaltend sein konnte.

Kellen hatte von Anfang an recht, dachte Kirk. *Ebenso wie Garamanus.*

Er trat zwischen Spock und McCoy, griff nach dem

roten Geländer. »Ich muß mit Zennor reden. Vielleicht gelingt es mir, ihn zur Vernunft zu bringen. Vielleicht schafft er es mit meiner Hilfe, sich von dem historischen Rache-Ballast zu befreien.«

»Captain …«, begann Spock, sprach jedoch nicht weiter. Offenbar sah er keine Möglichkeit, Kirks Probleme mit Logik zu lösen.

»Kommen Sie, Mr. Spock.« McCoy griff nach dem Arm des Vulkaniers. »Es wird Zeit für Sie, in die Krankenstation zurückzukehren. Gehen Sie ganz langsam.«

Spock zögerte, sah zu Kirk und suchte noch immer nach geeigneten Worten.

Der Captain bemerkte es aus den Augenwinkeln, drehte jedoch nicht den Kopf. Er rieb sich das Kinn, um über ein Schaudern hinwegzutäuschen. Nein, keine weiteren Fehler – er durfte Spock nicht den geringsten Vorwand dafür liefern, noch länger auf der Brücke zu bleiben.

»Captain?«

»Mr. Chekov?« Kirks Stimme war kaum mehr als ein Krächzen.

»Die klingonische Flotte wird jetzt von unseren Nahbereichsensoren erfaßt, Sir. Geschätzte Flugzeit bis zu uns: dreißig Minuten. Entfernung …«

Die Brücke neigte sich abrupt zur Seite, so als hätte sie unter der Backbordseite einen Tritt bekommen. Sirenen heulten, und die Sicherheitsautomatik veranlaßte Alarmstufe Rot. Die Anzeigen der Displays veränderten sich, wurden nun von der Reserveenergie gespeist – für den Fall, daß die Hauptenergie ausfiel. Kirk fiel zur Seite und entging nur knapp einer Kollision mit Lieutenant Nordstrom an der Kommunikationsstation. Der starke Neigungswinkel des Decks sorgte dafür, daß die junge Frau vom eigenen Gewicht an die Konsole gepreßt wurde.

Kirk stürzte an ihr vorbei zur zweiten wissenschaftlichen Station, und irgendwie gelang es ihm, sich dort festzuhalten. Das Deck unter ihm erbebte mehrmals, schien ihm dadurch das Gleichgewicht rauben zu wollen. Das Licht im Kontrollraum ging mehrmals aus und wieder an, als die energetischen Transferkanäle hier und dort unterbrochen wurden. Mühsam drehte der Captain den Kopf und sah, wie Spock und McCoy an eine Seite des Turbolifts gedrückt wurden.

Der auf Kirk lastende Druck schien nicht geringer zu werden, sondern sogar zuzunehmen. Irgend etwas hatte die künstliche Gravitation an Bord der *Enterprise* zumindest teilweise neutralisiert, und hinzu kamen Fehlfunktionen der Trägheitsabsorber. Ungeduldig wartete er darauf, daß sich die Systeme wieder normalisierten.

Endlich verloren Arme und Beine an Gewicht. Kirk drehte sich um, half Nordstrom in ihren Sessel und wies sie an: »Einsatzbereitschaft für alle Decks.«

Sie rang nach Atem. »Aye, Sir.«

Der Captain trat rasch an ihr vorbei, griff nach McCoys gesundem Arm und zog ihn hoch. Anschließend halfen sie beide Spock auf die Beine und stützten ihn, bis er seine Schmerzen unter Kontrolle bringen konnte.

»Dorthin.« Kirk führte Spock zur wissenschaftlichen Station, wo er Platz nehmen konnte. »Setzen Sie sich.« Spock kam der Aufforderung nach und streckte die Hände nach den Sensorkontrollen aus.

Kirk eilte zum Kommandobereich. »Mr. Byers, visuelle Überprüfung.«

Byers nickte und betätigte mehrere Tasten.

Einige Hilfsbildschirme erhellten sich und zogen lange genug Energie von anderen Systemen an, um das All außerhalb der *Enterprise* zu zeigen. Auf einem Monitor erschienen die purpurnen Rumpfplatten des Furienschiffes.

»Aktivieren Sie unsere Bugschilde, Mr. Byers.«

Wieder befolgte Byers die Anweisung, ohne sich Zeit für eine Bestätigung zu nehmen.

Das Glühen der Rumpfplatten deutete auf eine gerade erfolgte Entladung hin. *Damit dürfte klar sein, was geschehen ist*, fuhr es Kirk durch den Sinn.

»Externen Kom-Kanal öffnen«, sagte er und holte tief Luft.

»Externer Kanal geöffnet, Sir«, erwiderte Nordstrom.

»Kirk an Zennor. Bitte melden Sie sich.«

Er empfand eine sonderbare Kühle, und das Gefühl schien aus seinen Händen zu weichen, sie taub werden zu lassen. Er wußte, was sich anbahnte …

Nordstroms skandinavische Züge verrieten Konzentration, als sie das Kom-Modul am Ohr berührte. »Der Kanal ist offen, Sir. Er kann Sie hören.«

Kirk verließ sich auf diese Auskunft. Er ging zum Kommandosessel, als könnte er dadurch die Distanz zu Zennor verringern.

»Sie haben sich die Dateien angesehen.«

Einige Sekunden verstrichen, und es blieb alles still. Der Captain wartete. Seltsames Halbdunkel herrschte um ihn herum. Hier und dort flackerten einige Kontrollampen. Das Summen von Ventilatoren wies darauf hin, daß sich irgendwo Rauch gebildet hatte, der abgesaugt wurde. Kirk wußte: Bis zu einem gewissen Grad konnte sich sein Schiff um sich selbst kümmern …«

»Ich habe sie gesehen«, tönte es aus den Lautsprechern der externen Kommunikation.

Kirk glaubte, im Klang von Zennors Stimme noch eine letzte Chance zu erkennen.

»Wir müssen darüber reden«, sagte er und hätte fast eine Grimasse geschnitten. Seinen Worten schien es an Bedeutung und Inhalt zu fehlen.

»Gespräche erübrigen sich«, erwiderte der Vergo. »Ich habe mich geirrt. Die Danai hatten tatsächlich recht. Garamanus vertrat den richtigen Standpunkt. Darauf wollte er hinweisen, bevor ich ihn tötete. Jetzt muß ich seine Mission fortsetzen. Er wählte den richtigen Ort, und in seinem Namen erhebe ich Anspruch darauf.«

Der zarte Stoff des Friedens zerfaserte immer mehr. Kirk spürte, wie er sich zwischen seinen Fingern auflöste.

»Nein, er vertrat den falschen Standpunkt«, widersprach er. »Sie glauben noch immer an die Dinge, die Sie mir gegenüber erwähnt haben, oder?«

»Ich hatte nur recht, als ich sagte, daß sich die Leute nicht ändern. Sie sind die Eroberer.«

»Sie wissen, daß das nicht stimmt. Die Vergangenheit spielt keine Rolle.«

»Nur auf die Vergangenheit kommt es an«, betonte Zennor.

Kirk sah zum Wandschirm und beobachtete, wie sich das fremde Schiff langsam drehte. Er hielt sich an der Rückenlehne des Kommandosessels fest. »Wir sind Freunde. Wir ähneln uns. Ist das nicht ein besseres Fundament als jene Dinge, von denen Sie sprechen?«

Er wartete.

Stille.

Auf der Brücke rührte sich niemand. Erst jetzt stellte Kirk fest, daß jemand die Alarmsirenen deaktiviert hatte.

»Sie wußten davon.« Zennors Stimme klang noch dunkler, verriet persönlichen Groll. »Haben Sie auf diese Weise unsere Zivilisation in den Untergang getrieben? Indem Sie Vertrauen als Waffe verwendeten?«

»Nein«, sagte Kirk. »Für diesen Fehler bin allein ich verantwortlich, nicht meine Kultur. Bitte überlegen Sie gut! Versuchen Sie, vernünftig zu sein. Niemand hat ein Recht auf einen bestimmten Bereich des Alls. Aber

Sie haben das Recht, als freie Personen in unserer Gesellschaft zu leben. Unsere Hand der Freundschaft ist noch immer ausgestreckt. Stoßen Sie sie nicht beiseite.«

Aus den Augenwinkeln sah er, wie McCoy zur anderen Seite des Kommandosessels ging, ihm damit moralische Unterstützung gewährte und gleichzeitig anbot, einen Teil der Verantwortung zu tragen. Kirk war ihm sehr dankbar dafür.

McCoy trat einen Schritt vor und wollte etwas sagen, klappte den Mund jedoch wieder zu, als erneut Zennors Stimme aus den Lautsprechern tönte.

»Teilen Sie Ihrer Zivilisation mit, daß sie diese Raumsektoren räumen soll.«

Kirk starrte zum Wandschirm und blinzelte.

Ein Schatten des Ärgers fiel auf sein Gesicht. »Wollen Sie wirklich, daß ich Abermilliarden von Personen auffordere, ihre Sachen zu packen und die alte Heimat zu verlassen?«

»Eine solche Aufforderung richteten Sie an uns.«

Die Worte hatten den unangenehmen Klang der Wahrheit – so wie Zennor sie sah.

»Uns trifft keine Schuld«, sagte Kirk. »Keine heute lebende Person ist verantwortlich für das, was damals mit Ihren Vorfahren passierte. Mein Angebot gilt nach wie vor. Kommen Sie mit uns; wir heißen Sie in der Föderation willkommen. Doch dazu müssen Sie sich von Ihrer Vergangenheit trennen.«

Er wartete, setzte seine ganzen Hoffnungen darauf, daß es noch immer eine Chance für den Frieden gab. Doch Zennor antwortete nicht. Wieder folgte Stille und dehnte sich, dauerte an …

»Zennor?«

Wann war dies geschehen? Wann hatten sich Dienst und Pflicht in Adern und das Blut verwandelt, das in ihnen floß? Wann war aus dem Wunsch, ein Raumschiff zu kommandieren und Gutes zu tun, die aktive

Bereitschaft geworden, das Wohlergehen der ganzen Föderation zu gewährleisten?

Eine bewegte Kindheit und Jugend, dann Starfleet, wo man großen Wert auf Konformität legte – aber er bekam immer wieder Medaillen dafür, mit dem Kopf durch die Wand zu gehen und Vorschriften so auszulegen, wie sie ihm in den Kram paßten. Schließlich gab man ihm ein Schiff, vertraute ihm das Leben von einigen hundert Besatzungsmitgliedern an und ließ ihn auf die Galaxis los.

Was reizte ihn so sehr daran?

Augenblicke wie dieser?

Vielleicht.

»Bitte antworten Sie, Zennor.«

Es erfolgte tatsächlich eine Antwort, aber nicht von der Art, die er erwartet hatte.

»Captain ...« Spock blickte auf die Displays der wissenschaftlichen Station, drehte dann den Sessel und sah zum Wandschirm, ohne den Kopf drehen zu müssen. »Etwas geschieht im All. Es bildet sich ein Riß in der Raum-Zeit-Struktur. Die Sensoren orten ein großes Objekt darin. Ein Objekt, das sich uns nähert.«

Kirk trat auf die Plattform des Befehlsstands und blieb vor dem Kommandosessel stehen. »Ausmaße?«

»Masse beträgt etwa ... siebenhunderttausend Tonnen. Was die Größe betrifft ...«

Diesmal konnte der Vulkanier die Überraschung nicht aus seiner Stimme verbannen.

»Offenbar ist das Objekt mehr als tausend Meter lang, Sir.«

Schweiß bildete einen dünnen Film auf Kirks Stirn. »Visuelle Erfassung.« Als nichts geschah, sagte er scharf: »Mr. Byers, auf den Schirm.«

Das Bild auf dem Wandschirm wechselte. Zennors purpurner und schwarzer Zapfen verschwand aus dem Projektionsfeld, wich einer Darstellung des Alls.

Und dort, mitten in der Schwärze, zeigte sich ein Riß, als hätte jemand mit einem riesigen Beil zugeschlagen. Blaues Licht schimmerte durch die Öffnung, und in diesem Licht zeichneten sich die Konturen eines Raumschiffes ab.

Es war mehr als einen Kilometer lang und dreihundert Meter hoch. Seine Form entsprach der von Zennors Schiff: ein riesiger Zapfen, ein Korkenzieher, der sich durch den Riß schraubte.

Hinter dem gewaltigen Raumer schloß sich die Öffnung in der Struktur des Weltraums so abrupt, daß mehrere Brückenoffiziere verblüfft blinzelten.

»Irgendein Masseverlust?« fragte Kirk rasch.

»Nein«, erwiderte Spock. »Dieses Problem haben die Fremden offenbar gelöst.«

Das kolossale Schiff glitt durchs All, Zennors Raumer entgegen. Bug an Heck trafen sie sich, führten ein elegantes, fehlerfreies Rendezvous- und Andockmanöver durch. Kurze Zeit später stellte Zennors Schiff nur mehr die Spitze eines viel größeren Raumschiffs dar.

Kirk wußte seine schlimmsten Befürchtungen bestätigt und beobachtete das größte Schlachtschiff, das er je gesehen hatte. Wenn seine Größe darauf hindeutete, wozu es imstande war, so stand eine Katastrophe bevor.

McCoy wich zum Geländer zurück und schien zu ahnen, daß dies nicht der richtige Zeitpunkt war, um in der Nähe des Kommandosessels zu verweilen und zu riskieren, den Captain zu stören. Kirk fühlte die Veränderung, ohne den Blick vom Wandschirm abzuwenden. Er hatte es schon des öfteren gespürt: Wenn die Situation besonders kritisch wurde, neigte die Crew dazu, die Distanz zu vergrößern – um den Offizieren Gelegenheit zu geben, konzentriert nachzudenken. Er sah inzwischen ein besonderes Anzeichen in diesem Verhalten, eine Art ganz persönliche Alarmstufe Rot.

Dumpfer Schmerz pochte zwischen seinen Schläfen, störte die Überlegungen.

»An alle Decks: Notalarm«, sagte er. »Ein Kampf gegen die Verdammten steht bevor. Und sie haben nichts zu verlieren.«

Deine Feinde sind entschlossen,
erbarmungslos und nahe.

»Lock the Door, Larrison«
Ein Volkslied

18

Gefechtsstationen besetzen«, sagte Kirk. Der Befehl war längst überfällig. Hoffnung hatte ihn bisher daran gehindert, ihn zu erteilen.

»Gefechtsstationen besetzen«, tönte es überall an Bord aus den Interkom-Lautsprechern. »Gefechtsstationen besetzen. Dies ist keine Übung. Alle Posten sichern. Technische Einsatzgruppen für die Schadenkontrolle in Bereitschaft.«

»Mr. Byers, erhöhen Sie die Entfernung bis auf maximale Phaserreichweite. Wir sollten vermeiden, noch einmal aus nächster Nähe getroffen zu werden. Geben Sie uns Manövrierspielraum.«

»Ja, Sir. Maximale Phaserreichweite, Sir.«

»Mr. Spock, verbergen sich noch mehr Schiffe in dem Riß?«

»Nein, Sir. Die Öffnung scheint jetzt vollkommen verschwunden zu sein. Vielleicht halten die Fremden ein Schiff dieser Größe für ausreichend.«

»Wir wissen, wieviel Energie notwendig ist, um einen solchen Strukturriß zu erzeugen«, sagte Kirk mehr zu sich selbst. »Die Fremden mußten praktisch ein schwarzes Loch hierherbringen, nur um die Tür zu öffnen.«

Er hätte Spock in die Krankenstation schicken sollen, als es noch Gelegenheit dazu gab, doch eine innere Stimme hinderte Kirk daran, das jetzt nachzuholen. Außerdem fiel ihm auf, daß McCoy in dieser Hinsicht kein Wort verlor. Nun, wenn es auf dem Weg zur Krankenstation zu Erschütterungen kam, so bestand die Gefahr, daß sich Spock noch weitere Verletzungen zuzog. Wenn man die Dinge aus diesem Blickwinkel betrachtete, hatte es durchaus einen Sinn, daß der Vulkanier an der wissenschaftlichen Station sitzen blieb.

Kirk verstand sowohl Spock als auch McCoy. Diesmal verstand er sogar sich selbst.

Er sank in den Kommandosessel und zwang sich zur Ruhe.

»Energetische Priorität für die primären Bordsysteme«, sagte er. »Nahbereichsensoren auf maximale Erfassung. Manöverbereitschaft für Impulstriebwerk. Transferbereitschaft für Warpantrieb. Energie in die Phaser leiten. Und jemand soll mir eine Tasse Kaffee besorgen.«

»Energetische Priorität für die primären Bordsysteme, aye. Nahbereichsensoren auf maximale Erfassung.«

»Energie in die Phaser geleitet, Sir.«

»Transferbereitschaft für Warpantrieb, Sir.«

»Tasse Kaffee, aye, Sir.«

Die raschen Bestätigungen seiner Befehle vertrieben den Kummer aus Kirk, schienen ihm und auch dem Schiff neue Kraft zu geben.

»Photonentorpedos vorbereiten«, fügte er hinzu, und Chekov wiederholte die Worte sofort.

Kirk lehnte sich im Kommandosessel zurück und spürte kühles Leder am verlängerten Rücken. Er sah zum Wandschirm und beobachtete das fremde Schiff: Es wirkte nun nicht mehr ganz so groß, da die Entfernung zugenommen hatte. »Distanz zur klingonischen Flotte?«

»Sie trifft in vierzehn Minuten ein, Captain«, antwortete Chekov. Er hatte auf eine solche Frage gewartet.

»Setzen Sie sich mit General Kellen in Verbindung.«

»Externer Kom-Kanal geöffnet, Sir«, sagte Nordstrom.

»General Kellen, hier spricht Captain Kirk.«

»Ich weiß, für wen Sie sich halten«, tönte es aus den Lautsprechern. »Sie sollten besser nicht versuchen, uns aufzuhalten. Ich komme mit einer Flotte von zehn Schlachtkreuzern. Hiermit widerrufe ich offiziell Ihre Erlaubnis, sich im stellaren Territorium des Klingonischen Imperiums aufzuhalten. Kehren Sie zur Föderation zurück. Dies ist Männerarbeit.«

»Ich biete Ihnen meine Kooperation an. Und ich entschuldige mich bei Ihnen. Sie hatten recht, was die Herkunft der Fremden betrifft.«

»Ha!«

»Ich glaube nicht an Ihre Mythologie, und das sogenannte Chaos halte ich für Unfug. Aber es scheint tatsächlich eine Verbindung zwischen jenen Leuten und unserem Teil der Galaxis zu existieren.«

»Danke. Und nun aus dem Weg mit Ihnen.«

»Nein, ich gebe nicht einfach so den Weg frei«, erwiderte Kirk scharf. »Ich kümmere mich um die Sache, wenn Sie und Ihre Flotte mich unterstützen.«

Es folgte jene Art von Pause, die der Captain gut kannte: Ein Kommandant nutzte sie, um nach einer Möglichkeit zu suchen, alle seine Chancen wahrzunehmen, keine einzige von ihnen zu vergeuden.

»Was wollen Sie?« fragte der General schließlich.

Kirks Respekt vor Kellen wuchs. Trotz seiner unangenehmen Erfahrungen war der General bereit, eine Zusammenarbeit in Betracht zu ziehen.

Er zögerte zwei oder drei Sekunden lang, bevor er erwiderte: »Ich möchte dem Gegner eine geschlossene Front zeigen – vielleicht denkt er dann noch einmal über seine Absichten nach.«

»Eine geschlossene Front?« wiederholte Kellen. »Soll das heißen, Sie wollen kämpfen?«

»Wenn nichts anderes übrig bleibt. In erster Linie geht es mir um eine Gelegenheit, noch einmal mit Zennor zu reden.«

»Weitere Gespräche.«

»Ja. Ich möchte den Fremden einige historische Daten erklären, an ihre Vernunft appellieren...«

Erinnerungsbilder vom Aufenthalt an Bord des fremden Schiffes zeichneten sich vor Kirks innerem Auge ab.

Er dachte an eine Crew, die aus Nymphen, Tikis, Todesfeen, Zombies, Werwölfen, Medusen und anderen mythologischen Gestalten bestand. Aber es handelte sich nicht in dem Sinne um Teufel und Dämonen, sondern um Geächtete und Verstoßene. Sie ließen sich von einem Traum leiten, der Unheil für die Völker in diesem Teil der Galaxis bedeutete. Kirk wollte diesen Traum nicht zerstören, sondern in eine andere Richtung lenken. Wieviel Energie steckte doch in ihm! Fünftausend Jahre lang hatte eine ganze Zivilisation auf dieses Ziel hingearbeitet. Wenn sich jene Kraft für konstruktive Zwecke nutzen ließ, wenn die Fremden verstanden und bereit waren, einen Schlußstrich unter ihre Vergangenheit zu ziehen...

»Es wird nicht mehr geredet«, sagte Kellen. »Sie befinden sich im Raumgebiet des Klingonischen Imperiums. Geben Sie den Weg frei.«

Kirk sah zum Wandschirm, der ihm die purpurnen Schuppen von Zennors gewaltigem Schiff zeigte. Dann blickte er zu den Steuerbordschirmen: Sie präsentierten zehn klingonische Schlachtkreuzer, begleitet von mehr als einem Dutzend leichter Patrouillenkreuzer. Rein äußerlich unterschieden sich die beiden Schiffstypen kaum voneinander, aber Kirk wußte, daß die Schlachtkreuzer über wesentlich mehr Feuerkraft verfügten. Außerdem waren sie nicht ganz so manövrierfähig wie die Patrouillenschiffe.

»Versuchen Sie noch einmal, eine Verbindung mit Zennor herzustellen, Lieutenant«, sagte der Captain.

Er hörte, wie Nordstroms Kom-Konsole hinter dem Befehlsstand summte und piepte. Kurze Stille folgte, und dann wiederholte sich das Piepen.

»Keine Antwort, Sir. Die Fremden haben alle Kommunikationskanäle geschlossen.«

»Schiff zu Schiff.«

»Es besteht Kom-Kontakt.«

Kirk neigte sich zur Seite, stützte den Ellenbogen auf die Armlehne des Kommandosessels und schürzte die Lippen. »Na schön, General. Versuchen Sie es meinetwegen auf Ihre Weise. Ich gebe den Weg frei, so wie Sie es wünschen. Mr. Byers, steuern Sie uns zur Seite, damit die klingonische Flotte das Schiff der Furien angreifen kann.«

Byers drehte kurz den Kopf, und widersprüchliche Empfindungen huschten durch sein rundliches Gesicht. »Aye, Sir.«

Die Klingonen versuchten nicht, Zennors Invasionsschiff zu warnen. Sie rasten mit voller Geschwindigkeit heran und eröffneten sofort das Feuer, wobei die Angriffsspitze von den Patrouillenschiffen gebildet wurde. Kellens Entschlossenheit schien die ganze Flotte motiviert zu haben: Sie hatte es ganz offensichtlich darauf abgesehen, die Fremden sofort zu erledigen, ihnen nicht die Chance zu lassen, im Föderationsraum Zuflucht zu suchen und später zurückzukehren.

Vielleicht sah Kirk zuviel in den Bildern, die ihm der Wandschirm zeigte. Wie dem auch sei: Der Instinkt vermittelte ihm Empfindungen, und er glaubte nicht, daß er einen völlig falschen Eindruck gewann.

Die Patrouillenkreuzer nahmen das Schiff der Furien unter Beschuß. Sie versuchten, schwache Stellen in der Panzerung zu schaffen – um den Schlachtkreuzern Gelegenheit zu geben, dort tiefe Wunden zu reißen. Disruptorblitze zuckten durch die Schwärze des Alls und tasteten über purpurne Schuppen.

Reflektierte Energie schuf einen sonderbaren Funkenregen, und Kirk war froh, daß er sich mit der *Enterprise* auf die Position eines Beobachters zurückgezogen hatte. Die energetischen Wellenfronten erwiesen sich als stark genug, um die klingonischen Patrouillenschiffe schlingern zu lassen.

»Auswirkungen?« fragte der Captain gespannt.

»Keine feststellbaren.« Spock stützte sich mit einer Hand ab, als er in den Sichtschlitz des Scanners blickte. Kirk hatte nicht gesehen, daß der Vulkanier aufgestanden war. »Ich vermute, Zennors Schiff absorbiert einen großen Teil der destruktiven Energie. Sie verursacht keine Schäden, dient vielleicht sogar dazu, das energetische Potential der Fremden zu erhöhen.«

»Soll das heißen, Kellen erweist den Furien einen Gefallen, indem er auf sie schießt?«

Spock nickte. »Möglicherweise reicht unsere Waffenkapazität nicht aus, um die Absorptionsfähigkeit dieses Schiffes zu neutralisieren.«

»Könnte das Schiff auch mit der Energie von Phaserstrahlen und Photonentorpedos fertig werden?«

»Das läßt sich derzeit kaum sagen.« Der Vulkanier sah zum Captain. »Ich halte es für wahrscheinlich. Die Entwicklung einer solchen Technik deutet auf eine extrem widerstands- und anpassungsfähige Kultur hin.«

»Ich glaube, diese Beschreibung trifft durchaus zu.« Kirk blickte nachdenklich zum Wandschirm. »Man müßte es also mit einer anderen Taktik versuchen.«

Chekov richtete sich an der vorderen wissenschaftlichen Station auf. »Jetzt greifen die Schlachtkreuzer des Generals an, Sir!«

»Welches ist Kellens Schiff?«

Chekov deutete zur rechten Seite des Wandschirms. »Seine Kom-Signale kamen von dem Schiff mit der gelben Markierung, Sir.«

Kirk hielt Ausschau.

Die klingonischen Schlachtkreuzer schienen aus der einen Seite des Wandschirms herauszuwachsen. Die im Bereich des Furienschiffes flackernde Energie spiegelte sich auf ihren silbergrauen Rümpfen wider. Sie kamen der *Enterprise* sehr nahe, glitten an dem Föderationsschiff vorbei, ohne ihm Beachtung zu schenken. Ihre Form erinnerte an Kraniche: Die Hälse waren weit nach vorn gestreckt, und von den daran befestigten Sensorkugeln gingen ständig Ortungssignale aus, sondierten den Raum.

Kellens Kreuzer flog über den anderen und trug tatsächlich eine gelbe Markierung. Niemand sollte daran zweifeln, wer die Flotte kommandierte – Klingonen hielten nichts davon, ihre Anführer zu schützen.

Als sie bis auf Gefechtsreichweite heran waren, eröffneten sie das Feuer. Nichts deutete auf eine spezielle Taktik hin: Die Schlachtkreuzer steuerten einfach das Ziel an und ließen ihre Waffen sprechen. Die Patrouillenschiffe drehten ab, um nicht zwischen die Fronten zu geraten. Sie wichen nach oben, unten und zu den Seiten aus, setzten ihre Disruptoren immer dann ein, wenn sich ihnen ein klares Schußfeld bot.

Es schimmerte und gleißte im All, doch die gewaltigen zerstörerischen Kräfte verpufften wirkungslos an Zennors Raumer – dadurch gewann die Szene fast etwas Unterhaltsames. Kirk spürte eine eigentümliche Distanz zu dem Geschehen, eine Mischung aus Faszination und Kummer darüber, daß niemand bereit war, auf die Stimme der Vernunft zu hören. Er beobachtete, wie die Patrouillenkreuzer immer wieder über den purpurnen Riesen hinwegsausten und Disruptorblitze nach ihm schleuderten. Doch sie erreichten nicht mehr als Spatzen, die gegen eine Betonmauer prallten.

Nach einer Weile stand Kirk auf und ging zu Spock. »Mit Energiewaffen kann man offenbar nichts gegen die Furien ausrichten«, sagte er leise.

»Zennors Technik ist imstande, destruktive Energie durch Absorption unschädlich zu machen.« Spock stützte sich auch weiterhin mit einer Hand ab, entlastete dadurch den verletzten Rücken. »Seine früheren Behauptungen scheinen nicht übertrieben gewesen zu sein. Das Schiff ist wirklich enorm leistungsfähig. Es hat noch nicht einmal das Feuer erwidert ...«

»Wenn Zennors Schiff nicht nur in der Lage ist, destruktive Energie abzuleiten, sondern aufzunehmen und zu speichern, sie für eigene Zwecke zu verwenden ...« Kirk zögerte kurz. »Es liefe darauf hinaus, daß ihm die Klingonen das energetische Potential für einen Gegenschlag zur Verfügung stellen.«

Er wandte sich an Nordstrom. »Öffnen Sie einen Kom-Kanal zum Flaggschiff des Generals, Lieutenant.«

»Ja, Sir. Kanal geöffnet.«

»General, hier spricht Kirk. Ich weise Sie daraufhin, daß Sie mit Ihren Attacken nichts gegen Zennors Schiff ausrichten können. Sie stellen den Furien sogar die Energie für einen Gegenangriff zur Verfügung.«

»Kümmern Sie sich um Ihre eigenen Angelegenheiten«, lautete die Antwort.

Kirk schüttelte den Kopf und kehrte zum Kommandosessel zurück, nahm jedoch nicht Platz. »Wie Sie meinen. Lieutenant, halten Sie die Kom-Kanäle offen.«

»Kanäle sind geöffnet, Sir.«

McCoy trat zum Captain. »Ein Stamm kämpft gegen den anderen. Und warum? Weil es Stämme sind. Ein trauriger Anblick.«

»Unsere Zivilisation hängt davon ab, wie sehr wir die Wilden in uns unterdrücken können«, sagte Kirk. »In diesem Fall gibt man ihnen nach.«

»Wir alle haben unsere inneren Dämonen. Stell dir nur die vielen Konflikte, Geschichten und Drohungen vor, die bei dieser Konfrontation aufeinandertreffen. So viele Alpträume... Es ist eigentlich unglaublich. Wir sollten uns häufiger mit unseren historischen Aufzeichnungen beschäftigen. Bestimmt enthalten sie viele interessante Hinweise.«

Die Tür des Turbolifts öffnete sich, und Yeoman Tamamura kam mit einem Tablett und mehreren Tassen Kaffee herein.

»Sir...«, sagte sie, sah zum Wandschirm – und ließ das Tablett beinah fallen. Sie faßte sich gerade noch rechtzeitig, trat zum Befehlstand und gab dem Captain eine Tasse. Eine zweite bot sie dem Arzt an.

»Bekommen wir auch Popcorn?« fragte McCoy. Aber er sah nicht Tamamura an, sondern Kirk.

Die offenen Kom-Kanäle übertrugen klingonische Stimmen: Kellen und die Kommandanten der anderen Schiffe koordinierten einen neuen Angriff, dem es ebenso an Finesse mangelte wie dem ersten. Sie führten einfach einen weiteren Anflug durch und eröffneten erneut das Feuer. Auch diesmal blieben die vielen Disruptorstrahlen ohne negative Wirkung auf das Schiff der Furien, das die Energie irgendwie mit seinem Schuppenpanzer absorbierte.

Kirk beobachtete das Blitzen und Flackern auf dem Wandschirm. Erstaunlicherweise war bisher noch niemand zu Schaden gekommen, aber im Captain flüsterte erneut die Stimme des Instinkts und teilte ihm mit, daß es nicht mehr lange dauern konnte, bis die Katastrophe begann.

Er zuckte unwillkürlich zusammen, als sich in der

linken oberen Ecke des Wandschirms plötzlich der Glutball einer Explosion zeigte.

Das Licht wurde so schnell heller, daß der Brückencrew nicht genug Zeit blieb, die Augen abzuschirmen. Als das Gleißen verblaßte, sah Kirk nur noch Funken und glühende Wrackteile. Hier und dort loderten Plasmawolken, aber sie lösten sich innerhalb weniger Sekunden auf, wurden von der Schwärze des Alls verschlungen.

Ein klingonischer Schlachtkreuzer – von einem Augenblick zum anderen verschwunden!

»Was ist passiert?« brachte Byers hervor.

Fähnrich Chekov starrte zum Wandschirm. »Hat jemand die Selbstzerstörungsanlage des Kreuzers aktiviert, Sir?«

Kirk versuchte nicht, die eigene Überraschung zu verbergen. »Mr. Spock?«

Der Vulkanier runzelte die Stirn. »Ich ... nehme an, die Klingonen verstärkten das Potential ihrer Disruptoren mit der Schildenergie. Anschließend blieb ihnen vermutlich nicht genug Zeit, um die Deflektoren zu reaktivieren.« Einmal mehr blickte er in den Sichtschlitz des Scanners, um Spekulationen durch wissenschaftliche Fakten zu ersetzen. »Offenbar hat Zennor das Feuer erwidert, Captain«, sagte er nach einigen Sekunden. »Es läßt sich die gleiche energetische Signatur feststellen wie bei der ersten Auseinandersetzung mit den Klingonen. Allerdings ist sie diesmal wesentlich stärker. Es wurde ein direkter Treffer erzielt und ein klingonischer Schlachtkreuzer vernichtet. Offenbar explodierte der Warpkern, was zur völligen Zerstörung des Schiffes führte. Es gibt keine Überlebenden.«

»Ziemlich hoher Preis für einen Fehler.« Kirk bemerkte die Blicke der Brückenoffiziere und versuchte, sich gelassen zu geben. Er hatte nicht einmal gesehen, wie Zennors Schiff das Feuer eröffnete. Vielleicht war es geschehen, als einer der klingonischen Kreuzer den Blick versperrte. »Von jetzt an sollten wir noch mehr aufpassen. Weitere offensive Aktionen der Fremden möchte ich nicht übersehen. Mr. Chekov, suchen Sie mit den Nahbereichsensoren nach Rettungskapseln.«

»Ja, Sir«, bestätigte der Fähnrich.

Spocks Aufmerksamkeit galt wieder den Anzeigen der Scanner. »Die Restenergie verflüchtigt sich. Die größten Trümmerstücke sind null Komma fünf drei Meter lang. Ich halte es für ausgeschlossen, daß jemand überlebt hat.«

Kirk nickte kurz. »Nehmen Sie trotzdem eine genaue Sondierung vor, Mr. Chekov.«

»Aye, Sir.«

»Es geht wieder los!« Donnier griff mit beiden Händen nach der Navigationskonsole und hielt sich fest.

Neun klingonische Schlachtkreuzer flogen in Stundenglas-Formation an der *Enterprise* vorbei. Die ersten vier näherten sich dem Schiff der Furien, feuerten und drehten dann nach ›unten‹ ab. Es folgten zwei weitere und schossen auf die Flanken des riesenhaften Zapfens. Die drei letzten Kreuzer bildeten ein Dreieck, flogen von Bug bis Heck am fremden Schiff entlang und feuerten unablässig aus ihren Disruptorkanonen auf die Panzerungskomponenten.

Das Weltall vor der *Enterprise* war nicht mehr schwarz – blaues und grünes Feuer brannte nun in der dunklen Leere.

Nach dem Vorbeiflug der letzten Kreuzer erwiderte Zennors Raumer das Feuer. Lavendelfarbene und gelbe Energiespiralen glitten über das achthundert Meter hohe Heck des gewaltigen Schiffes, tasteten von dort aus über den Rumpf und sprangen dann der klingonischen Flotte hinterher.

»Lieber Himmel!« entfuhr es Donnier. Er lehnte sich zurück, und die Hände fielen ihm in den Schoß.

Verblüffung zeigte sich auch in den Mienen der anderen Brückenoffiziere.

Die nächsten drei Kreuzer wurden zur Seite geschleudert. Kein Raumschiff war auf solche Belastungen vorbereitet. Eine imaginäre Sturmbö schien die klingonischen Schiffe durchs All zu wirbeln. An einigen Stellen bildeten sich Risse in den Außenhüllen, und es entstanden Schweife aus entweichendem Gas und Rumpffragmenten.

Kirk schauderte innerlich, als er sich vorstellte, was an Bord jener Kreuzer geschah. Die Andruckabsorber konnten unmöglich die gesamten Beharrungskräfte neutralisiert haben, und das bedeutete: Die Klingonen waren hin und her geworfen worden. Der Captain glaubte fast, das Knacken brechender Knochen zu hören und zu sehen, wie hilflose Körper zerquetscht wurden.

Zennor hatte den Klingonen eine sehr bittere Lektion erteilt.

Der Vergo schwieg noch immer. Trotz ihres dramatischen Auftretens und der archaischen Ausdrucksweise: Zennor und seine Leute waren nicht gekommen, um Reden zu halten.

»Zustand der klingonischen Kreuzer«, sagte Kirk.

Spock sah auf die Displays. »Zwei drehen ab und verlieren Plasma aus mehreren Lecks. Einer ist manövrierunfähig – zwei Patrouillenschiffe schleppen ihn mit Traktorstrahlen fort. Ein weiterer ... entfernt sich aus eigener Kraft, obwohl das energetische Niveau des Triebwerks nicht mehr stabil ist. Die ... restlichen formieren sich neu und beginnen wieder mit dem Anflug.« Der Vulkanier zögerte einige Sekunden lang. »Das Flaggschiff des Generals deaktivierte einige sekundäre Lebenserhaltungssysteme, geht jedoch nicht auf Distanz.«

»Danke. Ist alles in Ordnung mit Ihnen, Mr. Spock?«

Der Erste Offizier sah so besorgt auf, als sei er gerade bedroht worden. »Derzeit geht es, Captain.«

Was vielleicht der Wahrheit entsprach – oder auch nicht. Spock war gerissen und wußte: Wenn er behauptete, es ginge ihm prächtig, so rief er damit nur Argwohn hervor. Wenn er jedoch eine vage Version der Wahrheit präsentierte und zugab, daß er litt ... Damit gab er zu verstehen, daß er sich melden würde, wenn die Schmerzen zu groß wurden.

Natürlich beabsichtigte er gar nicht, sich mit einem solchen Hinweis an den Captain zu wenden.

Kirk fühlte einen durchdringenden Blick auf sich ruhen und drehte ganz bewußt nicht den Kopf, um zu McCoy zu sehen. Er hielt sich am Kommandosessel fest und beobachtete, wie Zennor einen mühelosen Sieg über die klingonische Flotte errang.

»Lieutenant Nordstrom, setzen Sie sich mit dem Flugdeck und der Krankenstation in Verbindung. Vier Piloten und zwei Notärzte sollen mit zwei Shuttles aufbrechen, um Rettungskapseln zu suchen und Überlebende zu bergen. Ich rate Ihnen, einen sicheren Abstand zu wahren, bis der Kampf vorbei ist. Ihre Berichte nimmt Mr. Chekov entgegen.«

»Verstanden, Sir«, erwiderte Nordstrom und wandte sich den Kontrollen der Kommunikationsstation zu.

»Sir!« Chekov saß plötzlich kerzengerade und deutete zum Wandschirm. Ihm blieb nicht genug Zeit, um eine Erklärung hinzuzufügen.

Das Schiff der Furien drehte sich, um den Schlachtkreuzern die hornartige Spitze zuzuwenden. Gelbes und purpurnes Feuer wogte den Klingonen entgegen, schlug durch Schilde, verbrannte Tragflächen und Sensorkugeln. Eigentlich seltsam, daß eine so edle Farbe wie Purpur solche Zerstörungskraft entfalten konnte.

Drei weitere klingonische Kreuzer mußten abdrehen oder mit Traktorstrahlen fortgeschleppt werden. Die betreffenden Schiffe waren so stark beschädigt, daß sie kaum mehr darstellten als Wracks.

Nur einige wenige Minuten hatte die Schlacht gedauert – und die klingonische Flotte erlebte eine verheerende Niederlage.

Unglaublich.

»Mein Gott!« krächzte McCoy. »Alle drei zugleich… Jim, Kellens Schiff!«

Das Flaggschiff des Generals drehte sich um die eigene Achse und trudelte dem mittleren Teil des Furienraumers entgegen. Die klingonischen Schlachtschiffe waren schwer und lang, fast so schwer und lang wie die *Enterprise*. Zu beobachten, wie ein solcher Kreuzer durchs All trudelte, sich dabei immer mehr der *Rath* näherte… Der Anblick sorgte dafür, daß sich nicht nur in Kirk etwas zusammenkrampfte.

Byers sprang auf. »Es steht eine Kollision bevor!«

19

Jähe Entschlossenheit erfaßte Kirk, als er im Kommandosessel Platz nahm. Er sprach schnell, damit die Brückencrew schnell handelte.

»Mr. Spock, in welchem Zustand befindet sich Kellens Schiff?«

»Es ist manövrierunfähig – das Impulstriebwerk funktioniert nicht mehr.«

»Wieviel können wir einstecken, ohne in akute Gefahr zu geraten?«

»Das weiß ich nicht.« Spock drehte seinen Sessel und begegnete dem Blick des Captains. »Darf ich mich nach dem Grund für Ihre Frage erkundigen?«

»Ich habe vor, uns in die unmittelbare Nähe des Furienschiffes zu bringen.«

Byers sah sich aus weit aufgerissenen Augen um. »Sir?«

Kirk reagierte nicht darauf. »Beschleunigen Sie mit fünfundzwanzig Prozent Impulskraft, Mr. Byers. Mr. Donnier, Traktorstrahl vorbereiten.«

»Ein Viertel Impulskraft, Sir.«

»Traktorstrahl w-wird vorbereitet, Sir.«

»Volle Vergrößerung auf Kellens Schiff.«

Die *Enterprise* sauste durchs All, schien es gar nicht abwarten zu können, sich in den Kampf zu stürzen. Wenn das Schiff ein eigenes Wesen besaß, so veränderte es sich bei Gefechtsbereitschaft, gewann etwas Aggressives. Aber vielleicht bildete sich Kirk das auch nur ein; manchmal ging die Phantasie mit ihm durch.

Patrouillenschiffe rasten immer wieder über den Wandschirm, als sich die *Enterprise* dem Zentrum des Geschehens näherte. Ganz deutlich war zu sehen, wie Kellens Kreuzer den scharfen Kanten der hundertfünfzig Meter großen Schuppen entgegenfiel. Er schlingerte und trudelte noch immer, was die Klingonen an Bord aber nicht daran hinderte, immer wieder die Disruptorkanonen abzufeuern.

Im rückwärtigen Bereich des Furienschiffes waren die Panzerungskomponenten besonders groß, und genau dorthin trieb Kellens Kreuzer nun. Kirks Blick klebte am Wandschirm fest – er gewann nun eine klare Vorstellung davon, wie groß Zennors Raumer geworden war.

Was befand sich im riesigen Hecksegment? Vielleicht Reaktoren für die Energieerzeugung?

»Mr. Spock, wo befindet sich das Emissionszentrum der Energiespiralen? Können Sie eine exakte Anpeilung vornehmen?«

Spock ließ sich vorsichtig in den Sessel sinken und betätigte Tasten.

Über die Schulter hinweg sagte Kirk zu Nordstrom: »Schicken Sie Starfleet einen Bericht über die hiesigen Ereignisse. Fügen Sie visuelle Aufzeichnungen hinzu.«

»Sofort, Sir.« Die Stimme der jungen Frau vibrierte nun. Furcht erwachte in ihr.

»Wir sind auf Traktorreichweite, Captain«, meldete Donnier.

»Also los, Mr. Donnier«, sagte Kirk. »Warten Sie nicht auf Anweisungen, wenn Sie wissen, worum es geht. Verhindern Sie, daß Kellens Schiff mit dem Raumer der Furien kollidiert.«

»Aye, S-sir«, stotterte Donnier und aktivierte den Traktorstrahl. Das Flaggschiff der besiegten klingonischen Flotte wurde davon erfaßt und kippte abrupt zur Seite – wodurch die Steuerbordschwinge nur eine Panzerungskomponente streifte, jedoch nicht daran zerschellte.

»Umkehrschub«, ordnete Kirk an.

»Umkehrschub«, wiederholte Byers. Er wirkte wie hypnotisiert.

Der Captain beugte sich vor. »Gehen Sie nicht zu sanft mit der *Enterprise* um, Mr. Byers. Das Impulstriebwerk hält auch größeren Belastungen stand.«

Kirk beobachtete nicht, wie das klingonische Schiff von der *Rath* fortgezogen wurde. Seine Aufmerksamkeit galt vielmehr der *Rath* selbst.

Würde Zennor das Feuer auf ihn eröffnen?

»Position der klingonischen Flotte?«

Chekov beugte sich zu den Kontrollen vor. »Acht Schiffe ... Drei haben weder offensives noch defensives Potential. Eins fliegt mit weniger als fünfundzwanzig Prozent Impulskraft. Vier andere formieren sich neu.«

»Was ist mit den Patrouilleneinheiten?« fragte Kirk.

Chekov sah auf die Anzeigen. »Sechs, nein, sieben sind noch einsatzfähig, Sir.«

Spock wirkte blasser als sonst, und seine Züge verrieten eine gewisse Anspannung. Erneut stützte er sich an seiner Station ab und sah zum Wandschirm. »Zennor und seine Crew haben mit einigen Schüssen enorm viel Schaden angerichtet.«

»Wenn wir keine schwache Stelle finden...«, sagte Kirk. »Unter den gegenwärtigen Umständen können wir es nicht mit ihnen aufnehmen. Bringen Sie uns mittschiffs, Mr. Byers. Und dann zurück. Ich möchte deutlich darauf hinweisen, daß uns nichts an einem Angriff liegt.«

»Aye, aye, Sir.« Byers befeuchtete sich die Lippen und betätigte die Kontrollen. Der Traktorstrahl blieb auf Kellens Schiff gerichtet, das sich ihm zu widersetzen versuchte und offensichtlich bestrebt war, den Flug zum Raumer der Furien fortzusetzen.

Wenn Kellen die Bordsysteme des Flaggschiffs deaktiviert hätte, wäre alles viel einfacher gewesen.

»Ziehen Sie fester, Byers.«

»Ich versuche es, Sir. Aber der Widerstand ist ziemlich groß.«

»Das automatische Triebwerk des Kreuzers ...«

Die Schuppen der *Rath* füllten den Wandschirm und begannen zu glühen. Ein unheilverkündender gelblicher Glanz ging von ihnen aus.

Kirk atmete tief durch. »Das gefällt mir gar nicht... Schilde verdoppeln! Auf Erschütterungen vorbereiten!«

Er drehte den Kopf, um Nordstrom eine Anweisung zu erteilen, doch plötzlich schüttelte sich die *Enterprise*. Grelles Licht zuckte von der Hülle des fremden Schiffes zum Wandschirm und von dort aus zur Brücke. Kirk versuchte, sich irgendwo festzuhalten, doch er reagierte zu spät und fiel aufs Deck.

»Überladung!« rief Assistenztechniker Edwards – damit erklang seine Stimme zum erstenmal, seit er auf die Brücke gekommen war.

Funken stoben, und Byers schirmte sich das Gesicht ab. Einige Sekunden später trachtete er danach, mit den Händen Rauch beiseite zu fächeln.

»Sie haben auf uns geschossen!« entfuhr es ihm. »Sie haben während einer Rettungsmission das Feuer auf uns eröffnet!«

Qualmwolken zogen durch den Kontrollraum, und Ventilatoren begannen damit, sie abzusaugen. Die Nähe des Todes hatte Byers ganz offensichtlich von seiner Schüchternheit befreit – gut.

Normalerweise hätten sich Byers und Donnier in einer solchen Situation nicht einmal in der Nähe der Brücke befunden. Es wäre Kirk lieber gewesen, Sulu und Chekov an den entsprechenden Kontrollen zu wissen, oder Sulu und einen anderen Navigationsspezialisten. Aber Sulu war verletzt, und Chekov half Spock. Donnier hatte einfach nur Pech gehabt.

Später würden er und Byers darauf hinweisen können, Teil der besten Starfleet-Crew gewesen zu sein. Zumindest diese Beschreibung stimmte. Niemand konnte von sich behaupten, der Beste gewesen zu sein, wenn besondere Umstände dazu führten, daß er oder sie jemand anders vertrat. Fast jeder war imstande, die Kontrollen einer anderen Station zu bedienen, aber in solchen Fällen kam es immer zu einem Verlust von … Feingefühl. Kirk traute es sich durchaus zu, im Maschinenraum zurechtzukommen, aber eins stand fest: Er durfte nicht hoffen, auch nur annähernd so gute Arbeit zu leisten wie Scott. Darum spezialisierten sich Personen; darum gab es Spezialisten an Bord der *Enterprise*. Es hing mit der *Kunst* der Technik zusammen.

Und genau das brauchten sie heute. Etwas Kreativität bei den ganzen technischen Angelegenheiten. Ein wenig Magie …

Kirk wedelte Rauch beiseite und winkte McCoy zum Geländer zurück, damit er sich dort festhalten konnte. Dann wandte er sich zur Seite und versuchte, die Qualmwolken mit seinen Blicken zu durchdringen.

»Kompensieren!« befahl er.

»Die Kristalltrioden sind durchgebrannt, Sir.«

Es war Nordstroms Stimme, doch sie kam von der technischen Station. Entweder half sie Edwards, oder sie vertrat ihn, weil er Verletzungen erlitten hatte. Einzelheiten ließen sich nicht feststellen, denn der Vorhang aus Rauch reichte vom Boden bis zur Decke.

»Kompensierung!« rief Donnier von der Steuerbordseite, wo sich zuvor Chekov befunden hatte. Er kümmerte sich um die wissenschaftlichen Subsysteme, überließ Navigation und Waffen Byers.

War auch Chekov ausgefallen?

Kirk bedauerte nun, daß kein Ersatz zur Verfügung stand. Er hätte rechtzeitig eine zweite Brückencrew in den Kontrollraum beordern sollen, auch auf die Gefahr hin, daß es dadurch ein wenig eng wurde.

Funken stoben, und Kurzschlüsse flackerten. Kirk sah gerade noch rechtzeitig zum Wandschirm, um zu beobachten, wie erneut purpurnes Feuer von Zennors Schiff ausging.

»Ausweichmanöver! Byers! Byers!«

Der Captain eilte zu den Navigationskontrollen, fand dort einen leeren Sessel, betätigte Tasten und schaltete auf volle Impulskraft.

»Das energetische Niveau ist instabil, Sir«, meldete Edwards. Er sprach so ruhig, als hätte er das allgemeine Durcheinander noch gar nicht zur Kenntnis genommen.

»Wir müssen weg von hier. Mr. Scott gelingt es sicher, irgendwo die notwendige Energie aufzutreiben.«

Die *Enterprise* schüttelte sich so heftig, daß Kirk für einige Sekunden nicht mehr zwischen oben und unten unterscheiden konnte. Er fiel und hörte, wie das Deck einem lebendigen Wesen gleich stöhnte. Ein scharfkantiges Objekt raste so dicht an ihm vorbei, daß er den Luftzug spürte. Er duckte sich zu spät, und das Deck kam ihm entgegen, warf ihn zur Seite.

Kirk bekam eine Armlehne des Kommandosessels zu fassen und versuchte, sich daran festzuklammern. Aber der Sessel drehte sich, und dadurch verlor er wieder den Halt.

Splitter sausten an seinen Ohren vorbei, und er spürte ein jähes schmerzhaftes Stechen in der Schulter. Rasch hob er beide Arme über den Kopf, bis das Zischen und Prasseln aufhörte. Dann streckte er die Hände aus, bekam den Rand der Navigationskonsole zu fassen und zog sich hoch.

Er wollte sich schon über seinen Erfolg freuen, als er den Fehler machte, den Kopf zu heben, um einen Eindruck von der Situation zu gewinnen.

Eine Explosion schleuderte den Techniker Edwards ans Brückengeländer. Der Mann sank zu Boden und blieb reglos liegen.

Erneut zeigte der Hauptschirm, wie purpurne und schwefelgelbe Energiefäden über den Panzer des riesigen Raumschiffs glitten, zu einer tödlichen Einheit fanden und ins All sprangen, der *Enterprise* entgegen.

Aus einem Reflex heraus zog Kirk den Kopf ein, und über ihm platzte die Decke auseinander.

20

Der Rauch schien noch dichter zu werden und brannte in Kirks Augen. Existierte der Traktorstrahl noch? Qualm verwehrte ihm den Blick zum Wandschirm.

Er tastete nach den vagen Konturen des Kommandosessels und aktivierte das Interkom. »Scotty?«

»Hier Scott.«

»Wir sind in Schwierigkeiten.«

»Das habe ich bemerkt, Sir.«

»Leiten Sie die gesamte Energie in die Schilde und den Traktorstrahl. Legen Sie meinetwegen einen Teil der Lebenserhaltungssysteme still, aber stabilisieren Sie die Schilde.«

»Keine Priorität für die Waffen, Sir?«

»Gegen die Panzerungskomponenten können wir damit ohnehin nichts ausrichten. An erster Stelle kommen die Schilde.«

»Gefällt mir, Sir.«

»Das dachte ich mir, Mr. Scott.« Kirk wandte sich um. »Mr. Spock?«

Im Glühen der Notbeleuchtung und den Rauchschwaden zeichnete sich die Gestalt des Vulkaniers ab. »Ich bin hier, Captain.«

»Wo ist Mr. Chekov?«

»Auf dem Deck, Sir.«

»Verletzt?« Kirk spähte in den immer noch viel zu dichten Qualm.

»Nein, Sir.« Der junge Fähnrich lag halb in den elektronischen Eingeweiden einer Konsole. »Ich versuche nur, einige beschädigte Schaltkreise zu reparieren.« Bei diesen Worten wurde Chekovs russischer Akzent besonders deutlich.

Kirk drehte sich um und stellte fest, daß der Boden abfiel. »Ist der Traktorstrahl noch aktiv? Mr. Donnier, wo sind Sie?«

»Hier, Sir!« Donnier duckte sich unter einem Funkenregen hinweg, zu dem es an der einen Seite des Wandschirms kam.

»Helfen Sie Mr. Spock, während Mr. Chekov die Reparaturen fortsetzt. Lieutenant Nordstrom, übernehmen Sie Navigation und Waffen. Sie können jetzt lernen, wie man schießt.«

»Bin unterwegs, Sir.«

»Jemand soll dafür sorgen, daß Ersatzpersonal zur Brücke geschickt wird.«

»Das übernehme ich, Jim!« ertönte McCoys Stimme aus dem grauen Wogen. »An alle Stationen: Ersatzpersonal zur Brücke. Ich wiederhole: Ersatzpersonal zur Brücke.«

Kirk begriff plötzlich, daß sie alle riefen. Warum eigentlich? Was versuchten sie zu übertönen? Die Alarmsirenen heulten nach wie vor, aber das war noch nicht alles – ein lautes Zischen hatte seinen Ursprung irgendwo in der geborstenen Decke.

Ein Leck. Wenn es nicht abgedichtet wurde, entwich immer mehr Luft, um draußen, in der kalten Leere des Alls, zu winzigen Eiskristallen zu kondensieren. Gleichzeitig würden die automatischen Kompensatoren dafür sorgen, daß der atmosphärische Druck auf der Brücke nicht unter ein kritisches Mindestmaß sank. Kirk stellte sich vor, wie Pumpen Luft aus anderen Bereichen des Schiffes saugten, sobald die Vorräte der Tanks erschöpft waren. Die Sicherheitsautomatik gab der Brücke den Vorrang und deaktivierte die Lebenserhaltungssysteme der einzelnen Decks – um der Crew im Kontrollraum so lange wie möglich das Überleben zu gestatten. Der Captain und seine Offiziere mußten atmen können, um das Schiff zu retten.

Der Zugang des Turbolifts öffnete sich, aber die beiden Türhälften glitten nicht so weit auseinander wie sonst, klemmten auf halbem Wege. Vier Besatzungsmitglieder kamen herein, um die Brückencrew zu verstärken, gefolgt von drei Technikern in Schutzanzügen. Einer von ihnen trug eine Leiter. Sie wandten sich sofort dem Loch in der Decke zu und begannen mit den notwendigen Reparaturen.

Byers saß nun wieder an den Kontrollen des ›Ruders‹. Kirk fragte sich, was mit ihm geschehen sein mochte. Hatte er für kurze Zeit das Bewußtsein verloren? Oder war er vor Furcht erstarrt gewesen? Wie dem auch sei – jetzt befand er sich wieder an seinem Platz.

Zwei Medo-Helfer knieten neben Edwards, während sich die anderen Neuankömmlinge der technischen Station zuwandten. Sie untersuchten den Reglosen kurz, trugen ihn dann zum Lift, dessen Tür sich mit einem protestierenden Knirschen schloß.

»Kurs, Sir?« fragte Byers.

»Weg von dem großen Schiff«, erwiderte Kirk. »Was machen die Schaltkreise, Fähnrich?«

»Ich bin gleich soweit, Sir«, antwortete Chekov.

Kirk verfluchte sich jetzt für sein Vertrauen. Zennor hatte ohne Vorwarnung zugeschlagen, noch dazu wesentlich entschlossener als erwartet. Dadurch blieb der *Enterprise* nichts anderes übrig, als sich den Weg freizukämpfen.

Der Captain ballte die Fäuste und sah zum Wandschirm.

»Vergrößerung«, sagte er.

Die Ventilatoren hatten inzwischen einen großen Teil des Rauchs abgesaugt, und deshalb ließen sich im zentralen Projektionsfeld wieder Einzelheiten erkennen. Der Traktorstrahl hielt noch immer Kellens Schiff fest, und dahinter wölbte sich der Rumpf von Zennors riesigem Raumer.

Noch etwas anderes fiel dem Captain auf: Die klingonische Flotte begann mit einem neuerlichen Anflug.

»Externer Kom-Kanal zu General Kellen«, sagte er, doch es saß niemand an der Kommunikationsstation. Er sah sich um, fing den Blick von McCoy ein. »Pille, zur Kom-Konsole.«

»In Ordnung.« Der Arzt drückte den verletzten Arm an seine Seite und eilte über das immer noch geneigte Deck. »Externer Kom-Kanal…« Er drückte einige Tasten. »So müßte es eigentlich funktionieren. Versuch's, Jim.«

»General!« brachte Kirk hervor. »Fordern Sie Ihre Schiffe auf, den Angriff abzubrechen.«

»Eröffnen Sie das Feuer, Sie Feigling! Die Waffensysteme meines Schiffes funktionieren nicht mehr! Nehmen Sie die Dämonen unter Beschuß!«

»Ihre Disruptorstrahlen geben Zennor die Energie für seine Gegenschläge. Teilen Sie den Kreuzern mit, sie sollen zurückweichen und ihre Energie sparen. Ich brauche Zeit und Gelegenheit, Sie in Sicherheit zu schleppen.«

»Danke für Ihre Bemühungen. Ich schlage vor, Sie kümmern sich von jetzt an um Ihre eigenen Angelegenheiten.«

»Na schön. Aber schalten Sie wenigstens die Manövrierdüsen ab. Sie setzen unserem Traktorstrahl Widerstand entgegen.«

Kellen antwortete nicht.

»General? Verdammt!« Kirk bedeutete McCoy, die

Verbindung zu unterbrechen. Kellens Sturheit erwies sich als ebenso undurchdringlich wie die Panzerung der *Rath*.

»Captain!« rief Byers.

Kirk sah wieder zum Wandschirm und beobachtete, wie vier schon etwas mitgenommen wirkende Patrouillenschiffe an der *Enterprise* vorbeiflogen und auf das fremde Schiff feuerten. Sie richteten nicht den geringsten Schaden an, wodurch ihre Bemühungen absurd und lächerlich anmuteten. Die von ihnen freigesetzte destruktive Energie flackerte einfach nur über den kegelförmigen Rumpf des Schiffes und verschwand irgendwo im Innern. *Verdammt, verdammt!* dachte Kirk.

Wenige Sekunden später glühten die Panzerungsplatten, und der Captain spannte unwillkürlich die Muskeln, erwartete einen weiteren Treffer. Doch diesmal hatte es Zennor nicht auf die *Enterprise* abgesehen, sondern auf die klingonischen Patrouillenschiffe. Helle Ringe lösten sich von seinem Raumer, jagten den einzelnen Angreifern entgegen. Um was für eine Waffe auch immer es sich handelte: Offenbar ließ sie sich auch gezielt einsetzen. Oder Zennors Leute lernten, immer besser mit ihr umzugehen.

»Sollten wir nicht das Feuer erwidern, Jim?« fragte McCoy. Offenbar befürchtete er, daß es nicht mehr lange dauerte, bis auch die *Enterprise* zu einer Zielscheibe wurde. »Einfach so abzuwarten ...«

»Es wäre reine Energieverschwendung, Pille. Wir müssen irgendeine schwache Stelle finden.«

»Ich hoffe, das gelingt uns recht bald.«

»Das hoffe ich ebenfalls.«

Kirk trat zum Geländer und stellte fest, daß er hinkte – die Hüfte schmerzte, vermutlich ein Ergebnis des letzten Sturzes. Er streckte den Arm aus, ließ sich von McCoy aufs Oberdeck helfen, damit die Reparaturtechniker mehr Platz hatten. Wie Eichhörnchen in einem Dachstuhl kletterten sie an der Decke hin und her.

Byers duckte sich von einer Seite zur anderen, um nicht im Weg zu sein. Irgendwie gelang es ihm dabei, die Hände an den Kontrollen zu behalten.

Die Techniker entfalteten eine ebenso hektische wie zielgerichtete Aktivität. Sie wußten nicht nur, worauf es ankam – sie kannten auch den Ernst der Situation. Nach einigen Minuten wurde aus dem lauten Zischen ein leises Pfeifen, das schließlich ganz verklang – das Leck war versiegelt.

Plötzlich herrschte eine sonderbare Stille; das Schiff schien den Eindruck erwecken zu wollen, als sei überhaupt nichts geschehen.

Kirk stand zwischen Spock und McCoy, blickte zum Wandschirm und beobachtete, wie die Patrouillenschiffe getroffen wurden. Sie schlingerten und drehten ab, wobei sich eins von ihnen in die falsche Richtung wandte.

»Es kommt zu einer Kollision!« platzte es aus Byers heraus.

Der Aufprall erfolgte wenige Sekunden später.

Das klingonische Patrouillenschiff zerschellte an der Panzerung der *Rath*. Der Rumpf des wesentlich kleineren Raumers explodierte, löste sich in einem grellen Blitz auf. Die Schwingen existierten etwas länger, stießen dann an die Kanten der purpurnen Schuppen und zerbarsten ebenfalls. Ihre Trümmer verbrannten in jähem Plasmafeuer.

»Sehen Sie nur«, hauchte Kirk. Nur McCoy und Spock hörten ihn.

Der Vulkanier richtete einen fragenden Blick auf ihn.

»Die Panzerungsplatten«, erklärte Kirk und zeigte zum Wandschirm. »Sie sind verbogen.«

Eben noch hatten die Schuppen den Eindruck erweckt, völlig undurchdringlich zu sein, doch an der Kollisionsstelle zeigten sich schwarze Brandstellen. Mehr noch: Einige Platten waren ganz offensichtlich verbogen und verschoben.

Darunter kam die tatsächliche Außenhülle der *Rath* zum Vorschein.

Eine *ungeschützte* Hülle.

»Das ist es«, sagte Kirk. »Das ist unser Ziel …«

Er wollte gerade zum Befehlsstand zurückkehren, als einer der Reparaturtechniker den Halt verlor, auf den Kommandosessel herabfiel und benommen zu Boden rollte.

Kirk half ihm wieder auf die Beine und sah nach oben. »Haben Sie das Leck abgedichtet?«

»Ja, Sir«, lautete die Antwort.

»Na schön. Den Rest verschieben wir auf später. Kommen Sie da runter.«

»Aye, Sir.«

Kirk trat zum Kommandosessel, auf dem Kabelreste und kleine Bruchstücke von der Decke lagen. Er wischte den größten Teil beiseite, ignorierte den Rest und setzte sich.

»Die Manövrierdüsen von Kellens Schiff sind deaktiviert, Sir«, meldete Spock. »Unserem Traktorstrahl wirkt jetzt nichts mehr entgegen.«

»Aber ich will den Kreuzer jetzt nicht mehr abschleppen. Ziehen Sie das Schiff des Generals fort und überlassen Sie es dann sich selbst.«

»Sir?«

»Richten Sie den Traktorstrahl anschließend auf die Panzerungsplatten. Erfassen Sie so viele wie möglich von Ihnen, ohne die Traktorkapazität zu reduzieren. Versuchen Sie dann, die Platten so weit wie möglich zurückzuziehen.«

Spock überlegte kurz. »Darf ich fragen, welche Absichten Sie verfolgen?«

»Ja, Sie dürfen. Ich möchte in die Zwischenräume feuern.«

Die Brückenoffiziere blinzelten verblüfft.

Kirk musterte sie nacheinander und gestikulierte. »Verstehen Sie denn nicht?«

»Doch, Sir!« Byers leckte sich die blutende Lippe.

»Aye, aye, Sir!« Donnier nickte mehrmals.

»Faszinierend«, sagte Spock. Er strich einige kleine Splitter von seiner Konsole, sah Kirk an und wartete ganz offensichtlich auf Anweisungen.

»Richten Sie den Traktorstrahl auf Zennors ursprüngliches Schiff«, sagte Kirk. »Ich glaube, dort befindet sich das Kommandozentrum.«

»Aye, aye, Sir.«

»Ich bin soweit, Sir.«

»Melde ebenfalls Bereitschaft, Sir.«

Kirk lehnte sich im Kommandosessel zurück. »Ziehen Sie, Mr. Spock. Mr. Donnier ... Treffen Sie Vorbereitungen dafür, das Feuer zu eröffnen.«

»Ich bin bereit, Sir.«

»Feuer.«

Der Traktorstrahl war ausgerichtet, und das Summen des Impulstriebwerks schwoll an, als Energie an den Schuppen der *Rath* zerrte. Phaserstrahlen zuckten durchs All, fanden die Lücken im Panzer des riesigen Schiffes und bohrten sich in den Rumpf.

Diesmal wurde die Energie nicht absorbiert. Kirk beobachtete, wie Risse entstanden, wie energetische Druckwellen Hüllenteile zertrümmerten und fortwirbelten. Gas strömte aus Lecks.

»Schildenergie fluktuiert«, berichtete Chekov. »Der Traktorstrahl zieht Energie aus den Deflektoren ab.«

»Leider haben wir derzeit keine Wahl, Mr. Chekov«, erwiderte Kirk. »Gegenwärtigen Status der Systeme beibehalten.«

Einmal mehr ging ein Blitz von der *Rath* aus und traf

die *Enterprise*. Das Föderationsschiff erbebte, aber zum Glück hielten seine Schilde.

Vom Traktorstrahl ausgehende energetische Schwingungen verursachten in der *Enterprise* ein immer lauter und schriller werdendes Heulen. Der Strahl beanspruchte noch mehr Energie, bedrohte damit Stabilität und Integrität der Schilde.

»Heckdeflektoren aus«, entschied Kirk. »Die Bugschilde müssen genügen. Weiterhin volle Traktorkapazität … gut. Und Feuer.«

Wer würde zuerst nachgeben – der Rumpf von Zennors Schiff oder die Schilde der *Enterprise*? Es konnte nicht mehr lange dauern, bis die Entscheidung fiel …

Das Föderationsschiff löste Platte um Platte, schuf weitere Lücken im Panzer der *Rath*, durch die Phaserstrahlen zur ungeschützten Hülle vordringen konnten. Immer wieder stoben Funken und Trümmerstücke davon. Gasfontänen wiesen auf entweichende Luft hin.

Das große, dunkle Schiff geriet in Bewegung, wie ein gewaltiges Wesen, das die Nähe von Gefahr spürte. Kirk beobachtete es aufmerksam: ein Riese, für die Invasion bestimmt und sehr mächtig, aber nie in einer Schlacht erprobt. An Bord befanden sich Besatzungsmitglieder, die ihr ganzes Leben lang entschlossen gewesen waren, die alte Heimat zurückzuerobern – und nun herausfinden mußten, daß Pläne, Hoffnung und Entschlossenheit allein nicht genügten. Sie verfügten über ein hohes Potential, das auf den Anstrengungen einer ganzen Zivilisation basierte, aber sie hatten keine Strategie. Es war nie eine notwendig gewesen.

Als Phaserstrahlen weitere Wunden in den Leib des metallenen Giganten rissen, glitt wieder flackerndes Licht über die Schuppen, und die *Rath* feuerte eine neuerliche Salve ab. Die *Enterprise* kippte abrupt nach

Backbord, und auf der Brücke gab es niemanden, der das Gleichgewicht wahren konnte.

Um Kirk herum drehte sich alles. Er blinzelte, stellte fest, daß er an der Kante zwischen unterem und oberem Deck lag, am Geländer auf der Steuerbordseite. Wieder zischten Kurzschlüsse, und neue Rauchwolken zogen durch den Kontrollraum.

Der Captain griff nach dem Geländer, zog sich hoch und sah zur wissenschaftlichen Station.

Spock ruhte auf allen vieren, hob vorsichtig eine Hand und tastete nach dem Rand der Konsole.

»Warten Sie.« Kirk zwang sich auf die Beine. »Langsam.«

Er half dem Vulkanier hoch und stützte ihn auf dem Deck, das jetzt um fast vierzig Grad geneigt war.

»Danke, Captain«, schnaufte Spock. Er hustete kurz, und Schmerz zeigte sich in seinem Gesicht.

»Setzen Sie sich und bleiben Sie sitzen. Stehen Sie nicht noch einmal auf.«

»Danke«, wiederholte der Erste Offizier, sank in den Sessel und schloß für ein oder zwei Sekunden die Augen.

»Hören Sie auf, mir zu danken«, brummte Kirk.

»Captain, die Waffensysteme!« rief Donnier. Er stotterte gar nicht mehr. »Wir haben die Waffenenergie verloren und können nicht mehr feuern!«

»Gibt es dafür eine Bestätigung?« Kirk drehte sich um und kehrte aufs Kommandodeck zurück.

»Ja, Sir!« rief Davis von der technischen Station.

»Ausgerechnet jetzt... Halten Sie den Traktorstrahl auf die *Rath* gerichtet und lösen Sie weitere Platten. Pille, öffne noch einmal einen Kanal zu Kellen.«

»Wird sofort erledigt.« McCoy trat zur Kommunikationsstation und riskierte dabei einen neuen Sturz. Im letzten Augenblick hielt er sich fest und betätigte Tasten. »Kanal geöffnet, Jim.«

»Verfügen Sie über Waffenenergie, General?«

»Sie haben auf die Fremden gefeuert. Hören Sie nicht auf damit.«

»Leider bleibt mir nichts anderes übrig. Uns fehlt Waffenenergie. Wie sieht's bei Ihnen aus?«

»Unsere Waffen sind nach wie vor einsatzbereit«, antwortete der General. »Dafür ist das Impulstriebwerk ausgefallen.«

»Sie brauchen keinen Schub für das, was ich vorhabe.«

»Soll ich etwa Anweisungen von Ihnen entgegennehmen?« tönte es aus dem Lautsprecher. »Erwarten Sie von klingonischen Kommandanten, Ihren Befehlen zu gehorchen?«

Kirk blickte so zum Wandschirm, als sei dort Kellens Gesicht zu sehen. Er stellte sich vor, der General stünde hier im Kontrollraum vor ihm und erwartete irgend etwas Spektakuläres.

Na schön.

»Ja, ich möchte, daß Sie meinen Befehlen gehorchen. Ich bin bereit, das gegenwärtige Problem für Sie zu lösen, aber dazu brauche ich den Oberbefehl und die Genehmigung, nach eigenem Ermessen zu handeln. Außerdem verlange ich anschließend sicheres Geleit für die *Enterprise* bis zur Neutralen Zone. Wenn Sie ablehnen, überlasse ich Sie dem Chaos. Ich fordere Sie zur Zusammenarbeit auf, General. Ernennen Sie mich zum Commodore der klingonischen Flotte.«

21

Kirk wiederholte sein Anliegen nicht. Er überließ es Kellen, ohne Antriebskraft zum gewaltigen Invasionsschiff zu starren und nachzudenken.

»Einverstanden«, sagte der General schließlich.

Kirk schlug mit der Faust auf die Armlehne des Kommandosessels. »In Ordnung. Informieren Sie die Kommandanten der anderen Schiffe.«

»Das ist bereits geschehen.«

»Gut. Mein erster Befehl lautet: Ihre Schiffe sollen nicht mehr aufs Geratewohl feuern, sondern genaue Zielangaben und ein entsprechendes Kommando von mir abwarten. Leiten Sie Ihre gesamte Energie in die Waffensysteme und warten Sie, während ich noch ein letztes Mal versuche, mit Zennor zu reden.«

»Reden?« erwiderte Kellen. »Sie wollen schon wieder schwatzen, anstatt zu kämpfen?«

»Ja, ich ziehe Worte noch immer dem Einsatz von Waffen vor«, sagte Kirk scharf. »Und Sie werden meine Maßnahmen nicht mehr in Frage stellen. Sie haben Ihre Befehle. McCoy, eine Verbindung mit Zennor.«

Der Arzt betätigte die Kontrollen der Kommunikationsstation und sah dann auf. »Kanal geöffnet, Jim.«

Hoffnung leuchtete in seinen Augen.

Kirk preßte kurz die Lippen zusammen, sah zum Wandschirm und beobachtete die *Rath,* die frühe Festung.

»Zennor, hier spricht Commodore Kirk von den

Streitkräften der Vereinten Föderation der Planeten und des Klingonischen Imperiums. Ich weiß, daß Sie mich hören können. Wir haben einen schwachen Punkt in Ihrem defensiven System entdeckt, den wir beim nächsten Angriff ausnutzen werden. Ich gebe Ihnen eine letzte Chance: Stellen Sie alle offensiven Maßnahmen ein und gestatten Sie mir, Ihnen die Situation zu erklären. Sie handeln auf der Grundlage von fünftausend Jahre alten Mythen und Legenden, von Geschichten, mit denen man Kinder erschreckt hat. An solche Dinge glauben nur Leute, die es nicht besser wissen. Wir wissen es besser. Wir haben jetzt die Möglichkeit, jenes Unrecht wiedergutzumachen, das damals Ihren Vorfahren widerfuhr – und für das ein Volk die Verantwortung trägt, das uns beiden fremd ist.«

Stille folgte den Worten, und die allgemeine Anspannung wuchs. Der Wandschirm zeigte auch weiterhin die *Rath*: Mehrere Panzerplatten waren nach oben oder zur Seite geneigt, störten dadurch die blütenartige Symmetrie des konischen Schiffes.

»Ich biete Ihnen eine letzte Chance, zu bauen anstatt zu zerstören. Mit diesem Wunsch kamen Sie doch hierher, oder?«

Es knackte und knisterte in den Lautsprechern der externen Kommunikation, doch diese Geräusche stammten nicht von Interferenzen oder Statik. Vielmehr deuteten sie auf Schäden an Bord des fremden Schiffes hin. Im Hintergrund ertönten verzweifelt klingende Stimmen. Wenn es noch Zweifel gegeben hatte, so löste er sich nun auf: Unter der Panzerung erstreckte sich tatsächlich die ungeschützte Außenhülle der *Rath*.

Das Schiff der Verdammten war verwundbar geworden.

Kirk räusperte sich und sprach dann in jenem Tonfall, den er für andere Raumschiff-Kommandanten reserviert hatte. »Nennen Sie Ihre Absichten.«

Gleich würde es Klarheit geben, so oder so.

Er wartete.

Vermutlich beobachtete Zennor die *Enterprise* nun auf eine ähnliche Weise wie er die *Rath*. Nicht nur die Leere des Alls trennte die beiden Schiffe voneinander, sondern auch eine breite, tiefe Kluft aus Zeit und Geschichte. War Zennor bereit, diese Kluft zu überbrücken?

»Wir werden bauen«, tönte es aus dem Lautsprecher.

Hoffnung erfaßte Kirk, und er beugte sich vor. Das gedämpfte Heulen von Alarmsirenen untermalte Zennors Stimme.

»Auf den Ruinen der Städte, die von den Kindern der Eroberer errichtet wurden, bauen wir unsere neue Heimat«, fuhr Zennor fort. »Wir geben nicht auf. Die Geschichte erneuert sich, erfüllt die Verdammten mit Leben und Kraft. Dies ist die Schlacht von Garamanus. Wir haben den richtigen Ort erreicht und verteidigen ihn. Zuerst vernichten wir das Klingonische Imperium, und anschließend löschen wir die Föderation aus.«

Der Hoffnungsschimmer verblaßte und verschwand. Kirk seufzte, schüttelte kummervoll den Kopf und schwieg.

»Ich bedauere, ausgerechnet gegen Sie kämpfen zu müssen«, sagte Zennor. »Ich habe nicht damit gerechnet, die Eroberer zu mögen.«

Der fremde Raumer veränderte sich: Hier und dort glühte es im Bereich der Panzerung – offenbar wurde eine neue Salve vorbereitet.

Kirk nickte, als könnte Zennor ihn tatsächlich sehen. »Auch ich bedauere, was nun geschehen muß.«

Mit einem Wink bedeutete er McCoy, den Kom-Kanal zu schließen.

»Kirk an Kellen. Treffen Sie Vorbereitungen dafür, das Feuer zu eröffnen.«

»Wir sind bereit«, meldete der klingonische General.

»Mr. Donnier, den Traktorstrahl ausrichten. Mr. Byers, voller Schub. Lösen wir weitere Platten. General, eröffnen Sie das Feuer.«

Das Summen des Impulstriebwerks wurde wieder lauter, als die *Enterprise* mit dem Traktorstrahl zog. Kirk glaubte fast, ein dumpfes Quietschen zu hören, als sich Platte um Platte löste, nach oben neigte. Der klingonische Kreuzer schickte Photonensalven in die Öffnungen. Blaue Energiekugeln rissen die Außenhülle auf und bewirkten verheerende Explosionen.

Kirk verzog voller Mitgefühl das Gesicht. Er konnte sich gut vorstellen, was nun an Bord der *Rath* geschah. Doch es regte sich nicht nur Anteilnahme in ihm, sondern auch ein Ich-habe-dich-gewarnt-Gefühl, an dem er sich festklammerte, um nicht den inneren Halt zu verlieren.

Zennors Schiff erglühte, und eine gewaltige Entladung raste der *Enterprise* entgegen.

Das Licht auf der Brücke flackerte und ging aus. Nur das Leuchten der Displays und des Wandschirms verhinderte, daß es völlig finster wurde. Wenige Sekunden später reagierte die Notbeleuchtung, schuf im Kontrollraum eine seltsame Mischung aus rotem und schwefelgelbem Glimmen, das die Gesichter der Brükkenoffiziere in Fratzen verwandelte.

»Captain, wir haben die Schilde verloren!« rief jemand. »Wir sind jetzt nicht mehr geschützt.«

»Spock?«

»Bestätigung, Sir. Uns steht keine Deflektorenergie mehr zur Verfügung.«

»Prächtig. Ein weiterer Treffer, und es ist aus mit uns.«

»Sir ...«, erklang die Stimme eines Technikers. »Mr. Scott meldet Fehlfunktionen in den Initialisierungssystemen des Warptriebwerks. Mit dem Triebwerk selbst ist soweit alles in Ordnung, aber wir können es nicht aktivieren. Die Reparatur dauert ungefähr zwanzig Minuten.«

»Wir haben doch noch Impulskraft, oder?«

»Ja, Sir.«

»Verstehe. General Kellen, feuern Sie auch weiterhin. Achtung, an die klingonische Flotte. Alle einsatzfähigen Schiffe beginnen jetzt mit dem Angriff. Kommen Sie mit voller Impulsgeschwindigkeit heran. Richten Sie den Zielerfassungsfokus Ihrer Waffensysteme auf die Lücken zwischen den Panzerungskomponenten.«

Zennors Schiff sammelte Energie für eine neuerliche Salve, um die heranrasenden klingonischen Raumer unter Beschuß zu nehmen. Die hohe Geschwindigkeit erlaubte es den Kreuzern und Patrouillenschiffen, den destruktiven Entladungen entweder ganz zu entgehen oder nur von ihnen gestreift zu werden. Zwei Einheiten mußten abdrehen, doch die anderen schafften es bis zur *Rath* und setzten Photonentorpedos gegen sie ein.

Das Schiff der Furien geriet in Bewegung, wich fort und versuchte ganz offensichtlich, sich mehr Bewegungsspielraum zu verschaffen. Die *Enterprise* paßte sich diesen Manövern an und blieb in der Nähe, löste mit ihrem Traktorstrahl eine Platte nach der anderen, während Kellens Schiff immer wieder in die Lücken feuerte.

Funken stoben durch das Halbdunkel im Kontrollraum der *Enterprise*, und die Sprachprozessorstimme des Computers wies ständig auf neue Fehlfunktionen hin. Zum Glück blieben die wichtigsten Bordsysteme betriebsbereit. Kirk dachte kurz an das Durcheinander, das sicher auch in den anderen Sektionen seines Schiffes herrschte: Überall waren Besatzungsmitglieder unterwegs, um Schäden festzustellen, zu reparieren und Verletzte zu bergen. Es gab mehr als genug Arbeit für alle.

»Sir!« rief Byers, um das Zischen eines Lecks in der Backbordseite zu übertönen. »Das Schiff kippt!«

Kirk beobachtete, wie sich die *Rath* nach unten und gleichzeitig zur Seite neigte, dabei immer wieder erbebte. Dadurch wirkte sie fast wie ein gewaltiges Tier, das etwas auf seinem Rücken abzuschütteln versuchte.

Der Captain gab nicht die Anweisung, den Angriff abzubrechen.

»Sehen Sie!« entfuhr es Donnier. Er deutete zum Wandschirm.

»Die Sensoren registrieren starke energetische Fluktuationen, Sir!« meldete Chekov und blickte ebenfalls zum zentralen Projektionsfeld.

Zennors Schiff begann vom Heck bis zum Bug zu glühen, aber diesmal handelte es sich nicht um die Vorbereitung auf eine Salve. Das Leuchten ging nicht von der Panzerung aus, sondern kam aus dem Innern, hatte seinen Ursprung im mittleren Bereich des gewaltigen Raumers. Das gelbe Schimmern und Gleißen dehnte sich aus, sprengte dabei mehrere Platten von der Außenhülle.

»Alles deutet auf eine Überladung hin«, sagte Spock, der die Displays der wissenschaftlichen Station im Auge behielt. Abrupt hob er den Kopf. »Eine Explosion steht unmittelbar bevor.«

Darauf mußte Kirk nicht extra hingewiesen werden. Das Schiff mochte von der anderen Seite der Galaxis stammen, aber die Anzeichen einer bevorstehenden Warpkerndetonation waren unübersehbar.

»Abdrehen, Mr. Byers! Externer Kom-Kanal – General, wir müssen fort! Fordern Sie Ihre Flotte auf, diesen Bereich unverzüglich zu verlassen! Senden Sie eine allgemeine Warnung ...«

»Wir haben keine Schubkraft«, erwiderte Kellen. »Bringen Sie sich in Sicherheit, Captain Kirk – wir feuern, bis sich hier alles in einen riesigen Glutball verwandelt. Ich schicke das Schiff der Dämonen dorthin, wohin es gehört – ins Verderben!«

»Aber es braucht dabei keine Eskorte«, sagte Kirk. »Donnier, richten Sie den Traktorstrahl auf den Kreuzer des Generals.«

»Traktorstrahl wird ausgerichtet, Sir.«

»Wir schleppen Sie aus der unmittelbaren Gefahrenzone, General«, verkündete der Captain. »Mit voller Schildkapazität sollten Sie imstande sein, die Explosion zu überstehen.«

»Leiten Sie einen Warptransfer ein, solange Sie noch Gelegenheit dazu haben, Kirk. Auch der stolzeste Krieger muß einmal sterben.«

»Ja, und ich fürchte, heute bin ich dran, nicht Sie. Wir haben weder Deflektorenergie noch Warppotential. Ohne Schilde können wir uns nicht weit genug entfernen, um die Explosion zu überleben.«

Die Brückenoffiziere versuchten, sich nichts anmerken zu lassen, doch hier und dort huschte Betroffenheit durch ein Gesicht – immerhin kündigte der Captain den Tod aller Personen an Bord an. Kirk vermied es, den Kopf zu drehen und jemanden anzusehen – niemand sollte sich in irgendeiner Form herabgesetzt fühlen.

Die beste Crew von Starfleet. Was aber nicht bedeutete, daß sie aus Eis bestand. Kirk hätte gern einige Worte des Trostes an sie gerichtet, ihnen gedankt, aber dazu blieb ihm nicht genug Zeit. Nur ein letztes Geschenk konnte er seinen Leuten darbieten: Sie würden sterben, während sie anderen Personen das Leben retteten.

»Wir schleppen Sie auf eine sichere Distanz, und Ihre Schilde schützen Sie.« Diesmal gab Kirk der Versuchung nach, sich auf der Brücke umzusehen. Er blickte in schweißfeuchte Gesichter und bemerkte, wie jung diese Leute waren. »Jeder muß einmal aus dem

Leben scheiden. Und wir sterben wenigstens für eine gute Sache.«

»Narr«, tönte es aus dem Lautsprecher. »Glauben Sie wirklich, daß heute für Sie der Tod kommt? Schilde ausdehnen.«

Als sich die beiden Schiffe langsam von der *Rath* entfernten, glühte Zennors Raumer immer heller und drehte sich dabei um die eigene Achse. Weitere Panzerungsplatten lösten sich von der Hülle, und innere Explosionen erschütterten das Furienschiff. Eine Detonation sprengte die Spitze des Horns ab, und Plasmafontänen brodelten aus der Öffnung.

»Captain…«, sagte Spock. »General Kellens Schiff hat die Schilde um uns erweitert.«

»Aber dadurch werden sie zu dünn«, erwiderte Kirk. Er wußte allerdings, daß es keinen Sinn hatte, Kellen darauf hinzuweisen.

Als er von Spock zum Wandschirm sah, ging es mit der *Rath* zu Ende. Jetzt lösten sich nicht mehr einzelne Panzerplatten, sondern jeweils Dutzende und Hunderte.

Unmittelbar darauf loderte im All ein Feuer, das den ganzen kolossalen Raumer verschlang. Es dehnte sich rasch aus und fraß den Zapfen, bis nur noch atomare Glut von ihm übrigblieb.

Energetische Druckwellen erfaßten die *Enterprise* und Kellens Kreuzer, gaben beiden Schiffen ein zusätzliches Bewegungsmoment, das sie schneller vom Ort des Unheils entfernte. Kirk schloß beide Hände fest um die Armlehnen des Kommandosessels, als es zu Fluktuationen bei der künstlichen Schwerkraft kam. Ein jähes Zerren überraschte ihn: Er verlor den Halt, rutschte aus dem Sessel aufs Deck. Dort schien die unsichtbare Hand eines Titanen auf ihn herabzupressen, ihn zerquetschen zu wollen.

Die *Enterprise* kippte um fast neunzig Grad zur Seite,

doch ihre Crew schien kaum überrascht zu sein. Zwar gingen praktisch alle Brückenoffiziere zu Boden, aber wenige Sekunden später, als das Deck in die Horizontale zurückkehrte, waren sie wieder auf den Beinen.

In den klingonischen Schilden, die beiden Raumschiffen Schutz gewährten, flackerte und irrlichterte es, aber sie hielten. Als die Entfernung wuchs, wurden die Belastungen für sie geringer.

Kirk wedelte Rauch beiseite und rieb sich die brennenden Augen. Der Wandschirm zeigte leeres All – das Schiff der Furien war verschwunden.

Die Dämonen waren zur Hölle zurückgekehrt.

Ist der Tod mehr als verwehender Atem?

»MacPherson's Rant«
Ein Volkslied

EPILOG

»Alarmstufe Rot beenden«, sagte Kirk. »Stellen Sie einen Kontakt mit den Shuttles her und fragen Sie, ob es gelang, Überlebende zu bergen. Die Raumfähren sollen so schnell wie möglich zurückkehren. Außerdem brauchen wir eine Schadenkontrollgruppe auf der Brücke.«

Im Kontrollraum herrschte noch immer heilloses Durcheinander, aber trotzdem kehrte nun eine sonderbare Art von Ruhe ein. Kirk hustete sich Rauch aus den Lungen und schritt durch den Kontrollraum, trat dabei an jedes Mitglied der Brückencrew heran. Er sah in schweißfeuchte, rußverschmierte Gesichter, erkannte darin Verständnis für die Entscheidung, die er hatte treffen müssen. Er begegnete ernsten Blicken, die nicht nur von Einsicht in die Notwendigkeit kündeten, sondern auch von einem Respekt, der Kirk aus irgendeinem Grund traurig stimmte.

Die Offiziere wiesen ihn nacheinander darauf hin, daß mit ihnen alles in Ordnung war und sie nun damit beginnen würden, Ordnung zu schaffen und Reparaturen vorzunehmen.

Nicht einer von ihnen schien es zu bereuen, zur Besatzung der *Enterprise* zu gehören. Sie hatten tödliche Gefahren überstanden, waren dadurch innerlich gewachsen. Trotz der Furcht hatten sie ihre Pflicht erfüllt, ohne dabei in Panik zu geraten. Das galt auch für Donnier und Byers, die sich zur falschen Zeit am falschen Ort wiederfanden, dabei Dinge leisteten, die sie zuvor für unmöglich gehalten hätten. Sie konnten stolz auf sich sein, sie alle.

Kirk sprach seinen Leuten Anerkennung aus und näherte sich schließlich dem Ersten Offizier.

»Mr. Spock...«

»Captain...«

»Analyse?«

»Zennors Schiff ist vollkommen zerstört worden. Bei dem zweiten, wesentlich größeren Segment handelte es sich offenbar um einen riesigen Reaktor für die Energieproduktion. Als er energetisch kollabierte...«

Spock zögerte und schüttelte den Kopf, wies damit auf eine fatale Kettenreaktion hin.

»Bestimmt ging alles sehr schnell«, fügte er hinzu. »Für die Personen an Bord, meine ich.«

Kirk nickte kurz. »Danke. Wie dem auch sei: Für seine Entscheidung trägt Zennor die Verantwortung. Ich bedauere sehr, was geschehen ist, aber ich fühle mich deshalb nicht schuldig.«

Dieser Hinweis schien Spock zu erleichtern. »Die Shuttles *Columbia* und *Galileo* befinden sich im Anflug. Beide melden, klingonische Überlebende aufgenommen zu haben. Die *Galileo* hat etwas geborgen, das eine Rettungskapsel von Zennors Schiff zu sein scheint. Allerdings lassen sich keine Lebenszeichen feststellen.«

»Ich möchte mir die Kapsel ansehen. Sie soll erst dann geöffnet werden, wenn ich zugegen bin.«

»Ja, Sir.«

»Captain...« Mit der unverletzten Hand hielt sich McCoy das Kom-Modul ans Ohr. »General Kellen bittet um Erlaubnis, an Bord kommen zu dürfen.«

»In Ordnung«, erwiderte Kirk. »Sag ihm, daß er diesmal unbewaffnet kommen soll. Außerdem muß er damit rechnen, die ganze Zeit über von einer bewaffneten Eskorte begleitet zu werden.«

Es schien McCoy nicht zu behagen, einem klingonischen General eine solche Mitteilung machen zu müssen, aber er kam der Aufforderung des Captains nach.

»Vor der letzten Explosion habe ich eine telemetrische Sendung von Zennor empfangen, Captain«, sagte Spock. »Die Signale sind verschlüsselt und ziemlich komplex.«

»Telemetrie? Für uns bestimmt?«

»Nein, Sir. Ich glaube, es handelt sich um eine Botschaft an sein Volk.«

»Könnten die Signale ihr Ziel erreicht haben?«

Spock neigte den Kopf ein wenig zur Seite – und hielt ihn wieder gerade, als Schmerz in ihm entflammte. »Das läßt sich derzeit kaum sagen. Es besteht kein Zweifel daran, daß sie gesendet wurden, aber nichts deutet darauf, daß sich in der Raum-Zeit-Struktur ein Riß bildete, um sie aufzunehmen und weiterzuleiten. Ich weiß zu wenig von der fremden Technologie, um in diesem Zusammenhang eine klare Aussage treffen zu können.«

»Versuchen Sie, mehr herauszufinden. Ich bin auf dem Flugdeck. Lassen Sie den General dorthin bringen, wenn er an Bord eintrifft. Pille, du kommst mit. Spock… Noch einmal besten Dank.«

Der Vulkanier legte die Hände auf den Rücken – eine Bewegung, die ihm angesichts seiner Verletzung bestimmt nicht leicht fiel. »Ich bin immer gern zu Diensten, Captain.«

Auf dem Flugdeck herrschte organisiertes Chaos – eine Bezeichnung, die sich nicht auf klingonische Legenden bezog, den Umständen jedoch gerecht wurde. Die beiden gerade zurückgekehrten Shuttles standen nicht auf ihren üblichen Ruhefeldern, sondern mitten im Hangar. Neben und hinter ihnen ruhten diverse klingonische Rettungskapseln, deren Zustand unterschiedlicher kaum sein konnte: Manche von ihnen wirkten wie neu, während andere den Eindruck erweckten, nur mit knapper Not der Schrottpresse entkommen zu sein.

Verwundete Klingonen saßen oder lagen an den Wänden. Als Kirk mit McCoy hereinkam, schätzte er ihre Anzahl auf fast dreihundert.

Der Arzt wandte sich sofort vom Captain ab, um Berichte vom Medo-Personal entgegenzunehmen. Krankenpfleger und Fähnriche eilten hin und her, verteilten Rationen, die in den meisten Fällen dazu führten, daß die Klingonen voller Abscheu das Gesicht verzogen. Trotzdem aßen sie und versuchten, höflich zu sein.

Einige von ihnen sahen voller Argwohn zu Kirk auf, als er kurz mit den Piloten der Shuttles sprach. In den klingonischen Augen erkannte er eine Besorgnis, die ihm zunächst sonderbar erschien – bis er sich daran erinnerte, welche Gerüchte im Imperium kursierten. Dort hieß es, daß Starfleet alle Kriegsgefangenen folterte. Offenbar vergaßen diese Krieger, daß sie derzeit Verbündete waren.

»Lieutenant...«, grüßte Kirk, als der Kommandant der *Galileo* auf ihn zutrat.

»Staaltenburg, Sir.«

»Ja, ich erinnere mich. Eric.«

»Ja, Sir.«

»Sie haben die Rettungskapsel vom Schiff der Furien gefunden, nicht wahr?«

»In der Tat, Sir.« Staaltenburg strich sich blondes Haar aus der Stirn und führte den Captain zur anderen Seite der *Galileo*, wo ein schwarzer Zylinder ohne jede Markierung lag. In der ewigen Nacht des Alls war er praktisch unsichtbar. Die Sensoren der Shuttles hatten nach Objekten von dieser Größe gesucht – sonst wäre dieser Gegenstand sicher nicht gefunden worden.

»Wir haben das Ding erst mit einem kleinen Asteroiden verwechselt. Es ist wirklich erstaunlich, Sir: Ich habe noch nie von einer Rettungskapsel gehört, die *nicht* gefunden werden will. Übrigens lassen sich nicht die geringsten Lebenszeichen feststellen. Wir haben das Objekt gründlich sondiert. Es geht keine schädliche Strahlung davon aus, und es befindet sich Luft im Innern. Wir können es jederzeit öffnen, wenn Sie möchten.«

»Also los.«

Staaltenburg winkte zwei Männern zu, die wartend in der Nähe standen. Sie kamen mit Phaserbrennern näher und nahmen sich den Verriegelungsmechanismus der Kapsel vor.

»Captain...«, sagte Staaltenburg und nickte in Rich tung des seitlichen Eingangs.

Kirk drehte sich um.

General Kellen schritt ihnen entgegen, begleitet von zwei Starfleet-Sicherheitswächtern.

»General...«, grüßte Kirk. Es klang nicht übermäßig herzlich.

»Commodore... Man kümmert sich um meine Leute, wie ich sehe.« Der massige Klingone sah sich im Hangar um. »Ich erwarte volle Kooperationsbereitschaft von meinen Leuten.«

»Bisher gibt es keinen Grund zur Klage«, erwiderte Kirk.

Kellen musterte ihn über seine Brille hinweg. »Ich gratuliere Ihnen. Sie haben den Rest meiner Flotte gerettet. Sie sind der Kirk.«

Der Captain – Commodore – hob nur kurz die Brauen. Er empfand kein Hochgefühl, nur vage Zufriedenheit darüber, daß sein alter Ruf wiederhergestellt war.

»Danke. Ich lege Ihnen nach wie vor die Ermordung eines Besatzungsmitglieds meines Schiffes sowie eines Gastes der Föderation zur Last. Sie bekommen Rechtsbeistand, wenn Sie Wert darauf legen.«

Kellen verneigte sich kurz. »Ich weiß. Und ich werde mich ohne Furcht den Anklagen stellen. Das Angebot des Rechtsbeistands nehme ich gern an, denn es kann mir nur zum Vorteil gereichen, wenn vor einem Föderationsgericht Anwälte der Föderation meine Sache vertreten.«

»Eine kluge Entscheidung. Und vermutlich haben Sie recht, General. Es gibt viele mildernde Umstände, aber ich muß Sie warnen: Die Ermordung des Crewmitglieds nehme ich sehr ernst, und ich beabsichtige, gegen Sie auszusagen. Allerdings werde ich auch darauf hinweisen, daß Sie den Kampf auf Capella Vier beendeten und dadurch weitere Todesfälle verhinderten. Ich schätze, uns beiden stehen einige interessante Monate bevor.«

»Ich bin bereit.« Der General zögerte kurz. »Ich muß gestehen, daß mir nicht ganz klar ist, was Menschen zum Kampf veranlaßt. Sie haben den Feind schließlich vernichtet, doch es dauerte ziemlich lange, bis Sie sich dazu durchrangen – obwohl ich Sie gleich zu Anfang auf die Gefahr hingewiesen habe.«

»Ich hielt es für besser, nichts zu überstürzen«, erklärte Kirk. »Sie hatten recht in bezug darauf, wer die Fremden waren. Dennoch haben Sie ein falsches Bild von ihnen. Niemand ist von Natur aus böse. Das Unheilvolle ergibt sich erst daraus, wie wir entscheiden und handeln.«

»Vielleicht.« In Kellens Augen glitzerte es. »Ich wünschte, Ihr Volk würde gegen uns kämpfen. Daraus ergäbe sich bestimmt ein großartiger Krieg!«

Kirk versuchte ernst zu bleiben, aber er spürte, wie sich seine Lippen zu einem Lächeln verzogen. »Vielleicht irgendwann einmal, General.«

»Sir!« rief Staaltenburg. »Die Kapsel ist offen.«

Kirk blickte sich im Hangar um. »McCoy! Hierher!«

Er wartete, bis der Arzt zu ihnen aufgeschlossen hatte, nickte dann Staaltenburg zu. »Also gut.«

Der Lieutenant und die beiden anderen Männer

zogen die Abdeckung der Kapsel beiseite. Es zischte, als ein Druckausgleich stattfand.

Der Deckel kippte ganz zur Seite, und Licht fiel ins Innere der Kapsel.

»Bei allen Raumgeistern!« entfuhr es McCoy.

Der Behälter enthielt Hunderte von unterschiedlich großen Puppen, die mit Erinnerungen ausgestopft waren.

Kirk richtete einen bedeutungsvollen Blick auf den Arzt.

»Puppen?« entfuhr es Staaltenburg fassungslos. »Die Fremden machten sich die Mühe, einen Haufen Puppen in Sicherheit zu bringen?«

Nachdenklich wichen sie von der schwarzen Kapsel zurück.

»Soll ich den Kram wegschaffen, Sir?« fragte Staaltenburg. Es erfüllte ihn offenbar mit Verlegenheit, daß er einen Behälter mit Puppen aus dem All geholt und an Bord der *Enterprise* gebracht hatte.

Kirk betrachtete die kleinen Nachbildungen seltsamer Gestalten und erinnerte sich an ein Gespräch, aus dem sich ohne den Stolperdraht der Geschichte viel Konstruktives hätte ergeben können.

»Nein, Lieutenant. Ich möchte, daß die Puppen sorgfältig katalogisiert und anschließend in luftdichten Behältern verstaut werden. Ich bin es einem Freund schuldig.«

Staaltenburg runzelte die Stirn, hob und senkte dann die Schultern. »Wie Sie wünschen, Sir.«

Der Lieutenant und seine Leute gingen fort, um die jüngsten Anweisungen des Captains auszuführen. McCoy musterte seinen alten Freund. Nur er verstand den sonderbar lautenden Befehl, und dieses Wissen vermittelte Kirk einen gewissen Trost.

»Gut, Jim«, sagte McCoy. »Ich schätze, mehr können wir nicht tun.«

»Wenn sich jenes Portal noch einmal öffnet, brauchen wir vielleicht ein Versöhnungsgeschenk«, sagte Kirk. »Und ihre Familien ... Sie möchten die Puppen bestimmt zurück.«

McCoy nickte. »Es würde Zennor sicher freuen zu wissen, daß du die Puppen geborgen hast, Jim. Davon bin ich überzeugt, trotz allem.«

»Captain!« rief Staaltenburg von der Hangarwand her und deutete auf einen Interkom-Anschluß. »Mr. Spock für Sie, Sir.«

McCoy folgte dem Captain, als er übers Flugdeck eilte, fort von der schwarzen Kapsel.

»Hier Kirk.«

»Spock«, meldete sich der Vulkanier. »Es ist mir gelungen, die telemetrischen Signale zu entschlüsseln. Sie wurden mit annähernd Warp fünfundzwanzig gesendet. Ich habe solche Geschwindigkeiten bisher für unmöglich gehalten – die Kommunikationstechnik der Fremden ist offenbar sehr hochentwickelt. Lassen Sie mich noch einmal auf folgendes hinweisen: Ich weiß nicht, ob die Botschaft einen Riß in der Raum-Zeit-Struktur passierte oder die halbe Galaxis durchqueren muß, bevor sie ihr Ziel erreicht.«

»Wie lautet sie, Spock? Inzwischen kann mich nichts mehr überraschen.«

»Das hoffe ich, Sir. Die Mitteilung stammt von Zennor. Ich zitiere: ›Die Schlacht von Garamanus ging verloren. Wir haben nicht überlebt, aber dies ist unsere alte Heimat. Versucht es noch einmal.‹«

STAR TREK™

in der Reihe
HEYNE SCIENCE FICTION & FANTASY

STAR TREK: CLASSIC SERIE

Vonda N. McIntyre, Star Trek II: Der Zorn des Khan · 06/3971
Vonda N. McIntyre, Der Entropie-Effekt · 06/3988
Robert E. Vardeman, Das Klingonen-Gambit · 06/4035
Lee Correy, Hort des Lebens · 06/4083
Vonda N. McIntyre, Star Trek III: Auf der Suche nach Mr. Spock · 06/4181
S. M. Murdock, Das Netz der Romulaner · 06/4209
Sonni Cooper, Schwarzes Feuer · 06/4270
Robert E. Vardeman, Meuterei auf der Enterprise · 06/4285
Howard Weinstein, Die Macht der Krone · 06/4342
Sondra Marshak & Myrna Culbreath, Das Prometheus-Projekt · 06/4379
Sondra Marshak & Myrna Culbreath, Tödliches Dreieck · 06/4411
A. C. Crispin, Sohn der Vergangenheit · 06/4431
Diane Duane, Der verwundete Himmel · 06/4458
David Dvorkin, Die Trellisane-Konfrontation · 06/4474
Vonda N. McIntyre, Star Trek IV: Zurück in die Gegenwart · 06/4486
Greg Bear, Corona · 06/4499
John M. Ford, Der letzte Schachzug · 06/4528
Diane Duane, Der Feind – mein Verbündeter · 06/4535
Melinda Snodgrass, Die Tränen der Sänger · 06/4551
Jean Lorrah, Mord an der Vulkan Akademie · 06/4568
Janet Kagan, Uhuras Lied · 06/4605
Laurence Yep, Herr der Schatten · 06/4627
Barbara Hambly, Ishmael · 06/4662
J. M. Dillard, Star Trek V: Am Rande des Universums · 06/4682
Della van Hise, Zeit zu töten · 06/4698
Margaret Wander Bonanno, Geiseln für den Frieden · 06/4724
Majliss Larson, Das Faustpfand der Klingonen · 06/4741
J. M. Dillard, Bewußtseinsschatten · 06/4762
Brad Ferguson, Krise auf Centaurus · 06/4776
Diane Carey, Das Schlachtschiff · 06/4804
J. M. Dillard, Dämonen · 06/4819
Diane Duane, Spocks Welt · 06/4830
Diane Carey, Der Verräter · 06/4848
Gene DeWeese, Zwischen den Fronten · 06/4862
J. M. Dillard, Die verlorenen Jahre · 06/4869
Howard Weinstein, Akkalla · 06/4879
Carmen Carter, McCoys Träume · 06/4898
Diane Duane & Peter Norwood, Die Romulaner · 06/4907

STAR TREK™

John M. Ford, Was kostet dieser Planet? · 06/4922
J. M. Dillard, Blutdurst · 06/4929
Gene Roddenberry, Star Trek I: Der Film · 06/4942
J. M. Dillard, Star Trek VI: Das unentdeckte Land · 06/4943
David Dvorkin, Die Zeitfalle · 06/4996
Barbara Paul, Das Drei-Minuten-Universum · 06/5005
Judith & Garfield Reeves-Stevens, Das Zentralgehirn · 06/5015
Gene DeWeese, Nexus · 06/5019
D. C. Fontana, Vulkans Ruhm · 06/5043
Judith & Garfield Reeves-Stevens, Die erste Direktive · 06/5051
Michael Jan Friedman, Das Doppelgänger-Komplott · 06/5067
Judy Klass, Der Boacozwischenfall · 06/5086
Julia Ecklar, Kobayashi Maru · 06/5103
Peter Norwood, Angriff auf Dekkanar · 06/5147
Carolyn Clowes, Das Pandora-Prinzip · 06/5167
Diana Duane, Die Befehle des Doktors · 06/5247
V. E. Mitchell, Der unsichtbare Gegner · 06/5248
Dana Kramer-Rolls, Der Prüfstein ihrer Vergangenheit · 06/5273
Michael Jan Friedman, Schatten auf der Sonne · 06/5179
Barbara Hambly, Der Kampf ums nackte Überleben · 06/5334
Brad Ferguson, Eine Flagge voller Sterne · 06/5349
J. M. Dillard, Star Trek VII: Generationen · 06/5360
Gene DeWeese, Die Kolonie der Abtrünnigen · 06/5375
Michael Jan Friedman, Späte Rache · 06/5412
Peter David, Der Riß im Kontinuum · 06/5464
Michael Jan Friedman, Gesichter aus Feuer · 06/5465
Peter David/Michael Jan Friedman/Robert Greenberger, Die Enterbten · 06/5466
L. A. Graf, Die Eisfalle · 06/5467
John Vornholt, Zuflucht · 06/5468
L. A. Graf, Der Saboteur · 06/5469
Melissa Crandall, Die Geisterstation · 06/5470
Mel Gilden, Die Raumschiff-Falle · 06/5471
V. E. Mitchell, Tore auf einer toten Welt · 06/5472
Victor Milan, Aus Okeanos Tiefen · 06/5473
Diane Carey, Das große Raumschiff-Rennen · 06/5474
Margaret Wander Bonanno, Die Sonde · 06/5475
Diane Carey, Kirks Bestimmung · 06/5476
L. A. Graf, Feuersturm · 06/5477
A. C. Crispin, Sarek · 06/5478
Simon Hawke, Die Terroristen von Patria · 06/5479
Barbara Hambly, Kreuzwege · 06/5681
L. A. Graf, Ein Sumpf von Intrigen · 06/5682
Howard Weinstein, McCoys Tochter · 06/5683
Diane Carey, Invasion! – 1: Der Erstschlag · 06/5694

STAR TREK™

STAR TREK: THE NEXT GENERATION

David Gerrold, Mission Farpoint · 06/4589
Gene DeWeese, Die Friedenswächter · 06/4646
Carmen Carter, Die Kinder von Hamlin · 06/4685
Jean Lorrah, Überlebende · 06/4705
Peter David, Planet der Waffen · 06/4733
Diane Carey, Gespensterschiff · 06/4757
Howard Weinstein, Macht Hunger · 06/4771
John Vornholt, Masken · 06/4787
David & Daniel Dvorkin, Die Ehre des Captain · 06/4793
Michael Jan Friedman, Ein Ruf in die Dunkelheit · 06/4814
Peter David, Eine Hölle namens Paradies · 06/4837
Jean Lorrah, Metamorphose · 06/4856
Keith Sharee, Gullivers Flüchtlinge · 06/4889
Carmen Carter u. a., Planet des Untergangs · 06/4899
A. C. Crispin, Die Augen der Betrachter · 06/4914
Howard Weinstein, Im Exil · 06/4937
Michael Jan Friedman, Das verschwundene Juwel · 06/4958
John Vornholt, Kontamination · 06/4986
Mel Gilden, Baldwins Entdeckungen · 06/5024
Peter David, Vendetta · 06/5057
Peter David, Eine Lektion in Liebe · 06/5077
Howard Weinstein, Die Macht der Former · 06/5096
Michael Jan Friedman, Wieder vereint · 06/5142
T. L. Mancour, Spartacus · 06/5158
Bill McCay/Eloise Flood, Ketten der Gewalt · 06/5242
V. E. Mitchell, Die Jarada · 06/5279
John Vornholt, Kriegstrommeln · 06/5312
Laurell K. Hamilton, Nacht über Oriana · 06/5342
David Bischoff, Die Epidemie · 06/5356
Simon Hawke, Die Beute der Romulaner · 06/5413
Rebecca Neason, Der Kronprinz · 06/5414
John Peel, Drachenjäger · 06/5415
Diane Carey, Abstieg · 06/5416
Diane Duane, Dunkler Spiegel · 06/5417
Jeri Taylor, Die Zusammenkunft · 06/5418
Michael Jan Friedman, Relikte · 06/5419
Susan Wright, Der Mörder des Sli · 06/5438
W. R. Thomson, Planet der Schuldner · 06/5439
Michael Jan Friedman & Kevin Ryan, Requiem · 06/5442
Dafydd ab Hugh, Gleichgewicht der Kräfte · 06/5443
Michael Jan Friedman, Die Verurteilung · 06/5444
Simon Hawke, Die Rückkehr der Despoten · 06/5446

STAR TREK™

Robert Greenberger, Die Strategie der Romulaner · 06/5447
Dean Wesley Smith & Kristine Kathryn Rusch, Invasion! – 2: Soldaten des Schreckens · 06/5754

STAR TREK: DIE ANFÄNGE
Vonda N. McIntyre, Die erste Mission · 06/4619
Margaret Wander Bonanno, Fremde vom Himmel · 06/4669
Diane Carey, Die letzte Grenze · 06/4714

STAR TREK: DEEP SPACE NINE
J. M. Dillard, Botschafter · 06/5115
Peter David, Die Belagerung · 06/5129
K. W. Jeter, Die Station der Cardassianer · 06/5130
Sandy Schofield, Das große Spiel · 06/5187
Dafydd ab Hugh, Gefallene Helden · 06/5322
Lois Tilton, Verrat · 06/5323
Esther Friesner, Kriegskind · 06/5430
Diane Carey, Die Suche · 06/5432
Melissa Scott, Der Pirat · 06/5434
Nathan Archer, Walhalla · 06/5512
Greg Cox/John Gregory Betancourt, Der Teufel im Himmel · 06/5513
Robert Sheckley, Das Spiel der Laertianer · 06/5514
Diane Carey, Der Weg des Kriegers · 06/5515
Diane Carey, Die Katakombe · 06/5516
L. A. Graf, Invasion – 3: Der Feind der Zeit · 06/5519 (in Vorb.)

STAR TREK: STARFLEET KADETTEN
John Vornholt, Generationen · 06/6501
Peter David, Worfs erstes Abenteuer · 06/6502
Peter David, Mission auf Dantar · 06/6503
Peter David, Überleben · 06/6504
Brad Strickland, Das Sternengespenst · 06/6505
Brad Strickland, In den Wüsten von Bajor · 06/6506
John Peel, Freiheitskämpfer · 06/6507
Mel Gilden & Ted Pedersen, Das Schoßtierchen · 06/6508
John Vornholt, Erobert die Flagge! · 06/6509
V. E. Mitchell, Die Atlantis Station · 06/6510
Michael Jan Friedman, Die verschwundene Besatzung · 06/6511
Michael Jan Friedman, Das Echsenvolk · 06/6512
Diane G. Gallagher, Arcade · 06/6513
John Peel, Ein Trip durch das Wurmloch · 06/6514
Brad & Barbara Strickland, Kadett Jean-Luc Picard · 06/6515
Brad & Barbara Strickland, Picards erstes Kommando · 06/6516

STAR TREK™

STAR TREK: VOYAGER
L. A. Graf, Der Beschützer · 06/5401
Peter David, Die Flucht · 06/5402
Nathan Archer, Ragnarök · 06/5403
Susan Wright, Verletzungen · 06/5404
John Betancourt, Der Arbuk-Zwischenfall · 06/5405
Christie Golden, Die ermordete Sonne · 06/5406
Mark A. Garland & Charles G. McGraw, Geisterhafte Visionen · 06/5407
S. N. Lewitt, Cybersong · 06/5408
Dafydd ab Hugh, Invasion – 4: Die Raserei des Endes · 06/5409 (in Vorb.)
Karen Haber, Segnet die Tiere · 06/5410
Melissa Scott, Der Garten · 06/5812

DAS STAR TREK-UNIVERSUM, 2 Bde.,
von *Ralph Sander* · 06/5150
DAS STAR TREK-UNIVERSUM, 1. Ergänzungsband
von *Ralph Sander* · 06/5151
DAS STAR TREK-UNIVERSUM, 2. Ergänzungsband
von *Ralph Sander* · 06/5270

William Shatner/Chris Kreski, Star Trek Erinnerungen · 06/5188
William Shatner/Chris Kreski, Star Trek Erinnerungen: Die Filme · 06/5450

Phil Farrand, Cap'n Beckmessers Führer durch STAR TREK – DIE CLASSIC SERIE · 06/5451
Phil Farrand, Cap'n Beckmessers Führer durch STAR TREK – DIE NÄCHSTE GENERATION · 06/5199
Phil Farrand, Cap'n Beckmessers Führer durch STAR TREK – DIE NÄCHSTE GENERATION – Teil 2 · 06/6457

Ralph Sander, Star Trek Timer 1997 · 06/1997
Ralph Sander, Star Trek Timer 1998 · 06/1998
Nichelle Nichols, Nicht nur Uhura · 06/5547
Leonard Nimoy, Ich bin Spock · 06/5548
Lawrence M. Krauss, Die Physik von Star Trek · 06/5549
J. M. Dillard, Star Trek: Wo bisher noch niemand gewesen ist · 06/6500
Judith & Garfield Reeves-Stevens, Star Trek – Deep Space Nine: Die Realisierung einer Idee · 06/5550
Judith & Garfield Reeves-Stevens, Star Trek Design · 06/5545
Herbert F. Solow & Robert H. Justman, Star Trek – Die wahre Geschichte · 06/6499

Diese Liste ist eine Bibliographie erschienener Titel
KEIN VERZEICHNIS LIEFERBARER BÜCHER!